DONGSUH MYSTERY BOOKS 107

THE CASE OF THE STUTTERING BISHOP
말더듬이 주교
얼 스탠리 가드너/장백일 옮김

동서문화사

옮긴이 장백일(張伯逸)
전남대 철학과·건국대 대학원을 수료. 1958년 조선일보 신춘문예 평론 〈현대문학론〉이 당선.《문학의 초점》《시대의 작가와 작품》《전위의식의 문학운동》등 평론을 발표했다. 홍익대·국민대 교수, 한국평론가협회 회장 역임.

DONGSUH MYSTERY BOOKS 107
말더듬이 주교
얼 스탠리 가드너 지음/장백일 옮김
초판 발행/1977년 12월 1일
중판 발행/2003년 8월 1일
발행인 고정일/발행처 동서문화사
창업 1956. 12. 12. 등록 16-345(윤)
서울강남구신사동 540-22 ☎ 546-0331~6 (FAX) 545-0331
www.epascal.co.kr

*

이 책의 출판권은 동서문화사(동판)가 소유합니다.
의장권 제호권 편집권은 저작권 법에 의해 보호를 받는 출판물이므로
무단전재와 무단복제를 금합니다.

편찬·필름·제작 일체 「동판」 자본으로 이루어짐에 따라
출판권 소유권자 「동판」에서 제조출판판매 세무일체를 전담합니다.
사업자등록번호 211-90-02201
ISBN 89-497-0192-8 04840
ISBN 89-497-0081-6 (세트)

말더듬이 주교
차례

말더듬이 주교……11

위험한 과거……267

열병나무—루스 렌들
열병나무……290

미국인들의 이상형 페리 메이슨……316

등장인물

페리 메이슨 변호사
델라 스트리트 메이슨의 비서
폴 드레이크 사립탐정
윌리엄 맬로리 오스트레일리아에서 온 주교
렌월드 C. 브라운리 은행가
재니스 렌월드의 손녀
필립 재니스의 사촌
줄리아 블래너 재니스의 어머니
스텔라 켄우드 줄리아의 친구, 동거인
재니스 시튼 간호사
고든 빅슬러 범행 현장을 목격한 요트맨
빅터 스톡턴 탐정
피트 색스 스톡턴의 동료
해밀턴 버거 지방 검사
조지 슈메이커 지방 검사보

말더듬이 주교

1

 메이슨 법률사무소 소장실 입구까지 와서 들어갈까 말까 망설이듯 멈춰선 인물에게 페리 메이슨이 날카로운 시선을 던졌다.
 "어서 오십시오, 주교님."
 메이슨이 인사했다.
 검은 모직으로 된 헐렁한 수단 차림의 뚱뚱한 주교는 가볍게 눈인사를 건넨 뒤 메이슨이 가리키는 의자로 걸어갔다. 폭넓은 흰 칼라가 눈에 띄고, 햇볕에 그을린 얼굴에는 잿빛 눈이 서늘해 보였다. 굉장히 낡은 검은 구두를 신은 억세 보이는 짤막한 두 다리로 그는 힘차게 걸음을 옮겼는데, 메이슨은 우람한 뒷모습을 보면서 이 사람이라면 전기의자를 향해 갈 때에도 역시 이처럼 힘차게 걸을 게 틀림없다고 생각했다.
 주교는 변호사와 마주 앉았다. 메이슨이 담배상자를 내밀었다.
 "피우시겠습니까?"
 주교는 담배로 손을 뻗으려다 말고 입을 열었다.

"이제까지 한 시간도 넘게 담배를 피우고 있었습니다. 이런 건 두, 두, 두어 모금 빨면 그만이지요."

말이 더듬거려지자 주교는 입을 다물고 두어 번 숨을 크게 쉬어 마음을 가라앉히려는 듯했다. 잠시 후, 피아니스트가 실수하여 손가락을 잘못 짚은 것을 얼버무리기 위해 일부러 더 세게 건반을 두드리듯 힘주어 말을 이었다.

"실례지만, 내 파이프를 쓰겠습니다."

"아아, 네, 그렇게 하십시오."

메이슨은 손님이 왼쪽 주머니에서 꺼낸 굵고 짤막한 파이프가 그 주인의 인상과 꼭 들어맞는다고 생각하며 지켜보았다.

손님이 말 꺼내기 쉽도록 변호사가 먼저 얘기를 꺼냈다.

"말씀 들었습니다. 오스트레일리아의 시드니에서 오셨고 성함은 윌리엄 맬로리 주교님. 과실치사 사건으로 의논할 일이 있으시다고요?"

맬로리 주교는 고개를 끄덕이며 주머니에서 가죽 주머니를 꺼내 향기로운 파이프용 담배를 윤기 흐르는 파이프에 꼭꼭 눌러 담은 다음, 휘어진 자루를 잇새에 꽉 물고 성냥을 그었다. 메이슨으로서는 주교가 두 손으로 성냥불을 감싼 것이 손가락 떨림을 막기 위해서인지 아니면 습관적으로 바람을 막는 시늉을 한 것인지 짐작할 수 없었다.

담뱃불에 비쳐진 넓은 이마, 뺨이 소복하게 높아 밋밋한 느낌이 드는 얼굴 윤곽, 고집스러워 보이는 턱을 메이슨은 눈을 가늘게 뜨고 주의 깊게 보았다. 그는 재촉하듯 말했다.

"말씀하십시오."

맬로리는 대여섯 번 자그마한 구름을 토해냈다. 의자에서 안절부절못하는 타입은 아니었지만, 그의 모든 움직임이 마음속 불안을 드러내고 있었다.

이윽고 주교가 입을 열었다.

"법률을 배운 지 꽤 오래되어 도무지 아리송합니다. 그 공소 시효에 대해 좀 알아 볼까 합니다, 과, 과, 과실치사죄의."

말을 더듬은 건 이것이 두 번째로, 파이프 자루가 잇새에 꽉 물려져 있었다. 그 잇새로 내뿜어지는 담배연기는 불안정한 신경과 유창하지 못한 말의 안타까움을 나타내고 있었다.

메이슨은 서두르지 않았다.

"이 주(州)에는 출소기한법이 있지요. 살인과 공금횡령 및 문서위조를 뺀 모든 중죄는 범죄가 저질러진 3년 안에 기소하지 않으면 안 됩니다."

"범인이 발견되지 않았을 경우에는?"

희푸른 담배연기 속에서 맬로리 주교의 잿빛 눈이 열심히 변호사의 얼굴을 살피고 있었다.

"피고가 주 밖에 있을 경우, 나가 있었던 기간은 계산되지 않습니다."

주교는 두 눈에 떠오르는 실망의 빛을 감추듯 황망히 눈길을 돌렸다.

메이슨은 거리낌없이 말을 이었다. 수술하기 전 환자의 기분을 편안하게 만들어 주려는 의사의 말투와 비슷했다.

"결국 일정 햇수가 지나면 피고가 자신에게 도움될 만한 증거를 내놓기가 힘들어집니다. 검찰 당국이 곰팡이 슨 범죄사건에서 목격자의 증언을 구하기 어려워지는 것과 똑같은 이치이지요. 때문에 조금 전에도 말했듯이 중대한 범죄를 제외한 대부분의 범죄에 대해 법률은 기한을 두고 있습니다. 물론 법률상의 출소기한을 의미합니다만 실무상에도 기한이 있습니다. 그러므로 법규상으로는 지방 검사가 범죄를 기소할 수 있는 경우라 하더라도 햇수가 너무 많이 지나 기소하기를 망설이는 때도 있습니다."

잠시 침묵이 흘렀다. 주교는 머릿속에 있는 생각을 어떻게 표현할까 궁리하는 듯했다.

메이슨은 웃음 지으며 이야기를 제자리로 돌렸다.

"요컨대 의뢰자가 변호사에게 의논하는 것은 환자가 의사를 찾는 일과 마찬가지입니다. 그러니 추상적인 질문으로 모호하게 탐색하려 하지 말고 머릿속에 있는 생각을 그대로 솔직히 털어놓으십시오."

맬로리 주교는 갑자기 활기 띤 표정으로 입을 열었다.

"그러니까 그 범죄가 22년 전에 저질러진 거라면 피고가 이 주에 없었을 경우라도 지방 검사는 기, 기, 기, 기소하지 않을 거라는 말씀입니까?"

이번에는 이 질문에 대한 대답을 빨리 들으려고 흥분해 있었으므로 주교는 자신의 발음장애를 부끄러워하는 기색이 조금도 없었다. 메이슨이 대답했다.

"당신은 과실치사라고 생각한다 하더라도 지방 검사는 살인으로 여길지도 모릅니다."

"아니, 이건 과실치사입니다. 체포영장이 나왔지만 당사자가 용케 도망쳐 끝내 붙잡히지 않았지요."

"어떤 상황이었습니까?"

"자동차를 몰고 가다가 다른 자동차와 맞부딪쳤습니다. 검사는 그녀, 아니, 그, 그, 그 인물이 술에 취해 있었다고 주장했지요."

"22년 전에 말입니까?"

주교는 고개를 끄덕였다.

메이슨은 손님의 표정을 살피며 말했다.

"22년 전에는 그러한 예가 별로 많지 않았습니다."

주교가 대답했다.
"맞습니다. 사건은 이 주의 아주 구석진 군(郡)에서 일어났지요. 지방 검사는 그…… 몹시 업무에 열심인 사람으로……."
"무슨 뜻이지요?"
"다시 말해서 그는 법률이 허용하는 한 온갖 전문적 수단을 빠짐없이 이용하려 했었답니다."
메이슨은 고개를 끄덕이며 말했다.
"이건 내 짐작입니다만, 주교님, 당신이 피고인이었습니까?"
주교의 얼굴에 떠오른 놀라움은 아무래도 심상치 않았다. 그가 말했다.
"그 무렵 나는 오스트레일리아에 있었습니다."
"22년 전이라면……."
메이슨은 생각에 잠겨 가늘어진 눈으로 주교를 보았다.
"아무리 지방 검사가 업무에 충실한 사람이라 해도 너무 오래됐군요. 그리고 지방 검사는 줄곧 바뀌니까요. 더욱이 22년 동안 그 군의 정치정세도 퍽 달라졌을 겁니다."
주교는 정세의 변화와 이 눈앞의 문제는 아무 상관없다고 여기는 듯 건성으로 고개를 끄덕였다.
메이슨이 말했다.
"하지만 당신이 그 사건에 대해 지금도 이처럼 관심을 가지고 있는 점으로 미루어, 업무에 열심인 지방 검사 이상의 뭔가가 사건 뒷면에 웅크리고 있는 듯하군요."
맬로리 주교는 눈을 크게 뜨고 메이슨을 보았다.
"이거 참, 메이슨 씨, 당신은 참으로 기, 기, 기민한 변호사이십니다."
메이슨은 일부러 몇 초 동안 뜸을 들이고 나서 말했다.

"주교님, 어떻습니까? 뒷이야기를 들려주지 않으시겠습니까?"

맬로리 주교는 파이프를 한 모금 빨아들이고 나서 불쑥 말했다.

"보수는 일이 성공하면 치른다는 조건으로 사건을 맡은 적이 있습니까?"

"네, 있습니다."

"가난한 여자를 위해 백만장자를 상대로 하여 싸워볼 마음도 있습니까?"

메이슨이 오만한 표정을 떠올리며 대답했다.

"의뢰자를 위해서라면 악마라도 상대합니다."

주교는 어디서부터 이야기할까 망설이듯 파이프를 피우며 한참 동안 말없이 생각에 잠겨 있었다. 이윽고 그는 따뜻한 파이프를 손바닥으로 감싸듯하며 물었다.

"렌월드 C. 브라운리라는 사나이를 알고 계십니까?"

"이야기는 들었습니다."

"그 사나이를 위해 무슨 일을 하고 계시는지, 아니 말하자면 당신은 혹시 그 사나이의 변호를 맡고 계십니까?"

"아니오."

맬로리 주교는 말을 이었다.

"당신이 지금부터 맡을 사건과 관련된 사람은 렌월드 C. 브라운리입니다. 막대한 액수의 돈이 이 일에 얽혀 있습니다. 얼마나 되는지는 나도 모릅니다. 백만인지, 그보다 더 많은지. 당신은 맨손으로 정면 승부를 해야 합니다. 만일 이기면 큰 보수가 기다리고 있습니다. 2, 30만 달러 정도입니다.

미리 말씀드리지만, 브라운리는 여간 가, 가, 강적이 아닙니다. 틀림없이 성가신 사건이 될 겁니다. 당신은 이제까지 부당하게 취급되어 온 한 부인의 권리를 옹호하고 되찾아주어야 합니다. 그리고 당신이 재판에 이길 수 있는 유일한 가능성은 내가 증인이 되어 증언하는 방법이 있을 뿐입니다."
메이슨의 눈초리가 날카로워지면서 경계의 빛을 띠었다.
"그래서 원하는 게 뭡니까?"
맬로리 주교는 머리를 저었다.
"오해하지 마십시오. 나는 아무것도 필요하지 않습니다. 아무것도 바라지 않습니다. 다만 정의를 지키고 싶을 뿐입니다. 그런데 만일 내가 이 사건의 주요 증인이 될 경우 난처한 일이 있습니다. 내가 사건 전부터 피고 쪽과 관계없이 편드는 것으로 보이면 내 증언의 가치가 떨어지지 않을까 하는 겁니다."
"그럴 수도 있겠지요."
메이슨은 고개를 끄덕였다.
주교는 입술 사이에서 휘어진 파이프 자루를 빼내어 굵고 짧은 집게손가락 끝으로 담배를 꼭꼭 누르며 천천히 말했다.
"틀림없이 그렇게 될 겁니다."
메이슨은 말없이 신경을 곤두세운 채 주교의 이야기를 기다리고 있었다. 맬로리 주교는 말을 이었다.
"그래서 나는 이곳에 온 일을 아무도 모르게 하고 싶습니다. 물론 그 일에 대해 거짓말하고 싶지는 않습니다. 마지막으로 증언대에 섰을 때 사건에 이해관계가 있느냐는 질문을 받으면 나는 솔직하게 그렇다고 대답할 겁니다. 하지만 그런 질문이 나오지 않으면 내가 관계되어 있지 않은 것으로 해두는 편이 모두에게 좋으리라고 생각합니다.

 앞으로 1시간 뒤에 전화를 걸겠습니다. 그때 당신이 찾아와줄 곳을 말하겠습니다. 그리고 거기서 중대한 관계를 가진 사람들을 소개하겠습니다. 그 사람들의 이야기가 도무지 믿어지지 않겠지만,

모든 게 사실입니다. 이것은 한 부호가 실로 무자비하고 부정한 일을 저지른 사건입니다. 그 만남을 끝으로 나는 자취를 감추겠습니다."

맬로리 주교는 잠시 말을 끊었다.

"당신이 나를 찾아내어 증인으로 법정에 세울 때까지 나는 결코 당신에게 연락하지 않을 겁니다. 나를 찾아내는 일은 당신 솜씨에 맡기겠습니다. 그 점에 대해서는 당신을 충분히 믿고 있습니다."

주교는 말을 마치자 아주 만족스러운 표정으로 고개를 끄덕였다. 그리고 갑자기 벌떡 일어나더니 몽당비 같은 다리를 움직여 문으로 걸어갔다. 복도로 나가자 고개를 돌려 메이슨에게 머리 숙여 인사한 다음, 문을 쾅 닫았다.

안쪽 사무실에서 이야기 요점을 받아쓰고 있던 비서 델라 스트리트가 나왔다.

"그 사람에 대해 어떻게 생각하세요, 소장님?"

메이슨은 바지 주머니에 두 손을 깊숙이 찔러 넣고 방 한가운데에 우뚝 서서 물끄러미 카펫의 한 곳을 노려보고 있었다.

"영 모르겠어."

델라가 거듭 물었다.

"그럼 어떤 사람이라고 생각하세요?"

"그가 주교라면 성직자 특유의 깐깐한 구석이 없는 제법 인간적인 사람이겠지. 그 투박한 파이프를 비롯하여 전체적인 느낌이 활달하고 처세에도 능한 사람인 것 같아. 상대방이 반대신문을 해오면 거짓말하고 싶지 않으니 그런 질문을 하지 않도록 만드는 것이 내 역할이라고 했는데, 그 점에 주의할 필요가 있겠어."

"'주교라면'이라고 말씀하셨지요?"

메이슨이 느릿하게 대답했다.

"주교는 결코 말을 더듬지 않거든."
"네?"
"주교가 되려면 여러 해에 걸친 수업이 필요해. 남보다 뛰어난 능력을 지니고 또 여러 사람 앞에서 연설하지 않으면 안 돼. 말더듬는 사람은 변호사가 못 되는 것과 마찬가지로 신부나 목사는 되지 못해. 어쩌다 말을 더듬는데도 신부가 되었다손 치더라도 주교는 절대 아니야."
"알겠어요. 그럼, 소장님은?"
메이슨을 쳐다보는 델라의 눈이 놀라서 동그래지며 입을 다물어 버렸다.
변호사는 고개를 끄덕이며 말을 이었다.
"그는 아주 영리한 사기꾼일지도 몰라. 하지만 이런 생각도 해볼 수 있어. 주교임에는 틀림없으나 뭔가 커다란 정신적 충격을 받을 만한 일을 경험했다고. 내 법의학 지식에 의하면 어른이 말을 더듬게 되는 원인 가운데 급격한 정신적 충격이 있거든."
델라 스트리트는 걱정스럽게 말했다.
"저어, 소장님, 지금 그 사람의 이야기를 얼마쯤 정말로 받아들여 렌월드 C. 브라운리 같은 억만장자를 상대해서 싸우려면 먼저 그가 진짜 주교인지 아니면 엉터리인지 알아볼 필요가 있지 않을까요? 진짜와 가짜는 커다란 차이가 있거든요."
메이슨은 고개를 끄덕이며 대답했다.
"나도 그렇게 생각하고 있었어. 드레이크 탐정사에 전화 걸어 폴 드레이크에게 다른 용건은 모두 제쳐 두고 지금 곧 이리로 와달라고 말해줘."

2

드레이크 탐정사 대표 폴 드레이크는 커다란 가죽의자 팔걸이 한쪽에 등을 기대고 다른 쪽으로는 두 다리를 대롱대롱 걸친 채 비스듬히 드러누워 있었다. 페리 메이슨을 쳐다보는 흐릿하고 무표정한 눈은 조금 튀어나온 듯했다. 얼굴빛이 좀 불그스름하고, 근육이 늘어졌을 때는 입 모양이 잉어 입 같은 묘한 형체가 되어 우스꽝스럽고 천진한 얼굴이 된다. 그 풍모가 너무도 탐정답지 않은 덕분에 그는 이따금 놀라운 성공을 거두기도 했다.

페리 메이슨은 조끼 단춧구멍에 엄지손가락을 걸치고 사무실을 왔다 갔다 하며 어깨 너머로 말을 던졌다.

"오스트레일리아의 시드니에서 온 윌리엄 맬로리라고 자칭하는 영국 국교회 주교가 상담하러 왔었네. 말수가 적고 들판에서 일하는 농군 같은 모습이었지. 비바람에 시달리며 오랜 세월 살아온 듯 살갗이 꺼칠했네. 언제 이곳으로 왔는지는 모르네. 22년 전 시골에서 술 취한 채 자동차를 몰고 가다가 저지른 과실치사 건에 대해 의논하고 싶다고 하더군."

탐정이 물었다.

"어떤 사람이었나?"

"나이는 53살에서 55살쯤, 키 5피트 6 내지 7인치, 몸무게 180파운드, 둥근 깃이 달린 모직 수단에 담배는 파이프를 즐겨 피우고 때로는 궐련도 피운다네. 눈은 잿빛, 숱 많은 검은 머리는 관자놀이께에 흰빛이 섞였으며, 좀처럼 허점을 보이지 않는 인물이지만 가끔 말을 더듬네."

드레이크가 되물었다.

"말을 더듬는다고?"

"그렇네."

"주교인데 말을 더듬는다고?"
"그렇다네."
"주교는 말을 더듬지 않아, 페리."
"바로 그 점일세. 어떤 정신적 충격으로 최근에 생긴 버릇임에 틀림없어. 나는 그 충격이 무엇인지 알고 싶네."
드레이크가 물었다.
"그는 자기가 말더듬는 것을 어떻게 생각하고 있던가? 다시 말해서 말을 더듬었을 때 어떤 태도를 보였나?"
"마치 골퍼가 공을 위로 잘못 쳐서 드라이브를 실수했을 때와 같은 태도였네."
탐정이 말했다.
"별로 마음에 안 드는군. 내 귀에는 가짜처럼 들리네. 자네는 어떻게 주교인지 알았나? 그의 말을 곧이곧대로 받아들인 건가?"
메이슨은 선선히 수긍했다.
"그런 셈일세."
"내가 낱낱이 밝혀내야겠군."
"그렇게 해주게, 폴. 주교는 1시간 안에 다시 연락한다고 했네. 그리고 나서 나는 막대한 돈이 관련된 그 사건을 맡을 것인지 어떤지 대답하지 않으면 안 돼. 만일 그가 주교임에 틀림없다면 나는 맡을 기분이 들겠지만 가짜라면 거절해야겠지."
"사건이란 무엇인가?"
"절대 비밀로 해주게. 이 사건에는 렌월드 C. 브라운리가 관련되어 있네. 그러므로 일이 성공하면 몇십 만의 보수가 들어올지도 모르네."
탐정은 나직이 휘파람을 불었다.
"또 하나, 이 사건에는 먼 옛날 술 취해서 운전하다 저지른 과실치사도 얽혀 있네."

"언제쯤 일어난 일인가?"

"22년 전."

탐정은 눈썹을 치켜세웠다.

메이슨이 말을 이었다.

"하지만 22년 전에는 음주운전이 그다지 흔치 않았지. 더욱이 작은 지방에서 일어난 사건이고. 나는 그 점에 대해 지금 당장 알고 싶네. 인원을 많이 동원하여 조사해 주게. 오렌지, 샌 버나디노, 리버사이드, 칸, 벤투라 등 모든 군을. 피고는 여자인 듯하네. 그러니 1914년에 여자가 피고인 과실치사 사건이 있었는지 기록을 조사하여 밝혀내야 하네. 아직까지 해결되지 않은 사건일세.

그리고 자네와 특별계약을 맺은 오스트레일리아 시드니 탐정사에 전보를 쳐서 윌리엄 맬로리 주교에 대해 알 수 있는 것을 모두 알아봐 주게. 선객 명단를 조사해서 맬로리 주교가 언제 캘리포니아에 왔는지, 그리고 지금까지 무엇을 하고 있었는지 알아내야 해. 주요 호텔을 모조리 훑어 맬로리 주교가 머문 적이 있었는지 알아보게. 몇 명이든 필요한 만큼 사람을 써서 급히 해답을 내주게. 자아, 행동개시!"

드레이크가 한심스러운 듯 커다랗게 숨을 내쉬며 말했다.

"행동개시라, 이거 너무 지독한데! 열흘 일을 60분 만에 해내라니."

메이슨은 들은 척도 하지 않고 말을 이었다.

"특별히 알고 싶은 건 그 주교가 누구와 접촉하고 있는가 하는 점일세. 되도록 빨리 알아내어 접촉하는 사람들을 모두 미행해 주게."

탐정이 등을 일으켰으므로 바지 뒷주머니만이 가죽의자에 닿은 자세가 되었다. 그가 몸을 빙글 돌리자 방바닥에 발이 닿아 긴 다리와 목줄기가 일직선이 되고 조금 구부정한 두 어깨도 편안하게 펴졌다.
"좋아, 페리, 해보겠네."
탐정은 복도로 나가는 문 앞에서 고개를 돌려 메이슨을 보았다.
"내가 가짜임을 밝혀내면 자네는 그를 만나 면박을 줄 텐가?"
메이슨이 싱긋 웃으며 대답했다.
"아니, 계속 뒤를 밟게 하여 어째서 그런 연극을 꾸몄는지 캐내겠네."
"엉터리일 걸세. 자네와 내기해도 좋아."
그러자 메이슨이 주장했다.
"겉모습은 그렇게 보이지 않았네."
"사기꾼은 모두 다 그렇지. 그래서 속아 넘어가는 걸세."
"어쨌든 진짜 주교가 정직하게 보인다고 해서 그것이 더욱 수상쩍다는 법은 없겠지. 상관 말고 어서 가서 일이나 시작하게."
"나와 내기할 생각 없나, 페리?"
갑자기 메이슨은 책상 위에 놓인 법률서적으로 손을 뻗쳤다. 당장에라도 그 책을 집어던질 기세였으므로 드레이크는 얼른 복도로 튀어나가 문을 쾅 닫았다.
전화벨이 울렸다.
메이슨이 수화기를 들자 델라 스트리트의 목소리가 들려왔다.
"소장님, 택시 운전기사가 접수실에 와 있어요. 그쪽으로 안내할 테니 이야기를 좀 들어주세요."
"택시기사?"
"네."
"대체 무슨 용건인데?"
"돈이 필요한 것 같아요."

"내가 만나지 않으면 안 되나?"
"그래요."
"전화로 설명할 수 없나?"
"그렇게 하지 않는 편이 좋다고 생각해요."
"그가 들리는 곳에 있기 때문인가?"
"네."
"좋아, 안내해 줘."
수화기를 내려놓자마자 바깥 사무실로 통하는 문이 열리면서 델라 스트리트가 운전기사를 안내하며 들어왔다. 사나이는 연방 굽신거렸으나 여간내기가 아닌 것 같았다.
"소장님, 이분이 맬로리 주교님을 이곳까지 태우고 왔다는군요."
운전기사는 고개를 끄덕였다.
"이 빌딩 앞에서 기다리고 있으라고 했습니다. 승강장이어서 경찰이 와서 마구 쫓아냈습니다. 그래서 주차장을 찾아 기다리고 있는데 도무지 손님이 나오지 않는 겁니다. 미터기가 자꾸 올라가서 할 수 없이 엘리베이터 급사에게 물어봤습니다. 마침 그가 기억하고 있더군요. 그 손님이 이 사무실이 몇 층에 있느냐고 물었다고 말해줘서 곧 찾아왔습니다. 둥근 깃이 달린 옷을 입은 뚱뚱한 사람으로 50살 내지 55, 6살쯤 되었을 겁니다."
메이슨은 흥미로운 표정을 지었다.
"그가 아직 이 빌딩에서 나오지 않았다는 거요?"
"줄곧 정신 차리고 제가 지켜보았지만 나오지 않습니다. 엘리베이터 급사도 그 사람이라면 기억하는데, 분명 아직 나가지 않았다고 말했고요. 택시 요금은 3달러 85센트인데, 대체 누가 치러줄지 알 수 없으니 속상하군요."
메이슨이 물었다.

"어디서 그 손님을 태웠소?"

운전기사는 대답하기를 망설였다. 메이슨은 주머니에서 돈다발을 꺼내 5달러 지폐를 빼내들고 싱긋 웃었다.

"대신 차비를 치르기 전에 그 점을 알아야 나도 손해가 없을 것 같은데?"

운전기사가 대답했다.

"리걸 호텔에서 태웠습니다."

"거기서 곧바로 이곳에 왔소?"

"네."

"서두르는 것 같았소?"

"네, 퍽……."

메이슨은 운전기사에게 지폐를 건네주었다.

"이제 더 기다려 봐야 소용없을 것 같소."

"공연히 경찰에게 야단만 맞았지요."

운전기사는 메이슨에게 거스름돈을 내밀었다.

"그리고 한 말씀 드리겠는데요, 소장님. 당신은 아주 성격이 시원하십니다. 소장님에 대해서는 진작부터 듣고 있었습니다. 노동자들을 정당하게 취급해 주는 공정한 분이라고요. 혹시 제가 도와드릴 만한 일이 있으면 언제든지 발 벗고 나서겠습니다. 상관 마시고 명령 내리십시오. 내 이름은 윈터스입니다, 잭 윈터스."

"고맙소, 윈터스. 어쩌면 당신이 나중에 내 사건의 배심원이 될지도 모르는 일이니. 그건 그렇고, 이제까지 기다렸으니 당신은 차비뿐 아니라 팁도 받아야 하잖소. 거스름돈은 필요 없으니 담배나 사 피우구려."

사나이는 싱글벙글 웃으며 나갔다.

메이슨은 곧 수화기를 들어 폴 드레이크를 불렀다.

"여보게, 폴, 곧 리걸 호텔로 사람을 보내 주게. 윌리엄 맬로리라는 이름으로 머물고 있을지도 모르네. 거처가 밝혀지는 대로 전화해 주게. 그리고 그와 접촉하는 사람은 빠짐없이 미행해야 하네, 알았지?"

몸에 꼭 맞는 잿빛 슈트를 늘씬하게 차려입은 델라 스트리트는 능률적인 여비서의 전형이다. 그녀는 한순간 기회를 잡아 말했다.

"잭슨이 잠시 틈을 내어 그 전차 사건에 대해 이야기하고 싶어합니다."

메이슨은 고개를 끄덕였다.

"불러 줘."

눈 깜짝할 사이에 그는 서기 잭슨과 단둘이 마주앉아 이야기에 귀를 기울였다. 어떤 신체상해 사건으로 너그러운 판결을 받은 피고 측이 공소심에서 내놓을 견해에 대해 잭슨은 요령 있게 설명했다.

그동안 델라 스트리트는 부지런히 사무실 안을 들락거리며 일상적인 자질구레한 용건을 거침없이 처리해 나갔다. 일단 큰 사건에 얽매이면 메이슨은 시간을 모두 거기에 쏟아 넣으므로 델라는 언제나 이런 식으로 미리미리 여러 용건들을 처리하는 것이었다.

메이슨은 공소인이 모두(冒頭)변론 요지에서 내놓으리라고 여겨지는 견해에 대해 그 오류를 지적하여 서기에게 들려주었다.

그때 델라 스트리트가 들어와서 말했다.

"폴 드레이크 씨로부터 전화가 왔습니다, 소장님. 중대한 용건이라고 합니다."

메이슨이 고개를 끄덕이며 수화기를 들자 언제나의 졸린 듯한 말투가 아니라 바쁘게 주워섬기는 드레이크의 목소리가 흘러왔다.

"페리, 지금 리걸 호텔에 있는데, 그 주교의 일이 마음에 걸리면 지금 당장 이리로 와주게."

"곧 가겠네."

메이슨은 수화기를 내려놓으면서 벌써 모자를 집어 들고 있었다. 그는 팔목시계를 들여다보며 말했다.

"델라, 그만 퇴근해도 좋아. 볼일이 있으면 아파트로 전화하겠어. 잭슨, 자네는 지금까지 말한 선에서 변론 요지 문안을 만들어 주게. 그리고 서류로 작성하기 전에 일단 내게 보여주도록."

메이슨은 곧 밖으로 뛰쳐나와 빌딩 앞에서 택시를 잡아탔다. 15분도 안 되어 리걸 호텔에 닿자 폴 드레이크가 로비에서 기다리고 있었다. 그 옆에 목이 굵고 머리가 벗어진 사나이가 두툼하고 처진 입술에 짤막한 여송연을 물고 서서 야릇한 눈초리로 메이슨을 보았다.

폴 드레이크가 페리 메이슨에게 말했다.

"이 호텔 전속 탐정인 제임스 팔리일세. 악수하게."

"어서 오십시오, 선생님. 안녕하십니까?"

팔리는 메이슨과 악수하면서 직업적인 버릇 탓인지 살피듯 그를 훑어보았다.

"팔리와 나는 오랜 친구일세."

드레이크는 속지 말라는 듯이 메이슨에게 한 눈을 찡긋해 보였다. "이 지역에서는 일급 탐정이지. 나는 한두 번 이 사람을 쓸까 생각했었지만 돈이 딸려서 그만두었다네. 머리가 명석해서 내게 몇 번인가 좋은 이야기를 해줘서 성공한 적이 있지. 자네도 기억해 두면 좋을 사람이네, 페리. 언제든 이 사람이 필요할 때가 있을 걸세."

팔리는 입에서 여송연을 빼내며 겸손하게 말했다.

"뭐, 나는 천재도 아무것도 아닙니다. 그저 좀 상식을 적용시킬 뿐이지요."

드레이크는 탐정의 어깨에 손을 얹었다.

"이런 사나이일세, 페리. 아주 겸손하다네. 특급 호텔틸이라고 일

컨는 이솝스 조직을 이 사람이 붙잡았으리라고는 생각지 못하겠지? 언제나 그렇듯이 공적은 경찰이 가로챘지만 실제로 일한 것은 이 사람이라네. 그건 그렇고, 알아낸 일이 있네, 페리. 아니, 제임스가 가르쳐 주더군. 제임스, 자네가 직접 말하는 편이 좋겠네."

호텔 탐정은 굵은 손가락을 쳐들어 침으로 젖은 여송연을 입에서 빼내고, 누가 엿들을까봐 겁내듯 일부러 가라앉은 목소리로 주위를 살피며 애써 의젓하게 이야기하였다.

"아시다시피 윌리엄 맬로리라는 사나이가 이곳에 머물고 있는데, 아무래도 좀 묘합니다. 여기서 택시를 타고 어디론가 갔는데 다른 택시로 그 뒤를 밟는 사람이 있더군요. 여느 사람이야 도저히 짐작할 수 없겠지만 직업이 직업인 만큼 틀림없어요. 워낙 경험이 많아서 나는 녀석이 보도 끝에 내려 선 순간 금방 알아차렸습니다. 운전기사를 붙들고 뭐라고 하면서 턱으로 차에 올라타는 맬로리 씨를 가리키더군요. 무슨 말인지 굳이 들어볼 필요조차 없었습니다. 판에 박힌 일이지요. 나는 맬로리라는 사나이에게서 눈길을 떼지 말아야겠다고 마음먹었습니다. 그를 미행한 사나이는 틀림없이 사립 탐정이나 수사관처럼 생각되었으니까요.

이 호텔은 보다시피 아주 떳떳하게 영업하고 있어서 뒤를 밟히는 사람은 절대로 거절하고 싶습니다. 따라서 그가 돌아오면 곧 방을 비워 달라고 말하려고 했지요.

이윽고 그가 돌아왔습니다. 그때 빨강머리 여자가 로비에 앉아 있었는데, 그녀는 눈을 번뜩이며 벌떡 일어났습니다. 맬로리 씨는 턱을 조금 끌어당기듯하며 그냥 엘리베이터 쪽으로 걸어갔습니다. 그 걸음걸이가 아주 이상하더군요. 짤막한 다리로 마치 고속 해머가 땅을 두드리듯 걷는 겁니다.

나는 잠시 생각했습니다. 로비의 여자는 그를 기다리고 있었을 것이므로 5분 안에 방에서 둘이 만나게 되겠지 하고. 그러니 손님에게 방을 비워 달라고 말하는 것이 그다지 쉬운 일이 아니지요. 손님에 따라서는 길길이 뛰며 고소하느니 뭐니 위압적으로 나오는 사람도 있으니까요. 하기야 대부분 말뿐이고 위협에 지나지 않지만, 어쨌든 역시 어려운 일이지요. 그래서 나는 생각했습니다. 그 여자를 방에 올려보내 놓고 난 뒤에 말하는 편이 훨씬 쉬울 거라고요. 알겠습니까?"

메이슨은 고개를 끄덕이고 드레이크는 탐정을 추켜올리듯 나직이 말했다.

"이 사람이 아주 재치 있다고 아까 말했지, 페리? 정말 재치 있어. 머리가 굉장히 빨리 돌거든."

팔리가 말을 이었다.

"그건 그렇고, 아니나 다를까 5분쯤 지나자 여자가 올라갔습니다. 나는 이야기할 시간을 10분쯤 주고 10분 지나면 문을 두드려 담판 지어야 생각했습니다. 그런데 놀랍게도 여자는 겨우 3, 4분 만에 내려왔습니다. 엘리베이터 문이 열리자마자 허둥지둥 뛰어나와 마치 화재 현장으로 달려가듯 로비를 가로질러 뛰어가더군요. 나는 한 마디 하려고 그쪽으로 쫓아가려다가 굳이 그 여자에게 할 말도 없고, 아무튼 맬로리 씨와 담판 짓지 않으면 안 되었기 때문에 발길을 돌렸습니다.

그 여자는 이 호텔 손님이 아닌데다 만일 그녀가 악쓰며 덤벼들기라도 하면 내가 난처해지니까요. 그래서 나는 그녀를 내버려 두었습니다.

이윽고 602호 맬로리 씨 방으로 올라가 보니 마구 어질러진 채 처참한 광경이었습니다. 의자는 두 개 다 뒤집히고 거울은 산산조각 나 있었지요. 맬로리 씨는 침대 한가운데 쓰러져 있었는데 아직 숨이 붙어 있는 것 같았습니다. 그 정도 활극이 벌어지면 사람들이 와아 몰려들었을 텐데 마침 바로 아래층이며 양옆과 맞은편 방들이 모두 비어 있었지요. 아무튼 내가 곧 달려가 맥을 짚어보니 아직 심장이 뛰고 있었습니다. 혼수상태였지만 희미하게 맥이 뛰고 있었어요. 나는 곧 수화기를 들어 교환원에게 구급차를 부르도록 지시했습니다. 그리하여 5분 뒤 구급차가 달려와 곧 응급조치를 했지요."

메이슨이 물었다.

"깨어났소?"

팔리가 대답했다.

"아니요. 도무지 깨어나지 못하고 있습니다. 어쨌든 나는 호텔 이름이 구설에 오르는 건 원치 않습니다. 아무도 그 소동을 모르므로 구급차 대원들을 구슬러 뒤쪽 엘리베이터에 태워 감쪽같이 뒷문으로 내몰았지요. 그런데 한 가지 묘한 일이 있었습니다. 바로 그때 구급차가 또 한 대 달려왔던 겁니다. 교환원은 한 번밖에 전화를 걸지 않았다고 하길래 알아보니, 전화가 두 번 걸려왔는데 두 번 다 젊은 여자 목소리였다고 합니다. 어떻습니까. 알겠습니까? 나는 영 뭐가 뭔지 알 수가 없습니다만. 그 빨강머리 여자가 맬로리씨를 기절시킨 다음 아래로 내려와 구급차를 불렀다면 또 모르지만, 도무지 앞뒤가 들어맞지 않잖습니까?"

메이슨은 고개를 끄덕였다. 팔리는 축축이 젖은 여송연을 다시 입술 사이에 끼우고 성냥을 그었다.

메이슨은 탐정의 머리 너머로 폴 드레이크를 흘끗 보며 살짝 눈짓했다. 드레이크는 곧 변호사의 요청을 알아차리고 고개를 끄덕이며 말했다.

"탐정이 어떤 일을 어떻게 하는지 보고 싶지 않나, 페리? 지금부터 제임스가 그 방에 가서 다시 한번 죽 훑어보면 누구의 짓인지 단서를 찾아낼 수 있을지도 모르네. 나는 자네가 사건을 취급하는 수법을 알기 때문에 이곳으로 달려왔을 때부터 곧 짐작했지. 진짜 탐정이 어떤 방식으로 일하는지 보여 달라고 부탁할 게 틀림없다고."

팔리는 두어 모금 담배를 빨고 나서 짐짓 겸손한 척 말했다.

"뭐, 나는 천재도 아무것도 아닙니다. 다만 얼마쯤 이 일을 알고 있을 뿐이지요."

메이슨이 말했다.

"물론 나는 당신의 일솜씨를 보고 싶소, 팔리 씨."

팔리는 잠시 생각했다.

"내가 누구든 방에 들여놓으면 경찰이 아주 싫어할 겁니다. 대부분 호텔 전속 탐정은 제쳐 놓고 정치가 연줄로 관직을 얻은 녀석들이 끼어들어 현장을 엉망으로 만들어 버리니까요. 하지만 두 분이 절대로 손대지 않겠다고 약속해 주시면 함께 올라가 살펴봐도 상관없습니다. 어쩌면 메이슨 씨에게 한두 가지쯤 단서를 가르쳐줄 수 있을지도 모릅니다."

팔리는 엘리베이터로 다가가 짧은 집게손가락으로 단추를 눌렀다. 그는 여송연 연기가 오른쪽 눈으로 들어가는 것을 피하듯 머리를 조금 뒤로 젖히고 있었다. 이윽고 엘리베이터가 내려왔다. 팔리는 재빨리 안으로 들어갔다. 메이슨은 일부러 꾸물거리며 드레이크에게 귓속말을 했다.

"폴, 자네 부하는 일을 시작했나?"

드레이크는 고개를 끄덕이며 탐정의 뒤를 따라 엘리베이터에 올랐다. 팔리가 말했다.

"6층."

이윽고 엘리베이터가 멈춰 서자 팔리는 긴 복도를 앞장서서 걸었다. 드레이크가 메이슨에게 나직이 말했다.

"마침 우리 직원이 그녀를 미행했는데, 팔리에게는 결코 그런 눈치를 보이면 안 되네."

탐정은 앞장서서 복도 막다른 방으로 두 사람을 안내했다. 그는 열쇠를 꺼내 문을 열며 말했다.

"다시 한 번 부탁하지만, 절대로 손대지 마십시오."

의자가 하나 거꾸로 뒤집혀 가로막대가 두 개 부러져 있었다. 플로어스탠드는 쓰러져 전구가 산산조각 났고, 카펫 위에 흩어진 유리조각이 보도 위의 서릿발처럼 반짝반짝 빛났다. 거울도 바닥에 떨어져 쐐기꼴로 무수히 금이 갔는데, 아직 테두리에 붙은 조각도 있고 방바닥에 흩어져 있기도 했다. 사람의 몸이 쓰러져 있었음을 말해 주듯 하얀 침대 요 위에 우묵하게 파인 흔적이 눈에 띄었다.

'몬테리 호 특등실'이라고 적힌 쪽지가 붙은 여행 가방이 하나 방바닥에 놓여 있고 그 속에서 튀어나온 옷가지가 엿보였다. 가벼운 의류 트렁크는 뚜껑이 열려 있었다. 휴대용 타이프라이터가 한 대 거꾸로 바닥에 내동댕이쳐져 있고, 케이스에는 역시 마찬가지로 '몬테리 호 특등실'이라고 적힌 쪽지가 붙어 있었다. 반쯤 열린 벽장 속에 걸려 있는 양복이 서너 벌 보였다.

메이슨의 시선은 한 서류가방 위에서 멎었다. 날카로운 나이프로 자물쇠 둘레를 찢은 듯했으며 뚜껑 가죽이 보기 흉하게 너덜거리고 있었다.

팔리가 말했다.

"빨강머리 여자는 맬로리 씨를 목졸라 죽이려고 했습니다. 맬로리 씨가 그 손을 잡자 여자는 그를 쳐서 쓰러뜨리고 방 안을 뒤졌던 겁니다. 아마 돈이나 그런 것이 필요했던 거겠지요."

메이슨이 말했다.
"그렇다면 빨강머리 여자는 아주 힘이 센 모양이군요."
팔리는 차갑게 웃으며 방 안 가구들을 손으로 가리켰다.
"이것을 보면 그렇게 생각되지 않습니까?"
메이슨은 과연 그렇다는 듯이 머리를 끄덕였다.
팔리는 주머니에서 연필을 꺼내며 말했다.
"우선 첫째로 이 방의 물건 일람표를 만들어야 합니다. 맬로리 씨가 의식을 되찾으면 여러 가지 물건이 없어졌다고 주장할 겁니다. 그리고 그 가운데 어떤 물건은 호텔 측이 잘못 관리하여 자기가 병원으로 옮겨진 뒤에 없어졌다고 떼쓸 염려가 있습니다. 어쨌든 호텔은 언제 어떤 사람이 묵게 될지 몰라서 손님이 온갖 수법을 다 쓰리라는 것을 각오하고 있어야 합니다."
드레이크가 말했다.
"그렇겠지. 페리, 호텔 전속 탐정이란 늘 직접 나서지 않아서 대수롭지 않게 여기는 사람이 많지만, 우수한 호텔 탐정은 온갖 일을 다 하지 않으면 안 된다는 것을 이제 알았겠지?"
메이슨은 고개를 끄덕이며 대답했다.
"그런데 나는 이제 그만 가보겠네, 폴."
팔리가 말했다.
"좀더 보실 줄 알았는데요?"
메이슨이 말했다.
"아니, 나는 마침 기회가 좋아서 당신 솜씨를 잠시 구경하고 싶었을 뿐이오. 당신은 이제부터 완벽한 일람표를 만들 테지요?"
"그렇습니다."
"설마 이 방의 자질구레한 물건들까지 모두 적는 그런 일람표를 만들지는 않겠지요?"

"아뇨, 만들 수 있습니다. 두 분이 깜짝 놀랄 정도로 순식간에 해 보이겠습니다."
메이슨은 대답했다.
"그럼, 당신의 솜씨와 일람표 만드는 방법을 봐두고 싶으니 만드는 대로 좀 보여 주시오."
팔리는 주머니에서 수첩을 꺼내며 말했다.
"좋습니다."
"그럼, 조금 뒤에 다시 오리다. 그건 그렇고, 여러 가지로 고마웠소. 당신의 솜씨를 볼 수 있어서 참으로 유쾌하오. 여느 사람이라면 로비의 여자를 알아차리지 못했을 텐데 말이오."
팔리는 자랑스러운 표정으로 말했다.
"아주 눈치 빠른 여자였지요. 슬그머니 일어나 살짝 눈썹을 움직인 것이 신호였으니까요. 아마도 어딘가에서 맬로리 씨에게 접근한 뒤 이 호텔에서 남모르게 만나기로 약속했던 게 틀림없습니다."
"아아, 과연 그렇겠군요."
메이슨은 드레이크의 늑골을 슬쩍 건드렸다.
"그만 가세."
팔리는 엘리베이터 앞까지 두 사람을 배웅하고 나서 일람표를 만들기 위해 자기 방으로 돌아갔다.
"페리, 나는 자네가 저 사나이를 상대할 생각이 있는지 어떨지 몰랐네만 혹시 또 몰라 그런 기회를 만들었던 걸세. 버릇없는 녀석이지만 호텔 사건을 다루는 데는 얼마쯤 도움이 되지. 조금만 추켜올려 주면 썩 효과가 있다네."
메이슨이 말했다.
"나는 잠시 방 안을 보고 싶었을 뿐이었네. 주교는 내 사무실까지 미행당했으며 그 사실을 알아차렸다고 짐작되네. 그는 미행자를 따돌리기 위해 운전기사를 그대로 내버려둔 채 호텔로 돌아갔던 걸세. 주교를 노리는 사람들은 미행한 녀석을 믿었던 만큼 그런 식으로 호텔로 돌아오리라고는 꿈에도 생각지 못하고 짐을 샅샅이 뒤지기 시작했겠지. 그런데 뜻밖에도 주교가 돌아와 그만 활극이 벌어진 거네."

드레이크가 물었다.

"그럼, 로비의 빨강머리 여자는 어떻게 되지?"

"지금부터 그것을 조사해야지. 자네 부하가 용케 붙들어 뒀으면 좋으련만."

"아마 문제없을 걸세. 주교에게 조금이나마 관심을 보이는 사람은 모두 미행하라고 찰리 다운스에게 지시해 두었으니까. 찰리한테서 무슨 보고가 들어와 있을지 모르니 사무실에 전화나 걸어 보세."

드레이크는 로비의 전화부스에서 잠시 통화하더니 싱글싱글 웃으며 나왔다.

"됐네. 찰리한테서 1분 전에 전화가 왔었다는군. 그는 지금 애덤스 거리의 한 아파트 앞에서 망보고 있다는군. 빨강머리 여자가 그 아파트로 들어갔다는 걸세."

"좋아, 가세."

드레이크는 자동차가 있어서 곧 복잡한 거리로 달려나갔다. 아파트 앞에 닿자 그는 속력을 늦추어 보도 옆에 멈춰선 구식 시보레 뒤에 자동차를 갖다댔다. 한 사나이가 운전대에서 슬그머니 내려서더니 휘적휘적 두 사람 쪽으로 걸어왔다.

폴 드레이크가 물었다.

"뭘 좀 알아냈나?"

키가 크고 알맞게 마른 찰리 다운스는 아랫입술에 떨어질 듯이 담배를 물고 있었다. 자동차 안에 앉은 두 사람이 자기의 옆얼굴을 볼 수 있는 위치에서 그는 걸음을 멈추었다. 그리고 두 사람이 앉은 쪽 입아귀로 말을 했다. 눈은 아파트 건물을 지켜본 채, 말할 때마다 담배가 까딱까딱 움직였다.

"빨강머리 여자는 주교에게 눈짓했습니다. 주교도 곧 마주 눈짓을 보낸 다음 602호 자기 방으로 올라갔습니다. 조금 뒤 여자가 올라갔습니다. 뒤쫓아 가지는 않았지만, 엘리베이터 표지판을 보니 6층에서 멎었습니다. 1, 2분 뒤 여자가 몹시 흥분한 모습으로 내려왔습니다. 로비를 가로질러 큰길로 나가더니 약국에 들어가 전화를 걸었습니다. 그리고 나서 택시를 잡아타고 이곳으로 온 겁니다."
메이슨이 물었다.
"미행을 따돌리려는 기색은 없었나?"
"네."
"이 아파트 어느 방에 있는가?"
"오른쪽 아랫단의 우편함을 들여다보기에 그 우편함에 적힌 이름을 봐 두었습니다. 재니스 시튼이라는 이름으로 328호였습니다. 다른 방의 벨을 두 군데쯤 누르자 대답이 있었으므로 안으로 들어가 보았습니다. 엘리베이터는 3층에 멎어 있었습니다. 그래서 되돌아와 사무실에 전화를 걸고 명령을 기다리고 있었던 겁니다."
드레이크가 말했다.
"잘했네. 덕분에 단서가 잡힌 듯싶군요. 찰리, 자네는 죽 여기 있다가 여자가 나오면 뒤쫓게. 우리는 올라가 보겠네."
찰리 다운스는 고개를 끄덕이고 나서 자기 자동차 안으로 들어갔다.
메이슨이 그 자동차를 유심히 지켜보자 드레이크가 말했다.
"탐정은 저런 자동차를 쓰지 않으면 안 돼. 결코 눈에 띄지 않으므로 주의를 끌지 않는데다 기계가 확실하니 어디든지 갈 수 있지.

더욱이 누군가를 보도로 밀어붙이다가 흙받이에 상처가 하나둘쯤 나도 괜찮거든."

메이슨은 싱긋 웃었다.

"그녀의 방 벨은 누르지 않는 편이 좋겠지, 폴?"

"그렇지. 올라가는 동안에 무대장치를 바꾸면 큰일이니까. 느닷없이 쳐들어가야 해. 다른 방 벨을 누르세."

두 군데쯤 벨을 누르자 곧 문의 걸쇠가 벗겨지는 소리가 들렸다. 드레이크는 문을 밀어 변호사를 먼저 들여보낸 다음 함께 층계를 올라갔다. 328호 앞에서 잠시 귀 기울이며 동정을 살폈다. 뭔가 황망하게 서두르는 소리가 났다.

드레이크가 말했다.

"짐을 꾸리고 있네."

메이슨은 고개를 끄덕이며 조용히 손가락 끝으로 문을 두드렸다. 안에서 가냘프고 겁먹은 듯한 여자의 목소리가 들렸다.

"누구세요?"

메이슨이 말했다.

"속달입니다."

"죄송합니다만, 문 밑으로 밀어넣어 주세요."

"요금을 2센트 받아야 합니다."

"잠깐만요."

그녀의 발자국 소리가 문에서 멀어지더니 되돌아와 문 밑으로 동전 두 개를 내밀려고 했으나 잘 되지 않았다.

메이슨이 말했다.

"괜찮으니 문을 열어주십시오. 집배원입니다. 아무 걱정 마십시오!"

찰칵 걸쇠 소리가 나고 문이 아주 조금 열렸다. 순간 메이슨은 재빨리 문틈으로 구두 끝을 집어넣었다. 젊은 여자는 가늘게 비명을 지르며 다시 문을 닫으려고 했다. 그러나 메이슨은 손쉽게 문을 밀어젖혔다.

"떠들 것 없소, 재니스! 할 이야기가 있소."

그는 침대 위에 놓인 슈트케이스와 벽장에서 방바닥 한가운데로 끌려나온 트렁크와 침대 위에 산더미처럼 쌓아 올려진 옷가지 등을 흘끗 둘러보았다.

"떠나는군."

"대체 당신들은 누구세요? 어쩌려고 이처럼 함부로 들어오는 거예요? 속달 편지는 어디 있어요?"

메이슨이 의자를 가리키며 말했다.

"폴, 좀 앉게, 서두르지 말고."

탐정이 앉자 그는 침대 가장자리에 걸터앉았다. 젊은 여자는 핏발 선 파란 눈으로 두 사람의 움직임을 지켜보고 있었다. 머리칼은 구릿빛으로, 그런 빛의 머리칼을 가진 여자가 흔히 그렇듯 살결이 퍽 고왔다. 몸매는 미끈하게 균형 잡혔으며, 몹시 겁먹은 표정이었다.

메이슨이 말을 걸었다.

"당신도 좀 앉구려."

"누구예요? 이렇게 마구 들어오다니 무슨 짓이예요?"

"맬로리 주교님에 대해 좀 물어보고 싶소."

"무슨 말인지 모르겠군요. 맬로리 주교님이라니, 나는 도무지 모르는 일이예요."

메이슨이 물었다.

"당신은 아까 리걸 호텔에 갔지요?"

그녀는 무례한 짓은 못 참겠다는 듯 화가 치밀어 소리쳤다.

"안 갔어요!"

"당신은 맬로리 씨 방으로 올라갔어. 당신과 함께 로비에 있던 호텔 탐정이 문으로 들어서는 주교에게 당신이 눈짓하는 것을 보았어. 우리는 당신을 도울 수 있을지도 모르오. 하지만 당신이 솔직히 털어놓지 않으면 안 돼요."

드레이크가 끼어들었다.

"당신도 알 거요, 지금 자신이 어떤 입장에 놓여 있는지. 우리가 조사한 바로는 주교가 살아 있는 모습을 마지막으로 본 사람은 당신이오."

그녀는 움켜쥔 주먹을 입술에 갖다대고 손가락 마디가 하얗게 될 만큼 세게 이빨로 지근거렸다. 눈에 공포의 빛이 떠올라 있었다. 그녀가 외쳤다.

"살아 있어요. 그분은 죽지 않았어요!"

드레이크가 물었다.

"어째서 그렇게 생각하오?"

그러자 그녀는 느닷없이 주저앉아 울기 시작했다. 메이슨은 눈에 다정스러운 동정의 빛을 떠올리고 폴 드레이크에게 고개를 저어 주의를 주었다.

"너무 심하게 하지 말게."

드레이크가 재빨리 말했다.

"도망치지 않는 사냥감은 쫓지 않는 법이지. 내게 맡기게."

그는 일어서서 그녀의 이마로 손을 가져가 머리를 젖히고 눈에서 손수건을 떼어내며 물었다.

"아가씨가 했소?"

그녀가 외쳤다.

"아니에요! 분명히 말하지만 나는 그분을 알지 못해요. 당신들이 무슨 말을 하는 건지 모르겠군요. 그리고 그분은 죽지 않았어요."

메이슨이 말했다.

"잠깐 비키게, 폴. 자, 들어 보오, 재니스. 맬로리 주교를 감시하는 사람이 몇 있었소. 그들이 어떤 사람이며 또 어째서 감시하고 있었는지 말할 생각은 없지만, 아무튼 주교가 호텔로 들어왔을 때는 미행당하고 있었소. 당신은 로비에 앉아 있다가 주교에게 눈짓했고 주교는 잠깐 기다리라고 눈짓하고 자기 방으로 올라갔소. 4, 5분쯤 뒤 당신은 엘리베이터를 타고 올라갔소. 그리고 조금 뒤 당신은 굉장히 흥분한 모습으로 내려왔고, 그동안 당신은 죽 탐정에게 미행당하고 있었소. 모두 한 번 본 사람은 잊어버리지 않는 숙련된 사나이들이오. 뭐라고 거짓말하든 결코 도망칠 수 없소.

그런 다음 당신은 주교의 방에서 나와 전화를 걸어 구급차를 불렀소. 그래서 당신은 괴로운 입장에 놓이게 된 거요. 나는 당신에게 그 궁지에서 헤어날 기회를 주려고 애쓰고 있는 거요."

"당신은 누구세요?"

"맬로리 주교의 친구요."

"내가 그것을 어떻게 알 수 있어요?"

"지금으로서는 내 말을 그대로 믿는 수밖에 없소."

"그것만으로는 곤란해요."

"좋아. 그럼, 말해 주겠는데 나는 당신 편이오."

"내가 어떻게 그걸 알 수 있어요?"

"그건 우리가 경찰에 알리지 않고 당신과 이처럼 이야기하고 있다는 사실이 증명해 주잖소?"

그녀가 물었다.

"그분은 죽지 않았지요?"

메이슨은 대답했다.

"그렇소, 죽지 않았소."

드레이크가 신경질적으로 얼굴을 찡그리며 말했다.

"그런 수작을 해봐야 아무 소용없네, 페리. 이 아가씨는 벌써 거짓말을 하고 있잖나."

그녀는 발끈하여 탐정을 쏘아보았다.

"당신은 잠자코 있어요! 당신보다는 이분이 훨씬 나아요."

드레이크는 그 말을 들은 척도 하지 않았다.

"페리, 나는 이런 타입을 알고 있네. 끊임없이 박차를 가하여 뛰게 하지 않으면 안 돼. 쓸데없이 어물거리다가는 감쪽같이 빠져나가 버리네."

그녀는 드레이크의 충고를 들은 척도 하지 않고 페리 메이슨에게 말했다.

"당신이라면 진지하게 이야기할 수 있어요. 나는 신문 광고를 보고 갔던 거예요."

"그래서 주교를 만났나요?"

"네."

"어떤 광고였지요?"

그녀는 잠시 망설였으나 이윽고 고개를 조금 갸웃하고 말했다.

"일을 맡길 수 있는 믿을 만한 숙련된 간호사를 구한다는 광고였어요."

"당신은 간호사요?"

"네."

"그 광고에 몇 명이나 응모했을까요?"

"모르겠어요."

"당신은 언제 응모했소?"

"어제요."

"주교는 이름과 주소를 광고에 밝혔소?"

"아뇨, 이름과 전화번호만 적혀 있었어요."
"그래서 당신은 그 광고를 보고 응모했고 다음은 어떻게 했지요?"
"주교님이 전화로 제 편지가 마음에 들었다며 만나자고 했어요."
"그게 언제지요?"
"어제 저녁 늦게요."
"그래서 오늘 아침에 만나러 간 거로군?"
"아니에요. 어제 저녁에 찾아갔고, 그 자리에서 채용되었어요."
"주교는 무엇 때문에 채용하는 것인지 말했소?"
"어떤 환자의 간호를 맡아달라고 했어요."
폴 드레이크가 끼어들었다.
"당신은 등록된 간호사요?"
"네, 그래요."
"보여 주시오."

그녀는 슈트케이스를 열고 봉투를 꺼내 탐정에게 건네준 다음 다시 메이슨 쪽으로 돌아앉았다. 이제는 꽤 마음이 가라앉아 의연한 태도이긴 했으나 아까보다 더욱 조심스럽고 경계하는 표정을 띠고 있었다.

메이슨이 물었다.
"그 광고 사본은 가지고 있소?"
그녀의 눈초리가 한순간 동요했으나 곧 고개를 가로저었다.
"아뇨."
"어느 신문이었소?"
"잊어 버렸어요. 어제인가 그저께 저녁 신문이었어요. 누가 가르쳐 주어서 그 광고를 보았지요."
"그래서 맬로리 주교는 당신을 채용했군요?"
"네."

"그 환자가 어디가 아픈지 말했소?"
"아니오, 말하지 않았어요. 나는 마음속으로 자택에 있는 정신병자나 뭐 그런 환자가 아닐까 생각했지요."
폴 드레이크가 봉투를 돌려주며 물었다.
"어째서 짐을 꾸리고 있었지요?"
"맬로리 주교님이 자기는 그 환자와 함께 여행을 떠나게 될 거라고 말씀하셨어요."
"어디로 가는지 말하지 않았소?"
"네."
"그냥 호텔에서 만나자고만 했군요?"
"네. 그리고 로비에서는 아무 말 하지 않기로 약속되어 있었어요. 일이 순조롭게 되면 눈짓으로 알릴 테니 5분 뒤 방으로 올라오라고 하셨지요."
드레이크가 물었다.
"대체 무엇 때문에 그처럼 수수께끼 같은 짓을 한 거요?"
"모르겠어요. 주교님은 그 이유를 말씀하지 않았고 나도 묻지 않았어요. 나는 그분이 주교님이어서 믿었어요. 게다가 월급을 많이 주겠다고 했지요. 정신병 환자 가운데는 병자 취급을 하거나 곁에서 누가 보고 있으면 금방 난동 부리는 사람이 있거든요."
메이슨이 물었다.
"그래, 당신은 방으로 올라가 무엇을 보았습니까?"
"방 안이 엉망이었어요. 주교님은 바닥에 쓰러져 있었는데, 뇌진탕을 일으킨 듯했어요. 맥박은 희미했지만 확실히 뛰고 있었어요. 나는 그를 안아서 침대에 눕혔어요. 어찌나 힘들던지 혼났어요."
"방에 누가 있었소?"
"아니오."

"문은 잠겨 있었소?"
"1, 2인치쯤 열려 있었어요."
"복도에도 아무도 없었소?"
"주교를 만나러 올라갔을 때 말인가요?"
"그렇소."
"못 보았어요."
"엘리베이터로 올라갔을 때 내려오던 사람은 없었소?"
"없었어요."
"쓰러져 있는 주교를 보고도 왜 호텔에 알리지 않았어요?"
"그럴 필요가 없다고 생각했어요. 호텔 사람들이 무슨 일을 하겠어요? 그래서 밖으로 나와 구급차를 불렀어요."
그러자 드레이크가 비웃듯이 말했다.
"그리고 곧장 이리로 돌아와 도망칠 준비를 하고 있었고?"
"아니, 그렇지 않아요! 주교님이 여행을 떠나게 될 거라고 하셨기 때문에 짐은 호텔로 가기 전에 꾸려 두었던 거예요. 환자는 몬테리호로 항해하게 된다고 하셨어요."
"당신은 이제 어떻게 할 셈이오?"
"여기서 주교님의 전갈을 기다릴 수밖에 없지요. 그다지 대단한 부상은 아니에요. 동맥경화만 없으면 1, 2시간 안에 정신을 차릴 수 있을 거예요."
메이슨이 일어났다.
"좋소. 폴, 이제 이 아가씨는 알고 있는 사실을 모두 털어놓은 것 같으니 가세."
드레이크가 물었다.
"이 아가씨가 달아나도록 말인가, 페리?"
변호사의 눈빛이 엄격해졌다.

"물론일세, 폴. 자네는 늘 악당들만 상대하다 보니 올바른 여자를 다루는 방법을 모르는 게 결점이야."
드레이크는 한숨쉬었다.
"졌네, 가세."
재니스 시튼은 페리 메이슨에게로 다가가 호의가 담긴 몸짓으로 그의 팔을 잡았다.
"당신은 신사예요, 고맙습니다."
두 사람이 복도로 나오자 문이 쾅 닫히고 곧이어 찰칵 열쇠 잠그는 소리가 났다.
드레이크가 말했다.
"여보게, 페리, 어째서 그렇게 점잔을 뺐지? 살인죄로 체포할지도 모른다고 으름장 놓으면 묻지 않아도 모두 털어놓았을 텐데."
메이슨이 대답했다.
"그 정도면 충분해. 그 여자는 뭔가 하려고 하는데 그녀에게 의혹을 품게 해서는 아무것도 얻어낼 수 없네. 감쪽같이 속였다고 여기도록 해두면 틀림없이 우리를 안내해 줄 걸세. 두서너 명 감시를 붙여 두게. 그리고 자네는 곧장 리걸 호텔로 돌아가게나. 자네 친구인 탐정을 좀더 추켜올려 저 아가씨가 엘리베이터를 타고 올라간 뒤에 그도 아가씨를 따라 올라가려고 했을 때 혹시 층계를 내려와 로비로 들어선 사람은 없는지, 만약 그런 사람이 있었다면 인상이 어땠는지 잘 물어봐 주게."
"그밖에 달리 또 할 일이 있나?"
"그 아가씨가 가는 데는 어디든지 뒤를 밟고, 내가 부탁한 정보도 되도록 빨리 입수해 주게. 그 과실 치사사건과 주교에 대한 정보 말일세. 한 가지 잊어서는 안 될 일은 결코 주교의 행적을 놓치지 말아야 한다는 것이네. 어느 병원에 있는지, 지금 어떤 상태인지 조사해 주게."
드레이크가 말했다.
"4대 1로 걸어도 좋네만, 그는 가짜 주교야."
메이슨은 싱긋 웃었다.
"아직은 아니야. 너무 일러. 사무실에 연락해 모든 움직임을 알 수 있도록 일러둬 주게."

3

오후 5시, 사람으로 가득 찬 엘리베이터가 한 번씩 울컥 직장인들을 토해놓을 때마다 이들은 어지럽게 뒤섞이며 대도시 콘크리트 계곡으로 떠내려갔다.

교통순경의 호각 소리, 신호등의 벨 소리, 시끄럽게 땡땡거리는 전차 소리, 방해받은 자동차들이 울리는 높은 경적, 그리고 수많은 모터가 뿜어대는 둔탁한 고동 소리 같은 울림이 그 소음 속에서 끊임없이 이어졌다. 이러한 음향이 창문을 통해 사무실 안까지 흘러들어왔다.

자리에 앉아 장부 정리를 하고 있던 델라 스트리트가 얼굴을 쳐들자 막 돌아온 페리 메이슨의 웃음지은 얼굴이 눈앞에 보였다.

"어떠셨어요? 맬로리 주교를 만나 이야기는 잘 들으셨어요?"
메이슨은 고개를 가로저었다.
"아니, 주교는 약속을 지킬 만한 상황이 못 돼. 뜻밖의 사고로 당분간 움직일 가망이 없거든. 델라, 어제 오늘 신문을 모두 갖다 줘. 구인광고란을 좀 조사해야겠어."
델라는 곧 서고로 통하는 문으로 걸음을 옮기려다 말고 물었다.
"제게 말씀해 주어도 되는 일이에요, 소장님?"
메이슨은 고개를 끄덕였다.

"호텔까지 주교의 행적을 따라잡았어. 그런데 곤봉으로 그를 쓰러뜨린 녀석이 있었어. 그리고 말괄량이 빨강머리 아가씨 집을 쳐들어가니 옛날 이야기를 한 대목 들려주더군. 하긴 가끔 얼굴빛을 감추지 못하고 진실을 자백하기도 했어. 아무래도 그리 쉽게 거짓말을 꾸며댈 수는 없는 일이니까."
"신문에서 뭘 찾으실 거예요?"
"빨강머리 여자 말로는 광고를 보고 주교에게 연락했다고 하더군. 주교는 이 시에 아는 사람이 없는 듯하니 그녀의 말이 사실일지도 모르지. 아무튼 일단 그런 각도에서 조사해 봐야겠어. 구인란을 훑어 젊고 정해진 근무처가 없어 여행하는 데 지장 없는 간호사를 구하는 광고를 찾아봐 줘. 그 여자의 이름은 재니스 시튼이야."
"맬로리 주교는 왜 간호사를 구했을까요?"
"지금도 구하고 있어. 어쩌면 그는 이런 일이 일어나리라 짐작하고 미리 준비해 둔 것인지도 몰라. 주교는 그녀에게 환자와 함께 여행하게 될 것이라고 말했다고 해."

무슨 일에나 빈틈없는 델라 스트리트는 활발하게 서고로 들어가더니 이윽고 신문을 한 아름 들고 나왔다.

메이슨은 책상 위를 정리하고 담배를 피워 물며 말했다.

"자, 찾아볼까."

두 사람은 각 신문의 구인광고란을 훑어나갔다. 15분쯤 뒤 메이슨이 얼굴을 들고 눈을 껌벅거리며 물었다.

"뭔가 있어, 델라?"

델라는 고개를 가로저었다.

"없는데요, 소장님."

메이슨은 얼굴을 찌푸리고 짐짓 심각한 표정을 지었다.

"폴 드레이크가 줄곧 반대했지만 나는 그녀를 풀어주는 편이 더 효과가 있으리라고 여겼지. 더욱이 그녀가 거짓말하는지 어떤지 알아차릴 수 있다고 큰소리까지 쳤어, 어리석게도."
"정말로 광고가 났다고 생각했나요?"
"그렇소. 적어도 진상의 실마리쯤은 알아낼 수 있을 줄 알았어."
"왜 그렇게 생각했지요?"
메이슨은 무거운 말투로 말했다.
"글쎄, 사람들이 머릿속으로 미리 이야기를 만들어놓지 않고 갑자기 거짓말할 때 대개 어떤지 알아? 큰 무리가 없는 한 진실과 거의 비슷하게 말하면서 이쪽의 한 덩어리 진실과 저쪽의 한 덩어리 진실을 연결지어 아귀를 맞추기 위해 거짓말을 꾸며내는 법이야. 그래서 일정한 줄거리에 따라 마음 놓고 말할 수 있는 대목에서는 목소리가 매끄럽게 풀려나가지만 억지로 아귀를 맞추려고 궁리할 때는 좀 느려지지. 그래서 나는 광고 이야기가 정말이라고 짐작했던 거야."

그는 일어나서 조끼 양옆에 엄지손가락을 대고 머리를 조금 숙인 채 사무실 안을 왔다 갔다 하기 시작했다.

"폴 드레이크는 거칠게 다루는 편이 좋다고 말했어. 이거 참, 속상하군! 그는 여자에게는 으르대는 편이 손쉽다고 주장했어. 그의 말이 옳을지도 몰라. 하지만 빨강머리 여자들의 성격이 어떤지는 당신도 잘 알고 있잖아, 델라. 더욱이 그녀는 성깔이 꽤 대단해 보였어. 으르면 금방 골나서 히스테리를 일으킬지도 모른다고 여겼어. 몰아세우기보다는 친절하게 해주는 편이 유리하겠다고 생각한 거야."

전화벨이 울렸다. 델라 스트리트는 신문에서 눈길을 떼지 않고 수화기를 잡았다.

"페리 메이슨 변호사 사무실입니다."

델라는 곧 변호사에게 수화기를 건네주었다.
"폴 드레이크 씨입니다."
"아아, 폴. 무슨 새로운 이야기라도 있는가?"
드레이크의 느릿한 목소리에도 얼마쯤 흥분된 울림이 깃들어 있었다.
"그 과실치사 사건을 알아냈네. 이것이 우리가 찾는 정보였으면 좋겠네. 어떤 사나이와 여자가 결혼식을 올리기 위해 산타 아나로 향해 떠났다가 로스앤젤레스로 돌아오는 길에 일어난 일일세. 여자가 운전했는데 술에 좀 취해 있어서 늙은 목장 주인이 운전하는 자동차와 충돌했어. 80살쯤 된 노인이었지.

 그런데 아주 묘한 데가 있네. 그때는 그다지 일이 크게 벌어지지 않았던 걸세. 경찰은 여자의 이름과 주소를 적었지. 2, 3일 뒤 노인이 죽었는데, 그녀에게 과실치사죄 혐의로 체포영장이 나온 건 그로부터 넉 달 뒤일세. 어때, 뭔가 석연찮지?"
"그 여자가 누구지?"
"본래 이름은 줄리아 블래너로, 사건이 일어났을 무렵에는 오스카 브라운리 부인이었네. 자네가 알아 두어야 하기에 말하는데, 오스카 브라운리는 렌월드 C. 브라운리의 아들일세."
메이슨은 나직이 휘파람을 불었다.
"그래, 그 결혼에 무슨 스캔들 비슷한 것이라도 있었나, 폴?"
"사건은 1914년으로 거슬러 올라간다는 점을 잊어서는 안 되네. 브라운리의 재산은 거의 증권시장에서 번 것인데, 1929년 대폭락 직전에 용케 팔아치웠던 걸세. 렌월드 브라운리는 1914년쯤 부동산 매매로 그럭저럭 벌고 있었지. 12년 뒤에는 백만장자가 됐지만 말일세."
"경찰이 하려고만 했다면 그녀를 곧 체포할 수 있었던 게 아닌가?"

"아니, 그렇지 않네. 그녀와 오스카는 아버지와 다투어 이곳저곳 떠돌아다니고 있었지. 오스카는 1년쯤 뒤에 돌아왔네. 그동안 아버지는 부동산으로 꽤 벌어들였지. 토지 분양 붐을 타고 교묘하게 헤엄쳐서 주식 쪽으로 옮겨앉은 다음 크게 재미보고 팔아치웠던 걸세."

"오스카는 지금 어디 있나? 죽었는가?"

"그렇네. 2, 3년 전에 죽었어."

"딸이 하나 있지?"

"맞아. 그 딸은 조금 아리송한 데가 있네. 렌월드는 오스카를 몹시 사랑했지만 손녀딸의 존재를 인정한 것은 오스카가 죽은 뒤였네. 아버지는 아들의 결혼을 절대로 반대하여 손녀딸도 아들의 자식이 아니라 그녀가 잘못하여 태어났을 뿐이라고 여겼던 듯하네. 2년 전 브라운리는 손녀딸을 찾아내어 자기 저택에서 같이 지내기로 했지. 그 일로 이렇다 할 문제는 없었네. 그녀는 선선히 렌월드의 저택으로 옮겨왔거든."

메이슨은 얼굴을 찌푸리고 생각에 잠겼다. 왼손으로 수화기를 들고 오른손 손가락 끝으로 책상 모서리를 톡톡 두드리고 있었다.

"그렇다면 지금 비벌리 힐스의 렌월드 브라운리 저택에서 호화스럽게 살고 있는 손녀의 어머니가 바로 22년 전 오렌지 군이 발행한 과실치사죄의 체포영장을 피해 도망친 범인이란 말이지?"

드레이크가 대답했다.

"맞네."

"이거 정말 갈수록 사건이 다른 양상을 띠는군. 주교는 어떻게 됐나?"

"구급병원에서 여전히 의식을 잃고 있네. 하지만 의사 말로는 걱정

할 것 없다고 하네. 지금쯤 의식을 되찾았는지도 모르지. 병원에서는 사립병원으로 넘기려고 하네. 어느 병원인지 알게 되는 대로 곧 알려주지."

"그 시튼이라는 아가씨는 감시하고 있겠지?"

"물론일세. 두 사람 붙여놓았네. 하나는 아파트 앞쪽, 하나는 뒤쪽을 감시하고 있어. 나에게 취조하도록 해주었으면 좋았을걸. 꽉꽉 주리를 틀었으면……."

메이슨은 소리 내어 웃었다.

"자네는 빨강머리 여자에 대해 잘 모르는군, 폴. 이제 곧 걱정하지 않아도 좋다는 걸 알게 될걸세. 온 힘을 다해 브라운리 쪽을 파헤치게. 그리고 무엇이든 확실한 것이 있으면 곧 알려 주게나."

"그건 그렇고, 주교에 대해 좀더 알아냈네. 그는 엿새 전 몬테리 호에서 내려 샌프란시스코 팰리스 호텔에 나흘 동안 머물렀네. 그 뒤 이 시로 온 걸세."

"흐음! 그럼, 샌프란시스코에서 뭔가 알아낼 수 있는지 살펴봐 주게. 그 호텔로 누가 찾아왔다거나 하는 일 말일세. 나는 앞으로 1시간쯤 이곳에 있다가 델라와 함께 식사하러 갈 걸세."

메이슨은 수화기를 내려놓고 다시 사무실 안을 서성댔다. 방 안을 두 번 왔다 갔다 했을 때 델라 스트리트가 흥분한 목소리로 외쳤다.

"소장님, 역시 소장님 생각이 옳았어요. 여기 있어요!"

"뭐가?"

"광고요."

메이슨은 델라의 책상으로 다가가 한 손을 그녀의 어깨에 얹고 들여다보았다. 매니큐어를 곱게 바른 델라의 손톱이 한 곳을 가리켰다.

네바다 주 리노에 사는 찰스 W와 글레이스 시튼 부부의 딸에게 알립니다. 로스앤젤레스 〈익저미너〉지 XYZ 사서함으로 연락하시오. 당신에게 큰 이익이 되리라는 사실을 알려드립니다.

메이슨은 휘파람을 불었다.
"개인란에 있었어?"
델라 스트리트는 고개를 끄덕이며 얼굴을 들고 웃음 지었다.
"역시 소장님보다도 제가 더 소장님 판단을 믿는가 봐요. 광고에 대한 그녀의 말을 진실로 여겼다고 말씀하셔서 저는 내기해도 좋다고 생각했거든요. 그런데 '구인란'과 '사업란'에서 찾아내지 못했기에 '개인란'을 훑어보기로 한 거예요."
메이슨이 말했다.
"〈더 타임스〉에도 뭔가 나와 있는지 살펴보자구. 이건 언제 신문이지?"
"어제 신문이에요."
메이슨은 같은 날 〈더 타임스〉 광고란에서 '개인란'을 살펴보았다. 이윽고 그는 다시 나직이 휘파람 소리를 냈다.
"이것 봐, 델라."
두 사람은 함께 어떤 광고를 읽었다.

　정보 구함――재니스 시튼, 오늘 2월 29일로 22살이 되는 여성임. 직업 간호사로 빨강머리에 파란 눈을 가졌으며 매력적임. 몸무게 약 115파운드, 키 5피트 1인치. 여섯 달 전 자동차 사고로 죽은 찰스 W. 시튼의 딸임. 진실한 정보를 처음으로 제공하는 분에게 사례금으로 25달러를 드림.
　〈로스앤젤레스 타임스〉 사서함 ABC.

델라 스트리트는 가위를 집어 들어 두 광고를 오려 냈다. 메이슨은 싱글거리며 말했다.

"이제야 폴 드레이크에게 면목이 서겠는걸."

델라가 그 말을 받았다.

"하지만 줄거리는 더욱 복잡해진 게 아니에요?"

메이슨은 얼굴을 찌푸렸다.

"으음, 내가 얼마 전 캠프에서 끓인 글레비(肉汁)처럼 걸쭉하게 됐군. 찐득찐득 덩어리져서 어떻게 해볼 도리가 없어졌어!"

델라가 웃음 지으며 그의 얼굴을 보았다.

"소장님, 그 글레비 때문에 다른 분들에게 사과했었지요?"

"천만에! 나는 한마디 해줬지. 이 요리는 뉴욕의 일류 레스토랑 주방장에게 배운 새로운 것으로, 러시아 식 사우잰드 아일랜드 글레비(피클, 피망, 다홍고추, 삶은 달걀 등을 썰어 넣은 러시아식 마요네즈 소스를 사우잰드 아일랜드 드레싱이라고 함)라고 부른다고. 폴 드레이크에게 전화하여 우리는 저녁 먹으러 간다고 말해줘. 광고 이야기는 하지 마. 그가 찾아낼지 두고 봐야겠어. 식사 뒤 이 방에서 만나자고 해줘."

델라가 말했다.

"소장님, 어쩐지 일의 순서가 거꾸로 된 것 같네요. 그 주교에 대해서는 여러 가지 사실을 알아냈지만, 주교를 위해 알아낸 건 그다지 없잖아요. 주교가 알고 싶어 하는 것은 과실치사 사건에 대한 문제였는걸요."

메이슨은 과연 그렇다는 듯이 고개를 끄덕였다.

"물론 주교가 알고 싶어 한 것은 그것이야. 하지만 나는 뭔가 아주 중대한 일이 있을 듯한 냄새를 맡았어. 그 냄새가 점점 세게 풍겨와. 걱정스러운 것은 냄새가 너무 강렬하다는 점이지. 나는 2에 2를 더하려고 했어. 그런데 그 답이 6이 되었으니 어떻게 하지?"

4

페리 메이슨은 기분 좋게 칵테일과 요리를 주문했다. 델라 스트리트는 그러한 모습을 보고, 몇 년이나 함께 일해 온 그녀만이 가지고 있는 통찰력으로 칵테일 잔을 기울이며 스스럼없이 말했다.
"아주 득의양양하시군요, 소장님, 그렇지요?"
메이슨은 삶의 환희를 즐기듯 눈을 빛내며 고개를 끄덕였다.
"델라, 누가 뭐래도 나는 미스터리가 좋아. 일상적인 일은 싫어. 자질구레한 사무가 싫단 말이야. 악당들과 지혜를 겨루는 스릴이 좋아. 누가 내게 거짓말을 하고, 나는 그 거짓말을 꿰뚫어보면서 납작하게 만들어주는 일이 좋아. 다른 사람의 이야기를 들으면서 어디까지가 진실이고 어디까지가 거짓인지 생각하는 것이 좋아. 내가 바라는 것은 생활이고 행동이며 끊임없이 변화하는 정세야. 사실을 조금씩 주워 모아 지그소퍼즐(조각 그림 맞추기)처럼 그 사실들을 하나의 도면으로 만들어내는 일이 좋다고."
"소장님은 그 말더듬이 주교가 뭔가 속이려 한다고 여기세요?"
메이슨은 손가락 끝으로 빈 칵테일 잔을 빙글빙글 돌렸다.
"글쎄, 모르겠어, 델라. 그 주교는 좀처럼 속을 보여주지 않았어. 사무실로 들어온 순간 나는 직감적으로 그것을 느꼈지. 뭔가 모르지만 자신의 참목적을 내게 알리고 싶어하지 않는다는 느낌이 들었던 거지. 그래서 나는 그가 진짜 목적을 내게 알려주어도 괜찮겠다고 생각하기 전에 내가 먼저 그의 마음속을 꿰뚫어 보려고 이토록 열중하고 있는 거야. 자아, 춤추지, 델라."
메이슨은 델라의 몸을 낚아채듯 플로어로 이끌고 나갔다. 몇 년이나 함께 춤추어온 한 쌍다운 완벽한 리듬으로 두 사람은 스텝을 밟았다. 춤을 끝내고 테이블로 돌아오니 만찬의 첫 코스가 차려져 있었다.

델라가 말을 꺼냈다.
"괜찮으시면 말씀해 주세요."
메이슨이 대답했다.
"말하지. 다시 한번 돌이켜보면서 잘 마무리 지어지는지 어떤지 정리해 봐야겠어. 당신이 아는 사실도 있고 알지 못하는 것도 있어. 그럼, 처음부터 말할게. 오스트레일리아의 주교라고 자칭하는 사나이가 나를 찾아왔어. 흥분하고 있었으며 말더듬이였어. 더듬고 나서는 혼자 몹시 화를 내더군. 어째서일까?"
"어째서라니요? 주교는 말을 더듬으면 안 된다는 것을 알기 때문이에요. 어떤 감정적인 충격을 받아 최근에 그런 버릇이 생겼기 때문에 만일 오스트레일리아로 돌아가서도 말을 더듬으면 어떻게 하나 걱정되었겠지요."
"맞았어. 아주 훌륭한 논리적 설명이야. 출발점에서 내 머리에 곧 떠오른 설명도 그것이었어. 하지만 반대로 그는 주교가 아니라 악당인데 어떤 이유로 오스트레일리아 시드니 시의 윌리엄 맬로리 주교라는 가면을 썼다고 가정해 보자구. 그는 흥분하면 말을 더듬는 버릇이 있어. 그래서 그는 애써 더듬지 않으려고 하지만 그럴수록 더욱 더듬거리는 거야. 말을 더듬기 때문에 위장이 드러나지나 않을까 걱정하고 있어. ……이렇게도 생각할 수 있지 않겠어?"
델라는 말없이 고개를 끄덕였다.
"그런데 그 주교가 어떤 과실치사사건을 나에게 의논하려고 해. 관계자의 이름을 대지는 않았지만, 그 사건이 오스카 브라운리의 부인인 줄리아 블래너와 관계 있다는 것은 틀림없어. 오스카 브라운리는 렌월드 C. 브라운리의 두 아들 가운데 큰아들이야.

 브라운리의 일은 말할 필요도 없을 거야. 동생은 6, 7년 전에 죽었어. 오스카는 아내와 함께 집을 나가 아무도 그 행방을 아는 사람이 없었지. 그런데 그가 돌아왔어. 여자는 돌아오지 않았고, 오렌지 군에서는 아직도 그녀를 과실치사죄로 뒤쫓고 있어. 다만 그 혐의는 자동차 사고가 일어난 지 꽤 오래 뒤 제기되었지."
"그래서요?"
"으음, 그러니 이를테면 이렇게 생각해 보는 게 어떻겠어? 렌월드 브라운리는 아들 오스카가 부모에게로 돌아올 마음이 있음을 알았어. 그러나 동시에 그 여자가 함께 돌아올까봐 두려워하고 있었어. 그렇다면 어떤 정치적인 힘을 빌려 그 여자에 대한 체포영장을 내는 일은 렌월드 브라운리가 할 만한 교묘한 수법이 아닐까? 그러니까 그녀가 캘리포니아에 돌아오는 순간 과실치사죄로 감옥에 집어넣을 수 있게 되는 셈이지."
델라 스트리트는 멍하니 고개를 끄덕이며 수프 접시를 밀어놓았다.
"브라운리 저택에는 두 손자가 같이 살고 있잖아요?"
"으음, 그렇지. 죽은 둘째아들의 아이 필립 브라운리와 이름은 잊었지만 오스카의 딸인 여자아이가 있어. 그런데 맬로리 주교는 몬테리 호를 타고 미국에 와서 샌프란시스코에 4, 5일 머무르며 신문에 몇 가지 광고를 내고……."
델라가 말을 가로막았다.
"잠깐만요, 지금 생각난 일이 있어요. 주교님은 몬테리 호로 왔다고 했지요?"
"응, 그렇지. 왜?"
델라는 신경질적으로 웃었다.
"소장님은 속기사나 비서나 점원들이 사교면 기사를 왜 읽는지 아세요?"
"글쎄? 이거 참 야단났는걸, 왜 읽지?"
델라는 어깨를 으쓱했다. 그녀는 잠시 슬픈 듯한 표정을 지었다.

"저도 모르겠어요, 소장님. 스스로 생활하는데 필요한 돈을 못 벌면 그건 이미 살아있는 게 아니라는 생각도 하지만, 누가 팜 스프링즈 휴양지에 갔고 헐리우드에서 누가 뭘 하고 있다는 그런 기사를 읽기 좋아해요. 내가 아는 여비서들도 모두 마찬가지예요."

메이슨이 가만히 얼굴을 갖다대고 델라를 지켜보았다.

"서론은 그만 늘어놓고 본론을 말해 줘, 델라."

"우연히 기억에 남아 있어요. 렌월드 C. 브라운리의 손녀 재니스 앨머 브라운리는 시드니에서 샌프란시스코까지 몬테리 호를 탔었어요. 그리고 이 매력적인 백만장자의 손녀딸은 배에서 사교모임의 중심이 되었다는 아무 의미 없는 기사도 신문에 실렸어요. 소장님, 그러므로 당신은 손녀딸의 이름조차 모르지만 나는 여러 가지 사실을 가르쳐드릴 수 있는 거예요."

메이슨은 식탁 너머로 그녀의 얼굴을 뚫어지게 보며 말했다.

"12."

"네?"

"12야."

되풀이 말하는 메이슨의 눈이 장난스럽게 반짝였다.

"어머나, 소장님, 대체 뭐라고 하신 거예요?"

"조금 전에 이 사건은 2에 2를 더하니 4가 아니라 6이 되었다고 말했었지? 그리고 그것이 마음에 걸린다고. 그런데 지금 나는 2에 2를 더했는데 12가 되어 버렸어."

"뭐가 12예요?"

메이슨은 머리를 가로저었다.

"잠시 그 일은 생각지 말자구. 이처럼 홀가분한 기분이 되는 것도 드문 일이잖아? 델라, 먹고 마시고 유쾌하게 춤추자구. 그 뒤 사무실로 돌아가 폴 드레이크를 만나야지. 그때는 지금 내가 쫓고 있는 것이 어쩌면 한여름 밤의 꿈이 되어 버릴지도 몰라. 하지만 지금은……."
그의 목소리가 조금 젖어드는 듯했다.
"만일 한여름 밤의 꿈이 아니라면, 대체 과연 얼마나 엄청난 사건이 될까? 이거야말로 최고급 일류 사건이야. 호화판이야!"
"말해 주세요, 소장님."
메이슨은 고개를 저었다.
"나도 실감이 안 나, 델라. 신기루야. 말하지 않는 게 좋겠어. 그 편이 드레이크로부터 우리가 잘못 겨냥하고 있음을 증명할 만한 정보가 튀어나와도 실망하지 않을 거니까."
델라는 진지한 표정으로 메이슨을 보았다.
"그럼, 그 아가씨가?"
"아니, 안 돼. 상사에게 거역해서는 안 되지. 자, 나가자구, 델라. 폭스 트로트야. 알겠어? 우리는 지금 머리를 식히고 있는 거야."
메이슨은 식사를 서둘러 마치는 것도, 일에 대해 이야기하는 것도 허락하지 않았다. 그 동안 그는 델라 스트리트가 아주 마음에 들었다. 두 사람은 1시간 넘게 세상에서 아주 드물게밖에 얻을 수 없는 친밀감을 마음껏 즐겼다. 그 친밀감은 실망과 환희를 더불어 나누며 같이 일하고, 사람과 사람의 접촉에서 언제나 보게 되는 조금의 위선조차 필요로 하지 않을 만큼 서로를 완전히 이해하는 사이에서만 솟아나는 특별한 정다움이었다.
디저트 접시가 거두어지고 리큐르 잔에 남은 마지막 한 방울까지 마셔 버리고 나자 비로소 메이슨은 후유 깊이 한숨을 내쉬며 델라에게 말했다.
"이제 돌아가 다시 우리의 신기루를 뒤쫓기로 하지. 결국 그것이 신기루라는 사실을 밝혀내도록 하자구."

"소장님은 신기루라고 생각하세요?"
"나도 잘 모르겠어. 그런데 속으로는 자꾸 그렇지 않을 거라고 우기네. 어쨌든 드레이크에게 전화 걸어 사무실로 와달라고 해야겠어."
"저, 소장님. 아까부터 생각하고 있었는데, 만일 그 여자가 캘리포니아에서 중범으로 체포영장이 나왔음을 알고 오스트레일리아로 도망쳤고……."
메이슨이 델라의 어깨를 붙잡았다.
"더 이상 말하지 마. 구름 속을 뛰어다니지 말자구. 우리는 땅바닥에 발을 대고 있지 않으면 안 돼. 델라, 폴 드레이크에게 사무실로 와달라고 전화 걸어 줘. 나는 택시를 잡겠어."
델라는 공상에 사로잡힌 눈으로 고개를 끄덕였다.
"만일 그분이 진짜 주교가 아니라 사기꾼이라면?"
메이슨은 투박한 집게손가락을 델라의 얼굴에 겨누어 권총 방아쇠를 당기는 시늉을 하며 말했다.
"서라, 서지 않으면 쏜다!"
델라는 웃었다.
"그럼, 소장님, 화장을 좀 고치고 나서 폴 드레이크 씨를 부르겠어요."
그녀는 화장실 쪽으로 사라졌다.

폴 드레이크가 페리 메이슨의 사무실 문을 두드리자 델라 스트리트가 맞아들였다.
드레이크는 두 사람을 보며 싱긋 웃었다.
"두 분 다 진수성찬을 드셨나 보군!"
메이슨은 식사 때의 명랑함을 이미 완전히 잃고 있었다. 심각한 표정으로 정신을 집중시킬 때면 언제나 그렇듯이 반쯤 눈을 감고 있었다.

"주교는 어떤가, 폴?"

드레이크가 대답했다.

"그는 이제 완전히 자기 힘으로 움직일 수 있게 되었네. 벌써 퇴원해서 호텔로 돌아왔어. 하지만 아직 모자를 쓸 수 없네. 머리를 붕대로 칭칭 감아 한쪽 눈과 코밖에 보이지 않아. 마지막으로 받은 보고에 따르면, 이제 신부답게 침착함을 되찾은 듯하네."

"시튼 간호사는?"

"아직 꼼짝 않고 웨스트 애덤스 거리의 아파트에 있네. 주교의 전화를 받기 전에는 나오지 않으려나 보네."

메이슨은 여전히 얼굴을 찌푸린 채 생각에 잠겼다.

"아무래도 앞뒤가 안 맞아."

"어째서? 앞뒤가 맞는 몇몇 사실 가운데 하나 아닌가! 우리가 쳐들어갔을 때 그녀는 짐을 꾸리고 있었네. 어디론가 떠날 참이었던 것만은 틀림없어. 그녀는 주교나 아니면 주교가 소개하는 환자와 함께 여행할 예정이었음을 인정했네. 그러므로 주교로부터 구체적인 지시가 내려지기를 기다리는 걸세. 주교가 입원한 뒤로는 한 발자국도 밖으로 나오지 않았으니까."

"식사하러 나오지도 않았나?"

"쓰레기를 버리기 위해 뒤쪽 문도 열지 않았어."

"앞뒤로 두 명 배치했다고 했지?"

"그래, 아파트까지 그녀를 미행한 사나이가 앞쪽을 감시하고 우리가 그곳을 떠난 지 5분도 안 되어서부터 또 한 탐정이 뒤에서 망보고 있네."

메이슨이 말했다.

"델라가 가르쳐준 사실이 중요한 것 같네. 재니스 앨머 브라운리는 몬테리 호로 오스트레일리아에서 돌아왔네."
"그게 어떻다는 거지?"
"맬로리 주교도 같은 배로 왔네. 두 사람은 배 안에서 2, 3주일 동안 같이 지낸 셈이지. 그리고 뜻밖의 사실이 끼어 있지 않은 한 주교가 과실치사 사건으로 동분서주하는 그 여자가 바로 브라운리 양의 어머니 아닌가?"
드레이크는 이맛살을 잔뜩 찌푸리고 생각에 잠겼다.
메이슨이 말했다.
"델라와 나에게 진작부터 짐작되는 바가 있네. 어쩌면 어리석은 생각일지도 모르네. 아직 입 밖에 내어 말할 용기가 나지 않을 정도일세. 그 이야기를 털어놓아 자네 의견을 듣고 싶네만."
"말해 보게. 나는 남의 생각에 구멍 뚫기를 좋아하니까."
"그 브라운리라는 여자가 오스트레일리아로 도망갔다고 하세. 오스카 브라운리가 미국으로 돌아온 뒤 아기가 태어났으며, 그 무렵 영국 국교회 신부였던 맬로리 주교가 그 아기를 어느 좋은 집안에 맡겨주도록 의뢰받았다고 하세. 그는 아이를 시튼이라는 이름의 가정에 맡겼으며, 미국으로 올 때 함께 몬테리 호를 탄 아가씨가 재니스 브라운리라고 자칭하는 것을 발견하고 그것이 가짜임을 알았다고 하세.
　주교는 신중한 태도로 사실을 밝히기 전에 확고한 증거를 잡아야겠다고 마음먹었네. 특히 무엇보다도 먼저 진짜 브라운리의 딸을 찾아내야겠다고 생각했네. 어떤가? 여러 사실이 이 이야기와 들어맞지 않나?"
드레이크가 잠시 생각에 잠겼다.
"페리, 이야기가 좀 우습군. 첫째, 그건 모두 추측일세. 둘째, 브라운리 집안에서 딸을 데려간 것을 그 어머니가 모를 리 없으며, 만일 그 아가씨가 가짜라면 벌써 옛날에 소동이 벌어졌을 게 아닌가?"

"하지만 그 어머니가 먼 곳에 있어서 그 사실을 몰랐다가 이제야 겨우 알게 되었을 수도 있지 않은가? 그렇게 되면 소동을 부리러 올 게 뻔한 사실 아닌가."

"하지만 어머니는 돌아오지 않았네. 그것이 자네 말에 대한 가장 좋은 반박일세. 더욱이 아가씨는 눈부신 큰 저택의 영양이 되어 한창 꽃다운 나이이니까 갓난아기 때와는 완전히 달라 보인다는 점도 잊어서는 안 되네. 맬로리 주교는 양녀로 보내기 위해 맡았던 아기보다 성직자로서의 의무에 훨씬 더 관심을 가지지 않을까?

……역시 아닐세, 페리. 자네 짐작은 아니야. 하지만 이렇게 생각할 수는 있지. 공갈협박을 꾀하려는 한 사나이가 있어 그 공작 단계에 맬로리 주교가 필요했네. 그래서 가짜 맬로리 주교를 어떤 속아 넘어가기 쉽고 싸움 좋아하는 변호사에게 보내 눈물에 얽힌 가정비화를 한 대목 늘어놓도록 시키는 걸세. 그리하여 브라운리 재벌에 총구를 들이대어 한밑천 잡으려는 속셈이지."

"그럼, 자네는 주교가 가짜라고 여기는가?"

"으음, 나는 처음부터 그 주교가 악당이라고 생각했네. 그 말더듬이가 마음에 안 들어, 페리."

메이슨은 잠시 생각에 잠기는 듯했다.

"자네가 그처럼 잘라 말하니 말이네만, 나도 사실은 마음에 안 드네."

드레이크가 싱긋 웃었다.

"흐음, 이제 명백하게 됐군."

"그래서 나는 다시 한 번 맬로리 주교와 이야기하고 싶네. 물론 저쪽에서 먼저 연락을 취해오지 않는다면 말일세. 언제쯤 호텔로 돌아왔지, 폴?"
"반시간쯤 전일세. 병원에서 치료를 받고 완전히 의식을 되찾았을 때는 두통과 머리의 붕대 말고는 아픈 데가 없었네."
"경찰에 뭐라고 보고했는가?"
"호텔로 돌아와 방문을 연 순간 누군가가 뒤에서 덤벼들어 쓰러졌으며, 그밖의 일은 아무것도 기억하지 못한다더군."
"그것으로는 깨진 거울이며 부서진 의자에 대한 설명이 안 돼, 폴. 그 방에서 격투가 벌어졌잖아?"
드레이크는 어깨를 으쓱했다.
"내가 아는 건 경찰에 그렇게 말했다는 것뿐일세. 하지만 그 정도 당하고 나면 웬만한 일은 잊어 버릴 수도 있지 않겠어?"
메이슨이 물었다.
"주교에게도 미행을 붙였겠지?"
"두 사람이 따로따로 자동차 안에서 감시하고 있네. 절대로 놓치지 않을걸세."
"어떤가, 다시 한 번 시튼 간호사를 만나러 가보겠나? 이번에는 델라를 데리고 가세. 빨강머리 말괄량이 아가씨도 델라가 이야기하면 누그러질지도 모르니."
드레이크는 원망스러운 목소리로 대답했다.
"지금은 그 아가씨로부터 아무것도 얻어낼 수 없네."
"어째서 지금은 안 된다는 거지?"
"자네 방법이 마음에 들지 않아. 나는 그런 종류의 아가씨를 잘 아네. 줄곧 겁주지 않으면 안 되지. 주교가 죽었으므로 당연히 당신에게 혐의가 걸렸다고 암시하여 이야기를 끌고나갔더라면 발등에 떨어진 불을 끄기 위해 사실을 털어놓았을 게 틀림없을 텐데."

"하지만 이따금 진실을 말했네. 이를테면 광고를 보고 주교와 연락을 취했다는 말은 사실이었어."

메이슨이 손짓하자 델라 스트리트가 '개인란'에서 오려낸 광고를 건네주었다. 메이슨이 그것을 밀어주자 드레이크는 얼굴을 찌푸리며 훑어보았다.

"대체 어떻게 하려는 걸까, 페리?"
"조금 전에 내가 말한 줄거리가 아니라면 잘 모르겠네, 폴. 그런데 오스트레일리아에서는 그 뒤로 아무 소식도 없나?"
"없네. 인상을 알려달라고 그쪽에 부탁해 두었네. 그리고 주교의 현주소도 전보로 쳐달라고 했어."

메이슨은 생각에 잠긴 표정을 지었다.

"나는 그 시튼 간호사가 이 사건의 열쇠를 쥐고 있다고 생각하네. 잠깐 그녀에게 들러 몇 마디 물어본 다음 말더듬이 주교를 만나 보세. 그쯤이면 여러 가지 정보가 들어올 테지."
"페리, 자네가 어떻게 하든 내 알 바 아니지만 나로서는 이 사건이 이렇다할 결과를 가져올 듯싶지 않네. 사례금도 받을 가망이 없고, 누구 하나 특별히 자네에게 부탁한 일도 아닌데 대체 어째서 이토록 고생해야 하나?"

메이슨은 어깨를 으쓱했다.

"자네는 이 상황 속에 숨은 잠재적 가능성을 알아차리지 못하고 있네. 첫째, 이것은 하나의 미스터리이고 내가 미스터리에 대해 어떤 마음을 지니고 있는지 자네는 잘 알 걸세. 둘째, 모든 징후가 사라져 버리지 않는 한 이제까지 우리가 알아낸 사실은 전문적인 용어로 말하자면 이른바 '구성'에 해당될 걸세."

드레이크가 언제나처럼 불분명한 말투로 물었다.

"무슨 '구성'인가?"

메이슨은 팔목시계를 들여다 보았다.
"내가 예상하기로는 12시간 안에 어떤 여자로부터 전화가 걸려올 걸세. 그녀는 줄리아 블래너 또는 오스카 브라운리 부인이라고 말할 거야."
"그럴지도 모르지. 그리고 그녀는 가짜일지도 모르네. 가짜가 아니라면, 으음, 그렇다면 엄청난 사건이 될지도 모르겠는걸!"
메이슨은 모자를 쓰며 말했다.
"자, 나가세."
세 사람은 드레이크의 자동차를 타고 웨스트 애덤스 거리의 아파트를 향해 달렸다. 낡은 차창으로 작은 담배 불빛이 보였다. 그 어둠 속에서 모습을 드러내며 다가오는 사람 그림자는 찰리 다운스였다.
드레이크가 물었다.
"아무 일 없나?"
탐정이 웃음 지으며 대답했다.
"이상 없습니다. 언제까지 여기서 망보는 겁니까?"
"밤 12시에 교대시키겠네. 그때까지 단단히 감시하게. 우리는 안으로 들어가겠네. 우리가 나온 뒤 여자가 외출할지도 모르네. 그때 틀림없이 그녀가 가는 곳을 알아둬야 하네."
엘리베이터를 타고 3층으로 올라갔다. 드레이크가 앞장서서 328호 앞에 이르자 가볍게 문을 두들겼다. 대답이 없었다. 다시 한 번 좀 세게 두드렸다.
메이슨이 속삭였다.
"잠깐만, 좋은 생각이 있네."
그는 델라 스트리트를 보았다.
"불러 봐. '문 좀 열어, 재니스, 나야' 하고."
델라 스트리트는 고개를 끄덕이며 문에 입을 대고 말했다.

"문 열어요, 재니스, 나야."

그러나 아무 소리도 들리지 않았다. 메이슨은 바닥에 꿇어앉아 주머니에서 갸름한 봉투 하나를 꺼내 문 밑으로 밀어 넣고 앞뒤로 움직였다.

"불이 켜져 있지 않아, 폴."

폴 드레이크가 말했다.

"이상하군!"

세 사람은 한참 동안 멍하니 서 있었다. 이윽고 드레이크가 말했다.

"아래로 내려가 뒤쪽을 잘 감시했는지 알아보고 오겠네."

"우리는 여기서 기다리지."

드레이크는 엘리베이터를 타지 않고 층계로 뛰어 내려갔다.

델라가 주춤거리며 말했다.

"이 건물에서 나가지 못할 상황이었다면……."

"으음?"

"이 안에 있는 셈이 되지요."

"그래서?"

"혹시 어쩌면, 그렇지 않을까요?"

"자살했으리라는 거야?"

"네."

"아니, 그런 짓을 할 아가씨로는 여겨지지 않아. 아주 억세 보였어. 하지만 그녀가 꾀를 내어 이 건물 안의 친구 방으로 갔을 수도 있겠지. 충분히 가능한 일이니까. 아니면 죽은 척하고 안에 드러누워 있는지도 몰라."

두 사람은 어색한 침묵 속에서 기다리고 있었다.

드레이크가 한 번에 층계를 두 단씩 건너뛰어 숨을 몰아쉬며 헐레 벌떡 돌아왔다.

"그녀는 완전히 이 안에 갇혀 있네. 앞쪽으로도 뒤쪽으로도 나가지 않은 게 틀림없어. 분명 이 안에 있어. 페리, 어쩌면……."

그는 말끝을 흐렸다. 메이슨이 말을 받았다.

"으음, 델라도 그런 말을 하더군. 그러나 나로서는 그런 짓을 했으리라고 여겨지지 않네."

드레이크가 싱긋 웃었다.

"나는 그것을 알아내는 방법을 알고 있어."

"변호사로서 한마디 한다면 그런 방법은 분명 법에 어긋나는 일일세."

드레이크는 주머니에서 가죽 주머니를 꺼내 그 속에 든 열쇠다발을 집어냈다.

"양심, 호기심, 어느 쪽인가?"

메이슨이 대답했다.

"호기심."

드레이크가 열쇠를 끼워보고 있는 동안 메이슨이 델라에게 말했다.

"당신은 관여하지 않는 편이 좋아, 델라. 방 안에 들어가서는 안 돼. 그렇게 하면 나중에 무슨 일이 있더라도 당신에게는 아무 탈 없을 거야."

그러자 드레이크가 열쇠를 돌리며 델라에게 말했다.

"혹시 누가 오면 문을 두드려 줘요. 그러면 우리가 안에서 문을 잠그겠어. 문을 두드리는 소리가 들리면 조용히 하라는 신호로 알 테니까."

델라 스트리트가 물었다.

"그 시튼 간호사가 오면 어떻게 하지요?"

"그렇지는 않을 거요. 나간 흔적이 없으니까. 하지만 만일 그렇다면, 나이는 21, 2살쯤으로 화려한 붉은 머리와 타는 듯한 눈빛과 복숭아처럼 고운 살결을 지니고 있으니 보면 곧 알 수 있을 거요. 뭔가 구실을 만들어 붙잡고 있는 동안 우리는 밖으로 빠져 나가겠소. 아래의 자동차 안에서 누가 그녀를 만나려고 기다리고 있다고 말하면 될 거요. 이름을 말해서는 안 돼요. 기다리는 사람이 주교인 듯한 암시를 주면서 그때 어떤 반응을 보이는지 봐둬요."

"알았어요. 걱정 마세요. 잘해 볼게요."

메이슨이 경고했다.

"그녀는 다이너마이트야. 입씨름을 해서는 안 돼. 말이 막히면 힘으로 덤벼들지도 몰라. 그렇게 되면 난처해져."

드레이크가 물었다.

"불을 켤까?"

메이슨이 대답했다.

"좋겠지."

"자, 들어가세."

메이슨이 주의를 주었다.

"우선 문을 닫게."

두 사람은 문을 닫았다. 드레이크가 더듬더듬 전등 스위치를 찾아냈다. 이어서 찰칵 소리가 나며 방이 밝아졌다. 방 안 광경은 두 사람이 낮에 보았을 때와 다름없었다. 침대 위에 옷가지가 쌓여 있고 절반쯤 물건이 든 트렁크는 방바닥 한가운데에 열린 채 놓여 있었다.

메이슨이 나직이 말했다.

"무슨 일인가 했다면 우리가 여기서 나간 뒤였을 걸세. 자네는 욕실을 봐 주게, 나는 부엌을 살펴보겠네."

드레이크가 말했다.

"침대 뒤 벽장을 잊지 말게. 이거 어쩐지 기분이 좋지 않은데. 그녀가 시체로 발견되면 우리가 난처해지잖아."

"새삼스레 무슨 말인가, 폴!"

두 사람은 저마다 방 안을 살펴본 다음 쓴웃음을 지으며 침대 옆으로 돌아왔다.

"여보게, 페리, 보기 좋게 한 방 먹었군. 하지만 이 건물 안에 친구가 있어서 그 방에 갔을지도 모르네."

메이슨은 머리를 가로저었다.

"만일 그렇다면 그전에 짐을 다 꾸려놓고 감시가 풀렸다고 여겨지는 대로 곧 들고 뛰쳐나갈 수 있도록 준비해 두었을 걸세. 폴, 그녀는 우리가 여기서 나간 지 5분도 안 되어, 즉 자네의 두 번째 감시원이 미처 오기 전에 뒷문으로 나갔네."

"흐음, 아무래도 자네 말이 맞는 것 같군, 페리. 그런데 이처럼 깨끗이 당하고 나니 화가 치미는걸. 있지도 않은데 그토록 엄중히 감시시켰으니."

메이슨이 조용히 말했다.

"이제 주교를 만나러 가세. 델라는 사무실로 돌려 보내고, 전등을 켜두고 뒷문은 열어 두게."

델라가 궁금한 표정을 짓고 있었으므로 메이슨이 말했다.

"당신은 사무실로 가서 줄리아 블래너의 전화를 받아 줘야 해. 오스카 브라운리 부인이라고 할지도 모르지만 그거야 아무래도 상관없겠지. 블루벌까지 우리와 함께 가서 거기서 택시를 타고 돌아가. 우리는 리걸 호텔로 가겠어."

드레이크는 두 부하에게 계속 감시하도록 명령하고 재니스 시튼이 돌아오면 곧 알리도록 일러두었다.

그리고 블루벌까지 델라 스트리트를 태우고 가서 그녀가 택시를 타고 사무실로 향하는 것을 확인한 다음 곧장 리걸 호텔로 갔다.

호텔에 닿자 드레이크는 로비를 둘러보며 말했다.
"우리 집 아이들이 하나도 없군."
"웬일일까?"
"아마도 주교가 외출했을 테지."
메이슨이 말했다.
"어딘가에서 시튼의 딸과 만나고 있나 보군."
"제임스 팔리를 찾아내어 뭘 알고 있는지 물어 봐야지. 아아, 저기 있군. 여어, 제임스!"
호텔 탐정은 도무지 어울리지 않는 턱시도를 입고 점잔을 빼고 있었는데, 두 사람을 보자 대머리를 수그려 인사하고 싱글거리며 다가왔다.
"맬로리 씨는 영국 국교회 주교군요. 지금 머리가 아파 드러누워 있습니다. 아주 재미있는 사람입니다. 없어진 물건은 아무것도 없고 굳이 항의할 마음도 없으니 모든 일을 은밀하게 해달라는 겁니다. 이대로라면 잘 타협될 듯싶습니다. 그건 그렇고, 조금 전에 외출했는데 메이슨 씨에게 쪽지를 남겨 두었습니다."
메이슨과 드레이크는 얼굴을 마주보았다.
"내게 쪽지를 남겨두었다고요?"
"네, 카운터에 있습니다. 갖다 드리지요."
드레이크가 물었다.
"짐 같은 것을 들고 갔나?"
"아닐세. 그냥 잠깐 식사하러 간 게 아닐까?"
탐정은 카운터로 들어가 창구에서 편지를 한 통 꺼냈다. 겉에 다음과 같이 씌어 있었다.

　변호사 페리 메이슨 씨에게 (오늘 저녁 메이슨 씨가 오시면 주십시오).

메이슨은 봉투를 뜯었다. 5달러 지폐가 한 장 호텔 편지지에 클립으로 끼워져 있었다. 편지 내용은 다음과 같았다.

메이슨 씨.
당신의 사무실을 나오자 곧 미행당하고 있음을 알고 수위에게 부탁하여 지하실을 통해 밖으로 나왔습니다. 돌아와서 전화로, 타고 갔던 택시를 찾아 보니 당신이 요금을 치러 주셨더군요. 그 돈을 돌려드립니다.
당신의 조언대로라면 그것은 예상치 못한 대어가 될 것이 분명하니 부디 믿어 주시고, 나는 그것이 천 배의 보수가 될 것임을 보증할 수 있다고 확신하는 바입니다.
월리엄 맬로리

메이슨은 한숨을 내쉬며 5달러 지폐를 클립에서 빼내 조끼 주머니에 넣었다. 그리고 호텔 탐정에게 물었다.
"주교는 언제 돌아온다고 말하지 않았소?"
제임스 팔리는 고개를 끄덕이고 나서 말했다.
"그 주교는 여간 좋은 분이 아닙니다. 조금도 원망하지 않았습니다. 머리를 그토록 심하게 다쳐서 모자를 쓰지 못할 만큼 터번처럼 붕대를 칭칭 감고 있었는데도 말입니다."
메이슨은 드레이크에게 뜻있는 눈짓을 했다.
"폴, 사무실에 전화 걸어 보지 않겠나?"
드레이크는 전화부스로 들어가 잠시 통화했다. 조금 뒤 그는 문을 열고 메이슨을 손짓하여 불렀다.

"보고가 들어와 있네."

그는 전화 부스 안에서 얼굴을 내밀지 않고 단조로운 목소리로 나직이 말했다.

"주교의 뒤를 쫓아 로스앤젤레스 항 157-158 부두까지 갔네. 도중에 전당포에 들러 슈트케이스 두 개와 옷가지를 샀어. 그리고 곧장 부두로 갔네. 주교는 몬테리 호에 올라가 내려오지 않았네. '몬테리'는 오늘 저녁 출범하여 호놀룰루와 파고파고를 지나 오스트레일리아로 떠났네. 내 부하는 모터보트로 방파제 끝까지 배를 쫓아가 주교가 내리지 않았음을 확인했네. 자네 친구는 깨끗이 달아난 듯하네. 조심하게, 페리. 그는 사기꾼일세."

메이슨은 어깨를 으쓱했다.

"나에게 수화기를 건네주게."

수화기를 통해 들려오는 델라 스트리트의 목소리는 흥분되어 있었다.

"여보세요, 소장님, 당신의 승리예요."

"뭐라고?"

"줄리아 블래너가 지금 사무실에 와서 기다리고 있어요. 얼른 좀 만나 뵙고 싶다는군요."

5

줄리아 블래너는 빨강머리에 어울리는 적갈색 눈으로 페리 메이슨을 바라보았다. 턱 밑의 주름살 하나와 미소 지을 때 코에서 입가에 나타나는 두 줄의 선을 빼면 아직 30살 전이라고 해도 좋을 모습이었다.

메이슨이 말했다.

"손님을 맞기에는 시간이 너무 늦었군요."

"그냥 들러보았어요. 사무실에 불이 켜져 있어서요. 비서 아가씨가 만나 주실지도 모른다고 말하기에……."
"이 도시에 사십니까?"
"친구 집에 머물고 있어요. 웨스트 비치우드 214—A호. 그 친구와 함께 아파트를 빌리기로 했거든요."
메이슨이 자연스럽게 물었다.
"결혼하셨습니까, 아니면 독신입니까?"
"미스 줄리아 블래너로 통하고 있어요."
"직업을 가졌습니까?"
"지금은 그렇지 않지만 얼마 전까지는 일을 했어요. 돈은 얼마쯤 있습니다."
"이 도시에서 일했습니까?"
"아니요, 이곳이 아니에요."
"어디입니다?"
"어디든 상관없지 않을까요?"
"아니, 상관 있습니다."
"솔트레이크 시예요."
"그리고 앞으로는 친구분과 함께 이 도시에서 아파트를 빌려 살 거라는 말이군요?"
"네."
"전부터 아는 친구입니까?"
"네, 솔트레이크 시에서부터 줄곧 사귀어온 친구예요. 솔트레이크에서도 같은 방을 썼어요."
"전화는?"
"글래드스턴 8719예요."
"직업은?"
"간호사예요. 그런데 메이슨 씨, 중요하지도 않은 이런 일에 일일이 대답하기 전에 내가 묻고 싶은 사정부터 먼저 말하는 편이 좋지 않겠어요?"
메이슨은 천천히 머리를 가로저었다.
"나는 대강이라도 개념을 만들어 놓길 좋아합니다. 어떻게 나를 찾아오셨지요?"
"굉장한 민완 변호사라는 말을 들었어요."
"그래서 솔트레이크 시에서 나를 만나러 온 겁니까?"
"그 때문만은 아니에요."
"기차로 왔습니까?"
"아니요, 비행기로 왔어요."
"언제?"
"얼마 안 되었어요."
"이곳에 온 날짜를 정확하게 말씀하십시오."
"오늘 아침 10시. 이런 대답이 꼭 필요하신가 보죠?"
"누가 추천했습니까?"
"오스트레일리아에서 온 아는 남자분입니다."
메이슨은 잠자코 다음 말을 재촉하듯 눈썹을 치켜올렸다.
"맬로리 주교님이에요. 내가 처음 알았을 무렵에는 주교가 아니었지만 지금은 주교님이 되셨더군요."
"그리고 그분이 당신에게 이곳에 오도록 권했습니까?"
"네."
"그럼, 이 도시에 도착한 다음 주교님을 만나셨겠군요?"
그녀는 잠시 망설였다.
"그런 일은 말씀드리지 않아도 되지 않을까요, 메이슨 씨?"
메이슨은 웃음 지었다.
"네, 그렇습니다. 그런데 저는 이 사건을 맡을 수 없을 것 같은 생각이 듭니다. 잘 아시겠지만, 나는 중요한 용건이 많아 몹시 바빠요……."
"어머나, 그래도 꼭 맡아 주셔야 해요. 그렇지 않으면 정말 난처해져요."
메이슨이 물었다.
"맬로리 주교를 언제 만났지요?"
그녀는 한숨을 쉬고 나서 대답했다.
"2, 3시간 전에요."
"아침부터 이곳에 있었지요?"
"네."
"어째서 근무시간에 오지 않았습니까?"
줄리아 블래너는 불안스러운 듯이 머뭇거렸다. 적갈색 눈에 한순간 원망스러운 빛이 떠올랐다. 그녀는 크게 숨을 들이마시고 나서 조심스럽게 입을 열었다.
"찾아뵙도록 권한 분은 맬로리 주교님이에요. 하지만 나는 조금 전까지 주교님을 만나지 못했어요. 다쳐서 병원에 입원하셨기 때문에."
"그때 나에게 가보도록 권했군요."
"네, 그래요."
"나에게 보내는 편지를 당신에게 주시지 않았습니까?"
"아뇨."
메이슨은 일부러 냉정하게 말했다.
"그럼 당신은 맬로리 주교의 친지라는 점도, 정말로 주교와 만나 이곳에 오도록 권고받았다는 것도 실제로는 전혀 증명할 수 없는 셈이군요."
줄리아 블래너는 자기 눈에 떠오르는 원망스러운 빛을 애써 감추며 고개를 끄덕였다.
 메이슨이 말했다.
 "이런 상태에서는 도저히 당신 문제에 흥미를 가질 수가 없습니다."
 그녀는 한순간 자기 마음과 다투는 듯하더니 갑자기 무릎 위에 놓인 검은 핸드백을 열었다.
 "이것을 보여 드리면 그 대답이 되리라고 생각해요."
 줄리아 블래너의 장갑 낀 손이 핸드백 속을 휘저었다. 그 검은 핸드백 밑바닥에 가로놓인 푸른 강철 자동 권총의 번쩍이는 총신을 흘끗 본 순간 메이슨의 눈이 갑자기 흥분된 광채를 띠었다. 그녀는 그의 탐색하는 듯한 눈초리를 알아차리고 윗몸을 비틀어 메이슨의 눈길과 핸드백 사이를 어깨로 가로막았다. 그리고 노란색 봉투를 하나 집어내어 그 속에서 웨스턴 유니언의 전보 용지를 꺼낸 다음 조심스럽게 핸드백을 닫았다. 그녀는 메이슨에게 전보를 건네주었다.
 전보는 샌프란시스코에서 부쳐진 것으로 받는 사람은 유타 주 솔트 레이크 시 성심병원 줄리아 블래너였으며, 다음과 같은 내용이었다.

　4일 오후 로스앤젤레스 리걸 호텔에서 만나려고 함. 서류를 모두 지참할 것.

　　　　　　　　　　　　　　　　　　　윌리엄 맬로리

 메이슨은 그 전보를 읽고 나서 얼굴을 찌푸린 채 생각에 잠겼다.
 "오늘 오후에 맬로리 주교를 만나지 못했지요?"
 "네, 아까 말씀드렸듯이 다치셔서……."
 "그래서 2, 3시간 전에 만났습니까?"
 "네."

"앞으로의 계획에 대해 말했습니까?"
"아뇨."
"뭐라고 하시던가요?"
"메이슨 씨를 만나 모두 말씀드리라고 했습니다."
메이슨은 회전의자에 몸을 기댔다.
"그럼, 말씀해 보십시오."
"렌월드 브라운리에 대해 아세요?" 여자가 물었다.
메이슨이 가볍게 대답했다.
"이야기는 들었습니다."
"오스카 브라운리에 대해 알고 있나요?"
"이야기로 들었습니다."
"나는 오스카 브라운리의 아내예요."
 그녀는 선언하듯 말하고서 연극적으로 입을 다물었다. 메이슨은 책상 위에 놓인 담배 상자에서 담배를 한 개비 꺼내며 말했다.
"게다가 오랜 옛날 오렌지 군에서 발생한 과실치사죄로 중범 체포 영장을 받고 도망친 범인으로 되어 있지요."
 그녀는 느닷없이 일격을 받은 것처럼 멍하니 입을 벌렸다.
"어, 어떻게 그것을 알고 있지요? 주교님이 그런 말씀을 하지 않았을 텐데요!"
 메이슨은 어깨를 으쓱했다.
"나는 다만 당신이 거짓으로 꾸며 내게 말해 봐야 소용없음을 알려주기 위해 이 말을 했을 뿐입니다. 이제부터 이야기하려면 모두 사실대로 들려주십시오."
 그녀는 깊숙이 숨을 들이마신 다음 봇물 터지듯 주워섬기기 시작했다. 마치 연극 대사처럼 덮어놓고 외웠든가, 아니면 오래된 묵은 원한을 날마다 떠올렸던 것처럼 물 흐르듯 거침없이 흘러나왔다.

"22년 전이었어요. 나는 철이 없었어요. 아주 철부지였답니다. 렌월드 브라운리는 부동산 매매를 했는데 돈은 그다지 없었습니다. 그는 눈에 넣어도 아프지 않을 만큼 오스카를 사랑했지만 오스카는 유흥가에 드나드는 것을 좋아했지요. 나는 간호사였어요. 어느 파티에서 오스카를 만났지요. 오스카와 나는 사랑에 빠졌고 우리는 결혼했어요. 젊은이들에게 흔히 보는 열병과도 같은 사랑이었지요.

우리가 의논드리지 않았다고 오스카의 아버님은 몹시 화를 냈어요. 하지만 그 자동차 사고만 나지 않았다면 아무 일 없었을 거예요. 무서운 사건이었어요. 둘 다 술을 조금 마셨지만 나는 취하지 않았지요. 한 노인이 아주 서투른 솜씨로 반대쪽 모퉁이를 돌아 나타났어요. 나는 재빨리 오른쪽으로 비켰지요. 저쪽에서 그냥 왼쪽에 있어 주었다면 아무 일도 일어나지 않았을 텐데 겁이 났는지 오른쪽으로 차를 움직였어요. 그래서 사고가 일어났을 때는 내가 죄를 모두 뒤집어쓰게 되었지요. 나는 취하지는 않았지만 술을 마셨어요. 오스카는 좀 취해 있었지요. 그래서 내가 운전했던 거예요.

그 무렵 오렌지 군이 어떤 형편이었는지 알고 계시겠지요? 시속 30마일로만 달려도 감옥에 들어갔어요. 오스카가 아버님에게 부탁하여 손을 썼기 때문에 우리는 무사히 도망칠 수 있었어요. 그때 우리는 신혼이었는데, 오스트레일리아로 갔습니다.

내가 죄를 뒤집어쓰게 된 것은 그 뒤의 일로, 나는 조금도 몰랐어요. 오스카는 돈으로 사건을 결말 짓도록 아버님에게 부탁했었는데, 아버님은 그 반대의 일을 했던 거예요.

바로 그 무렵 브라운리에게 돈이, 엄청난 돈이 생기기 시작했어요. 그는 아들을 몹시 사랑했어요. 그래서 아들이, 품행이 올바르지 못하여 결혼하든 말든 아무 사나이에게나 몸을 내맡기는 온전치 못한 여자에게 걸려들었다고 생각했지요.

우리는 외국에 있었어요. 마음만 먹는다면 나는 얼마든지 일할 수 있었어요. 그러나 오스카가 할 만한 일은 전혀 없었어요. 그러자 아버님은 정치적 세력을 이용하여 사건을 무마시키는 대신 나에게 과실치사죄로 체포영장을 내도록 하여 이곳으로 돌아올 수 없도록 했습니다. 그리고 나서 나 모르게 오스카와 연락을 취했지요.
  그 무렵 나는 그런 사실을 조금도 눈치채지 못했어요. 어느 날 집으로 돌아오니 오스카가 없었어요. 아버님이 돈을 보내 귀국시켰던 거예요. 그 뒤 나는 너덧 달쯤 일했지만, 아이가 생겨 그만두어야 했지요. 오스카는 아기가 태어나는 것을 알지 못했고 나 또한 결코 알리지 않으리라 가슴에 맹세했어요. 나는 그와, 그의 가족과, 그들이 대표하는 계급 전체를 증오했어요. 그때 나는 렌월드 브라운리가 어느 정도 부자가 되었는지 알지 못했어요. 하기는 알았다 해도 마찬가지였겠지요. 나는 내 두 다리로 버티어 나가리라 마음먹었어요. 그러나 아이를 데리고 있을 수가 없었고, 그렇다고 오스카에게 아기를 맡길 생각은 조금도 들지 않았어요. 멜로리 주교님은 교구신부였습니다, 영국 국교회의. 그리고 내가 아는 누구보다도 인정이 있으세요. 성직자들에게서 흔히 보이는 혼자만 옳다는 독선적인 태도가 조금도 없었습니다. 늘 사람을 도우려는 마음을 지니고 계셨지요. 그분이 나를 도와주었어요. 나는 모두 털어놓고 의논드렸지요.
  어느 날 재니스를 키워줄 아주 좋은 가정이 있다고 신부님이 알려주셨습니다. 큰 부자는 아니지만 부족함 없는 생활로 재니스를 교육시킬 수 있다고 하시더군요. 그런데 그 집에서는 재니스가 누구에게 양육되는지 절대로 생모에게 알리고 싶지 않고, 또 생모가 재니스 뒤에 어른거려서는 난처하다는 것이었습니다. 맬로리 주교님은 재니스에 대해 내게 아무 말도 하지 않겠으며 거처도 알리지 않겠다고 온갖 신성한 것에 걸어 맹세하지 않으면 안 되었던 모양이었어요."

"주교는 그 맹세를 지켰습니까?" 메이슨이 물었다.

"완전하게."

줄리아 블래너는 눈물을 글썽였다.

"젊을 때는 충동적이에요. 나중에 뉘우치게 되리라는 것을 생각지 않고 무슨 일이든 저지르고 말지요. 나는 충동적으로 결혼하고 또 충동적으로 내 딸에 대한 온갖 권리를 내던져 버렸어요. 둘 다 후회하고 있습니다만."

그녀의 입술이 떨리면서 격렬하게 눈을 깜박였다.

"지금은 모두 후회하고 있어요."

그녀는 세게 머리를 흔들었다.

"메이슨 씨, 나는 눈물을 흘리거나 하지 않을 테니 걱정 마세요. 이제까지 죽 나 혼자 힘으로 세상을 헤쳐왔으니까요. 때에 따라서는 세상 관습을 짓밟기도 했고 그 벌도 받았어요. 하지만 불평하지 않아요. 그리고 앞으로도 그럴 거예요."

"말씀을 계속하십시오."

"몇 년 뒤 나는 미국으로 돌아왔어요. 렌월드 브라운리가 대부호가 되었음을 알게 되었지요. 오스카는 렌월드에게 붙잡혀 시키는 대로 하고 있는 듯했습니다. 하지만 나는 오스카가 나에 대해 무슨 일인가 해야 한다고 생각했어요. 그래서 그에게 연락했지요. 그렇지만 돌아온 건 인정머리 없는 대답뿐이었어요. 그 쪽에서는 나를 중죄 도주범으로밖에 여기지 않는 거예요.

아버님의 태도는 더욱 지독했어요. 만일 내가 캘리포니아로 돌아가면 과실치사죄로 체포되어 재판에 회부될 거라고 말했지요! 아아, 그제야 나는 그 사실을 알게 됐답니다. 하지만 어쩌겠어요?

내가 과연 무슨 일을 할 수 있겠어요? 나는 월급을 받고 일하는 간호사에 지나지 않는걸요. 오스카는 어떻게든 이유를 붙여 이혼하자고 하겠지요. 렌월드 브라운리는 백만장자예요. 내게는 체포영장이 나와 있어요. 나는 구태여 캘리포니아로 오고 싶지 않았어요. 어떤 식으로든 마무리는 지어야 한다고 생각했지만 손발이 묶여 있었습니다.

나에 대한 용의는 취중운전뿐만 아니라 과실치사 혐의까지 있었어요. 그러나 나에게는 렌월드 브라운리의 돈과 정치적 배경에 맞서서 싸울 힘이 없었습니다. 나는 교도소에 갇혀 시민권을 박탈당하고, 간호사 자격도 잃어 생계를 꾸려나갈 수도 없게 될 게 틀림없었어요. 아무튼 나는 그렇게 생각하고 있었지요. 아무에게도 비밀을 털어놓을 용기가 나지 않아 변호사에게 의논해 볼 생각조차 떠오르지 않았어요."

"그래서 어떻게 했습니까?"

메이슨의 말투는 열기를 띠고 있었다.

"나의 바람은 오직 내 딸에게 그 아이의 정당한 권리를 되찾아주는 일이었어요. 그래서 오스트레일리아로 편지를 보냈습니다. 그때는 윌리엄 맬로리 신부님도 이미 주교가 되어 있었지만 나를 도와주지는 못했어요. 내가 그분과 한 약속, 그분이 재니스의 양부모와 한 약속을 잊지 말라고 맬로리 주교님은 말씀하셨지요.

딸아이는 좋은 분들에게 양육되고 있었습니다. 재니스는 그들이 진짜 부모인 줄 알고 있고, 그들은 딸을 사랑하여 친부모가 아니라는 사실이 밝혀지느니 차라리 죽는 편이 낫다고 말할 정도인데다 아주 많은 재산은 아니지만 확실하고 안정된 생활을 하고 있었어요. 또 딸아이는 간호에 타고난 소질이 있어 꼭 간호사가 되려 한다는 것도 알았습니다. 그 무렵 병원에서 연구과정에 있었지요. 보모 자격을 얻기 위한 공부도 할 것이라고 말했는데, 딸은 마침내 자격을 따냈습니다.

 메이슨 씨, 나는 딸을 찾기 위해서는 어떠한 일도 마다하지 않았습니다. 분명히 약속을 하긴 했지만 어머니가 딸을 찾고 싶은데 약속이 무슨 소용 있겠어요. 나는 가진 돈을 다 털어 탐정에게 의뢰했지요. 그러나 결국 찾아내지 못했어요. 맬로리 주교님은 여간 능숙한 분이 아닙니다. 딸의 행방을 감쪽같이 숨기고 절대로 입 밖에 내지 않았거든요. 그러던 참에 맬로리 주교님이 내게 이 전보를 보내주셨어요. 나는 이번에는 틀림없이 모두 말씀해 주시리라 믿었지요. 딸도 이제 어른이 되었으니 알려서 안 될 까닭도 없고 양부모님도 이제 돌아가셨다고 생각했습니다.

 그러나 주교님은 아무 말도 하지 않으셨어요. 다만 당신을 만나라고 하더군요. 한편 나로서도 알아낸 사실이 있었어요. 오스카가 죽은 뒤 렌월드는 어딘가에 손녀가 있음을 알고 탐정을 고용하여 찾다가 마침내 재니스라는 아가씨를 손녀라고 데려다놓고 함께 산다고 했습니다. 하지만 맬로리 주교님의 말에 따르면 그 아가씨는 진짜 재니스가 아니라고 해요."

줄리아 블래너는 잠시 말을 끊고 불타는 듯한 도전적인 눈길로 변호사를 보았다.

메이슨이 물었다.

"나더러 대체 어떻게 하라는 겁니까?"

"나는 아무것도 바라지 않아요. 다만 그 가짜 재니스의 가면을 벗겨 주세요. 딸아이를 찾아내어 브라운리 집안의 가족으로 인정받게 해주면 돼요."

"그렇게 해봐야 별로 이익이 없을지도 모릅니다. 렌월드는 재니스를 상속권에서 제외한다는 유언을 남길 수가 있으니까요. 손자가 또 하나 있지요, 남자아이가?"
"네, 필립 브라운리예요. 하지만 나로서는 렌월드가 재니스의 상속권을 빼앗을 리 없다고 여겨져요. 그 아이를 위해 뭔가 해줄 마음이 있을 테니까요."
메이슨이 물었다.
"이제 다 말했습니까?"
"네, 모두 이야기했어요."
"당신으로서는 아무것도 바라는 게 없습니까?"
"네, 아무것도. 하지만 가끔 싫은 소리를 하러 가는 일쯤은 괜찮지 않을까요? 그러면 얼마쯤 마음이 후련해지겠지요. 나는 세상 사람들에게 이리저리 들볶이고 쫓기다 보니 가슴을 치든가 불평을 터뜨리지 않으면 견딜 수가 없어요. 나로서는 싫은 말을 마구 퍼붓는 편을 좋아해요."
메이슨은 찬찬히 그녀를 살펴보다가 갑자기 물었다.
"줄리아, 당신은 어째서 권총을 가지고 다닙니까?"
줄리아는 본능적으로 무릎 위에 놓인 핸드백을 움켜쥐어 메이슨에게서 먼 쪽으로 가져갔다. 메이슨이 그녀로부터 눈길을 떼지 않고 말했다.
"까닭을 말해 주십시오."
그녀는 잠시 망설이더니 말했다.
"나는 한밤중이라도 병원에서 부르면 달려가야 해요. 간호사가 봉변당하는 일은 가끔 있지요. 내가 권총을 지니고 다니는 건 경찰에서도 좋다고 허락했어요."
"허가증을 가지고 있습니까?"
"네, 물론입니다."
"지금은 왜?"

"모르겠어요. 그저 줄곧 지니고 다녔어요. 마치 루즈를 가지고 다니듯이 습관처럼 되어 버린 거예요. 그밖에 다른 이유는 절대로 없어요."

"만일 허가증이 있다면 그 번호가 경찰에 등록되어 있다는 말이 됩니다. 알고 있겠지요?"

"네, 물론 알고 있어요."

"맬로리 주교가 갑자기 모두의 예상을 뒤엎고 리걸 호텔에 짐을 내버려둔 채 몬테리 호로 떠나버린 사실을 당신은 알고 있습니까?"

줄리아 블래너는 입가에 깊은 주름을 잡으며 입술을 깨물었다.

"맬로리 주교님에 대해서는 말하고 싶지 않아요. 나에게 있어 문제는 딸아이 일뿐이니까요."

메이슨이 물었다.

"그래, 언제부터 내가 일을 맡아주었으면 좋겠습니까?"

그녀는 벌떡 일어났다.

"지금 당장 부탁드립니다. 그 무정한 악마가 두 손 들고 살려달라고 울부짖을 때까지 도와주세요. 그가 바로 과실치사죄로 체포영장을 발부하게 한 사람이고, 나를 주 밖으로 쫓아내고 내 결혼생활을 파멸시켰으며 딸과의 사이를 갈라놓은 사람임을 증명해 주세요. 나는 1센트도 바라지 않아요. 다만 그를 항복시키고 싶을 뿐이에요. 그 악마에게 정의는 결코 돈의 힘으로 살 수 없다는 것을 깨닫게 해주고 싶은 거예요."

이제 줄리아 블래너의 눈에는 눈물이 없었다. 다만 입술을 떨며 타는 듯한 눈길로 변호사를 지켜보고 있었다.

페리 메이슨은 몇 초 동안 그녀의 모습을 바라보더니 이윽고 책상에 놓인 수화기를 들고 델라 스트리트에게 말했다.

"렌월드 C. 브라운리에게 전화 걸어 줘."

6

밤비는 회초리 같은 남풍을 타고 비벌리 힐스에 있는 렌월드 C. 브라운리의 저택 나뭇잎을 때리고 있었다. 메이슨의 자동차는 찻길을 크게 돌면서 헤드라이트로 그 젖어드는 푸른 숲을 환하게 비췄다.

변호사는 현관 지붕 아래에 자동차를 세웠다.

그 밤의 날씨처럼 축축한 얼굴을 한 버틀러가 문을 열고 물었다.

"메이슨 씨입니까?"

변호사는 고개를 끄덕였다.

"어서 오십시오. 브라운리 씨가 기다리고 계십니다."

버틀러는 메이슨에게 레인코트와 모자를 벗으라고 말하지 않았다.

홀을 지나 어두운 빛깔의 벽지를 바른 커다란 서재로 안내되었다. 조금 어두운 듯한 전등이 책장에 꽂힌 책과 깊숙한 의자와 벽가에 놓인 푹신해 보이는 긴 의자를 비추고 있었다.

육중한 마호가니 테이블 앞에 앉은 사나이는 전설의 이단(異端) 심문관을 연상케 할 만큼 냉혹한 모습이었다. 머리칼과 눈썹이 눈처럼 하얗기 때문에 마치 콘돌 같은 특이한 느낌을 주었으며, 차갑고 음습한 표정을 더욱 두드러지게 하였다.

"흐음, 당신이 페리 메이슨이오?"

그 목소리에는 환영하는 기색은 눈곱만큼도 없이 그저 관심 있는 물건을 처음으로 손에 들고 살피는 듯한 울림이 전해졌다.

메이슨은 물방울을 흔들어 털면서 레인코트를 벗어 주인이 권하기를 기다리지도 않고 의자등받이에 걸쳤다. 그는 활짝 어깨를 펴고 가볍게 두 다리를 벌리고 서서 화강암같이 준엄한 옆얼굴과 인내력 있는 눈빛을 비추는 부드러운 전등 갓 아래에서 입을 열었다.

"그렇습니다. 당신이 브라운리 씨입니까?"

메이슨의 목소리에도 상대방 노인과 마찬가지로 차가운 울림이 깃들어 있었다.

브라운리가 말했다.

"앉구려. 어떤 의미에서 나는 당신이 와준 데 대해 기뻐하고 있소, 메이슨 씨."

"고맙습니다. 조금 뒤에 앉지요. 지금은 서 있는 편이 좋습니다. 어째서 내가 방문한 것을 기뻐합니까?"

"재니스에 대해 할 이야기가 있다고 했지요?"

"그렇습니다."

"메이슨 씨, 당신은 아주 기민한 변호사요."

"고맙습니다."

"고마워할 건 없소. 아첨하는 게 아니니까. 어쩔 수 없이 인정하는 거요. 지금 상태로는 마지못해 인정한다고 해도 좋겠지. 당신의 활동은 신문에서 읽고 줄곧 놀랍게 여기는 바이오. 동시에 호기심도 일었소. 그래서 당신에게 흥미를 느껴 만나고 싶어졌음을 인정하는 거요. 실은 어떤 문제에 대해 당신과 의논할까 하는 생각까지 했을 정도니까. 하지만 경제적으로 중요한 용건을 민첩한 두뇌를 장점으로 하는 변호사에게 맡긴다는 게 어쩐지 영 마음 내키지 않아서……. 역시 바람직한 것은……."

메이슨은 머뭇거리는 브라운리를 비웃듯이 물었다.

"책임감입니까?"

"아니, 내가 말하려는 건 그게 아니오. 당신은 사람들을 깜짝 놀라게 하는 극적인 방면에 특기가 있더군. 그런데 메이슨 씨, 좀더 나이를 먹으면 당신도 알게 되겠지만, 큰 자본을 움직이는 사람은 남의 눈에 띄는 극적인 사건에는 덤벼들지 않는 법이라오."

"그래서 내게는 의논하지 않았다는 말씀이로군요?"

"그렇소."

"그렇다면 당신이 내게 일을 맡길 마음이 없는 한 나로서는 당신의 반대편 사람을 위해 일할 완전한 자유를 가지게 되는 셈이군요."

그 막대한 부, 경제력을 과시하는 물건들로 성채처럼 에워싸인 마호가니 테이블 앞에 앉은 사나이의 입술이 비수 같은 미소를 띠며 일그러졌다.

"멋진 응수로군. 내 비평을 반대로 이용해서 내게 창 끝을 돌리는 수법은 과연 듣기보다 비범한 솜씨요."

"내가 이곳에 온 까닭은 대강 전화로 설명했습니다. 당신의 손녀딸과 관련된 일이지요, 브라운리 씨. 당신이 어떻게 생각하든 상관없지만, 나는 돈으로 나를 산 사람을 위해 싸우는 한낱 싸움패는 아닙니다. 난 투사입니다. 혼자 힘으로는 싸울 수 없는 사람을 위해 투쟁한다는 마음을 갖고 싶었습니다. 하지만 결코 무분별한 짓은 하지 않습니다. 정의를 돕기 위해 싸우는 겁니다."

브라운리가 의심스러운 듯한 말투로 물었다.

"메이슨 씨, 나더러 당신은 부정을 바로잡는 일만 추구하고 있다고 믿으라는 거요?"

"당신더러 믿으라느니 뭐니 하는 말은 전혀 할 생각이 없습니다. 그저 그렇다는 것뿐이지요. 믿고 안 믿고는 당신 자유이니까."

브라운리는 눈썹을 찌푸렸다.

"뭐, 그처럼 거친 말을 쓸 필요는 없지 않소, 메이슨 씨."

"그 점에 대해선 내 판단이 옳을 겁니다, 브라운리 씨."

메이슨은 의자에 앉아 담뱃불을 붙였다. 아주 침착한 은행가다운 그의 태도가 얼마쯤 허물어졌음을 알아차렸던 것이다.

"그건 그렇고, 어떤 사람이 남이 가지고 싶어 하는 물건을 지녔을 때는 반드시 외부로부터 온갖 종류의 압력을 받게 마련입니다. 당신은 돈을 가지고 있습니다. 다른 사람들도 돈을 갖고 싶어하지요.

그들은 온갖 짓을 다하여 당신이 그 돈을 내놓도록 하려고 할 겁니다. 그리고 내게는 투사로서의 어떤 능력이 있으므로 사람들은 나의 동정을 끌기 위해 남을 쉽게 믿어 버리는 내 기질을 이용하려고 합니다.

지금부터 나는 카드의 모든 패를 테이블에 펼쳐 보여드리겠습니다. 이 문제에 대해 나의 흥미를 부채질한 일련의 사건들은 참으로 기묘한 것입니다. 나는 그것이 나를 끌어들이기 위해 짜 맞춘 정교한 '구성'이 아니라는 확신을 가질 수 없습니다. 만일 그것이 진실이 아니라면 나는 다른 사람에게 부정한 일을 하거나 또는 사기극에 앞장서게 되는 것이기 때문에 그런 일에 내 힘을 쓰고 싶은 생각은 조금도 없습니다. 하지만 만일 그 일련의 사정이 교묘하게 짜 맞춘 게 아니라 실제로 일어난 사건이라면, 당신이 아드님 오스카와 줄리아 블래너 사이에 태어난 딸이라고 믿고 있는 여자는 당신과 아무 관계가 없는 사람일 가능성이 아주 큽니다."

브라운리가 물었다.

"당신은 그런 주장을 할 만한 권리를 갖고 있소?"

"물론이지요."

메이슨은 흩어지는 담배 연기를 쫓으며 잠시 말을 끊었다. 그리고 노골적으로 탐색하는 듯한 브라운리의 눈을 똑바로 보며 거만하게 덧붙였다.

"나는 현재 살아 있는 어머니 줄리아 블래너의 권위를 업고 말하는 겁니다."

브라운리는 표정이 조금도 달라지지 않았다. 그는 서릿발처럼 차갑게 미소 지었다.

"그렇다면 누가 그녀를 줄리아 블래너라고 인정했는지 알고 싶구료?"

메이슨의 표정도 흔들리지 않았다.
"아무도 증명하지 않습니다. 그렇기 때문에 나는 당신을 찾아왔습니다. 이 사건에서 만일 우리 쪽에 거짓이 있다면 바로 당신이 그 사실을 폭로해야 해요."
브라운리가 물었다.
"만일 내가 그 여자의 거짓을 증명하여 당신을 납득시킨다면?"
메이슨은 두 손바닥을 커다랗게 펼쳐 보이며 어깨를 움츠렸다.
"그때는 더이상 이 사건이 내게 아무 흥미도 주지 못하겠지요. 하지만 브라운리 씨, 그러기 위해서는 나를 납득시키지 않으면 안 된다는 것을 꼭 기억하셔야 합니다."
"줄리아는 닳고닳은 여자요. 내가 고용한 탐정이 그녀의 과거에 대해 여러 가지로 조사해 봤소. 내 아들을 만나기 전부터도 꽤 난잡하게 교제를 했다더군."
메이슨은 깊숙이 담배를 빨아들인 다음 연기를 뱉어내며 말했다. 담배연기가 그의 말을 부드럽게 감쌌다.
"그런 식으로 자세하게 조사하면 분명 온갖 과거를 지닌 부인들이 많이 나올 겁니다."
"그녀는 닳아빠진 여자요."
"지금 당신이 말씀하시는 여자가 아드님과 결혼한 줄리아 블래너임에 틀림없습니까?"
"그렇소, 물론 그녀요."
"그렇다면 그녀가 나쁜 여자라는 사실은, 그녀가 낳은 아기의 법률적인 입장과는 아무 관계도 없겠지요?"
브라운리는 입술을 축이며 잠시 망설이더니 은행가가 회계서류의 잘못된 부분을 분석할 때와 같은 냉혹한 목소리로 말을 이었다.
"관계자 모두에게 있어 다행스러운 일은 그녀가 낳은 아이가 일찍

부터 그 어머니의 영향 아래서 떠난 점이오. 그러나 어떤 사정으로 그렇게 되었는지는 정확하게 밝히고 싶지 않소. 그 정보는 오직 나를 위해 몇몇 사람이 모은 것이오. 그들은 모두 오로지 내 이익을 옹호하려는 굳은 의지로 열심히 활동한 거요. 나는 우연히 알았지만 줄리아 블래너도 직접 그 정보를 구하려고 꽤 많은 돈을 썼으나 성공하지 못했다는 것을 당신은 잘 알고 있을거요. 그녀는 실패했지만, 다행히 우리는 충분한 조사를 할 수 있는 여건이 되어서 성공할 수 있었던 거요."

"줄리아가 당신 집안과의 관계를 구실삼아 돈을 요구한 적이 있습니까? 편견 없는 공평한 대답을 듣고 싶습니다."

브라운리의 표정은 엄숙했다.

"그런 일은 한 번도 없었어. 왜냐하면 그런 짓을 하지 못하도록 내가 미리 손써 두었기 때문이오."

"그건 그녀를 도주 범인으로 만들어놓은 사실을 말하는 겁니까?"

브라운리가 대답했다.

"내 말을 어떻게 받아들이는가 하는 것은 당신 마음이오. 나는 아무것도 인정하지 않겠소."

"이런 일은 경고해 두는 편이 신사적이라고 생각합니다. 제가 만일 이 사건에 흥미를 가지게 된다면 저는 어디까지나 의뢰자의 이익을 지키려고 할 것이며, 또한 의뢰자가 당신들의 힘에 의한 외적 압박 때문에 형식적으로 도주범이 되고 말았다면 나는 그런 압력을 휘두른 당신에게 대가를 치르도록 하지 않으면 안 됩니다."

"물론 페리 메이슨쯤 되는 변호사가 어중간한 태도로 덤벼들리라고 생각지는 않지만, 그렇다고 해서 당신이 줄리아 블래너를 위해 편들게 되리라고도 생각지 않소. 왜냐하면 나는 진짜 줄리아 블래너가 죽었음을 믿지 않을 수 없는 여러 가지 이유를 가지고 있어. 따라서 나는 당신이야말로 사기꾼에게 걸려든 게 아닌가 생각하오."
"지금 당신이 한 말은 어떤 의미로든 당신이 손녀딸로 인정한 젊은 여자가 진짜 줄리아 블래너의 딸임을 증명하지는 못합니다. 줄리아 블래너가 어디에 있는지 말이지요. 그러나 우리는 당신이 사기나 과오의 희생자였다고 믿지 않을 수 없는 확실한 증거를 쥐고 있습니다."
브라운리는 잠시 생각한 다음 얼굴을 들었다.
"메이슨 씨, 나는 당신의 요구에 대하여 방어하기 위해 뭔가를 털어놓고 싶지는 않소."
"그럼, 내가 이 사건을 맡아서는 안 된다는 것을 납득시키지 못하실 텐데요?"
브라운리는 얼굴을 찌푸리고 정신을 집중시킨 채 잠시 생각에 잠겼다.
"그럼, 이제부터 할 수 있는 데까지는 이야기해 주겠네. 하지만 그 이상은 절대로 안 되오, 메이슨 씨."
그는 길고 가느다란 손가락으로 바다표범 가죽지갑을 꺼내 편지 한 통을 집어냈다. 그리고 편지지 위쪽에 인쇄된 부분을 조용히 정성스럽게 찢어낸 다음 서명을 떼어냈다. 그 모습을 메이슨은 지켜보고 있었다.
대부호는 찢어낸 편지를 조심조심 손가락으로 어루만지며 말했다.
"당신도 잘 알겠지만, 내가 하는 일인 만큼 더할 나위 없이 완벽하게 조사했소, 메이슨 씨. 그 조사를 하는 데 있어 기본적인 선이 될 만한 어떤 의심할 여지없는 사실을 나는 가지고 있었지. 그런 사실은 극비에 속하는 것이지만, 나는 돈으로 살 수 있는 가장 뛰어난 사람을 고용하여 조사시켰던 거요.
나는 당신이 속고 있다고 믿소. 줄리아 블래너라고 하며 당신 앞에 나타난 여자가 내 아들의 아내가 아님을 나는 알고 있소. 당신이 이 사건에 흥미를 느낀 것은 내가 보기에 비난할 여지가 없는 어떤 사람, 즉 올바른 사정을 알 수 있는 입장이라고 여겨지는 특별한 인물이 당신에게 의뢰를 부탁한 그 여자를 믿기 때문이 아닐까 추측하오. 나는 그만한 까닭을 가지고 있어. 그 때문에 나는 이 편지를 당신에게 보여줄 마음이 든 거요. 이 편지가 누구에게서 온 것인지는 말하지 않겠지만 나로서는 이 편지가 의심할 여지없는 근거가 있는 것이라고 여기고 있음을 밝혀 두겠소."

브라운리는 편지를 내밀었다. 메이슨은 편지를 읽기 시작했다.

조사 결과, 우리는 진짜 재니스 브라운리의 신용을 떨어뜨리고 그녀의 자리에 가짜를 앉히려는 음모가 있음을 확실하게 말씀드릴 수 있습니다. 이 사기 행위에 관계된 사람들은 오래 전부터 사정을 잘 알고 있으며, 호시탐탐 실행에 옮길 기회를 엿보아왔습니다.

일을 성공적으로 이끌기 위해 그들은 이 싸움의 경비를 스스로 떠맡을 유능한 변호사를 끌어들이지 않으면 안 될 겁니다. 그래서 그 변호사에게 믿음을 주기 위해 그를 부추길 만한 인물이 필요하게 됩니다.

그들은 오스트레일리아 시드니 시의 윌리엄 맬로리 주교가 1년 동안 휴가 얻는 것을 기다렸습니다. 주교는 이 1년을 여행과 연구로 보낼 것이며 만일을 생각하여 그 자세한 예정은 비밀로 할 것이라고 말했습니다.

우리 회사의 탐정은 그들과 내부적인 접촉관계를 갖는 데 성공하여 마침내 다음과 같은 정보를 얻었습니다. 즉, 한 교묘한 사기꾼이 맬로리 주교를 사칭하여 미리 주의 깊게 고른 모 변호사와 접촉한 뒤 이 사건을 맡도록 설득합니다. 다만 이 가짜 주교는 변호사에게 어떤 감명을 주는 데 충분한 기간밖에 그 모습을 나타내지 않습니다. 그 뒤 곧 자취를 감출 겁니다.

  우리 회사가 이 일을 미리 말씀드리는 것은 당신이 이 사기꾼 일당과 접촉하는 기간이 길어질 경우 체포영장을 낼 수 있다면 그를 체포할 수속을 밟아도 상관없으리라고 생각했기 때문입니다.

  어쨌든 이 사건은 나중에 수수료를 받는다는 계약으로 재력을 지닌 공격적인 변호사가 취급하게 되리라고 예기하는 게 좋을 듯합니다. 그러므로 이런 사정을 예상하고 싸울 계획을 세우기 위해 고문 변호사와 의논할 것을 권고 드립니다. 또한 며칠 안으로 보고할 만한 사실이 더 들어오리라고 생각합니다.

  메이슨은 얼굴 근육을 전혀 움직이지 않고 표정을 조금도 바꾸지 않은 채 말했다.
"아아, 과연 이 편지라면 당신이 믿을 만하겠군요!"
"당신은 믿지 않소?"
날카롭게 메이슨을 지켜보며 묻는 브라운리의 목소리에는 몹시 놀란 듯한 울림이 깃들어 있었다.
"조금도 믿지 않습니다."
"나는 그것을 손에 넣기 위해 돈을 썼어. 메이슨 씨, 만일 당신이 나라는 사람을 좀더 안다면 내가 돈을 쓰는 한 반드시 최상의 결과를 얻어낸다는 걸 알 수 있을 거요. 분명히 말해서 나는 그 편지에 큰 비중을 둬요."
"만일 이것이 편지라고 한다면 나 역시 중요하게 여길지 모릅니다. 하지만 당신은 일부러 가치 있는 부분을 모두 찢어 버렸습니다. 나머지 부분은 단순한 익명 통신에 지나지 않지요. 그러므로 나는 이 편지를 그 정도의 것으로 봅니다, 단순한 익명 통신으로."
브라운리는 짜증스러운 표정을 지었다.

"만일 당신이 내 정보처를 함부로 가르쳐 주는 사람으로 나를 생각한다면 큰 오해요."

메이슨은 팔을 벌려보였다.

"나는 아무 생각도 하지 않습니다. 다만 어떤 카드패를 당신에게 보여 주며 승부를 겨루자고 청했을 뿐이지요. 그러나 당신은 아직 상대해 주지 않는군요."

브라운리는 단호한 말투로 선언했다.

"그렇소. 여기까지가 내가 물러설 수 있는 한도요."

메이슨은 일어서려는 기색을 보이며 의자를 뒤로 밀었다.

"벌써 돌아가려는 건 아닐 테지요, 메이슨 씨?"

"아니, 돌아가겠습니다. 당신이 더 이상 할 말이 없다면 도저히 나를 납득시키지 못하리라고밖에 대답할 말이 없습니다."

"메이슨 씨, 납득당할 필요가 있는 것은 당신이 아니라는 생각은 머리에 떠오르지 않소?"

메이슨은 테이블 끝에 두 주먹을 얹고 억센 두 팔로 넓적한 두 어깨의 무게를 지탱하고 서 있었다.

"네, 떠오르지 않습니다. 우리가 회견을 가진 목적에서 따진다면 칼자루는 내가 쥐고 있지요. 만일 당신이 나를 정당하게 납득시키지 못하면 싸우는 수밖에 없습니다."

브라운리는 솔직하게 메이슨의 말을 인정했다.

"과연 비즈니스맨으로서 훌륭한 말이오. 그러나 나는 처음부터 당신이 몰리고 있음을 알려주려는 거요."

"몰리고 있다니, 참으로 단정적인 표현이로군요. 나는 아직 몰린 적이 없는 것 같습니다만?"

"안됐지만 이번에는 몰렸소, 메이슨 씨. 나는 내 손녀딸의 이름이 법정에 오르내리는 것을 좋아하지 않는다오. 내 집안일에 대해 신문이 시끄럽게 떠들어대는 것 역시 좋아하지 않고, 그런 만큼 그 가짜 손녀 때문에 당신이 나서는 일은 없었으면 하오."
메이슨이 놀라 저도 모르게 소리 질렀다.
"내가 하려는 일을 당신이 못하게 막는 겁니까?"
"그렇소."
메이슨은 냉정하게 말했다.
"전에도 그런 일을 한 사람이 있었지만 하나같이 성공하지 못하더군요."
브라운리의 탐색하는 듯한 눈이 싸늘하게 빛났다.
"나도 잘 알고 있소. 하지만 내 집안일을 조사한 이상 나라는 사람에 대해서도 조사했을 테니, 내가 가차 없는 싸움 상대로 건드려선 안 될 성가신 존재이며 언제나 자기 뜻을 굽히지 않는다는 것도 잘 알고 있을 거요."
메이슨이 말을 돌렸다.
"당신은 지금 결과에 대해 고찰하고 있군요. 조금 전에는 내 뜻을 막아보려는 말을 하더니만."
"지금도 그렇소."
메이슨은 은근하면서도 상대방의 말을 믿지 않는다고 말하는 듯한 조롱섞인 미소를 지었다.
"내가 당신이 일을 시작하지 못하도록 막는 것은 당신이 비즈니스맨이기 때문이오. 상대방은 싸울 만한 자금이 없어. 그들의 바람은 오직 충분한 재정적인 힘을 지닌 변호사가 도박을 하는 기분이 되도록 이끄는 것이오. 따라서 내가 당신이 이길 가망이 없다는 것을 설명하면 뛰어난 비즈니스맨인 당신은 일을 맡지 않으리라고 생각하오."
"아아, 과연! 이길 가망이 없는 소송임을 나에게 납득시켜 주겠다니 참으로 친절하군요. 하지만 그 점에 대해서는 나 자신의 판단으로 결정짓겠습니다."
브라운리가 말했다.
"잘 들어 두시오. 가짜 손녀를 법률상 정당하게 만들려는 당신의 일을 방해할 수 있다고 생각할 만큼 나도 어리석지는 않소. 다만 나로서는 당신이 그런 주장을 뚜렷이 정당화시켰다 하더라도 그것이 당신에게는 아무 이익도 되지 않는다는 것을 설명할 수 있을 뿐이오. 내 손녀인가 아닌가 하는 사실은 누구에게든 아무 의미도 없는 일이오. 그 아이는 성년이 되었고, 어떤 사정에 놓여 있든 내게는 그 아이를 부양할 책임이 조금도 없소. 할아버지와 손녀라는 관계를 확실하게 해둠으로써 얻어지는 이익은 오직 내가 죽은 뒤 나눠받을 유산을 기대할 수 있다는 것뿐이오. 따라서 메이슨 씨, 나는 유산의 대부분을 손녀 재니스 브라운리에게 물려준다는 유언장을 만들 생각인데, 특히 그 유언 속에 이런 조항을 넣을까 하오. 즉 내 손녀는 지금 나와 함께 살고 있는 아이로, 그 혈연관계가 참인지 아닌지는 묻지 않겠으며, 그녀야말로 내 유언의 수익자라고.

자아, 그렇게 되면 당신은 그 유언을 무효화시키려고 애쓰겠지. 따라서 나는 내일 아침 9시 부동산 양도증서에 서명할 것이며, 그 증서에 의해 나는 평생 부동산권만을 보유하고 내 재산의 4분의 3을 손녀로서 지금 나와 함께 살고 있는 아이에게 최종적으로 물려주겠어. 나머지 4분의 1은 손자인 필립 브라운리에게 돌아가게 될 것이오."
브라운리의 억세고 차가운 눈이 호기롭게 변호사를 쏘아보았다.
"자아, 어떻소? 이 법률의 호두는 당신 힘으로 도저히 깨뜨릴 수 없을 거요. 메이슨 씨, 당신은 영리한 사람이오. 설마 벽돌벽에 머리를 부딪는 짓은 하지 않을 테지요? 당신이 알아두어야 할 것은 내가 당신보다 완강한 상대라는 사실이오. 한번 마음먹은 이상 아무도 나를 막을 수 없소. 그 점에서 나는 당신과 아주 비슷하오. 그러나 미안하게도 나는 이 문제에 온갖 냉철한 수단으로 패라는 패는 모두 쓸 작정이오. 그럼, 메이슨 씨, 우리 이만 헤어지기로 합시다. 당신을 만나 즐거웠소."

렌월드 C. 브라운리는 메이슨의 억센 손을 긴 손가락으로 감쌌다. 그 손가락이 강철같이 차가운 것을 메이슨은 느꼈다.

브라운리가 말했다.

"버틀러가 당신 자동차까지 안내해 줄 거요."

그때 버틀러가 어떤 비밀 신호로 불려온 듯 소리 없이 서재 문을 열고 페리 메이슨에게 인사했다.

메이슨은 브라운리를 쳐다보며 물었다.

"당신은 법률가가 아니지요?"

"법률가는 아니지만 이용할 수 있는 모든 법률 기능을 이용하고 있소."

메이슨은 브라운리에게 등을 돌리고 레인코트를 집어 들며 버틀러에게 눈짓했다.

그리고 브라운리에게 싸늘하게 말했다.

"내가 이 사건을 결말지은 뒤에는 당신도 변호사들의 수완에 대한 생각이 달라질지 모릅니다. 안녕히 주무십시오, 브라운리 씨."

메이슨은 버틀러의 도움을 받아 레인코트를 입는 동안만 현관에 멈춰 서 있었다. 비가 폭포처럼 길에 쏟아져 내리고, 바람에 흔들리는 나뭇가지들이 그로테스크한 괴물의 팔뚝처럼 흔들리고 있었다.

메이슨은 자동차 문을 안에서 잠그고 헤드라이트를 켠 다음, 변속 레버를 돌려 저속으로 하고 클러치를 늦추었다. 자동차는 현관 포치를 나와 맹렬한 폭풍우 속을 돌진했다.

기어를 2단으로 꺾고 속력을 낮추면서 자갈 깔린 길모퉁이에 다다랐다. 그때 헤드라이트가, 쏟아지는 빗속에 우뚝 서 있는 그림자를 비추었다.

컴컴한 관목 숲을 뒤로 하고 선 그림자는 헤드라이트 빛을 받아 하얗게 보였다. 앙상하게 여윈 젊은 사나이로 턱 밑까지 레인코트 깃을 올리고 눌러쓴 모자 가장자리에서 빗물이 굴러 떨어졌다. 젊은이가 두 팔을 쳐들었으므로 메이슨은 클러치를 밟아 자동차를 세웠다.

젊은이는 그를 향해 다가왔다. 얼굴이 몹시 창백하고 검은 눈만이 신들린 듯 이글거리고 있음을 메이슨은 알아차렸다.

메이슨은 차창 유리를 내렸다.

"변호사 메이슨 씨이지요?"

"그렇소."

"나는 필립 브라운리입니다. 이렇게 말하면 혹시 아실는지요?"

"렌월드 C. 브라운리 씨의 손자요?"

"그렇습니다."

"나와 이야기하고 싶소?"

"네."

"비 맞지 말고 자동차에 타시오. 내 사무실까지 함께 가도 되겠지요?"

"아뇨, 내가 당신과 이야기한 것을 할아버지가 아시면 안 됩니다. 당신은 할아버지와 말씀하셨지요?"

"그렇소."

"무슨 이야기였습니까?"

"그건 할아버지에게 물어 보시오."

"잰의 일이지요?"

"잰?"

"재니스 말입니다, 내 사촌 누이동생."
"나는 그 문제에 대해 이야기할 자유가 없소, 특히 지금으로서는."
"나는 당신의 귀중한 조언자가 될지도 모릅니다."
"그럴지도 모르겠군요."
메이슨은 고개를 끄덕였다.
필립이 말했다.
"단적으로 말해 나와 당신의 이해는 어떤 의미에서 같습니다."
"그렇다면 당신은 이 저택에 사는 재니스 브라운리라는 여자가 큰아버지이신 오스카 브라운리의 딸이 아니라고 생각하오?"
그러자 필립은 거듭 말했다.
"내 말뜻은 내가 당신 편이 될지도 모른다는 겁니다."
조금 뒤 메이슨이 말했다.
"지금으로서는 나는 당신과 아무것도 의논할 일이 없을 듯하오."
"할아버지가 당신의 행동을 막기 위해 재산을 모두 재니스에게 물려주고 당신은 평생 재산권만 보유한다는 게 정말입니까?"
"그것도 지금은 말하고 싶지 않은 일 가운데 하나요. 하지만 나는 좀더 형편 좋을 때 당신과 천천히 이야기를 나눴으면 하오. 내일 아침 10시쯤 사무실로 와 주지 않겠소?"
"아니, 안 됩니다! 갈 수 없습니다. 하지만 당신은 이것이 어떤 일인지 모르고 있지요? 할아버지는 어떤 탐정사에 의뢰하여 재니스를 찾게 했습니다. 찾아내면 2만 5천 달러를 사례금으로 주겠다고 약속했지요. 그들은 재니스를 찾아내지 못했지만, 2만 5천 달러를 단념할 수 없었던지 일을 꾸몄습니다. 그 여자는 이미 2년이나 이 집에 살면서 할아버지를 완전히 손아귀에 넣었습니다. 이치를 따지자면 비록 그녀가 진짜라 하더라도 나는 동등한 유산을 받을 자격이 있습니다. 그런데 할아버지를 홀려 대부분의 재산을 차지하려고 꾸민 겁니다. 그녀는 끔찍한 여자 사기꾼입니다. 어떤 일이 닥쳐도 눈썹 하나 까딱하지 않습니다. 아주 뻔뻔스러운 여자예요……"

필립 브라운리는 화가 치미는 듯 말도 제대로 하지 못했다. 들려오는 것은 폭풍우가 자동차 지붕을 때리는 소리와 바람에 휘둘리는 나뭇가지 소리, 윙윙거리는 바람 소리뿐이었다.

메이슨은 한참 동안 물끄러미 젊은이를 바라보더니 이윽고 물었다.
"그래서?"
"그 여자의 음모를 쳐부숴야 합니다."
"어떤 방법으로?"
"나는 그 방법을 모릅니다. 그래서 당신에게 부탁하는 겁니다. 다만 내가 당신 편이 되어 도움을 줄 수 있으리라는 것을 알아주었으면 합니다. 그러나 절대로 비밀로 해야 합니다. 결코 할아버지에게 알려서는 안 됩니다."
"내 사무실로 올 수 있소?"
"안 됩니다, 할아버지가 알게 됩니다."
"가짜라는 걸 당신은 어떻게 알았소?"
"달콤한 말로 아첨하고 응석부리며 할아버지의 애정을 사로잡으려는 그 행동이 말해 줍니다."
"그것은 증거가 안 돼요."
"또 있습니다."
메이슨이 말을 가로막았다.
"자아, 내 말을 잘 들어 보세요. 처음에 그 아가씨 이야기를 했을 때 당신은 잰이라고 불렀어요. 그것은 일종의 애칭이오. 그런데 지금 당신은 나를 도우려 하는 듯하오. 그래서 내가 사무실로 와서 이야기하자고 제의했소. 그러나 당신은 싫다고 했소. 나를 만나는 일도 안 된다고 했고 당신 할아버지가 얼마나 엄중하게 당신을 감시하고 있는지 어떤지 자신도 잘 모를 텐데. 아무튼 저 집에서 누군가가 이쪽을 보고 있다가 내가 자동차를 세우고 당신과 이야기하는 모습을……."
갑자기 젊은이가 외쳤다.
"큰일이다. 그걸 미처 생각지 못했으니!"
한순간 젊은이는 몸을 날려 산울타리 그늘 속으로 사라졌다.
메이슨은 잠시 멍하니 있다가 이윽고 기어를 넣고 페달을 밟아 자동차를 몰았다.
그는 곧장 웨스턴 유니언 전보국 지사를 향해 자동차를 몰았다. 레인코트 자락에서 빗물이 흘러 떨어지는 것도 개의치 않고 무전을 쳤다.

호놀룰루 경유 오스트레일리아 시드니행 기선 몬테리 호의 윌리엄 맬로리 주교
중요한 사태가 일어남. 오늘 밤 당신이 떠난 뒤 나를 만나러 온 줄리아 블래너라는 부인이 본인임에 틀림없음을 증명해 주기 바람. 절대로 필요함.

전보문에 서명하고 요금을 치른 다음 전화부스로 들어가 문을 닫고 줄리아 블래너가 가르쳐 준 전화번호를 돌렸다.
억양이 없고 가냘프며 나약한 여자의 목소리가 대답했다.
메이슨이 물었다.
"미스 줄리아 블래너입니까?"
"아뇨. 나는 줄리아의 친구 스텔라 켄우드예요. 메이슨 씨인가요?"

"그렇습니다."

"잠깐 기다려 주세요. 줄리아를 바꾸겠어요."

갈대의 흐느낌 같은 스텔라 켄우드의 가냘픈 목소리가 성량이 풍부하고 우렁찬 줄리아 블래너의 목소리로 바뀌어 전화부스 안에 울려 퍼졌다. 메이슨의 몸에서 뿜어져 나온 온기로 옷에 스민 습기가 좁은 전화부스 안의 공기를 축축하게 만들었다.

"뭘 좀 알아내셨나요? 어서 말씀해 주세요."

메이슨이 말했다.

"희망적인 건 하나도 없습니다. 렌월드 브라운리는 여간한 사람이 아닙니다. 유언장을 만들어 지금 그 집에서 손녀딸로 행세하고 있는 아가씨에게 재산을 거의 다 물려주려고 생각하고 있습니다. 더군다나 자기의 평생 재산권만 남기고 지금 당장 넘겨주려고 계획하고 있습니다."

"벌써 그렇게 해 버렸나요?"

"아니, 아직은. 내일 아침 매듭지으려는 것 같습니다."

메이슨은 줄리아가 놀라는 기색을 알아차렸다.

"내일 아침까지 우리가 할 수 있는 일이 있을까요?"

"없습니다. 그에게 그런 권리가 없음을 우리가 증명하지 못하는 한 그가 언제든 재산을 자기 좋을 대로 처리하는 것을 막을 수 없지요. 하지만 우리에게는 렌월드 브라운리가 생각지도 못할 만한 방법이 있습니다. 내일 아침 그것을 당신에게 설명하겠습니다."

꽤 오래 침묵이 이어져 메이슨의 귀에는 전선의 울림밖에 들리지 않았다. 이윽고 줄리아 블래너의 목소리가 들렸다.

"메이슨 씨, 지금 당신이 할 수 있는 일이 하나도 없다고 생각하세요?"

"내일 아침에 이야기합시다."

"그래서는 안 될 것 같아요. 우리는 그 노인에게 두 손 드는 게 아닌가요? 만일……."
줄리아 블래너가 말을 끊었으므로 메이슨이 물었다.
"만일 뭡니까?"
"만일 될 수 있는 대로 하지 않으려 했던 마지막 비상수단으로 나가지 않는 한이라는 뜻으로 말한 거예요."
"그게 무엇입니까?"
"내게는 렌윌드 브라운리를 납득시킬 방법이 하나 있다고 생각해요. 그것은 내가 가지고 있는 어떤 물건을 차지하고 싶어서 그가 시키는 대로 할지 어떨지, 그만큼 그 물건을 바라고 있는지 아닌지로 결정될 일이지요."
메이슨이 말했다.
"자, 침착하게 들으십시오. 알겠습니까? 당신은 나서지 말고 잠자코 계세요. 내일 아침에 내가 다 이야기해 드리겠습니다. 당신이 브라운리를 움직여 보겠다니 당치도 않은 말입니다. 그는 교활하고 완고하며 게다가 냉혹합니다."
줄리아 블래너가 아무 말도 하지 않았으므로 메이슨은 주먹으로 수화기를 두드리며 소리쳤다.
"들립니까?"
그녀는 내키지 않는 듯이 말했다.
"네, 들려요. 내일 아침 몇 시에 만나 뵐까요?"
"10시, 내 사무실에서."
그리고 메이슨은 수화기를 내려놓았다.

7

시끄러운 전화벨 소리에 깨어났을 때 페리 메이슨의 아파트 창문에는 아직도 빗방울이 떨어지고 있었다.

더듬더듬 침대 램프의 스위치를 누르고 윗몸을 일으켜 수화기를 들었다. 열린 창문으로 습기가 흘러들어와 레이스 커튼이 펄럭이고 변호사의 가슴 언저리에 차가운 기운을 몰아붙였다. 그는 가운을 찾아 가슴에 대며 말했다.

"여보세요."

그러자 폴 드레이크의 목소리가 들려왔다.

"사건일세, 페리. 마치 자네가 또 하나 끌어낸 것 같은."

메이슨은 눈을 비비며 잠이 덜 깬 목소리로 물었다.

"무슨 일이 있었나? 지금 몇 시지?"

"3시 15분 조금 지났네. 우리 회사 직원이 윌밍턴에서 전화를 걸어왔어. 자네가 브라운리를 감시해 달라고 해서 그 저택 바깥에 하나 세워 두었지. 지금부터 1시간쯤 전, 브라운리 노인이 자가용 쿠페(coupé. 투 도어로 세단보다는 좀 더 스포티한 느낌을 주는 차)를 타고 외출했네. 비가 억수같이 퍼붓고 있는데 말일세. 내 부하가 뒤를 밟았지. 그다지 힘들이지 않고 브라운리가 부두 쪽으로 갈 때까지 잘 쫓아갔네.

그런데 브라운리가 그의 요트까지 곧장 가리라 짐작하고 잠시 방심했던 듯하네. 브라운리와 조금 지나치게 간격을 둬 자동차를 놓쳐 버린 뒤에도 별 걱정 않고 요트 근처에 가서 기다리고 있었는데 브라운리는 끝내 나타나지 않았네.

그래서 우리 직원은 차를 돌려 그의 자동차를 찾으려고 했지. 10분쯤 그 언저리를 돌아다니고 있는데 한 사나이가 손을 흔들며 달려왔네. 내 부하는 자동차를 세웠지. 그러자 그 사나이가 다가와 브라운리가 살해당했다고 말했네. 흰 레인코트를 입은 여자가 어둠 속에서 뛰어나와 브라운리의 자동차 발판에 발을 얹고 대여섯 발 쏜 다음 그대로 사라졌다는 걸세.

그 사나이는 몹시 수선을 부렸다고 하네. 곧 경찰에 전화 걸어야 한다고 해서 우리 직원이 자동차에 태워 전화 있는 데까지 가서 구급차와 경찰에 연락했지. 그런데 이 목격자는 노인이 분명 죽었으니 구급차는 필요 없다고 주장했다는 걸세. 전화를 건 뒤 우리 직원은 자동차와 시체를 찾으려고 되돌아갔네. 그런데 브라운리의 자동차가 아무데도 보이지 않았네. 경찰이 왔지만 역시 찾아내지 못했어. 나는 지금 그리로 가보려고 하는데, 자네도 함께 가지 않을까 해서 전화 걸었네."
"틀림없이 렌월드 C. 브라운리였나?"
"틀림없다고 하네."
"이거 큰일 아닌가."
"시내 신문들은 2시간 안에 호외를 낼 걸세."
"자네는 지금 어디 있는가?"
"내 사무실."
"자동차를 가지고 이리로 오게. 나는 옷을 입고 밖에 나가 서 있겠네."

메이슨은 수화기를 놓고 침대에서 뛰어나와 오른손으로 창문을 닫으며 왼손으로 잠옷 단추를 풀었다.

그가 엘리베이터 안에서 넥타이를 매고 아파트 로비를 가로지르면서 레인코트 소매에 팔을 꿰고 막 복도로 내려섰을 때, 드레이크의 자동차가 빗속에서 모퉁이를 돌아오며 눈부신 두 가닥의 헤드라이트 불빛으로 비에 젖은 보도를 환하게 비췄다.

드레이크가 보도에서 비스듬히 자동차를 돌렸을 때 메이슨은 쿠션에 팔을 올려놓으며 물었다.

"여자가 했다고, 폴?"
"으음, 흰 레인코트를 입은 여자라고 하네."

"어떤 상황인가?"
"전화로 들은 바에 따르면 브라운리는 누군가를 찾고 있었다고 하네. 자동차의 속력을 떨어뜨리고 보도를 달려갈 때 어둠 속에서 그 여자가 나왔는데, 브라운리가 차를 세우고 유리창을 내린 것을 보면 미리 알고 있었던 듯싶네. 여자는 자동차 발판을 밟고 자동 권총을 쳐들어 연속으로 총을 쏘았네. 그리고 재빨리 자동차에서 발을 떼고 쏜살같이 모퉁이를 돌아 도망쳐 버렸네. 그 도망친 자동차를 증인이 보았는데, 시보레로 번호판은 미처 못 보았다고 하네.

쿠페 안을 흘끗 들여다보니 브라운리는 축 늘어져 핸들 위에 엎어져 있었고, 총알이 하나도 빗나가지 않은 것 같다고 하네. 목격자는 이렇다 할 뚜렷한 목적도 없이 마구 달리기 시작했네. 4, 5분 동안이나 그렇게 뛰고 있는 참에 우리 직원의 자동차 헤드라이트를 보았다고 하네."
"혹시 그 사나이가 혼란에 빠져 방향을 잘못 잡았다고 생각할 수 있을까?"
"충분히 생각할 수 있지. 어쩌면 99퍼센트 그렇지 않을까?"
드레이크는 스로틀을 밀어 내렸다.
"신경이 예민해졌나, 페리?"
"어서 가세. 나 때문에 망설일 건 없어. 타이어는 어떤가?"
"끄떡없네. 상태가 좋아."
메이슨은 담배에 불을 붙였다.
"폴, 자네는 유언장을 만들어본 적이 있나?"
"아직 없네."
"그래? 그럼, 아침에 내 사무실로 오게. 하나 만들어 줄 테니까. 주교에 대해 뭔가 알아낸 게 있나?"
드레이크가 대답했다.

"오스트레일리아의 내 연락인은 내가 농담하는 줄 알았던 모양이야. 나의 물음에 대해 전보로 '주교는 말더듬이가 아님'이라고 대답해 왔더군."

메이슨이 말했다.

"그건 물음에 대한 대답이 안 되지. 주교의 인상착의는 보내왔나?"

"으음, 다음 전보로 보내왔네."

드레이크는 한 손으로 운전하면서 안주머니를 뒤져 전보를 꺼내 변호사에게 건네주려고 했다.

그 순간 메이슨이 외쳤다.

"여보게, 조심해!"

드레이크는 전보를 떨어뜨리고 핸들에 매달려 자동차가 갑자기 옆으로 기울어지려는 것과 싸웠다. 핸들을 왼쪽으로 마구 돌렸으나 소용없었다. 자동차의 오른쪽 바퀴에서 물보라가 좍악 튀어 올랐다. 그 순간 앞바퀴 두 개가 모두 멈춰 버렸다. 드레이크가 마치 요트의 키를 돌리듯 빙글빙글 핸들을 돌리자 자동차는 반대쪽으로 기우뚱 돌아갔다. 드레이크는 오른쪽으로 잔뜩 기울어진 자동차의 액셀러레이터를 밟았다. 헤드라이트 정면에 길모퉁이가 떠올랐다. 기우뚱한 채 그쪽으로 굴러가서야 겨우 바퀴가 차체를 끌 힘을 되찾았다. 드레이크는 앞바퀴가 포장되지 않은 도로에 가서 처박히는 것을 가까스로 막아냈다.

탐정이 물었다.

"전보는 어디로 갔지? 떨어뜨렸나?"

메이슨은 자동차 바닥에 버티고 있던 두 다리의 힘을 빼며 안도의 한숨을 내쉬었다.

"어딘가 좌석 위에 있을 걸세."

탐정은 모퉁이에서부터 자동차를 똑바로 몰았다.
"계기판의 불빛으로 읽을 만할까?"
"읽을 수 있겠지. 내 손이 떨리지만 않으면. 정말 어이가 없군! 폴, 자네는 조심이라는 것을 모르는가?"
"아니, 아냐. 나야 잘 운전했는데 자네가 그 전보 이야기를 꺼내는 바람에 그만 주의가 흩어져 버렸지."
메이슨은 전보를 펼쳐 읽었다.

  윌리엄 맬로리 주교——55살, 키 5피트 6인치, 몸무게 175파운드, 잿빛 눈, 파이프 담배를 즐겨 피움. 1년 휴가로 미국 어느 곳에 있다고 하나 정확한 정보는 아직 얻지 못했음.

메이슨은 전보를 접었다. 드레이크가 물었다.
"메이슨, 자네는 어떻게 생각하나?"
"그냥 달리게, 폴. 두 번 다시 운전을 방해하고 싶지 않네. 목적지에 닿은 다음 이야기하세."
메이슨은 쿠션에 기대어 레인코트 깃을 세우고 턱을 가슴에 파묻은 채 말없이 담배연기를 뿜어내고 있었다.
"생김새는 꼭 들어맞지 않나?"
드레이크가 물었다.
메이슨은 아무 말 하지 않았다.
드레이크는 소리 내어 웃고 나서 운전에 정신을 집중시켰다. 비가 앞유리창과 뒷유리창을 때리며 유리와 금속에서 강물처럼 흘러 떨어졌다. 와이퍼가 단조롭게 움직이고 있었는데, 그 고무 날이 달린 대조차 퍼붓는 비에 힘을 잃어 앞쪽에 펼쳐진 젖은 보도의 형태가 일그러져 보였다.

마침내 눈앞에 한 대의 자동차 미등이 보였다. 드레이크의 자동차 헤드라이트가 어느 요트 클럽의 휘장과 '개인 도로, 출입을 금함'이라고 적힌 팻말을 비추었다.

한 사나이가 헤드라이트에 고무 레인코트를 번쩍이며 자동차로 다가왔다.

드레이크가 물었다.

"해리, 메이슨 변호사를 알지?"

"수고 많네, 해리. 뭐 새로운 일이라도 있는가?"

해리는 자동차 안으로 머리를 들이밀었다. 모자에서 떨어지는 빗방울이 드레이크의 무릎을 적셨다.

드레이크가 외쳤다.

"모자 벗어. 야만인이로군! 이야기할 게 있으면 안으로 들어와야지. 나는 샤워는 사절이야."

해리는 뒷좌석으로 들어와 앉았다.

"잘 들으십시오, 덧붙이지 않고 그대로 말할 테니까. 뭐가 어떻게 돌아가는지 뒤죽박죽입니다."

해리의 목소리는 낮고 성급했으며, 그야말로 중대한 일을 털어놓는 듯한 말투였다.

"당신의 지시대로 브라운리의 저택 바깥에 있었습니다. 비가 억수같이 퍼붓더군요. 그렇지만 늘 하던 일이어서 별로 대수롭잖게 생각하고 있었습니다. 백만장자가 그토록 지독한 밤에 자동차를 몰고 나가리라고는 생각지 못했으니까요. 그래서 나는 유리창을 바싹 올리고 편안하게 앉았다 드러누웠다 하고 있었지요. 그런데 1시 30분쯤이었습니다. 택시가 한 대 왔지요. 저택 안에 불이 켜지고 뭔가 의논하는 듯했습니다. 그리고 나서 택시는 가 버리고, 저택은 더욱 환해졌습니다. 15분쯤 뒤 차고에 불이 켜졌습니다. 그리고 차고 문이 열리며 헤드라이트가 비쳤지요. 자동차가 지나갈 때 슬쩍 안을 들여다 보니 브라운리 노인이 운전하고 있었습니다."
드레이크가 물었다.
"그동안 비가 계속 왔나?"
"억수같이 퍼부었지요."
메이슨이 물었다.
"브라운리는 운전사를 태우지 않았나?"
"네, 혼자였습니다."
드레이크가 재촉했다.
"이야기를 계속하게."
"나는 브라운리를 뒤쫓았습니다, 라이트를 가끔 끄기도 하면서. 아무튼 힘든 추적이었습니다. 너무 바싹 다가가서는 좋지 않으리라고 생각했지요. 이 근처까지 왔을 무렵에는 나보다 꽤 앞서 달리고 있었습니다. 여기까지 온 것으로 미루어 요트를 타려나 보다고 생각했지요. 그런데 그가 미행을 알아차리고 자동차를 돌려 나를 따돌리려는 기색이 보여서 나는 곧장 요트 클럽으로 갔습니다. 그런데 4, 5분이 지나도 자동차가 나타나지 않아 찾아 나섰지만 보이지 않았습니다. 나는 미련한 짓을 했다고 여기며 5분인가 10분쯤 그 자동차가 갈 만한 데를 찾아 헤맸습니다. 교차로를 모두 더듬고 독(dock)까지 내려가 보았지요. 거기서 되돌아왔을 때 빗속에서 팔을 휘두르며 달려오는 사나이가 보였습니다. 자동차를 세우자 사나이는 몹시 흥분하여 제대로 말도 못할 정도였지요."
"그 사나이의 이름을 물었나?"
드레이크가 물었다.
"물론이지요. 고든 빅슬러입니다."
"그가 범행 이야기를 했나?"

메이슨이 물었다.
"그렇습니다."
드레이크가 말을 재촉했다.
"뭐라고 하던가?"
메이슨이 그 말을 가로막았다.
"잠깐만. 그 이야기는 들어서 아네. 나는 그 사나이가 이런 데서 뭘 하고 있었는지 그것이 알고 싶어. 어쩐지 수상쩍단 말일세."
해리가 말했다.
"그 사나이는 상관없습니다. 나는 그의 이야기를 들었습니다. 캐틀리나에서 온 요트맨(yacht—man. 요트를 조종하거 나 소유 또는 애호하는 사람)입니다. 폭풍으로 늦게 도착하여 필리핀 사람인 급사에게 전화를 걸어 자동차를 가지고 나오라고 말했다고 합니다. 그런데 비 때문에 나오기 싫어서인지 눈이 빠지게 기다려도 급사가 오지 않아, 빅슬러는 화가 치밀어 택시나 전화 있는 데까지 걸었던 겁니다. 나는 운전면허증과 명함을 보여 달라고 해서 확인하고 요트 이름도 물어 두었습니다. 경찰도 일단 그 사나이를 조사했지요."
메이슨은 말했다.
"좋네. 됐어. 자아, 다음 말을 계속하게. 중요한 대목이니까."
"네. 빅슬러 말로는 커다란 쿠페가 기듯이 천천히 다가오며 운전하는 사나이가 누군가 사람을 찾는 듯했다고 합니다. 그때 흰 레인코트를 입은 여자가 쿠페에 손을 흔들자 자동차는 속력을 늦췄습니다. 여자는 발판을 딛고 운전자에게 어딘가 방향을 가르쳐 주는 것 같았다고 합니다. 그리고 여자는 발판에서 내려 독 옆 어둠 속으로 달려 들어갔습니다. 자동차는 천천히 앞으로 나아갔습니다. 그런데 빅슬러는 자동차가 골목길을 돌아 큰길로 나가 속력을 늦추고 다시 되돌아오는 것을 보았답니다.

빅슬러는 그 자동차에 부탁하면 태워줄지도 모른다고 여기고 큰 길 가운데 서서 기다렸습니다. 자동차가 다가왔습니다. 여전히 시속 15마일 정도였습니다. 그때 다시 그 흰 레인코트를 입은 여자가 헤드라이트 정면으로 뛰어들더니 손을 흔들어 차를 세웠습니다. 빅슬러는 자동차를 향해 걸어갔습니다. 그때 50야드쯤 떨어져 있었다고 합니다.

레인코트 입은 여자는 발판 위의 발을 딛고 서 있었는데, 갑자기 빅슬러의 눈에 섬광이 비치고 자동 권총을 쏘는 소리가 들렸습니다. 다섯 발인지 여섯 발인지 확실히는 모르겠지만 아마 다섯 발인 것 같다고 하더군요. 레인코트를 입은 여자는 발판에서 내려 재빨리 독으로 통하는 어느 골목길로 뛰어 들어갔습니다.

빅슬러는 조금 뒤 쿠페로 달려갔습니다. 자동차에 다다르기 전에 경쾌한 세단이 한 대 나타났는데, 시보레 같았으나 확실하지는 않고, 그것을 운전하고 있던 사람 역시 그 흰 레인코트 입은 여자라고 생각되지만 확실한 것은 모르겠다고 하더군요. 그 세단이 폭음을 내며 달리기 시작하더니 눈 깜짝할 사이에 미등이 빗속으로 사라져갔답니다.

빅슬러는 쿠페로 갔습니다. 운전자는 차의 왼쪽 문에 엎드려 있었습니다. 팔과 어깨와 머리는 자동차 밖으로 축 늘어지고 피가 차체를 타고 흘러 발판을 적시고 있었습니다. 그 사람은 분명 렌월드 C. 브라운리였으며, 총을 여러 방 맞아 고등어처럼 뻗어 있었다고 빅슬러가 말하더군요."

"브라운리인 줄 어떻게 알았을까?"

메이슨이 물었다.

"나도 그 점을 캐물었습니다. 그러나 그 사나이는 요트맨이 아닙니까? 브라운리도 요트맨입니다. 두 사람은 요트 클럽 만찬회에서 한두 번 만난 적이 있고, 빅슬러는 대여섯 번쯤 클럽 근처에서 브라운리를 보았다고 합니다. 절대로 잘못 보았을 리가 없으며 분명히 브라운리였다고 하더군요. 굉장한 비였지만 범행이 일어난 시각쯤에는 빗줄기가 조금 약해진데다 요트 클럽의 풋라이트가 켜져 있어서 꽤 밝았고, 쿠페의 계기판에도 불이 들어와 있었답니다."
드레이크가 물었다.
"그리고 어떻게 됐나?"
"빅슬러는 뛰었습니다. 전화를 걸든가 아니면 누군가에게 도움을 청하려고 했던 거지요. 아마도 그는 제정신이 아니었을 겁니다. 블루벌을 한참 달리고 찻길을 또 한참 달린 다음 어딘지 옆길로 잘못 들어가서 헤매다가 겨우 빠져나왔을 때 내 차의 헤드라이트를 보았지요. 범행이 일어난 지 5분 내지 10분쯤 뒤였다고 합니다.

나는 그를 자동차에 태웠습니다. 몹시 흥분하고 있어서 제대로 말도 못했지요. 내게 범행이 일어난 곳을 가르쳐 주려고 했지만 찾아내지 못했습니다. 이리저리 돌아다니다 보니 그가 미치광이가 아닐까 여겨지더군요. 내가 만약 렌월드 C. 브라운리 노인을 뒤쫓고 있지 않았더라면 거짓말한다고 아예 상대하지도 않았을 겁니다. 아무튼 그가 빨리 경찰에다 연락하라고 아우성치는데다 나도 역시 이런 식으로 돌아다니기만 해서는 안 되겠다고 생각되어 전화 있는 데로 가서 경찰을 불렀습니다."
메이슨이 물었다.
"그 뒤 어떻게 됐나?"
"경찰이 와서 우리 말을 듣고, 그리고……."
드레이크가 끼어들었다.
"브라운리를 뒤쫓고 있었다는 말은 하지 않았겠지, 해리?"
"절대로요."

해리는 천만의 말이라는 듯이 내뱉었다. "요트를 타고 있는 어떤 사람을 찾기 위해 자동차를 몰고 다녔다고 말했지요. 어떤 이혼사건을 취급하고 있는 중이라고요."

"그 의뢰인이 누구냐고 묻지 않았나?"

"그때는 묻지 않았습니다만 아마 곧 물어올 겁니다. 그때는 경찰이 아주 바빴으니까요. 이제 물어오면 블론드의 여인이라고 말해 줄 겁니다."

"경찰은 자동차를 찾아냈나?"

"아니, 아직 못 찾았습니다. 그런데 아주 이상한 일이 있습니다. 경찰도 나도 그 빅슬러라는 사나이가 완전히 정신을 잃고 현장을 제대로 대지 못한다고 여겼는데, 한 경관이 회중전등으로 그 언저리를 더듬어 보니 분명 여기서 여자가 총을 쏘았다고 빅슬러가 말한 그곳에 붉은 물이 괸 웅덩이가 있었습니다. 그래서 더 자세히 살펴보니 32구경 자동 권총 탄피가 발견됐습니다. 총에서 튀어나온 빈 껍데기였지요.

그래서 이야기가 달라졌습니다. 비가 여전히 내렸지만 그다지 대단치 않았으므로 그 붉은 물이 괸 웅덩이를 더듬어갈 수 있었습니다. 길이 조금 울퉁불퉁하고 또 자동차 발판에서 보도로 피를 씻어 내리기에 충분한 비였지만, 그 붉은 물을 완전히 씻어 내릴 만큼 많이 오지는 않았던 겁니다. 그 웅덩이를 따라가니 어느 독으로 향하고 있었습니다. 그래서 지금 경찰은 자동차가 독에서 바다로 떨어진 게 아닌가 보고 있습니다."

메이슨이 물었다.

"그 독이 어디인가?"

"자동차를 몰아주십시오. 가르쳐 드리겠습니다."

해리는 잠시 말을 끊었다.

"나는 여기서 당신들이 오기를 기다리고 있었을 뿐입니다. 왜냐하면 여기서 기다리겠다고 했기 때문이지요. 내가 꺾으라고 말할 때까지 똑바로 가십시오."

드레이크가 자동차를 몇백 야드 달렸을 때 해리가 말했다.

"여기서 오른쪽으로 돌아야 합니다."

드레이크가 자동차를 돌리자 나란히 멈춰 서 있는 자동차가 몇 대 보였다. 몇 개의 헤드라이트가 눈부시게 그 언저리를 비추었다. 휴대용 서치라이트가 바다 위에 강렬한 빛을 던지고 있었다. 기중기와 윈치(winch.권양기)를 갖춘 응급 작업차가 한 대 부둣가에 세워져 있었다. 작업차의 납작해진 스프링으로 보아 작업차가 지금 굉장히 무거운 물체를 끌어올리고 있음을 알 수 있었다.

드레이크는 갈 수 있는 데까지 가서 자동차를 멈추고 말했다.

"해리, 차 세울 곳을 마련해 주게. 가세, 페리."

변호사는 벌써 빗속에 내려 서 있었다. 두 사람은 나란히 발 밑의 물웅덩이를 저벅저벅 밟으며 걸어갔다. 빗줄기가 두 사람의 얼굴을 때렸다. 이윽고 그들은 부두 한구석에 모여선 한 무리의 사람들 속으로 끼어들었지만 모두들 정신이 딴 데 가 있어서 새로 끼어든 두 사람을 아무도 알아차리지 못했다.

메이슨은 암벽에서 들여다보았다. 활시위처럼 팽팽한 케이블이 검은 물감을 풀어놓은 듯한 물 속으로 뻗쳐 있고, 억수같이 퍼붓는 빗속을 가로지르는 휘황한 서치라이트 빛으로 어둠은 한층 더 짙어보였다. 그 빛이 긴장한 사람들의 얼굴을 하얗게 밝혀 주고 있었다. 커다란 작업차의 윈치는 동력의 힘으로 규칙적으로 움직이고 있었다. 이따금 케이블이 드르륵 소리를 내며 기름 같은 수면에 물보라를 끼얹었다.

한 사나이가 외쳤다.

"드디어 나온다!"

한 사진사가 메이슨을 밀치고 카메라를 수면에 들이댔다. 쿠페의 앞부분이 천천히 비 내리는 물 속에서 끌려올라왔다. 그 순간 플래시가 터지며 메이슨의 눈을 찔렀다.

사람들이 서로 밀리고 밀쳤다. 누군가가 외쳤다.

"갈고리를 하나 더 달 때까지 더 이상 끌어올리지 말게!"

"물에서 나오면 더 무거워져서 끊어지면 큰일 나."

작업복 차림의 사나이들이 서치라이트 빛을 받아 기름때 묻은 얼굴을 번뜩이며 갈고리를 물 속에 넣고 매달렸다. 부두 어디선가 증기 엔진이 기침을 하는 듯한 리드미컬한 폭음 소리를 냈다. 기중기의 팔이 크게 밖으로 나왔다. 사진사들의 플래시가 또 한바탕 터졌다.

"저런!"

누군가가 크게 외쳤다.

쿠페가 천천히 올라왔다. 마침내 수면 위로 모습을 완전히 드러냈다. 오른쪽 문이 찌부러진 채 활짝 열려 있었다. 자동차 바닥의 찢긴 틈에서 물이 왈칵 쏟아져 나와 수면에 물보라를 일으키면서 떨어졌다.

지휘하던 사나이가 외쳤다.

"지금부터 기중기로 들어올려 바닷가에 옮겨놓을 테니 모두들 조심해야 해!"

메이슨은 그의 머리 위 어둠 속에 나타난 기중기의 긴 팔을 지켜보았다. 차체 밑으로 로프 스프링이 던져지고 윈치가 끙끙대면서 새로 단 케이블의 무게를 받아 팽팽해진 듯싶자 쿠페는 그의 머리 위까지 끌어올려지고 부두 위로 뻗쳐올라갔다.

마침내 자동차가 땅에 닿았을 때 제복경관이 새끼줄을 쳐서 사람들을 물리치고 그 안쪽 빈터에 쿠페를 내려놓았다.

메이슨은 새끼줄에 몸을 실리듯하며 한 경관의 어깨 너머로 들여다보았다. 경관의 젖은 고무 레인코트가 그의 턱에 닿았다. 자동차 안을 살펴보는 경관들의 모습이 보이고 누군가가 외쳤다.
"흉기가 있어. 32구경 자동 권총이야. 좌석에 아직 피가 남아 있네."
메이슨은 보았다. 시체는 흔적도 없었다.
누군가가 말했다.
"부두에서 사람들을 내보내. 정당한 자격이 없는 사람은 아무도 들여놓지 말게."
차례차례 새로운 자동차가 와 닿았다. 제복 경관이 메이슨에게 다가왔다. 비에 젖은 얼굴이 즐거운 듯 이를 드러내며 살벌한 목소리로 말했다.
"자아, 선생, 부두에서 나가주시오. 신문을 읽으면 알잖소."
메이슨은 순순히 부두 끄트머리로 밀려갔다. 폴 드레이크와 나란히 섰을 때 그가 말했다.
"폴, 배지를 내보이고 들을 수 있는 데까지 좀 듣고 와. 나는 차 안에서 기다리겠네."
변호사는 빗속을 걸어 드레이크의 자동차로 돌아왔다. 레인코트의 물방울을 흔들어 털고 아직도 사람 체취와 온기가 남아 있는 자동차 안으로 들어갔다.
5분 뒤 드레이크가 돌아왔다.
"아무 소용없어. 지금 시체를 찾고 있네. 아마 자동차에서 튀어나간 듯싶네. 사이드포켓에 위스키가 한 병 있네, 페리."
"고맙군. 시체야 아무려면 어때. 왜 진작 위스키가 있다고 말해 주지 않나."
그는 병을 꺼내 마개를 따서 드레이크에게 내밀었다.

117

"노인에게 경의를 표해야지."

드레이크는 병을 받아들고 서너 잔쯤 마신 다음 메이슨에게 주었다. 메이슨은 병을 입술로 가져가다가 드레이크의 부하가 이쪽으로 오는 것을 보고 내려놓았다. 물 먹은 구두가 꿀럭꿀럭 소리를 내며 다가왔다.

메이슨이 말했다.

"한잔 하게. 그리고 뭐가 있었는지 말해 주게. 폴, 자네 배지가 쓸모 있던가?"

드레이크가 대답했다.

"녀석들이 웃더군. 심장이 튼튼한 형사가 하나 대뜸 나를 붙잡고 사건과 어떤 관계가 있으며 누가 일을 맡겼는지, 언제부터 여기 와 있었으며 사건에 대해 무엇을 알고 있는지, 어떻게 우연히 이곳에 왔는지 계속 물어댔네. 나는 이제 슬슬 가봐야겠다고 생각했지. 해리, 자네는 어떤가? 뭘 좀 알았나?"

고무 레인코트의 탐정은 입을 쓱 문지른 다음 말했다.

"나는 그다지 무리하지 않았습니다. 그저 서성거리며 여기저기서 들려오는 말을 줍고 다녔지요. 그것이 브라운리의 자동차인 건 틀림없습니다. 계기판을 보니 부두에서 떨어질 때 자동차는 낮은 속력으로 달렸음을 알 수 있었습니다. 그리고 핸드 브레이크가 꽤 끌어올려져 있었습니다."

메이슨이 물었다.

"핸드 브레이크?"

"네. 흉기도 찾았습니다. 앞좌석 쿠션에 박힌 총알도 두 개쯤 찾아냈지요. 경찰은 자동차가 떨어지면서 문이 열리고 시체가 굴러 나왔다고 추정하고 있습니다. 지금 잠수부를 데리고 갔으니 곧 물 속을 수색할 겁니다."

"흰 레인코트를 입었다는 것밖에는 여자에 대해서 아무 단서도 없는가?"
해리가 대답했다.
"이렇다할 단서가 하나도 없습니다. 하지만 권총 번호를 알았지요! 시체만 찾아내면 좀더 여러 가지가 밝혀질 겁니다. 그 택시 운전기사가 브라운리에게 편지를 전한 건 확실합니다. 그것이 어떤 사연이든 브라운리는 편지를 보고 몹시 흥분했었습니다. 혼자 이곳까지 달려올 만큼 긴급한 용건이었을 겁니다. 비바람 치는 새벽 2시에 렌월드 C. 브라운리가 그만한 행동을 한 것으로 보아 뭔가 있었을 게 틀림없습니다."
드레이크가 말했다.
"물론 그렇겠지. 어쨌든 그 위스키를 마셔 버리세."
그러자 메이슨이 말했다.
"안 돼, 폴. 자네는 운전기사야. 이것은 나와 해리에게 맡기게."

8

새벽녘 첫 빛에 비친 거리는 찬 비 내리는 협곡이었다. 페리 메이슨은 웨스트 비치우드 214번지 선셋 암즈 아파트 3층 목조 건물 맞은편에 자동차를 멈추었다.

메이슨은 레인코트 깃을 세우고 빗속으로 내려섰다. 현관에는 불이 하나도 켜져 있지 않았으나, 메이슨은 건물 뒤쪽 3층 창문에서 레이스 커튼으로 가려진 장방형 불빛을 찾아냈다. 아파트 정면 현관까지 걸어가 문을 살펴보니 잠겨 있었다. 그러나 열쇠구멍이 꽤 낡아 메이슨의 나이프는 쉽게 꽂혔고 조금 힘을 주자 찰칵 소리 내며 금방 문이 열렸다. 메이슨은 레인코트의 물방울을 털고 층계를 올라갔다. 걸음을 옮겨놓을 때마다 물기 머금은 구두가 찌걱찌걱 울렸다.

3층으로 올라가자 어느 방에선가 코 고는 소리, 지붕을 두드리는 빗소리, 건물 구석구석에서 신음하는 듯한 바람소리가 들려왔다. 그는 복도 끝까지 걸어가 문 밑으로 리본 같은 가느스름한 금빛 띠가 내다보이는 문을 조용히 두드렸다. 겁먹은 듯한 가냘픈 여자 목소리가 물었다.

"누구세요?"

"미스 줄리아 블래너의 심부름입니다."

잠시 침묵이 흘렀다. 방 안의 여자는 그 말을 그대로 받아들일 것인지 말 것인지 망설이는 듯했다. 이윽고 메이슨의 귀에 옷자락 스치는 소리가 들리고 문에서 찰칵 소리가 났다. 슬리퍼를 신은 잠옷 차림의 가냘픈 여자로, 머리에 컬 클립을 끼우고 화장하지 않은 누르스름한 얼굴에 불안한 눈길로 메이슨을 보았다.

"들어가도 괜찮습니까?"

메이슨이 물었다.

문 앞에 선 채 여자는 아무 말도 하지 않았다. 긴장과 불안을 송두리째 드러낸 표정으로 그를 지켜보고 있었다.

메이슨은 여자의 마음을 어루만져 주듯 웃음 지었다.

"설마 온 아파트가 다 울리게 말을 전할 수는 없겠지요. 이 복도 벽은 꽤 얇은 듯한데요?"

여자는 무뚝뚝하게 말했다.

"들어오세요."

메이슨은 방으로 들어가며 말했다.

"이 전갈을 들을 분이 당신인지 아닌지 나는 모릅니다. 실례지만, 당신이 누군지 가르쳐 주시겠습니까?"

"줄리아 블래너의 전갈이라면 맞을 거예요, 내가 스텔라 켄우드니까."

"아, 네. 줄리아와는 오래 사귄 사이입니까?"
"네."
"그녀의 과거에 대해 뭔가 아십니까?"
"모두 알고 있어요."
"어느 정도까지?"
"줄리아가 미국으로 온 뒤……."
"혹시 오스트레일리아에서의 생활에 대해서도 알고 있습니까?"
"네, 얼마쯤. 그런데 왜 그런 걸 묻지요?"
"왜냐하면 나는 줄리아를 도우려는 사람이기 때문입니다. 그리고 내가 당신의 힘을 빌리려면 당신이 어느 정도 그녀에 대해 아는지 정확하게 알아야 하기 때문입니다."
그러나 스텔라 켄우드는 굽히지 않고 자기 주장을 내세웠다.
"줄리아가 전갈을 부탁했다면 그걸 전해 주기만 하면 되는 거예요. 그밖의 일을 물어보실 필요는 없잖아요?"
"불행하게도 사태는 그렇게 단순하지 않습니다. 줄리아는 지금 굉장한 곤경에 빠져 있습니다."
스텔라는 숨을 혹 들이마셨다. 그리고 힘없이 의자에 주저앉으며 오오 하고 신음했다.

메이슨은 재빠른 눈길로 방 안을 살폈다. 문 왼쪽 벽에 벽침대가 놓인 이른바 독신자용 방이었다. 그 침대는 거울이 달린 문 뒤의 벽에 접어 넣게 되어 있는 것으로, 지금 그 자리를 커다란 거울이 가로막고 있는 것으로 보아 어젯밤에는 아무도 침대를 쓰지 않았든가 아니면 그녀가 메이슨이 문을 두드리기 전에 일어나 침대를 접어 치워 버린 듯싶었다.

방 안에는 알루미늄을 칠한 스팀처럼 생긴 가스히터가 있고 환기장치는 없었다. 방 안 공기는 따뜻했지만 탁하고 끈끈했다. 바깥에서 들어온 메이슨은 그 후끈하고 탁한 공기를 날카롭게 느꼈다. 습기가 유리창과 거울을 뽀얗게 만들고 있었다.

메이슨이 물었다.

"밤새 난방을 켜두었습니까?"

스텔라는 대답하지 않았다. 온통 불안을 드러낸 얼빠진 듯한 희푸른 눈으로 메이슨을 가만히 쳐다보고 있을 뿐이었다. 40살이 넘은 듯하다고 메이슨은 생각했다. 인생은 그녀에게 친절하지 못했다. 끊임없는 불운 아래에서 남이 오른뺨을 때리면 왼뺨을 내미는 것을 배운 듯했다. 그 결과 지금처럼 완전히 무저항인 모습이 되어 버린 것이다.

메이슨이 물었다.

"줄리아 블래너는 여기서 몇 시에 나갔습니까?"

"당신은 누구지요? 어째서 그런 일을 알려고 하시나요?"

"줄리아 블래너를 돕기 위해서입니다."

"그걸 어떻게 믿을 수 있어요?"

"정말입니다."

"당신은 누구예요?"

"페리 메이슨."

"그, 그럼, 줄리아가 만나러 갔던 변호사님?"

"그렇소."

"그리고 어젯밤 내가 받았던 전화를 건 분?"

"그렇소."

스텔라는 쉽사리 고개를 끄덕였다.

"줄리아는 어디 있습니까?"

"나갔어요."

"내 전화를 받은 뒤 바로 나갔군요?"

"바로 나가지는 않았어요."

메이슨이 바라보자 스텔라는 그 눈길을 피했다.

"몇 시에 나갔지요?"

"1시 15분쯤이었어요."

"어디로 갔습니까?"

"몰라요."

"뭘 타고 갔지요?"

"내 자동차요. 열쇠를 주었어요."

"그 자동차의 종류는?"

"시보레."

"무슨 일로 나갔습니까?"

스텔라는 그 질문에 대답하지 않고 다른 말을 했다.

"나는 지금 당신과 이런 이야기를 하고 있을 때가 아니라고 생각해요."

그러나 그 목소리에는 확신이 없었다. 메이슨은 모르는 체하고 대답을 기다렸다.

"당신은 뭔가 알고 있지요, 메이슨 씨? 뭔가 있어요. 그것을 내게 숨기고 있는 거예요. 말해 주세요."

"당신이 어떤 입장인지 알면 곧 이야기할 겁니다. 그러나 내 물음에 먼저 대답하지 않으면 말할 수 없습니다. 줄리아는 무슨 일로 나갔습니까? 어떻게 할 작정이었지요?"

"나는 몰라요."

"권총을 가지고 나갔나요?"

여자는 아앗 하고 소리치며 가냘픈 손으로 입을 가렸다. 주름잡힌 손등에 이리저리 푸른 정맥이 기어 다니고 있었다.

"권총을 가지고 나갔지요?"

메이슨이 거듭 물었다.

"모르겠어요. 그런데 무슨 일이 있었지요? 어떻게 권총에 대해 알고 있나요?"

"그런 걱정은 하지 않아도 됩니다. 질문에만 대답하십시오. 당신은 줄곧 여기서 줄리아가 돌아오기를 기다렸습니까?"

"네."

"왜 잠자지 않았지요?"

"글쎄요, 줄리아를 걱정하고 있었어요. 어서 돌아왔으면 좋겠다는 생각만 했어요."

"그녀가 솔트레이크에서 이리로 온 까닭을 알고 있습니까?"

"네, 물론이에요."

"어째서 왔지요?"

"아시잖아요? 내가 굳이 말할 필요는 없겠지요."

"그녀가 내게 이야기한 것과 똑같은 말을 당신에게도 했는지 알고 싶습니다."

"당신이 그녀의 변호사라면 당연히 아시잖겠어요?"

메이슨은 잘라 말했다.

"알 만큼은 알고 있습니다. 어째서 왔지요?"

"딸아이와 그녀의 옛 결혼에 관한 일."

"당신은 알고 있군요."

"어머나, 물론이지요."

"언제쯤부터 알고 있었습니까?"

"꽤 오래전부터요."

"줄리아 블래너는 오스카 브라운리와의 결혼에 대해서도 당신에게 말했습니까?"

"네."

스텔라는 차츰 이야기하는 데 열성을 보이기 시작했다. 비로소 거리낌 없는 말투가 되었다.

"당연한 일이에요. 3년 전 우리는 솔트레이크에서 함께 지내고 있었는걸요. 오스카 브라운리에 대한 이야기를 모두 들려주었어요. 오스카의 아버지가 일을 꾸며 오스카를 데려간 일이며 딸아이를 빼앗기지 않으려고 온갖 일을 다했다는 이야기 등 모두 들었지요. 나에게도 줄리아의 딸아이와 같은 또래의 딸이 있어서 그 마음을 잘 알 수 있었어요. 그러나 나는 내 딸이 있는 곳을 알고 있어서 편지를 보내고 가끔 만나러 가기도 했어요. 하지만 줄리아는 자기 딸이 살았는지 죽었는지조차 몰랐지요."

그녀는 얼굴빛을 흐리면서 눈길을 돌렸다.

"그 뒤 내 아이는 죽었어요. 2년 전쯤이에요. 그래서 더욱 사랑하는 자식을 만나지도 못하고 소식을 들을 수 없는 줄리아의 애달픈 마음을 잘 알아요."

메이슨이 물었다.

"줄리아는 캘리포니아에 돌아오지 못하는 까닭도 당신에게 말했습니까?"

"네."

"무엇 때문이지요?"

"과실치사 혐의 때문이에요."

"좋습니다. 그럼 눈앞에 닥친 문제로 들어갑시다. 나는 어째서 줄리아가 렌월드 브라운리에게 부두에서 만나자는 편지를 보냈는지 알고 싶습니다."

스텔라 켄우드는 멍하니 고개를 가로저었다.

"모릅니까?"

"나는 줄리아에 대해 당신과 이야기하고 싶지 않아요."

메이슨이 단호하게 말했다.

"당신은 알고 있습니다. 그렇기 때문에 이렇게 일어나 앉아 그녀가 돌아오기를 기다리고 있었고, 12시 전부터 저 가스히터를 켠 채 침대에도 들지 않았습니다. 자아, 어서 솔직하게 말해 주십시오. 이러다가는 날이 밝아 버립니다."

스텔라는 메이슨의 기세에 눌려 눈길을 돌리고 안절부절못하며 손바닥을 마주 비볐다. 그때 복도에서 급한 발자국 소리가 들렸다. 메이슨은 얼른 문으로 다가가 누가 들어오더라도 곧 알아차리지 못할 만한 자리에 섰다.

문 손잡이가 돌아갔다. 문이 열리고 닫혔다. 줄리아 블래너가 거의 발꿈치까지 내려오는 흰 레인코트 차림에 구두와 모자 속의 머리칼이 물에 잔뜩 젖어 컬이 풀려 목줄기에 달라붙은 어수선한 모습으로 히스테리컬한 목소리로 재빨리 지껄였다.

"어쩌면 좋지, 스텔라. 나는 이곳을 곧 떠나야 해. 엄청난 일이 벌어졌어. 어서 짐을 꾸려 줘. 그리고 나를 자동차에 태워 비행장까지 데려다줘. 솔트레이크로 돌아가야겠어. 엄청난 일이 벌어져서 나……!"

줄리아는 스텔라의 눈 속에서 뭔가 발견한 듯 흠칫 입을 다물고 고개를 돌려 페리 메이슨을 보았다.

그녀가 외쳤다.

"당신이로군요!"

메이슨은 고개를 끄덕이며 조용히 말했다.

"자아, 앉아서 무슨 일이 있었는지 나에게 말해 주십시오, 줄리아. 내가 사실을 알면 크게 도움될 겁니다."

"아무 일도 없어요."

메이슨이 말했다.

"앉으십시오, 줄리아. 나는 당신과 이야기해야만 합니다."
"나는 지금 바빠요. 당신과 이야기할 시간이 없어요. 이제 와서 뭘 어떻게 하겠다는 거지요? 이미 늦어 버렸어요."
"뭐가 너무 늦었단 말입니까?"
"걱정하지 않아도 괜찮아요."

줄리아는 테이블 위로 핸드백을 내던지고 레인코트의 단추를 끄르기 시작했다. 메이슨은 팔을 뻗쳐 핸드백을 집어 들고 무게를 재보았다.

"당신이 가지고 있던 권총은 어떻게 했습니까?"
줄리아는 뜻밖의 표정으로 물었다.
"어머나! 그 속에 없어요?"
메이슨이 말했다.
"잘 들으십시오. 이런 식으로 나와 줄다리기하며 시간을 보내면 그야말로 당신은 파멸입니다. 렌월드 C. 브라운리가 어젯밤 흰 레인코트 차림으로 시보레를 몰고 온 어떤 여자에게 총을 맞았습니다. 경찰은 그 자동차에 대해 자세히 알고 있습니다. 자아, 이제 당신은 내 힘을 빌릴 것인지 아니면 줄다리기를 계속할 것인지, 어느 쪽을 택하겠습니까?"

줄리아 블래너는 생각에 잠겨 물끄러미 메이슨을 쳐다보았다. 스텔라 켄우드가 나직이 울부짖었다.
"아아, 줄리아! 기어코 했구나!"
그녀는 흐느껴 울기 시작했다.
메이슨은 줄리아 블래너의 적의에 찬 눈을 쏘아보았다.
"말하십시오."
"어째서 내가 당신에게 말해야 하지요?"
그 목소리에 독기가 서려 있었다.

"당신을 도울 수 있으니까."

"좀더 일찍 도와주었어야 했어요. 하지만 이제는 때가 늦었어요."

"어째서 때가 늦었다는 겁니까?"

"아시잖아요? 나로서는 당신이 무엇을 어떻게 알고 있는지 모르지만……."

"자아, 들어 보십시오. 1초가 아까운 중요한 이때에 이렇게 옥신각신하지 말고 눈앞에 닥친 문제를 의논합시다. 나는 당신을 도울 작정입니다, 줄리아."

메이슨의 목소리가 그의 초조한 마음을 말해 주고 있었다.

"어째서요? 나는 돈이 없어요. 다 모아봐야 150달러도 안 돼요."

스텔라 켄우드가 의자에 벌떡 일어나며 소리쳤다.

"내게 2백 달러 있어, 줄리아. 그걸 다 주겠어."

메이슨이 말했다.

"지금 돈 이야기는 하지 맙시다. 나는 당신을 도울 마음입니다, 줄리아. 그러나 그러기 위해서는 무슨 일이 있었는지 알아야 합니다. 당신이 무슨 일을 저질렀다 하더라도 이 사건에서 당신은 할 말이 있으리라고 생각합니다.

렌월드 브라운리는 완전히 냉혈한이고 더할 나위 없이 무자비했습니다. 당신에게 과실치사죄라는 올가미를 씌워 몇십 년 동안이나 당신을 못살게 굴었습니다. 당신이 누렸어야 할 가정의 행복을 깨뜨리고 단 한 푼도 당신에게 주지 않았습니다. 긴 반생을 시달려온 당신으로서는 하고 싶은 말이 산더미처럼 많을 겁니다.

하지만 내가 알고 싶은 것은 사태가 얼마나 나쁜가 하는 점입니다. 마지막의 마지막까지 당신 편이 되리라고 보장할 수는 없지만, 아무튼 그렇게 생각하고 출발합시다. 자아, 진상을 말해 주십시오. 당신이 렌월드 브라운리를 죽였습니까?"

"아니오."
"누가 죽였습니까?"
"몰라요."
"오늘 밤 렌월드 브라운리를 만났습니까?"
"네."
"어디서?"
"부두 근처에서."
"무슨 일이 있었는지 말해 주십시오."
줄리아는 머리를 가로저었다. 그리고 갑자기 맥 빠진 말투로 입을 열었다.
"말해 봐야 소용없어요. 당신은 믿지 않을 거예요. 아무도 믿지 않아요. 스텔라, 울지 마. 나는 가야 해. 내가 다 마무리 짓겠어. 스텔라, 너는 괜찮을 거야."
메이슨은 화난 목소리로 말했다.
"잠자코 있어요! 일어난 일을 말하십시오. 당신을 도울 수 있는 사람은 나뿐입니다."
줄리아 블래너가 말했다.
"그렇군요. 꼭 알고 싶다면 말하지요. 나는 렌월드 브라운리에게 어떤 압력을 넣으려고 했어요."
"어떤 압력을?"
"오스카가 고등학교를 졸업했을 때 렌월드 브라운리가 선물한 시계가 있었어요. 그 케이스는 브라운리 집안의 가보였지요. 렌월드는 그 속에 새 시계를 넣어주었던 거예요. 무엇보다도 소중한 물건이었답니다. 내가 그 시계를 가지고 있었어요. 마침 오스카가 달아나 아버지에게로 돌아가던 날 나는 그것을 가지고 외출했었지요. 렌월드는 이 세상의 그 어떤 보물보다도 그 시계를 갖고 싶어 했어요.

나는 택시 운전기사에게 편지를 주어 10분만 시간을 내달라. 만일 지금 곧 혼자 부두로 나와 아무도 없는 곳에서 10분 동안 나와 이야기해 주면 그 시계를 주겠다고 렌월드에게 전했어요."
"그가 오리라고 생각했습니까?"
"그렇게 믿고 있었어요."
"그가 당신을 체포케 하리라곤 생각지 않았습니까?"
"네. 나는 시계를 숨겨놓았고, 그것을 찾아가는 방법은 오직 나를 정직하게 대해주는 길밖에 없다고 말했거든요."
메이슨이 물었다.
"그래서요?"
"그가 왔어요."
"그는 어떤 방법으로 그곳 위치를 알았습니까?"
"내가 간단한 약도를 그려 주었어요. 꼭 혼자 와야 한다고 썼지요."
"그런 뒤 당신은 어떻게 했습니까?"
"그를 만나기 위해 부두까지 자동차를 타고 갔습니다."
"무슨 말을 할 작정이었습니까?"
"그가 오직 한 가지 귀 기울여 들으리라고 여겨지는 말을 하려고 했어요. 내 딸은 죽은 아빠를 꼭 닮았으니, 만일 당신이 진실로 오스카를 생각한다면 오스카의 피와 살이 인생의 행복을 얻지 못하고 그늘에서 우는 일이 없도록 해달라고요. 그리고 또 이렇게 말해 줄 셈이었어요. 나는 당신이 나에게 한 짓을 아무렇지도 않게 생각하며, 내 바람은 오직 오스카의 자식을 정당하게 취급해 달라는 것뿐이라고요. 그리고 지금 오스카의 딸로 행세하는 그 아이는 가짜라고 말해 주려 했어요."
"왜 하필 부두로 나오게 했지요?"

"그렇게 하고 싶었어요."
"어째서요?"
"그건 아무 상관없는 일이에요."
"당신 권총은 32구경 자동 권총입니까?"
"네."
"어떻게 했지요?"
"모르겠어요. 초저녁에 없어졌어요."
"농담하지 마십시오. 아무 이익될 게 없으니까요."
"하지만 정말이에요."
"그래, 당신이 렌월드 브라운리를 죽이지 않았다면 누가 죽였습니까?"
"모르겠어요."
"그럼, 당신은 어디까지 알고 있습니까?"
"나는 어느 요트 클럽 옆에서 그를 만났어요. 아무도 뒤따르지 않고 있음을 확인하기 위해 골목을 한 바퀴 돌아서 되돌아오라고 말해 주었지요. 그는 그렇게 한 바퀴 돌아오면서 속력을 늦췄습니다. 그때 나로부터 반 블록쯤 떨어진 곳에서 나와 비슷한 노르스름한 레인코트를 입은 여자가 자동차로 달려들었습니다. 브라운리는 당연히 자동차를 세웠지요. 그녀는 자동차 발판에 올라서서 총을 쏘았어요."
"당신은 어떻게 했습니까?"
"나는 그것을 보고 온 힘을 다해 뛰었어요."
"어디를 향해 뛰었지요?"
"한 블록쯤 떨어진 곳에 차를 세워두었기 때문에……."
"자동차를 타고 도망쳤군요."
"시동이 잘 걸리지 않아 애먹었어요. 비가 와서 엔진이 말을 듣지 않았지요."
"누가 당신을 보았습니까?"
"모르겠어요."
"그 자동차는 어디서 얻었지요?"
"스텔라의 차예요. 내가 빌렸지요."
"그것이 당신이 할 수 있는 최상의 이야기입니까?"
"네, 진실이에요."
메이슨은 잠시 입을 다물고 있었다.
"진실일지도 모르고 아닐지도 모릅니다. 나로서는 진실이라고 여기지 않습니다. 더욱 확실한 것은 배심원이 절대로 믿지 않으리라는 겁니다. 이제까지 한 이야기를 들으면 지금 당신이 거기 앉아 있는 것이 사실인 만큼 틀림없이 일급 살인죄를 선고받을 겁니다.

저 침대를 끌어내고 가스히터를 끄고 창문을 열어젖히고 그 레인코트를 치운 다음 옷을 벗고 드러누우십시오. 만일 경찰이 찾아오면 한마디도 해서는 안 됩니다. 무엇을 묻더라도 잠자코 있을 것, 다만 자신의 변호사가 답변하리라는 말 말고는 어떤 신문에도 대답하지 마십시오. 그리고 변호사는 페리 메이슨이라는 것만 말하십시오."
줄리아는 그를 바라보았다.
"그럼, 내 편이 되어 도와주시는 건가요?"
"지금 당장은 그렇습니다. 자아, 어서 옷을 벗고 침대로 들어가십시오. 그리고 스텔라, 당신도 아무 말 하지 마십시오. 그냥 잠자코 앉아 있어요. 그렇게 할 수 있겠습니까?"
스텔라 켄우드는 겁에 질린 눈초리로 말했다.
"모르겠어요. 힘들 것 같아요."
"나도 그렇게 생각합니다. 하지만 절대로 아무 말도 하지 말아주십시오. 아무튼 되도록 오래 얼버무려 주십시오. 그리고 줄리아, 잊지 마십시오. 당신은 누구에게든 한마디도 지껄여서는 안 됩니다. 어떤 질문에도 대답하지 말고 어떤 진술도 하지 마십시오."
줄리아가 말했다.
"내 걱정은 하지 마세요. 나는 그런 일이라면 아주 잘 하니까요."
메이슨은 고개를 끄덕인 다음 얼른 문을 열고 복도로 나왔다. 문을 닫을 때 뜻밖에도 줄리아 블래너가 마음이 가라앉은 듯 벽침대를 끌어내는 삐그덕 소리가 들렸다.
빗발이 약해져 보슬비가 내리고 있었다. 남동쪽의 낮은 구름이 높아진 것을 알아차릴 만큼 날이 밝아 있었다. 차갑고 축축한 새벽 공기가 더없이 상쾌했다. 막 자동차 시동을 걸었을 때 경찰차가 한 대 모퉁이를 돌아와 선셋 암즈 아파트 현관 앞에 섰다.

9

아침에 페리 메이슨이 출근하자 델라 스트리트가 맞았다. 그는 책상 위에 모자를 내던지고 우편물 쪽으로 얼굴을 돌리며 물었다.
"뭔가 있어?"
"아시겠지만 줄리아 블래너가 렌월드 브라운리 살해범으로 체포되었어요."
메이슨은 짐짓 깜짝 놀란 듯이 눈을 휘둥그렇게 떴다.
"아니, 모르고 있었어."
델라가 말했다.
"호외가 나왔어요. 줄리아 블래너는 페리 메이슨 씨가 변호할 거라고 했다는데 소장님이 모르실 리 없어요."
"아니, 이거 큰일났는걸."
그러자 델라 스트리트가 반대신문하는 변호사 흉내를 내어 집게손가락을 똑바로 수평으로 내밀며 물었다.

"소장님, 당신은 오늘 새벽 어디 계셨지요?"

메이슨은 싱긋 웃었다.

"잘 안 되는군. 경찰이 비치우드의 아파트에 도착하기 60초 전에 그곳을 떠났어."

델라는 한숨지었다.

"이따금 운수 사나울 때도 있는 법이에요."

"거기서 잡혀도 나쁠 것은 없어. 나에게는 의뢰자와 면담할 권리가 있으니까."

"신문에는 이렇게 나와 있어요. '줄리아 블래너는 일체의 진술을 거부하고 있다. 그러나 같은 방에서 함께 사는 스텔라 켄우드 여인은 처음에는 신문에 대답하기를 거부했으나 마침내 털어놓았다'고요."

"그렇겠지, 그 여자라면."

델라가 걱정스러운 목소리로 물었다.

"소장님, 그 여자가 뭔가 당신에게 폐가 될 만한 말을 지껄이지나 않았을까요?"

"그렇지는 않을 거야. 그 여자가 누구를 걸고 넘어진다든가 하는 일은 못할걸. 그밖에 뭐 새로운 일이 있어?"

"폴 드레이크 씨가 만나자고 해요. 알려드릴 일이 있대요. 몬테리 호의 맬로리 주교 앞으로 보낸 소장님의 전보가 배달되지 않았다는군요. 몬테리 호에는 윌리엄 맬로리라는 사람이 타고 있지 않다는 거예요."

메이슨은 뜻밖이라는 듯이 나직이 휘파람을 불었다. 델라 스트리트는 수첩을 들며 말을 이었다.

"그래서 제가 몬테리 호 선장 앞으로 무전을 쳤어요. 시드니를 떠나 북쪽으로 항해할 때 윌리엄 맬로리 주교가 타고 있었는지, 만일 그 비슷한 사람이 같은 이름이나 다른 이름으로 일등 또는 이등 선객으로 지금 배에 타고 있는지 어떤지 분명히 확인해 달라고요."

"잘했어. 감탄할 만하군. 나도 그 점을 좀더 잘 생각하지 않으면 안 되겠지. 그럼, 우선 폴 드레이크에게 전화를 걸어 해리와 함께 이곳으로 와달라고 말해 줘. 또 뭔가 있어?"

"C. 우드워드 월렌이 면회 신청을 해왔어요. 전화를 걸어와 만일 소장님이 아들의 생명을 구해 주시면 10만 달러를 내겠다고 말했어요."

메이슨은 머리를 가로저었다.

델라 스트리트가 말했다.

"굉장한 돈인데요?"

메이슨은 냉담하게 말했다.

"큰돈임에는 틀림없어. 그러나 나는 필요 없어. 그 아들은 하늘 높은 줄 모르는 백만장자 건달의 자식이야. 태어나서 이제까지 돈쓸 줄만 알고 벌 줄은 모르는 녀석이지. 그래서 처음으로 진짜 장애물과 맞부딪쳤을 때 대뜸 권총을 집어들고 쏘아댔어. 지금은 죄송하다고 말하지만, 모든 일이 자기 뜻대로 되는 게 당연한 일처럼 생각하고 있어."

"소장님이라면 무기형 정도로 할 수 있을 텐데요? 월렌 씨로서도 그 이상은 바라지 못해요. 소장님은 그 줄리아 블래너라는 여자를 변호해 봐야 한푼도 못 받을지 모르잖아요. 그런데도 막대한 보수를 마다하시는군요?"

"블래너 사건에는 미스터리적인 요소가 있어. 뭔가 시적(詩的)인 정의를 느끼게 하지. 가슴을 죄는 듯한 인생의 드라마적 요소를 남김없이 갖추고 있다고. 지금 나는 반드시 마지막까지 싸우겠다는 기분은 아니야. 다만 내가 지니고 있을지도 모르는 기능을 그 시적 정의를 지키기 위해 쓸 작정이야.

그런데 만일 월렌 사건을 맡는다고 해봐. 나는 나의 기능과 지식과 교양을 어리석고 방임적인 아버지 밑에서 잘못 길들여진 건달 자식의 비열한 범죄를 정당화시키기 위해 쓰게 되는 셈이야. 잊어선 안 될 것은 이건 그 아들이 처음 저지른 범행도 아니라는 것이지.

그는 지난해 자동차로 어떤 여자를 치어 죽였어. 아버지는 그것을 돈으로 무마시키고 아들을 살렸어. 지금도 어느 변호사에게 뇌물을 주어 교수대로 가지 않을 속임수를 짜내게 하려고 해. 아비도 자식도 돼먹지 않았어! 어서 폴 드레이크에게 와달라고 말해 줘."

델라가 전화 거는 동안 메이슨은 조끼 주머니에 엄지손가락을 걸치고 고개를 숙인 채 생각에 잠겨 방 안을 서성거리고 있었다.

조금 뒤 그는 얼굴을 찌푸리고 말했다.

"어떻게 된 거지, 델라? 너무 늦잖아. 바로 아래인데. 전화보다 복도를 뛰어가는 편이 빠르겠군. 대체 어떻게 된 거지?"

"몬테리 호에서 내가 친 무전에 대한 답신이 와서 듣고 있었어요. 잠깐 기다리세요. 읽어드릴 테니까."

델라는 송화기를 향해 말했다.

"드레이크 탐정사에 전화 걸어서 소장님이 기다린다고 드레이크 씨에게 전해 주세요."

그녀는 전화를 끊고 속기한 전보문을 읽었다.

윌리엄 맬로리 주교는 시드니발 왕복 항해의 선객으로 여러 사람과 테이블을 같이 하였음. 55살쯤으로 키 5피트 6, 7인치, 몸무게 175파운드쯤. 온 선객을 조사했으나 분명 이 배에는 없음.

"선장 E.R. 요한슨이라고 서명되어 있어요."
메이슨은 고개를 끄덕였다.
"으음, 확실히 잘 조사했을 게 틀림없어. 뭔가 중요한 일이라는 걸 선장도 알았을 테지."
"주교는 밀항하고 있는 게 아닐까요?"
메이슨은 고개를 가로저었다.
"아니, 나는 요한슨 선장 쪽에 걸겠어. 그가 타고 있지 않다고 하는 이상 절대로 타지 않았어."
"그럼, 주교가 몬테리 호에 오른 뒤 내리지 않았다는 드레이크 씨의 생각은 잘못인 셈이잖아요."
"혹시 짐이라도 들었다면 그런 일도……."
메이슨은 갑자기 입을 다물고 깊이 생각에 잠겨 델라 스트리트를 보고 있었다.
"다시 한 번 요한슨 선장에게 무전을 쳐 줘. 맬로리 주교의 이름이 적힌 꼬리표가 달린 슈트케이스가 배의 짐칸에 있는지 어떤지 조사하는 대로 곧 알려달라고."
델라가 의아한 듯이 말했다.
"그렇다면 주교가 변장도구를 가지고 배에 올랐을지도 모른다는 건가요? 그리고 변장을 하고 배에서 내려……."
메이슨이 웃으며 말했다.
"변장하고 배를 탔어."
"갈피를 못 잡겠어요."
"모든 사정으로 미루어 보건대, 우선 주교는 머리를 완전히 붕대로 감고 있었어. 그런데 나는 구급차가 주교를 싣고 간 뒤 그 호텔 방을 보았지. 침대 위에 주교가 누웠던 자리가 우묵하게 파여 있었지만 피는 한 방울도 보이지 않았어. 그는 분명 곤봉으로 얻어맞았어. 그렇다면 흔히 타박상을 입지만 살은 찢어지지 않아. 그렇다면 어째서 주교는 얼굴 전체가 가려질 정도로 붕대를 머리에 감을 필요가 있었을까?"

델라는 어리둥절한 표정으로 그를 바라보고 있었다.

"하지만 소장님, 드레이크 씨의 탐정들은 그분의 모습을 잘 알고 있잖아요! 얼굴을 가려봐야 소용없을 텐데요."

메이슨은 웃음 지었다.

"당신은 그런 큰 기선이 출항하는 것을 본 적이 있어, 델라?"

"아니오, 왜요?"

"출항할 무렵쯤이면 부두며 승강구 언저리가 온통 사람들로 들끓어 꼼짝할 수 없는 형편이 돼. 끊임없이 얼굴들이 나란히 줄지어 흐르지. 당신이 탐정이라 하더라도 한 사람이 검은 양복에 머리를 붕대로 온통 감고 배에 오르는 것을 지켜보고 있을 경우 그 소용돌이가 시작됐을 무렵에는 스스로 자신을 속일 정도로 싫증이 나 있을 거야.

다시 말해서 사람들의 얼굴을 하나하나 살펴보려고 하지 않을 거라는 거지. 무의식적으로 붕대 감은 머리와 검은 양복만을 찾을 테지. 만일 찾는 사나이가 트위드 양복이나 차분한 잿빛 양복을 입고 붕대를 감지 않은 머리에 펠트 모자를 깊숙이 눌러쓰고 배에서 내려왔다면 당신은 그만 그 사나이를 놓치고 말 거야. 아주 눈 깜짝할 사이의 일이야. 몇백 사람이 꾸역꾸역 밀려나와 열광하는 군중 속으로 빨려 들어가는 거야."

델라 스트리트는 그제야 납득하는 듯 고개를 끄덕였다.

"그렇군요. 그럴 수도 있겠군요. 하지만……."

그때 폴 드레이크의 노크 소리가 들렸으므로 그녀는 입을 다물었다.

델라는 문을 열었다. 폴 드레이크가 그녀에게 눈인사를 보내며 감기든 목소리로 말했다.

"여어, 델라. 들어오게, 해리."

드레이크와 해리 카울터가 문을 닫고 들어왔다. 드레이크가 변호사를 향해 나무라듯 말했다.

"어젯밤 남은 위스키에 대해 할 말이 있네, 페리. 내가 어떻게 됐으리라 생각하나?"

메이슨은 드레이크의 습기찬 눈과 빨간 코를 찬찬히 바라보며 동정심 없는 웃는 얼굴로 말했다.

"자네는 처음에 너무 많이 마셨어, 폴. 그래서 반응이 빨리 온 걸세. 해리, 자네는 어떤가? 아무렇지도 않나?"

해리 카울터가 대답했다.

"끄덕없습니다. 더욱이 나는 소장님이 그곳에 오기 몇 시간 전부터 물에 빠진 생쥐처럼 되어 뛰어다니고 있었는걸요."

드레이크는 커다란 가죽의자에 미끄러져 들어가 두 다리를 불룩한 팔걸이에 걸쳐놓고 슬픈 듯이 델라를 쳐다보며 머리를 가로저었다.

"열심히 뛰어다닌 결과가 겨우 이거라니! 변호사를 위해 죽도록 일해 봐야 조금도 동정해 주지 않아. 처참한 꼴이야. 탐정은 밤낮 없이 뛰어다니는데 변호사는 그 탐정이 알아낸 결과를 바탕으로 흠씬 보수를 우려내니 이거야 어디……."

메이슨은 빙글거렸다.

"이래서 감기가 좋지 않다니까! 사물을 비관적으로만 보잖나? 이렇게 일거리가 많은 걸 행운으로 여기게, 폴. 자아, 자네가 굳이 동정받고 싶다면 델라에게 손이나 잡아달라고 하며 부디 보고를 좀 들려 주게."

그때 드레이크는 갑자기 감전된 듯 얼굴 근육을 씰룩이며 부리나케 오른손으로 주머니를 더듬었다. 재빨리 손수건을 꺼냈으나 한발 늦어 그것을 코에 대기 바로 직전에 맹렬한 재채기가 터져 나왔다. 그는 한심스러운 듯이 코를 닦으며 콧소리로 말했다.
"시튼 간호사는 종적을 알 수 없네. 어젯밤 끝내 돌아오지 않았어. 나는 오늘 아침 다시 한 번 그 방으로 가서 대충 살펴봤는데, 지난 번에 자네와 함께 갔을 때와 다를 바가 없었네."
메이슨은 얼굴을 찌푸린 채 생각에 잠겼다.
"그 아파트 안 어디엔가 숨어 있는게 아닐까? 이를테면 친구 방이나?"
"그런 것 같지 않네. 칫솔이며 치약이 세면대 옆에 그대로 있어. 새 칫솔을 사러 밖으로 나갔을 리도 없고, 친구 방에 갔다면 혹시 잊어 버렸었다 하더라도 몰래 와서 가져가지 않았을까?"
"그럼, 어디 있다는 건가?"
드레이크는 어깨를 들썩하고 다시 얼굴을 씰룩이며 코밑에 손수건을 갖다댔다. 한참 동안 그러고 있더니 이윽고 얼굴의 긴장이 풀리고 한숨지으며 말을 이었다.
"이게 또한 자연의 법칙에 대한 내 불평의 씨앗일세. 내가 손수건을 코에 대면 재채기가 안 나오네. 그러나 주머니에 넣어 버리면 이번에는 꺼낼 겨를도 없이 터져 나오는 거야. 그런데 묘한 일이 있네, 페리. 우리 말고도 망보는 녀석이 둘이나 있어."
"어디에?"
"시튼의 아파트."
"경찰인가?"
"아니, 그렇지 않을 걸세. 우리 식구들이 보고 그들은 사립 탐정이라고 말하더군."

"녀석들이 시튼 양을 감시하고 있다는 걸 어떻게 아는가?"
"확실하지는 않지만 그런 것 같네. 한 녀석은 슬그머니 3층으로 올라가 어물쩡거리고 있었네. 방에도 들어갔을지 모르지. 해리에게 무슨 볼일이 있나?"
메이슨은 해리 카울터를 보았다.
"어젯밤 렌월드 브라운리는 곧장 부두로 갔었나?"
"네."
"자네는 죽 뒤쫓아 갔었지?"
"네, 그렇습니다."
"다른 자동차가 앞질러가지는 않았나?"
해리 카울터가 잠시 생각했다.
"커다란 노란색 쿠페가 부둣가에 닿기 바로 직전에 앞질러 갔습니다. 무서운 기세로 달려가더군요. 그전에는 앞질러간 자동차가 있을지도 모르지만 생각나지 않습니다. 빗속에서 브라운리 노인을 뒤쫓느라고 정신이 없었으니까요. 노란 쿠페는 굉장히 속력을 내고 있었습니다. 그리고 우리를 앞지른 것은 큰길을 지난 지점이었지요."
"다시 말해서 거의 부두에 닿았을 무렵이로군."
"그렇습니다."
"그 자동차에 몇 사람이 타고 있었나? 하나, 둘?"
"하나였다고 생각합니다. 그다지 자신은 없지만, 그 자동차는 캐딜락이었다고 여겨집니다."
메이슨이 조금 생각한 다음 말했다.
"폴, 브라운리 저택의 자동차를 좀 알아봐 주게. 해리의 말과 들어맞는 자동차를 누가 가지고 있는지 알아봐. 그리고 하인들을 붙잡고 렌월드 브라운리가 나간 뒤 집 안팎에서 어떤 심상치 않은 움직임은 없었는지 슬쩍 물어봐 주게. 그리고……."
"아아, 잠깐만요."
해리가 가로막고 나섰다. 이맛살에 주름이 잡혀 있었다.
"나는 생각보다 뭘 좀더 많이 알고 있는 것 같습니다."
메이슨이 의아한 듯한 눈길을 들었다.
"요트 클럽 옆에 자동차가 몇 대 멈춰 서 있었습니다. 벌써 오래 전부터 그곳에 멈춰 서 있었던 것처럼 보였지요. 그들이 바다로 나갈 때 어떻게 하는지 아시지요? 거기 큰길 주차장에 자동차를 내동댕이쳐두는 겁니다. 그곳에 차고도 있지만 모두들 대개……."
메이슨이 가로막았다.
"으음, 그건 알고 있네. 그게 어떻다는 거지?"
해리 카울터가 말을 이었다.
"내가 브라운리 노인의 요트 근처에서 그를 놓치고 빙빙 찾아 헤맬 때였습니다. 빗속에 자동차 대여섯 대가 멈춰 서 있었습니다. 브라운리를 놓치고 화가 치민 참이라 그 자동차들을 죽 훑어보았지요. 그걸 기억해 두려고 한 게 아니라 그 가운데 브라운리의 자동차가 있는지 살펴보았던 겁니다. 그러나 그 가운데 끼어 있지 않았으므로 그냥 지나쳤지요.

그런데 지금 생각해 보니 그 가운데 한 대는 노란 쿠페로 캐딜락이었던 것 같습니다. 그러고 보니 그것이 나를 앞지른 자동차였을지도 모릅니다. 물론 확실한 말은 할 수 없지만. 그때 워낙 비가 억수같이 쏟아져 내려 백미러에 헤드라이트가 비치자 곧 해일 같은 물을 뒤집어 씌우며 자동차가 한 대 앞질러 갔던 겁니다. 그 다음에 보인 것은 미등뿐이었지요. 비 오는 날 밤 자동차가 앞질러갈 때는 다 그런 거지요."
메이슨이 고개를 끄덕였다. 그때 드레이크가 또다시 손수건을 코에 대고 재채기하고 나서 말했다.

"아아, 감기 걸린 뒤 처음으로 손수건이 제구실을 했군."

메이슨이 말했다.

"자네는 오늘 아침 거기서 감기 걸린 게 아닐세. 감기란 그렇게 일찍 증상이 나타나는 게 아니거든."

드레이크가 말했다.

"아아, 알고 있네. 아암, 그렇고 말고, 감기 같은 건 걸리지 않았어. 자네는 파이프를 물고 기선의 갑판을 거닐면서 파리한 얼굴을 한 선객에게 '뱃멀미란 본디 없는 겁니다, 단순한 공상에 지나지 않지요'라고 말하는 사람과 닮았군 그래.

여느 때라면 나는 이런 말 하지 않지만 자네가 너무도 동정심이 없으니 이렇게라도 해서 화를 풀어야지. 노란 쿠페니 뭐니 멋대로 지껄여대는 것도 좋지만, 자네는 그 뒤의 일을 생각해 보았나? 경찰이 자네 손님을 덥석 안아가 버렸다고! 조심하지 않으면 자네까지 데려갈지도 몰라."

"그게 무슨 뜻이지?"

"말 그대로일세. 경찰도 사건이 일어난 뒤 졸고만 있는 건 아닐 테고, 더욱이 자네가 얼마쯤 단서를 남겨두고 왔잖나?

경찰은 브라운리가 자네 손님을 옴짝달싹못하게 할 유언장을 만들 작정이라고 자네에게 말했다는 것을 입증할 수 있네. 그리고 자네가 웨스턴 유니언 전화국에 가서 몬테리 호에 무전을 치고 그곳 공중전화를 썼다는 것도 밝혀낼 수 있어. 다시 말해 줄리아 블래너가 묵고 있는 스텔라 켄우드의 아파트로 전화한 사실을 입증할 수 있는 걸세. 그리고 자네가 줄리아에게 전화한 뒤 그녀는 택시 운전기사를 시켜 브라운리 노인에게 편지를 전했네. 브라운리는 그 편지를 읽고 오스카의 시계를 찾기 위해 바다로 나가야겠다는 뜻을 비쳤지. 몹시 흥분한 상태였다고 하네."
메이슨이 물었다.
"택시 운전기사는 그 편지를 브라운리에게 주었나?"
"노인이 아니야. 손자에게 건네주어 손자가 가지고 들어갔지. 브라운리는 잠들어 있었네."
"필립은 노인이 편지 읽는 것을 보았나?"
"그렇네. 그리고 필립에게 줄리아로부터 시계를 찾아내야겠다고 말했지. 그래서 경찰은 여자가 노인을 부두로 꾀어내 32구경 자동권총으로 쏘아 죽였다고 생각하고 있네. 그녀는 흉기를 버리고 현장에서 도망쳤네. 공범자가 하나 그곳에 있다가 자동차를 운전해 독까지 갔지. 그리고 그 근처에 다른 자동차를 놓아두었네. 속력을 늦추고 자기는 발판에 서서 속도를 떨어뜨린 뒤 뛰어내렸어. 자동차는 바다에 거꾸로 박혔네."
메이슨이 물었다.
"그래서 자동차가 끌어올려졌을 때도 로우기어였다고 생각하는가?"
드레이크는 손수건으로 코를 문지르며 탁한 목소리로 말했다.
"흐음, 그렇네."
헤리 카울터가 끼어들었다.
"그리고 흉기는 그 여자의 것입니다. 솔트레이크 시에서 면허를 얻어 지니고 다녔던 거지요."
드레이크가 코를 쿵쿵거렸다.
"뿐만 아니라 경찰은 자동차 왼쪽 창문에서 줄리아의 지문까지 채취했다네. 잘 듣게. 비가 내리고 있어 브라운리는 유리창을 닫고 운전하고 있었네. 줄리아가 나타나자 이야기하려고 창문을 열었으나, 브라운리는 완전히 유리를 내리지 않았었지. 그녀는 자동차 발판을 밟고 서서 창문에 손을 걸쳤기 때문에 유리 안쪽에 완전한 지문을 남겼네. 자동차를 재빨리 끌어올릴 수 있었기에 지문이 아직 물에 씻기지 않았던 걸세."

메이슨은 얼굴을 찌푸렸다.

"브라운리가 바다로 나가기 전에 그녀가 자동차에 지문을 남길 만한 기회는 없었나?"

"1천만 분의 1의 기회도 없어. 자아, 이것이 어두운 쪽 면일세. 하지만 먹구름 둘레에도 은빛 테두리가 있는 법이지. 브라운리 저택에 살고 있는 손녀딸은 아무래도 가짜인 듯하네. 꽤 가망성 있는 이야기일세."

메이슨이 물었다.

"뭔가 사실을 파악했는가?"

그러자 드레이크는 퉁명스럽게 말했다.

"물론이네. 어떤 결말이 될지는 모르지만 아무튼 사실일세. 오스카가 죽은 다음 노인은 손녀딸의 행방을 알고 싶어 했네. 그래서 잭슨 이브즈에게 수색을 의뢰했지. 아니면 이브즈 쪽에서 브라운리 노인을 찾아가 손녀딸을 찾아내겠다고 자청하고 나섰는지도 모르네.

어쨌든 내가 다른 탐정을 중상하는 건 본의가 아니고 죽은 사람을 나쁘게 말할 마음도 없지만, 소문으로는 만일 이브즈가 손녀딸을 찾아주면 2만 5천 달러를 내겠다고 브라운리 노인이 약속했다고 하네. 이브즈의 직업윤리 강령에서 그 돈과 더불어 아가씨가 물려받을 유산에 대한 배당을 계산해 보면 굳이 마지막 페이지를 들춰보지 않아도 대답은 나올 걸세. 나는 이브즈를 위해 이 말만은 해야겠네. 그는 진짜 손녀딸을 찾아내려고 꽤 애쓴 듯하네. 그러나 일부러 오스트레일리아까지 갔는데도 그만 두꺼운 벽에 부딪치고 말았지.

 이브즈의 눈앞에는 2만 5천 달러의 상금이 버티고 있었네. 그것은 탐정으로서 손녀를 찾아내지 못하겠다고 두손 들고 물러서기에는 너무 큰 돈일세. 그런데 가짜가 진짜가 아님을 증명하는 유일한 방법은 진짜를 찾아내는 일뿐임을 생각해 주게, 메이슨. 이브즈는 도저히 진짜를 찾아낼 수 없다는 결론을 내렸지. 그만큼 철저하게 조사했다는 말이 되네.

 노인은 물론 돈을 치를 때 증거를 요구했지. 그와 함께 그 아가씨가 진짜라고 믿고 싶은 마음이기도 했네. 노인은 자기를 납득시켜 주기를 바랐네. 그리고 이브즈와 그 아가씨는 노인을 납득시키고 싶었네. 반대편에 서서 이의를 내놓는 사람은 없었지. 말하자면 변호사가 반대편 증인과 변호사 없이 재판관에게 자기의 입장을 주장하는 상황이었던 걸세."
메이슨은 깊이 생각에 잠겨 있었다.
"이브즈는 그 아가씨가 유산을 물려받으면 배당받을 약속을 했다고 생각하나?"
드레이크는 재빨리 대답했다.
"물론이지. 이브즈가 그런 먹이를 그대로 놓쳐 버릴 줄 아나?"
"그리고 죽었군."
"으음, 그렇네."
"그런 이야기를 자기 혼자 간직했을 리는 없네, 폴. 그 거래에는 다른 사람이 끼었을 게 틀림없어. 그리고 이브즈가 죽고 없는 지금 물려받은 유산 가운데 이브즈에게 줄 배당분을 차지하려고 기회를 노리고 있을 게 틀림없네."
드레이크는 고개를 끄덕였다.
"으음, 과연. 하지만 나로서는 입증할 방법이 없네."

"그리고 또 그 돈 냄새를 맡은 사람이 끼어들려고 할지도 모르네. 원칙론이지."
드레이크가 말했다.
"그렇지는 않을 것 같네. 협박꾼이 만일 사정을 잘 헤아리고 있다면 이 일은 좀 벅찬 일이라는 것도 잘 알았을 테니. 어쨌든 브라운리 노인은 바보가 아니었고 잭슨 이브즈 또한 그러했네. 아가씨가 저택으로 들어갈 때 두 사람은 신문에 그런 기색을 조금도 보이지 않았지. 슬쩍 들어가 조용히 살고 있었네. 그리고 브라운리 역시 손녀딸이 돌아왔다고 시치미 떼었어. 조금 뒤 사교 기자들은 팜 스프링스에 갈 때마다 다투어 기사를 썼네. 입고 있는 의상에 대해서도 반드시 언급할 정도였지."
메이슨이 천천히 고개를 끄덕였다.
"손녀딸은 지금도 저택에 있나, 폴?"
"아니, 오늘 아침 일찍 집에서 나와 산타 델 리오스 호텔로 갔네. 그런 아가씨가 피비린내 나는 일이 일어난 뒤 집 안에 틀어박혀 있을 수 있겠나?"
메이슨이 물었다.
"그 아가씨가 그렇게 말하던가?"
드레이크는 고개를 끄덕였다.
"그래, 그 아가씨가 그렇게 말했네."
"한편 이렇게도 생각해 볼 수 있지. 이 살인사건에 그녀를 끼어들이지 않는 편이 유리하리라고 여기는 사람이 혹시 있다면, 그런 사람과 의논하기에는 안성맞춤이니까 일부러 호텔에 갔을지도 모른다고."
드레이크는 재채기를 하고 나서 코를 닦았다.
"내가 감시를 붙여두었다네."

메이슨은 이맛살을 찌푸리고 방 안을 서성거렸다. 두어 번 머리를 가로젓고 우뚝 걸음을 멈추더니 다리를 크게 벌리고 서서 심각한 얼굴로 물끄러미 드레이크를 보았다.
 "그렇게 해봐야 아무 소용없네, 폴. 피라미는 그물에 걸려들지 모르지만 대어는 빠져나가 버릴 걸세."
 "그게 무슨 말이지?"
 "그 아가씨가 호텔에 있고 누군가가 뒤에서 일을 꾸민다고 하세. 그 누군가는 탐정이거나 이브즈가 살아 있을 때 그를 돕던 사람일 테지. 다시 말해서 그는 탐정이 어떤 방식으로 일하는지, 무엇 때문에 감시를 하는지에 대해 잘 아는 녀석이네. 우리가 여자에게 감시자를 붙였다는 걸 그 사나이는 곧 알아차렸을 걸세. 그리고 그 미행이 아무 소득 없는 헛수고가 되도록 일을 꾸밀 거야."
 "흐음, 그렇다면 나더러 어떻게 하라는 건가?"
 "요컨대 우리가 겨누는 그 사나이는 미행하더라도 여느 방법으로는 잡을 수 없다는 말일세."
 메이슨은 델라 스트리트 쪽을 보았다.
 "델라, 헨나(henna. 염색용 식물)를 써서 당신 머리칼을 빨갛게 물들일 수 있겠어?"
 "네. 왜요?"
 "그 시튼 간호사의 아파트에 자기 방처럼 태연하게 들어가 트렁크며 가방을 챙겨 가지고 어디 다른 아파트로 옮겨가도록 해봐."
 드레이크가 물었다.
 "그런 짓을 하면 더욱 눈길을 끌지 않을까?"
 메이슨은 머릿속 생각을 그대로 입 밖에 내어 말하는 것 같은 불쾌한 말투로 말했다.
 "가택침입이나 절도죄, 그 밖의 다른 어떤 죄목도 범죄적 의도가 입증되었을 경우의 일이네. 범죄적'의도를 입증하지 못하면 그다지 대단한 일이 못 돼."
드레이크가 물었다.
"하지만 그렇게 해서 대체 무슨 이득이 있나?"
"그 집을 감시하는 사나이들이 이브즈의 유산 배당분을 가로채려는 이들에게 고용된 녀석들이라면 재니스 시튼에 대해 그다지 잘 알고 있지 못할 걸세. 비슷한 여자가 시튼 간호사의 방을 비우고 떠나면, 그들은 둘에 둘을 더하면 넷이 되는 줄로만 알지 아마 다른 해답은 낼 줄 모를 걸세."
해리 카울터가 못마땅한 얼굴로 망설이더니 불쑥 말했다.
"메이슨 소장님, 그들이 무엇을 노릴는지 어떻게 압니까? 어떻게 생각하면……."
그는 문득 말을 끊고 멋쩍은 표정으로 어깨를 으쓱했다.
델라 스트리트는 벽장께로 가서 자기 모자와 외투를 꺼내왔다.
"소장님, 머리를 물들이고 말리기까지 2시간쯤 걸릴 거예요."
메이슨은 고개를 끄덕였다. 다른 두 사나이는 걱정스러운 표정으로 델라를 보았다.

10

그 아파트 앞에서 기다리던 메이슨은 눈썹을 찌푸리며 손목시계를 들여다보았다. 담배를 붙여 물고 불안스러운 듯이 보도를 서성거렸다. 담배가 반쯤 타들어갔을 때 새끼줄로 소형 트렁크를 비끄러 맨 택시가 한 대 모퉁이를 돌아왔다. 메이슨은 흘끗 택시를 보더니 담배꽁초를 옆 도랑에 버리고 아파트 현관까지 되돌아가 이쪽을 향해 걸어오는 델라 스트리트와 그 화려한 적갈색 머리를 보았다.
그대로 돌아서서 로비 안으로 들어가 카운터에 서 있는 관리인에게 안심시키듯 고개를 끄덕여 보이며 말했다.
 "열쇠는 갖고 있어. 고맙소."
 엘리베이터로 10층까지 올라가 1208호 문을 열었다. 안으로 들어가자 그는 문을 닫고 의자를 끌어와 올라 서서 복도 건너편에 있는 1207호의 들창을 바라보았다.
 몇 분 뒤 엘리베이터 문이 열리는 소리, 복도를 걷는 어수선한 발자국 소리, 짐수레의 바퀴 구르는 소리가 들렸다. 델라 스트리트가 한 손에 슈트케이스를, 다른 한 손에 보스턴백을 든 짐꾼의 안내를 받아 복도를 걸어왔다. 짐꾼이 1207호 앞에서 걸음을 멈추고 말했다.
 "이 방입니다, 전화로 신청한 방은. 마음에 안 드시면 바꿔드리겠습니다."
 델라 스트리트가 말했다.
 "늘 아파트에 살아서 익숙해요. 전에 여기서 친구가 살았었지요."
 짐꾼은 문을 열고 옆으로 비켜 서서 델라를 들여보낸 다음 슈트케이스를 들고 뒤따랐다. 바로 뒤이어 사환이 짐수레의 트렁크를 안으로 옮겨 넣었다.
 메이슨은 들창 문턱에 팔을 걸쳐 몸을 편안하게 했다. 그리고 짐꾼과 사환이 기분 좋은 얼굴로 복도로 나와 밖에서 문 닫는 것을 보았다.
 그리고 꽤 오랫동안 지루한 시간이 흘렀다. 메이슨은 몸의 위치를 바꾸어 담배를 몇 개비를 피운 다음, 들창 아랫문턱에 문질러 껐다.
 이윽고 엘리베이터 문소리와 복도를 걸어오는 발자국 소리가 들려와 그는 다시 긴장했다. 키 큰 사나이 하나가 카펫을 깐 복도를 재빨리 걸어왔다. 발소리를 죽이지는 않았으나 사나이의 모습에는 어쩐지 떳떳하지 못한 느낌이 감돌았다.

사나이는 메이슨의 방 앞에서 걸음을 멈추고 문을 두드리려는 듯 손을 쳐들었다가 방 번호를 확인하고 빙글 돌아서서 1207호 문을 두드렸다.

델라 스트리트의 목소리가 대답했다.

"누구세요?"

사나이가 말했다.

"전등 접촉선을 검사하러 왔습니다."

델라 스트리트가 문을 열었다. 사나이는 아무 말 없이 안으로 들어갔다. 문이 조금 거칠게 닫혔다.

메이슨은 담뱃불을 끄고 손목시계를 보았다.

1분, 2분, 초침이 돌아간다.

5분 뒤 메이슨은 다시 새 담배를 피워 물었으나, 한 모금 빨고는 비벼 껐다. 복도 너머로 저쪽 방에서 뭔가 바스락거리는 희미한 소리가 나고 들릴락 말락한 소리가 나직이 들려왔다.

메이슨은 방바닥에 뛰어내려 한 손으로 의자를 밀치며 문을 홱 열고 단숨에 복도를 가로질러 1207호의 문 손잡이를 돌렸다.

문은 잠겨 있었다.

메이슨은 재빠르게 뒤로 물러나 어깨를 낮추고 앞으로 쾅 부딪쳐갔다. 온몸의 무게를 잠긴 문에 부딪치는 심정은, 공을 몰고 라인을 돌파하는 풋볼 선수가 파이널 쿼터의 남은 시간이 앞으로 몇 초라고 말하는 아슬아슬한 순간과도 비슷했다. 자물쇠가 부서지고 널빤지가 우두둑 쪼개졌다. 문이 퉁겨져 열리면서 걸쇠를 세게 치며 정지했다.

메이슨은 무섭게 걷어차는 사나이의 두 다리와 가냘픈 여인의 몸을 내리누르는 넓은 어깨를 보았다. 두 사람은 서재용 긴 의자 위에서 싸우고 있었다. 그 긴 의자 밑에 침대 시트가 헝클어져 있고 키 큰 사나이는 델라 스트리트의 얼굴에 커다란 베개를 덮어씌워 그녀의 목소리를 죽이며 천천히 그녀를 질식시키려 하고 있었다. 그때 갑자기 퉁겨져 일어나 메이슨 쪽으로 돌아선 사나이의 얼굴은 격렬한 폭력을 쓴 탓으로 입이 일그러져 골인 지점에 다가가는 단거리 선수의 얼굴 경련을 연상케 했다.

사나이는 얼른 허리로 손을 뻗으며 소리 질렀다.

"움직이지 마."

메이슨은 성큼 다가섰다.

델라 스트리트는 베개를 뿌리쳐 던졌다. 키 큰 사나이는 주머니에서 푸른 강철무기를 꺼내들었다. 메이슨은 10피트쯤 떨어져 서서 38구경 리볼버의 검은 총구를 물끄러미 바라보았다. 권총을 쏘았을 때의 반동을 계산한 듯 사나이는 어깨에 힘을 주었다. 입술이 씰룩이며 말려올라가고 이가 드러났다. 메이슨은 우뚝 서서 델라 스트리트에게로 눈길을 보냈다.

그리고 물었다.

"다치지 않았어?"

권총을 든 사나이가 위협하듯 말했다.

"손들어! 벽까지 물러나. 어서 벽을 향해 손을 높이 쳐들……."

델라 스트리트가 몸을 굽혀 발꿈치로 방바닥을 차며 총알처럼 앞으로 뛰었다. 사나이는 옆으로 몸을 날렸으나, 그녀는 재빨리 권총을 든 팔에 매달렸다. 메이슨이 앞으로 뛰어나가며 휘두른 오른손 주먹이 정통으로 사나이의 턱을 쳤다.

키 큰 사나이는 비틀비틀 뒤로 물러섰다. 권총을 빼앗으려고 매달렸던 델라 스트리트는 사나이의 팔을 아래로 잡아당기며 방바닥에 엎어졌다. 그녀는 힘 빠진 사나이의 손에서 흉기를 빼앗았다. 몸의 균형을 되찾은 사나이는 분연히 메이슨을 걷어차며 의자로 손을 뻗었다.

권총을 손에 움켜쥔 채 방바닥을 뒹굴며 델라 스트리트가 절규했다.
"위험해요, 소장님! 그는 살인자예요."
메이슨은 적을 향해 덤벼들 태세를 취하다가 갑자기 우뚝 섰다.
사나이는 힘껏 의자를 휘두르다가 메이슨이 멈춰 선 것을 알고 도중에 그만두려고 했으나 그만 빙글 헛돌며 몸의 중심을 잃었다. 사나이는 의자에서 손을 떼고 덤벼들어오는 메이슨을 잡았다. 메이슨은 그 왼쪽 옆구리를 발로 찬 다음 틈을 주지 않고 사나이의 코에 주먹을 날렸다. 그 철권의 일격으로 콧대가 납작 찌부러진 사나이는 비틀비틀 뒤로 물러서다가 엉덩방아를 찧었다. 키 큰 사나이는 뭐라고 외치려고 했으나 피투성이 코와 입에서 나오는 목소리는 말이 되지 않았다.
델라 스트리트는 그제야 겨우 일어나고, 메이슨은 사나이의 멱살을 잡아 일으켜 빙글 한 바퀴 돌린 다음 조금 전 델라와 싸웠던 긴 의자 위로 떠밀어 넘어뜨렸다. 그리고 변호사는 두 손으로 재빨리 무기가 있는지 사나이의 몸을 더듬었다.
"됐어. 여보게, 젊은이, 뭐라고 말해 봐!"
사나이는 가래 끓는 소리를 내며 윗옷 주머니에서 손수건을 꺼내 납작해진 얼굴을 닦았다. 얼굴에서 떼어낸 손수건이 빨갛게 젖어 있었다.
델라 스트리트가 욕실에서 타월을 가지고 뛰어왔다. 메이슨이 타월을 사나이에게 건네주며 델라에게 물을 갖다 달라고 말했다. 그녀가 세숫대야에 물을 담아들고 오자 메이슨은 타월을 물에 담갔다가 짜서 사나이의 턱 밑에 대고 찬물을 그의 얼굴에 끼얹었다.
사나이는 사레들린 듯, 그리고 마치 코를 풀면서 지껄이는 듯한 탁한 목소리로 말했다.

"코가 찌부러졌어."

메이슨이 말했다.

"그럼, 내가 어떻게 할 줄 알았나? 키스라도 할까! 목이 부러지지 않은 걸 다행으로 생각해!"

사나이는 억지로 목소리를 짜냈다.

"고소해서 체포하겠어."

"너는 살인을 꾀한 폭행 혐의를 벗어나지 못할걸? 이 녀석이 어떻게 했지, 델라?"

델라 스트리트는 신경질적으로 말했다.

"나쁜 사람이에요. 내가 휘파람을 불어 소장님에게 신호하려고 하자 느닷없이 덤벼들어 숨이 끊어질 만큼 마구 때리고 벽장에서 침구를 끌어내어 나를 질식시키려고 했어요. 하마터면 죽을 뻔했어요."

사나이는 타월을 얼굴에 대고 끙끙거렸다.

메이슨은 증오에 찬 목소리로 말했다.

"네 머리를 곤봉으로 두들겨 패주는 건데. 그런데 이거 야단났군. 네 놈의 얼굴이 완전히 찌부러졌으니 맬로리 주교에게 보여줘도 자기 머리를 내리친 녀석인지 아닌지 모를 게 아닌가."

피투성이 타월 속에서 사나이가 뭐라고 중얼거렸으나 무슨 말인지 알아들을 수가 없었다.

메이슨은 말했다.

"그렇지! 이러고 있을 때가 아니야. 이 녀석이 누군지 알아봐야겠군."

그는 차근차근 사나이의 주머니를 뒤졌다. 사나이는 메이슨을 밀어내려고 하다가 나중에는 멱살을 잡으려고 했다.

메이슨은 사나이의 명치에 주먹을 날렸다.

"그래도 모자라나?"

이윽고 변호사는 사나이의 주머니에서 물건을 몇 개 꺼내 델라 스트리트에게 건네주었다. 지갑, 열쇠주머니, 나이프, 시계, 곤봉, 담배 한 갑, 라이터, 만년필, 연필, 그리고 열쇠주머니에 들어 있지 않은 열쇠 한 개였다.

"대강 살펴봐 줘, 델라. 그럼, 이 녀석이 누군지 알아낼 수 있겠지."

사나이는 축 늘어져 꼼짝도 하지 않았다. 다만 타월로 덮인 얼굴이 가쁜 숨을 몰아쉬는 것만이 아직 살아 있다는 증거였다.

델라 스트리트가 말했다.

"이 사나이는 나를 죽이려고 했어요. 그냥 내 입을 틀어막으려고 한 것과 진짜 죽이려고 한 것의 차이를 알 수 있어요."

"알았어. 이 녀석이 누군지 조사해 보자구. 이 사건의 어느 대목에서 어떤 역할을 맡고 있는지 알면 이제까지 알아낸 것보다 훨씬 많은 사실이 자연적으로 밝혀질 거야."

델라가 지갑을 열며 신경질적으로 웃었다.

"손이 떨려요. 아이 분해. 소장님, 나는 정말 무서웠어요!"

메이슨이 말했다.

"으음, 혼 좀 나게 해주지. 이 녀석은 주교의 머리를 내리친 일당 가운데 하나야. 그리고 저 곤봉을 지닌 혐의만으로도 감옥에 집어넣을 수 있어."

"운전면허증이 있어요. 피트 색스라는 이름으로 주소는 리플리 빌딩 691이에요."

"좋아, 그밖에 또 뭐가 있지?"

"명함이 있어요. 유한 책임, 캘리포니아 탐정사. 피트 색스라는 이름이 적힌 사립탐정 등록증도 있어요."

메이슨은 휘파람을 불었다.
"지갑 속에 서류 비슷한 것이 있어요. 그것도 조사할까요?"
"모두……."
"20달러짜리 지폐로 1백 달러 있어요. 그리고 기선 몬테리 호 윌리엄 맬로리 주교 앞으로 된 무전이 있어요. 읽겠어요."

  찰스 시튼은 여섯 달 전 자동차 사고로 죽었음. 우리는 그의 유산을 정리 중임. 샌프란시스코 매트슨 회사를 통해 당신 앞으로 중요한 편지를 보냄.
변호사 재스퍼 펠튼

메이슨이 말했다.
"차츰 짐작이 가는군. 그 밖에 뭐가 있어, 델라?"
"편지가 있어요. 아이다호 주 브리지빌, 변호사 재스퍼 펠튼. 샌프란시스코 매트슨 우편선 회사를 통해 몬테리 호의 선객 윌리엄 맬로리 주교에게 보낸 거예요."
"어서 읽어 봐."
델라가 읽기 시작했다.

  친애하는 주교님
  저는 찰스 W. 시튼의 유산 정리를 맡은 변호사로서, 당신이 샌프란시스코에 닿는 대로 급히 연락하라는 무전을 시튼 씨로부터 받았습니다.
  시튼 부인은 남편 찰스 W. 시튼과 따님 재니스를 남기고 약 2년 전쯤 사망했습니다. 그리고 한 여섯 달 전 시튼 씨는 자동차 사고로 치명적인 상해를 입었습니다. 그 상해를 입은 뒤 24시간도 안 되어 그는 사망했습니다. 임종하던 침대 옆에서는 간호사 자격증이 있는 재니스 양이 간호하고 있었습니다.

이 사실을 당신에게 알리는 것은, 시튼 씨가 사망하기 직전 의식이 또렷한 상태에서 당신에게 알릴 몇 가지 전언을 우리에게 말씀하려고 애쓰는 듯한 모습이 역력했기 때문입니다. 그는 몇 번이나 "맬로리 주교, 알려…… 약속…… 필요없어…… 신문에서 읽어……"라고 말했습니다. 이렇게 토막토막 잘린 형태로 전하게 된 것은 우리가 이해할 수 있는 한 그대로 적어 두었기 때문입니다. 불행하게도 시튼 씨는 몹시 쇠약하여 또렷하게 말하지 못했고, 그 말은 대부분 단순하고 뜻을 알 수 없는 소리에 지나지 않았습니다. 그도 그 사실을 아는 듯 목적하는 말을 전하려고 안간힘을 다하는 듯했으나 끝내 뜻을 이루지 못하고 세상을 떠났습니다.

그 무렵 저는 갖은 애를 써서 온 미국 안에서 맬로리 주교라는 성함을 가진 분을 찾기 시작했습니다. 시튼 씨가 사망하기 직전에 하려 한 말씀에 대해 얼마쯤 해명해 주실 수 있으리라고 믿었기 때문입니다. 뉴욕과 켄터키 주에 맬로리 주교님이 한 분씩 계신 것을 알았습니다만 두 분 모두 시튼 씨에 대한 기억이 없었고, 주교란 여러 사람과 접촉하는 기회가 많으므로 어디선가 시튼 씨와 만난 적이 있었다 하더라도 잊어 버렸을 거라고 말했습니다.

시튼 씨는 한때 꽤 많은 재산을 가지고 있었지만 지난 2년 동안 그의 재정상태가 절망적으로 악화되어 지불해야 할 돈을 유산목록 평가액에서 제하고 나면 지금 로스앤젤레스 시내 어딘가에 사는 따님에게 물려줄 재산이 얼마쯤 될지 아주 의심스러울 정도입니다.

따님의 현주소를 알지 못하지만 저는 그녀의 친구와 연락하여 당신에게 알려드리도록 노력하겠습니다. 만일 당신이 로스앤젤레스에 오는 일이 있으면 그녀가 등록된 간호사인 점을 바탕으로 있는 곳을 찾을 수 있지 않을까 생각합니다.

　당신에게 이처럼 자세한 보고를 드리는 것은 제가 죽은 시튼 씨의 친구였을 뿐만 아니라, 그가 참가하여 적극적으로 활동하던 모우애단체의 회원이기 때문입니다. 부디 상당액의 유산이 재니스에게 돌려지도록 간절히 바라고 있지만, 동시에 혹시 본래부터 지니고 있거나 잠재적인 재산에 대해 얼마쯤 당신이 아는 바가 있다면 재니스 시튼 양이나 저에게 연락해 주시면 정말 고맙겠습니다.

메이슨이 물었다.
"그게 다야?"
"네, 이것이 본문이고 나머지는 서명이에요. 굉장히 휘갈겨 썼군요."
"됐어. 웬만큼 윤곽이 잡혀오는군. 그 전보며 편지는 이 사나이가 ······."
그때 문 밖에서 목소리가 들려왔다.
"이런 데서 뭘 하고 있소?"
메이슨이 돌아다 보니 혈색 좋은 불그레한 얼굴에 짧고 흰 코밑수염이 몹시 대조적인 거만한 노신사가 서 있었다. 눈초리가 강철처럼 차가웠으며 여간 배짱이 셀 것 같지 않았다. 얼른 보기에 은행가처럼 보였으며 눈동자에 섬뜩한 독기가 서려 있었다.
메이슨이 물었다.
"아니, 당신은 무슨 역할을 맡았소?"
노신사가 말했다.
"나는 빅터 스톡턴이오. 뭐가 잘못됐소?"
메이슨이 대답했다.
"글쎄, 모르지요."

"모를 테지."

긴 의자에 쓰러져 있던 색스는 스톡턴의 목소리가 들리자 곧 윗몸을 일으키려고 버둥거렸다. 피로 물든 타월을 얼굴에서 떼어냈다. 스톡턴의 냉철한 잿빛 눈이 메이슨에게서 색스에게로 옮겨졌다.

"피트, 어떻게 된 건가?"

색스는 뭐라고 말하려 했으나 부어오른 입술과 찌그러진 코 때문에 말이 제대로 나오지 않았다.

스톡턴은 메이슨에게로 돌아섰다.

"이 사나이는 내 동료요. 이 사건에서 함께 일하고 있어. 당신이 누군지 모르지만 이제 알아야겠소."

메이슨이 두 손을 허리에 대고 버티고 선 채 말했다.

"당신의 친구 색스는 리걸 호텔의 맬로리 주교 방에 쳐들어가 서류를 훔쳤어. 그 일에서도 당신은 색스와 한패였소?"

스톡턴의 눈초리는 여전히 차가웠다. 그는 그다지 놀라는 기색을 보이지 않았다. 그러나 뭔가 얇은 막 같은 것이 그 눈에 덮인 듯해 보였다. 그가 물었다.

"무슨 증거를 잡았소?"

"물론. 분명한 증거를 잡았소."

그때 색스가 뛰어나와 델라의 손에서 편지를 빼앗으려고 했다. 메이슨이 그의 어깨를 잡아 밀쳤다. 스톡턴이 허리로 손을 돌리며 덤벼들려고 했다.

델라가 성큼 다가서서 오른팔을 톡톡 치는 것을 메이슨은 알아차렸다. 그녀는 메이슨이 색스의 손을 쳐서 떨어뜨린 38구경의 차가운 총신을 그의 손에 슬그머니 밀어 넣었다.

메이슨은 그 오른손을 불쑥 내밀었다. 스톡턴은 권총을 보자 얼어붙은 듯이 움직이지 않았다. 메이슨은 델라 스트리트에게 말했다.

"저기 놓인 전화로 경찰을 불러, 델라. 그리고 경찰이 나오면……."

그때 얼굴이 박살난 사나이가 재빨리 몸을 일으켰다. 스톡턴이 고개를 끄덕였다. 색스는 비틀거리며 뛰기 시작하더니 스톡턴의 옆을 지나 문 밖으로 나가 복도를 달려갔다. 스톡턴은 슬그머니 문 쪽으로 돌아서더니 천천히 걸어서 밖으로 나가 문을 닫았다.

메이슨이 델라 스트리트에게 물었다.

"어디 다친 데는 없어, 델라?"

델라는 생긋 웃으며 머리를 가로젓고 손가락으로 목을 어루만졌다.

"그 사나이가 내 목을 죄려고 했어요. 그리고 긴 의자에 쓰러뜨리고 얼굴에 베개를 뒤집어 씌우지 뭐예요."

"델라가 나에게 신호 보내려고 하는 눈치를 그가 알아차렸어?"

"몰랐을 거예요. 마구 덤벼들기에 휘파람을 불려고 했어요. 그런데 그는 확실히 나를 죽이려고 했던 것 같았어요. 눈이 살기등등했어요. 마치 궁지에 몰린 쥐 같았지요."

메이슨은 고개를 끄덕였다.

"그는 쫓기고 있었어."

"무엇에요?"

메이슨이 대답했다.

"재니스 시튼은 렌월드 브라운리의 진짜 손녀지. 그들은 가짜 손녀딸을 만들어낸 악당과 한패라서 어떻게든 그대로 밀고나가지 않으면 안 돼. 브라운리가 죽으면 그들은 가짜 손녀 딸로부터 유산 배당분을 받겠지. 그럼, 그들은 모두 큰 부자가 되는 거야. 그래서 돈이냐, 아니면 교도소냐 하는 엄청난 도박판을 벌였어."

"브라운리를 살해한 혐의도 그들에게 돌아가지 않을까요?"

"일의 성격상 브라운리를 죽일 만한 인물은 많이 있어. 나는 실제로 누가 죽였는지 알아내야 해."
"이 서류를 어떻게 할까요?"
"이리 줘."
"소장님이 가지고 계실 거예요?"
"증거물로 남겨 두겠어."
"절도죄가 되지 않을까요? 그 지갑에 돈이 들어 있어요. 신고하면
……."
"그런 녀석들의 물건은 신고할 필요도 없어! 때가 되면 이 편지를 리걸 호텔의 제임스 팔리 탐정에게 넘겨줘. 그가 녀석들을 주교의 방에 침입한 혐의로 고발하면 돼."
"소장님이 그 사나이의 얼굴 한복판에 구멍을 뚫어놓았으니 정말
……."
메이슨은 의기양양하게 턱을 쑥 내밀어 아스라한 눈길로 델라를 보았다.
"옴짝달싹못하게 만들어놓는 건데. 에이, 분하군!"
메이슨은 전화로 드레이크 탐정 사무소를 불러냈다. 드레이크가 터키탕에 들어가 있다는 말을 듣자 그는 얼굴을 찌푸리며 드레이크의 비서에게 말했다.
"피트 색스라는 사립 탐정에 대해 철저히 조사하도록 전해 주게. 그는 델라 스트리트가 시튼의 딸인 줄 알고 죽이려 했네. 그런 각도에서 곧 인원을 배치해 주게."
메이슨은 전화를 끊었다.
"됐소, 델라. 그만 사무실로 돌아가."
"소장님은 어디로 가실 거지요?"
"나는 산타 델 리오스 호텔에 가서 렌월드 C. 브라운리의 가짜 손녀딸을 만나겠어."

메이슨은 산타 델 리오스 호텔 전화 교환원 아가씨 손에 20달러 지폐를 슬쩍 쥐어 주었다.
"브라운리 양에게 전화해 줘요. 다음 일은 내가 알아서 하겠소."
교환원이 반대했다.
"전화를 받지 않겠다고 특별히 지시했어요. 신문 기자가 어찌나 시끄럽게 구는지."
"신문에서 떠드는 게 싫기 때문이겠지요?"
"네, 그래요. 슬픔에 젖어 있거든요."
"으흠! 곧 몇백 만 달러의 유산을 물려받게 되었으니 슬픔에 젖는 것도 무리가 아니겠지."
교환원이 물었다.
"당신도 신문 기자인가요?"
메이슨은 머리를 가로저었다.
"그럼?"
"아가씨의 산타클로스."
교환원은 후욱 숨을 내쉬고 20달러 지폐를 쥔 손바닥을 끌어들였다.
"제가 살짝 고개를 숙이면 2번 전화부스로 들어가세요. 그분이 전화를 받을 거예요. 하지만 나는 그 이상의 일은 할 수 없어요."
"그것으로 충분해요. 방 번호는?"
"2층 A호."
"고맙소."
메이슨은 카운터에서 물러났다. 아가씨의 익숙한 손가락 끝이 스위치보드 위를 날아다녔다. 때때로 그녀는 반달 모양의 고무송화기, 즉 마우스피스가 입술 가까이 오도록 장치한 것에 대고 뭐라고 말했다.

이윽고 그녀는 메이슨 쪽을 향해 가볍게 머리를 숙였다. 메이슨은 전화부스로 들어가 수화기를 들고 말했다.

"여보세요."

비단 같은 여자의 목소리가 대답했다.

"네, 무슨 일이지요?"

"이 호텔에 있는 메이슨이라는 사람입니다. 지금 신문 기자가 당신을 방해하지 못하도록 여러 가지로 애쓰고 있습니다만, 그 일로 직접 만나 의논하고 싶습니다. 아래층에는 신문 기자들이 몰려와 진을 치고 있습니다. 그들은 기어이 인터뷰하라는 회사의 명령을 받은 만큼 당신과 내가 협력하여 잘 처리하지 않으면 크게 귀찮은 일이 일어날지도 모르겠습니다."

젊은 여자의 목소리가 말했다.

"네, 좋아요, 메이슨 씨. 수고 많으십니다."

"지금 올라가도 괜찮겠습니까?"

"네, 그렇게 하세요. 209호실 문을 두드리세요. 그리로 들어오도록 할 테니까요. A호 쪽으로 오면 안 돼요. 아마 신문사 사람이 감시하고 있을 거예요."

메이슨은 인사하고 전화를 끊은 다음 엘리베이터를 타고 2층으로 올라가 209호 문을 두드렸다. 문을 연 것은 녹색 홈드레스를 입은 매혹적인 젊은 여자로 아련히 유혹적인 미소를 머금은 채 그가 방으로 들어서자 문에 걸쇠를 질렀다. 그녀는 앞장서서 옆 방문을 열고 들어가 두 개의 욕실과 검소하게 장식한 침실을 세 개 지나 건물의 한쪽 끄트머리로 짐작되는 큰 방으로 들어갔다. 그 방은 호화스러운 가구와 두꺼운 카펫 등이 궁전 같은 분위기를 자아내고 있었다.

그녀는 의자를 턱으로 가리키며 물었다.

"담배와 스카치 소다를 좀 드시겠어요?"

"고맙습니다."

메이슨이 담배를 만지작거리고 있는 동안 그녀는 커다란 크리스탈 병에 담긴 스카치를 길쭉한 잔에 따르고 얼음 조각과 소다수를 곁들였다.

"무슨 뉴스를 들으셨어요? 할아버지의 시체는 찾았는지 모르겠군요."

"아직 못 찾았습니다. 퍽 놀라셨겠습니다."

"네, 무서운 충격이었어요."

그녀는 보석이 번쩍이는 손을 눈에 갖다댔다.

메이슨은 편안한 자세로 의자에 앉아 물었다.

"당신은 어렸을 때의 일을 더러 기억하고 있습니까?"

"어머나, 물론이지요."

그녀는 얼굴에서 손을 떼며 흘끗 손님의 얼굴을 보았다.

"당신은 양녀로 가셨다고요?"

"갑자기 무슨 말씀이세요?"

그녀의 눈에 경계하는 빛이 떠오르고 금방이라도 뛰쳐나갈 듯이 온몸의 근육을 긴장시켰다.

"신문 기자를 따돌리기 위해 만나자고 하잖았어요?"

메이슨은 태연하게 고개를 끄덕였다.

"그것은 전화 교환원을 속이는 데 쓰라고 피트가 가르쳐 준 구실이지요. 피트가 그 점을 말했을 텐데요?"

"피트라고요?"

그녀는 눈썹을 치켜올렸다.

"그렇소."

메이슨은 담배연기를 뿜어냈다.

"무슨 말씀을 하는 건지 도무지 모르겠군요."

메이슨은 신경질적으로 얼굴을 찌푸렸다.

"잠자코 들어요! 이러고 있다가는 해가 지겠군. 피트 색스와 빅터 스톡턴이 당신에게 연락해 달라고 했어. 피트는 내가 누구인지 당신에게 알려서는 안 된다고 했지요. 왜냐하면 누가 옆에서 전화를 엿들으면 곤란하기 때문이오. 그래서 신문 기자를 따돌린다는 구실을 대면 피트 쪽에서 당신에게 알려 간단하게 내가 안으로 들어갈 수 있도록 해두겠다는 거였어. 당신이 올라오라고 말하기에 나는 피트가 당신에게 연락한 줄 알았소."

그녀는 10초쯤 핑크빛 매니큐어를 칠한 손톱을 보고 있더니 이윽고 물었다.

"당신은 누구지요?"

메이슨이 되물었다.

"그렇지 않소? 피트가 우리 두 사람을 모두 속일 리는 없지 않겠소? 당신은 멜로리 주교와 함께 몬테리 호로 바다를 건너왔지요?"

그녀는 고개를 끄덕이며 뭐라고 말하려 했으나 잠시 망설이며 입을 다물었다.

메이슨의 등 뒤에서 문 손잡이가 찰칵 돌아가는 것 같은 어렴풋한 소리가 들렸으나 그는 돌아보려고 하지 않았다.

아까보다 자신 있는 목소리로 그녀가 거듭 물었다.

"대체 당신은 누구지요?"

한 사나이가 문 앞에 서서 말했다.

"페리 메이슨이라는 사나이요. 공갈협박으로 브라운리 집안의 유산을 얻어먹으려는 악당들이 고용한 변호사지요."

메이슨이 느릿느릿 고개를 돌리자 빅터 스톡턴의 강철 같은 눈과 딱 마주쳤다.

"변호사라고요!"

재니스 브라운리는 벌떡 일어났다. 그 목소리에는 굉장한 놀라움이 깃들어 있었다.

"그렇소. 당신은 뭔가 이야기했소?"

"아니오, 아무것도……."

스톡턴은 고개를 끄덕이며 메이슨에게 말했다.

"당신과 좀 이야기하고 싶소만……."

메이슨은 단호하게 대답했다.

"내가 당신과 이야기하는 건 증언대 위에서 선서를 하고 난 뒤일 테지."

스톡턴은 여유 있게 걸어와 의자에 앉으며 메이슨에게서 눈길을 떼지 않고 말했다.

"한 잔 따라 줘요, 재니스."

재니스 브라운리는 잔에 스카치를 따르고 은 집게로 얼음조각을 집었다. 스톡턴은 의자 깊숙이 몸을 파묻으며 메이슨에게 말했다.

"너무 마음 놓아서는 안 될걸. 당신에게 체포영장이 나와 있소."

메이슨이 외쳤다.

"나에게 체포영장이?"

스톡턴은 고개를 끄덕이며 싱긋 웃었다.

"절도죄에 폭행 및 강도죄요."

메이슨의 눈이 상대방의 속셈을 꿰뚫어보려는 듯 재빨리 움직였다.

"색스 때문이오?"

"그렇소, 꼼짝할 수 없게 됐지?"

메이슨은 냉정하게 말을 받았다.

"흐음, 그럴 테지. 당신은 아직 아무것도 알지 못해요. 나는 그 일을 그냥 덮어두려고 했어. 하지만 그쪽에서 하고 싶으면 어디 해보시지, 어떻게 될지. 색스는 살인하려고 했어. 권총을 겨누고 덤벼들기에 콧잔등을 짓뭉개놓고 흉기를 빼앗았지. 그나마 운이 좋았던 거요."

스톡턴은 재니스 브라운리에게 말했다.

"소다수는 많이 넣지 말아요, 재니스."

그는 다시 얼어붙은 듯한 눈길을 메이슨에게로 돌렸다.

"잘 들어 둬요. 나는 탐정이오. 피트는 내가 고용하여 쓰고 있지. 우리는 약 한 달 전부터 브라운리를 협박하려는 계획이 진행되고 있음을 알아차렸어. 그러나 그것이 대체 어떤 방법으로 행해질는지는 알 수 없었어. 나는 어느 변호사의 손으로 다루어지리라고 짐작하긴 했어. 영리한 변호사라면 먼저 브라운리에게 가서 입장을 깨끗이 해놓고, 다음에 재니스로 하여금 어떤 제안을 내놓도록 하지 않겠소? 속물이라면 처음부터 재니스에게 덤벼들어 영락없이 공갈죄로 고발당하는 게 고작일 테지만. 어떻든 그것은 공갈이고 협박이오.

그래서 나는 노인에게 귀띔하고 재니스에게도 각오하고 있으라고 일러 두었어. 우리는 잠복하여 일의 형편을 살피고 있었어. 그런데 당신이 느닷없이 움직여 노인을 죽여 버렸어. 화낼 건 없어. 당신이 직접 죽였다고 말하는 것은 아니니까. 하지만 당신은 누가 했는지 알고 있으며 나도 역시 알고 있어. 그래서 우리는 묘한 입장에 서게 되었어. 더욱이 유언이 없을 경우, 또는 손녀에게 유산을 물려준다고 유언했다 하더라도 그 '손녀'가 지금 노인의 집에서 함께 사는 아가씨를 뜻한다고 특별히 못 박지 않은 경우에는 말이오."

재니스 브라운리는 스톡턴에게 말없이 잔을 내밀었다. 스톡턴은 잔을 흔들어 얼음 소리를 내며 입으로 가져갔다.

메이슨이 물었다.
"그래서 어떻게 했소?"
스톡턴이 말을 이었다.
"당신이 내게서 들으려는 것은, 만일 당신이 이 사건에서 손을 떼면 피트 색스가 당신에 대한 고소를 취하할 것이라는 말일 테지. 그런 다음 당신은 자기 명성을 이용하여 지방 검사에게 우리가 검사를 이용해 먹었다고 말할 속셈일 거요. 어떻소, 페리 메이슨? 당신은 좀더 머리를 썼어야 했어. 나는 그런 함정에 빠지지 않소."
"잘 듣고 있으니 어서 말을 계속하구려."
스톡턴은 조심스럽게 낱말을 고르면서 느릿느릿 말을 이었다.
"여기서는 어떤 형태로든 타협하는 것이 재니스에게도 이익이 된다고 생각하오. 혈연관계를 증명한다는 일은 거의 불가능하니까. 더욱이 아무도 반증을 들고 나올 수 없게 일이 되어가고 있소."
메이슨이 물었다.
"당신의 제안은 어떤 것이오?"
스톡턴이 되물었다.
"당신은?"
"없소."
"타협안을 내놓지 않겠다는 거요?"
"그렇소, 아무것도 없소."
스톡턴이 말했다.
"좋아. 그렇다면 한 걸음도 물러나지 않고 싸우는 수밖에 없겠지. 타협하는 길은 없어. 당신은 이 사건에 스스로 말려들었어. 이제는 결코 빠져나갈 수 없어. 가만히 사무실에 앉아 법률 사무나 보고 있었으면 아무 일 없었을 텐데. 그러나 당신은 그렇게 하지 않았어. 밖으로 뛰어나와 탐정 흉내를 내며 돌아다녔어. 나는 당신이 걸어온 싸움을 받아주겠소.

 줄리아 블래너는 큰판을 벌이기는 했으나 유언장이 만들어지고 나면 계획이 물거품이 되므로 브라운리를 없애 버렸어. 만일 빅슬러가 현장을 보지 않았더라면 그 일도 괜찮을 뻔했지. 하지만 지금 형편으로 보건대 줄리아 블래너는 살인범으로 유죄 판결을 받게 됐어. 줄리아가 자기가 낳은 딸이라고 내세우려던 여자는 사후종범으로 형을 받을 테고, 당신은 당신대로 변호사 자격을 잃고 절도 및 흉기를 쓴 폭행강도죄로 붙잡힐 거요. 그런 다음 당신들 넷이 유산을 몇 푼 얻어먹는 문제에 대해 배심원이 어떻게 생각할는지 마음대로 상상해 보시지. 자아, 나갈 거라면 문소리를 크게 내지 말아주오."

"나는 아직 나갈 생각이 없어. 그런데 재니스, 당신은 할아버지가 살해되었을 때 어디 있었지요?"

스톡턴은 잔을 내려놓았다. 얼굴이 어두워졌다.

"아니, 당신은 계속 그 짓을 할 거요?"

메이슨이 대답했다.

"그저 좀 물어보았을 뿐이오."

"좋아. 얼마든지 물어보아도 상관없어. 그리고 이 말을 듣고 싶을 테니 가르쳐 주겠는데, 재니스에게는 완전한 알리바이가 있어. 나와 함께 있었소."

메이슨의 얼굴에 천천히 미소가 번져갔다.

"흐음, 과연! 그거 안됐군. 재니스는 당신이 노인을 속이고 들이민 가짜요. 그 사실이 드러나게 되자 당신은 초조한 나머지……."

스톡턴은 대신 말을 받았다.

"줄리아 블래너의 권총을 훔쳐내고 줄리아의 서명을 위조한 편지를 보내 노인을 처치했다는 거요? 그 주장의 약점은 택시 운전기사가 노인을 바다로 불러낸 편지를 부탁한 사람이 줄리아임을 알고 있다는 것이오. 또한 그녀는 총을 쏠 때 한 손으로 창문을 잡았어. 경찰은 그것이 줄리아 블래너의 지문이라고 감정했지요. 흉기는 줄리아 블래너의 권총이고, 더욱이 경찰은 아파트로 쳐들어가 줄리아 블래너의 젖은 레인코트를 압수해 갔으니 꼼짝할 수 없지."
재니스 브라운리가 말했다.
"그밖에도 또 있어요. 저어……"
"재니스, 잠자코 듣고 있구려."
스톡턴은 변호사에게서 눈길을 떼지 않고 말을 가로막았다.
"이야기는 내가 하겠소."
메이슨이 비웃듯 말했다.
"아아, 과연! 재니스, 이 사람이 바로 당신의 알리바이군. 이 사람은 살인이 저질러진 시각에 아가씨가 자기와 함께 있었다고 증언하겠지. 그러니까 아가씨는 범인일 리 없고, 또 아가씨는 이 사람과 함께 있었다고 증언하면 이 사람도 범인일 리 없겠지요."
스톡턴은 싱긋 웃었다.
"내 아내를 빼놓아서는 안 되지. 내 아내도 함께 있었고 복도 맞은편에 사는 공증인도 내가 찾아왔던 사실을 증언할 거오."
스톡턴은 위스키를 다 마셨다. 그는 태연한 척 차갑게 웃으며 말을 이었다.
"지금 당신이 어떤 입장에 놓여 있는지 이쯤 말했으면 알아들었겠지? 또 이것이 우리로부터 알아낼 수 있는 최대한의 이야기요."
메이슨이 물었다.
"당신은 뭘 바라고 있소?"
"아무것도 없소."
"당신의 제안은?"

스톡턴은 싱긋 웃었다.

"아무것도 없어. 뿐만 아니라 앞으로도 제안을 내놓지 않겠어. 당신들은 이제부터 몹시 쫓기는 입장이 될 테니 더 이상 일을 꾸며봐야 헛수고일 거요."

메이슨은 시큰둥한 표정으로 물었다.

"그러니까 피트 색스가 맬로리 주교 방으로 처들어가 곤봉으로 주교를 내리치고 훔친 주교의 비밀 서류를 다시 빼앗은 것은, 비록 맬로리 주교의 대리인이 한 짓이라 하더라도 지방 검사가 범죄로 인정한다는 말이오?"

스톡턴은 머리를 가로저었다.

"허튼소리 하지 마오. 무엇 때문에 피트에게 그런 올가미를 씌웠는지 당신은 나와 마찬가지로 잘 알고 있을 게 아니오? 당신의 목적은 열쇠였소."

메이슨은 굉장히 놀란 목소리로 되물었다.

"열쇠?"

스톡턴은 고개를 끄덕였다.

"무슨 열쇠?"

스톡턴은 냉혹하게 말했다.

"당신이 손에 넣은 열쇠 말이오. 딴청부리지 마시오."

메이슨이 대답했다.

"열쇠다발은 알고 있소."

"그밖에 현금 1백 달러와 몇 가지 물건이 있었어. 하지만 당신의 목적은 그 열쇠였소."

메이슨은 겨우 자신의 표정을 감출 수 있었다. 스톡턴은 한참 동안 그의 얼굴을 살피다가 다시 말을 이었다.

"시치미 떼지 마오. 빌어먹을! 그렇다면 당신은 그야말로 로봇 아닌가. 대체 우리가 어떻게 그 공갈단의 내막을 알게 되었다고 생각하오? 우리는 줄리아 블래너가 캘리포니아로 오기 훨씬 전부터 죽 미행을 붙였소.

 그녀는 피트가 아무에게나 총을 휘두르기 좋아하는 폭발탄인 줄 알고 완전히 그 사나이에게 반해 버렸지요. 줄리아는 피트에게 브라운리가 새 유언장을 만들기 전에 노인을 죽여 달라고 부탁했어. 줄리아는 어떤 사나이에게 맬로리 주교의 역할을 맡기고, 잠시 재니스 시튼이 진짜 손녀딸이라고 확인하는 증언을 할 때까지만 가짜 맬로리 역할을 시켜두기로 했어. 이 가짜 주교는 어떤 식으로 해야 할 것인지 미리 연습도 다 해두었소.

 그런 내막을 피트에게 귀띔하지 않았더라면 줄리아는 노인을 속이거나 여기 있는 재니스로부터 뜯어낼 수 있었을지 모르오. 아무튼 줄리아는 피트를 심복으로 만들려고 했던 거요. 한편 그녀는 누구든 말발이 서는 변호사를 손에 넣어 자기 생각대로 브라운리와 교섭하도록 했어. 만일 브라운리가 추문을 꺼려 타협안을 내놓으면 응할 속셈이었지요. 그러나 만일 듣지 않으면 해치울 마음이었어. 그래서 그 피비린내 나는 일을 시키려고 그녀가 끌어들인 게 피트요.

 줄리아는 피트에게 자기 아파트의 열쇠를 주고 자기와 재니스 시튼이 이 거래에서 번 돈의 25퍼센트를 주겠다고 약속했어. 그리고 당신이 얼마나 호인인가를 알려주기 위해 말하는데, 그녀는 당신이 처음으로 담판하고 온 다음 당신 몰래 브라운리 노인과 절충하려는 생각도 하고 있었지요. 즉 자기들끼리 일을 끝내고 당신을 내동댕이치려고 했던 거요. 더욱이 만일 노인을 협박해도 타협이 이루어지지 않으면 이 손녀 쪽을 윽박질러 다만 2, 3천 달러라도 뜯어내고 당신에게는 시치미 떼려고 했지요. 그 점에 있어서는 우리도,

만일 피트가 아니었더라면 애먹을 뻔했소.
 범행이 일어난 뒤 당신은 완전히 수렁에 빠져들어 여자를 살려주지 않으면 자신도 살아남지 못하게 되었어. 그러므로 피트에게서 열쇠를 뺏을 필요가 있었어. 왜냐하면 그 열쇠는 피트의 증언과 일치하는 증거가 되기 때문이오. 그래서 당신은 피트를 함정에 빠뜨려 아파트로 데려다가 마구 때리고 증거를 빼앗았소.
 우리는 당신이 상상하는 것보다 더 많이 줄리아 블래너에 대해 알고 있었어. 그러나 하는 수 없지. 제 손으로 무덤을 팠으니까 기도나 드리시지."
메이슨은 일어섰다. 스톡턴은 빈 잔을 테이블에 놓고 한 발자국 메이슨에게로 다가섰다.
"그러니 이제 다시는 오지 마시오. 알겠소?"
메이슨은 불쾌한 듯이 스톡턴을 바라보았다.
"기왕에 콧대를 하나 부러뜨려 놓았으니 다른 하나마저 짓부숴 버릴까?"
스톡턴은 꼼짝 않고 서 있었다.
"당신은 이미 이 사건의 증거가 될 서류를 훔쳐냈어. 피트가 그 증거물을 도로 찾아내려 했을 때 당신은 그를 때리고 내게는 권총을 들이댔었지. 그 일을 잊지 마시오. 그리고 만일 당신이 앞으로도 그 공갈꾼들과 함께 어울려 다니다가는 결국 살인범으로 몰려 버리고 말 거요."
메이슨은 문 쪽으로 걸어가 문 앞에서 돌아섰다.
"가짜 상속인을 만들어내어 대체 얼마쯤 뜯어낼 수 있으리라고 생각하오?"
스톡턴은 빙글빙글 웃었다.
"지금 그런 걱정 할 필요는 없소, 메이슨. 생캉탱(Saint—Quentin)

에서 나에게 편지라도 띄우시지. 그곳에 들어가면 시간이 남아돌아가니 이런저런 생각을 할 수 있을 거요."

메이슨은 방을 나와 엘리베이터를 타고 아래층 로비로 내려갔다. 그가 막 보도를 건너가려는데 팔을 잡는 사람이 있었다. 돌아다보니 필립 브라운리였다.

메이슨이 물었다.

"여어, 이런 데서 뭘 하고 있소?"

필립은 냉정하게 말했다.

"재니스를 감시하고 있습니다."

"무슨 위험한 일이 일어날까봐 그래요?"

필립은 고개를 가로저으며 말했다.

"메이슨 씨, 당신에게 할 이야기가 있습니다."

"말해 봐요."

"여기서는 좀……."

"그럼, 어디서?"

"저기 내 자동차가 있습니다. 아까 당신이 들어가는 모습을 보고 불렀는데 못 듣는 것 같더군요. 그래서 나오기를 기다렸습니다. 내 자동차로 가서 이야기하십시다."

"나는 이 근처의 공기를 그다지 좋아하지 않소. 스톡턴인가 뭔가 하는 사나이가 설치고 다녀서……. 당신은 스톡턴을 아시오?"

필립은 불쾌한 듯 말했다.

"바로 재니스를 부추겨 할아버지를 죽인 녀석입니다."

메이슨이 물끄러미 필립의 눈을 지켜보았다.

"그건 그냥 해보는 말이오, 아니면 뭔가 뜻이 있는 거요?"

"그냥 한 말입니다."

"당신 자동차는 어디 있소?"

"이쪽입니다."

"좋소, 자동차 안에서 이야기합시다."

필립은 큼직한 잿빛 스포츠 카의 문을 열고 핸들 앞으로 미끄러져 들어갔다. 메이슨은 그 옆 보도 쪽 자리에 앉아 문을 닫았다.

"당신 자동차요?"

"그렇습니다."

"흐음, 그런데 재니스는 어떻소?"

필립의 눈밑이 꺼멓게 그늘이 져 있었고 얼굴은 파리하고 수척했다. 담뱃불을 붙이는 손이 떨렸으나 목소리는 그런대로 힘이 있었다.

"어제 저녁, 아니 새벽에 택시 운전기사가 가져온 편지를 내가 받았습니다."

"당신은 그 편지를 어떻게 했소?"

"할아버지께 갖다드렸습니다."

"할아버지는 그때 주무시고 있었소?"

"아뇨, 침대에 드셨지만 주무시지는 않았습니다. 책을 읽고 계셨지요."

"그래서?"

"편지를 읽더니 몹시 흥분했습니다. 벌떡 일어나 옷을 입으며 곧 자동차를 내라고 하셨어요. 당장 줄리아 블래너를 만나러 부두로 간다는 거였습니다. 아무도 눈치 채지 못하게 혼자 부두로 와 할아버지의 요트 위에서 단둘이 이야기하게 해주면 오스카의 시계를 돌려주겠다고 줄리아 블래너가 약속했다고 하셨습니다."

"당신에게 그렇게 말했소?"

"네."

"당신은 어떻게 했소?"

"가지 않는 편이 좋겠다고 말씀드렸습니다."

"왜?"
"함정이라고 생각했기 때문입니다."
메이슨의 눈이 차츰 가늘어졌다.
"누군가가 할아버지를 죽일지도 모른다고 생각했었소?"
"아니, 그렇지 않습니다. 다만 그들이 할아버지에게 올가미를 씌워서 타협하게 하든가 아니면 무슨 꼬투리를 잡아낼지 모른다고 생각했습니다."
메이슨은 고개를 끄덕였다. 잠시 두 사람은 잠자코 있었으나 이윽고 변호사가 말했다.
"자, 그리고? 당신이 주인공이오. 계속 이야기하구려."
"나는 직접 아래층으로 내려가 차고 문을 열고 할아버지의 자동차가 곧 떠날 수 있도록 준비했습니다. 비가 오니 운전은 내가 하겠다고 말했습니다. 날씨가 사나운데다 할아버지는 운전 솜씨가 서툴으셨거든요. 밤에는 시력도 좋지 않았고요."
"하지만 당신에게 운전시키지는 않았을 테지요?"
"네, 혼자 가야 한다고 했습니다. 줄리아가 아무도 따라와서는 안 된다고 강력하게 요구하고 있어서 그대로 하지 않으면 가봐야 소용 없다고 말씀하시더군요."
"그 편지는 지금 어디 있소?"
"할아버지께서 윗옷 주머니에 넣으셨습니다."
"자아, 이야기를 계속해요. 아니, 잠깐, 할아버지가 요트로 가신다고 말했었소?"
"내가 듣기로는 그런 것 같았습니다. 줄리아가 요트 위에서 만나고 싶어한다고요."
"알았소. 어서 계속하오."
"할아버지가 자동차로 떠나고 나는 집 안으로 들어갔습니다. 그런데 웬일인지 재니스가 외출 준비를 하고서 나를 기다리고 있었습니다."
"어째서?"
"뭔가 부산스러웠는데 무슨 좋지 않은 일이 있느냐고 묻더군요."
메이슨이 말을 가로막았다.
"잠깐, 어떤 옷차림을 하고 있었소? 이브닝드레스?"
"아뇨, 스포티한 차림이었습니다."
"흐음, 그래서?"
"무슨 일이 있었는지 이야기해 달라기에 말해 주었지요. 재니스는 나에게 몹시 화를 내며 어째서 할아버지를 나가지 못하게 막지 않고 내보냈느냐고 하더군요."
"그래서?"
"알다시피 붙잡아 봐야 들어줄 분도 아니라고 말해 주었지요. 그리고 2층으로 올라갔습니다. 나는 그녀도 뒤따라 올라올 거라 여기고 기다렸습니다. 곧 뒤따라오는 소리가 들렸으나 1, 2분 뒤 다시 자기 방을 나와 아래층으로 내려갔습니다. 그래서 가만히 복도로 나가 아래층을 내려다보았지요. 재니스는 소리 나지 않게 가만가만 레인코트를 입고 있었습니다."
메이슨이 무심하게 물었다.
"어떤 레인코트였소?"
"아주 얇은 노란색 레인코트였습니다."
메이슨은 주머니에서 담배를 꺼내 잠자코 불을 붙이며 말했다.
"이야기를 계속해요."
"재니스는 발꿈치를 들고 걸어갔습니다. 그래서 나는 뒤를 밟았지요."
"소리 나지 않게?"

"물론이지요."
"그리고?"
"차고로 가서 자기 자동차를 끌어냈습니다."
"어떤 자동차지요?"
"엷은 노란색 캐딜락 쿠페입니다."
메이슨은 쿠션에 등을 기댔다.
"당신은 재니스가 나가는 걸 보았소?"
"네."
"할아버지가 나간 뒤 얼마나 지났었소?"
"1, 2분 뒤였습니다."
"좋아요. 그래서 당신은 어떻게 했지요?"
"나는 재니스가 차고를 빠져나가는 것을 보고 재빨리 내 자동차를 끌어내어 따라나갔습니다. 나는 라이트를 켜지 않고 재니스를 뒤쫓았지요."
"잘 뒤쫓을 수 있었소?"
"네."
"당신은 할아버지가 줄리아를 만나기 위해 요트까지 간다고 재니스에게 말했다고 했지요?"
"네."
"그래서 재니스는 부두로 갔소?"
"그것을 잘 모르겠습니다. 내가 이야기하고 싶은 건 바로 그 점입니다."
"하지만 당신은 그녀를 쫓아갔다고 했잖소?"
"네, 따라갔지요, 따라갈 수 있는 데까지는."
"이야기를 계속해요. 생각나는 대로 어서 말해 줘요. 꽤 중요한 대목인 듯하니까."

"재니스는 신들린 듯이 자동차를 몰았습니다. 밖이 깜깜하고 비가 억수같이 쏟아졌습니다. 나는 라이트를 껐기 때문에 뒤쫓기가 여간 힘들지……."
"그 부분은 빼고, 아무튼 당신은 뒤쫓았지요?"
"네."
"잘했소. 그녀는 어디로 갔지요?"
"피그엘로어에서 52번 블록 쪽으로 가서 모퉁이를 돌더니 자동차를 세웠습니다."
"피그엘로어 쪽이오, 아니면 52번 블록 쪽이오?"
"52번 쪽입니다."
"당신은?"
"피그엘로어에서 보도 옆에 자동차를 대고 시동 키를 꽂아둔 채 자동차에서 뛰어내렸습니다."
메이슨은 생각에 잠겨 물었다.
"물론 부두로 갔겠지요?"
필립은 고개를 끄덕였다.
메이슨이 성급하게 말했다.
"계속해요. 그 다음 어떻게 했소?"
"재니스는 내 앞에서 빗속을 걷고 있었습니다. 아니, 달려가고 있었습니다."
"당신 눈에 그 모습이 보였소?"
"네, 엷은 노란색 레인코트가 또렷이 보였지요. 나는 발소리가 나지 않도록 주의하며 뛰었습니다. 물론 내가 재니스보다 더 빨리 뜁니다. 밝은 빛깔의 레인코트는 뒤쫓기에 안성맞춤이었지요. 또렷이 보이지는 않았지만 눈에 잘 띄었습니다. 당신도 상상할 수 있겠지만……."

"알아요, 잘 알고 있소. 그녀는 어디로 갔지요?"
"네 블록 걸었습니다."
메이슨이 외쳤다.
"네 블록 걸었다고!"
"그렇습니다."
"어째서 자동차로 달리지 않았을까?"
"모릅니다."
"그러니까 당신 말에 따르면 밝은 노란색 캐딜락 쿠페를 몰고 피그 엘로어에서 52번 블록 쪽으로 가서 멈춰 세운 다음, 빗속을 네 블록이나 걸었다는 거지요?"
"네, 그것도 거의 달리다시피 했어요."
"달렸든 걸었든 그건 아무래도 좋소. 문제는 자동차를 두고 걸었다는 점이오. 그렇잖소?"
"그렇습니다."
"그리고 어디로 갔소?"
"거기에 작은 아파트가 있었습니다. 겨우 여덟에서 열 실 정도 방이 있을 것 같은 목조건물이었는데, 재니스는 그 안으로 들어갔습니다."
"전등은?"
"있었습니다. 2층 오른쪽 구석과 또 다른 한쪽에 불이 켜져 있었지요. 그것은 2층 건물이었습니다. 차양이 내려져 있었지만 그것을 통해 불빛이 보였습니다. 그리고 가끔 사람 그림자가 커튼을 가로질러 움직이는 것이 보였습니다."
"다시 말해서 당신은 거기서 망을 본 셈이로군요?"
"그렇습니다."
"얼마나?"

"날이 샐 때까지요."
메이슨은 나직이 휘파람을 불었다.
"나는 올라가서 몰래 들여다보았습니다. 그리고 우편함으로 미루어 짐작하건대 바깥쪽 방은 빅터 스톡턴 부부의 것이었습니다. 불이 켜진 옆방은 젤리 프랭크스나 폴 몬틀로즈 둘 중 하나라고 생각합니다."
"그래, 당신은 날이 밝을 때까지 그곳에 있었다는 말이지요?"
"그렇습니다."
"그리고는?"
"네, 날이 밝을 무렵부터는 물론 조금 떨어져 있었습니다. 그러자 건물 정면뿐만 아니라 뒤쪽도 볼 수 있었지요. 그 근처에는 빈터가 많아 그곳에 숨어서 감시하고 있었습니다."
"그 무렵에는 비가 그쳤겠지요?"
"네, 거의 그쳐가고 있었습니다."
"그때 무슨 일이 일어났소?"
"그때 재니스와 펠트 모자를 쓴 키 작고 뚱뚱한 사나이가 나와 몹시 서두르며 피그엘로어 거리 쪽으로 걸어갔습니다. 그때는 이미 날이 밝아서 바싹 뒤쫓을 수가 없었습니다. 둘이 멀어져갈 때까지 나는 그대로 있었습니다. 그날 아침은 아직 맑게 갠 날씨가 아니라 조금 어스름한 잿빛이었습니다."
"재니스는 레인코트를 입고 있었소?"
"네."
"밤중에 입었던 것과 같은 것이었소?"
"네, 물론 그 레인코트였습니다."
"그 다음에?"
"재니스와 사나이는 그녀의 자동차를 타고 시내를 향해 달렸습니다. 내가 급히 자동차로 뛰어가 엔진을 걸어 몰고나갔을 때는 이미 보이지 않을 만큼 멀어져갔습니다. 나는 맹렬하게 속력을 내어 겨우 보이는 데까지 쫓아갔습니다. 그리고 알아차리지 못하도록 외투깃을 세우고 헤드라이트를 켜서 저쪽에서는 내 자동차를 보기 힘들게 했습니다."

"하지만 저쪽은 물론 당신이 헤드라이트를 켠 뒤로 미행당하고 있음을 알았을 테지요?"

"그렇겠지요. 그러나 저쪽 자동차는 속력을 늦추거나 나를 따돌리려고 하지 않았습니다."

"큰길에는 다른 자동차들도 있었겠지요?"

"그다지 많지 않았습니다. 두서너 대가 반대쪽에서 달려왔고 앞질러간 것이 한 대 있었다고 생각되지만 확실하지는 않습니다. 나는 재니스를 쫓고 있었으니까요."

"그리고 재니스는 어떻게 했소?"

"곧장 이 호텔로 달려왔습니다. 재니스와 사나이는 자동차에서 내렸습니다. 그때 나는 겨우 볼 수 있었습니다. 잿빛 눈과 희끗희끗한 코밑수염을 보았지요. 안경을 쓰고……."

"그 뒤 그 사나이를 보았소?"

"보았습니다. 지금 안에 있습니다. 15분인가 20분 전에 들어갔습니다."

"같은 사나이요?"

"네."

"확실하오?"

"확실합니다."

메이슨이 곰곰이 생각하며 말했다.

"잘 들어두오. 그 아파트에 뒷문이 있었다고 했지요?"

"네."
"당신이 그 집을 감시할 때 그 뒷문도 지켜보았소?"
"아뇨, 바로 그 점이라고요. 내가 말하고 싶은 건 바로 그 점입니다. 나는 앞쪽만 감시하고 있었습니다. 날이 밝으면서 잘 보이게 된 뒤로 나는 앞쪽과 뒤쪽이 다 보이는 곳으로 갔는데, 그때는 두 사람이 나오기 직전이었지요."
"그리고 재니스가 그곳에 도착했을 때는 두 방 다 불이 켜져 있었지요?"
"네."
"그리고 당신은 거기서 죽 그 건물을 감시하고 있었겠지요?"
"네."
"하지만 재니스는 앞쪽에서 들어가서 날이 밝기 전이라면 언제든지 뒷문으로 나왔다가 다시 뒷문으로 들어갈 수 있었어요. 안 그렇소?"
"물론입니다. 그녀가 마음만 먹었다면 얼마든지 할 수 있었겠지요."
"그래, 당신은 그렇게 했으리라고 생각하오?"
필립은 고개를 끄덕였다.
"어째서 그렇게 생각하지요?"
"왜냐하면 재니스는 거의 미쳐 있었기 때문입니다. 그녀는 사기꾼입니다. 금방 탄로가 나서 교도소로 끌려갈 뻔했으니까요."
메이슨은 서두르지 않고 말했다.
"그것만으로는 이야기가 성립되지 않소."
필립은 성급하게 말했다.
"나는 이야기가 성립된다고 주장하고 있는 게 아닙니다. 사실을 말하고 있는 겁니다."

메이슨은 입에 문 담배를 지켜보며 한참 동안 눈썹을 모으고 생각에 잠겨 있었다. 이윽고 그는 천천히 자동차 문을 열었다.
"이 이야기를 누구에게 했소?"
"아뇨. 이야기해도 괜찮습니까?"
메이슨은 고개를 끄덕였다.
"으음, 지방 검사에게 말하는 게 좋겠소."
"만나려면 어떻게 해야 하지요?"
"걱정하지 않아도 돼요. 그쪽에서 당신을 만나러 올 테니까."
메이슨은 말을 마치자 자동차 문을 닫았다.

12

메이슨은 걱정스러운 듯이 눈썹을 모으고 면회실 의자에 앉아 쇠철망 저편에 정면을 향해 앉아 있는 줄리아 블래너를 보았다.
방 길이만큼 긴 테이블이 놓여 있었다. 그 테이블 한가운데에 철망이 가로막혀 면회자와 피구치자를 갈라놓고 있었다.
구치소의 여간수가 철망 저편, 즉 구치소 쪽 구석에 서 있었다. 메이슨의 오른쪽인 가로막대로 칸막이한 곳——메이슨과 문과의 사이였다——에는 경관이 두 사람 자리잡고 있었다. 그들 뒤쪽에는 권총, 최루탄, 총신이 짤막한 소총 등 대강의 무기를 갖춘 작은 방이 있었다.
메이슨은 줄리아 블래너와 눈길을 마주치려고 했으나 그녀는 줄곧 눈길을 피했다.
메이슨이 말했다.
"줄리아, 내 손 좀 보십시오. 아니, 그쪽이 아니라 이쪽입니다. 지금 내가 잠깐 이 주먹 쥔 손을 펴 보이겠소. 손에 어떤 물건이 있습니다. 나는 당신에게 그것을 보여줄 테니 전에 본 적이 있는지 어떤지 말해 주었으면 합니다."

메이슨은 여간수 쪽을 얼른 살펴보고 눈가로는 두 경관을 살피며 천천히 오른손을 폈다. 그러나 그 자신은 조심해서 아래를 내려다보지 않았다.

줄리아 블래너는 홀린 듯이 그 손을 보았다. 메이슨은 천천히 그 손을 오므리고 어떤 이야기의 요점을 강조하듯 그 주먹으로 테이블을 가만히 쳤다. 그리고 물었다.

"뭡니까?"

"열쇠."

"당신 열쇠입니까?"

"무슨 뜻이지요?"

"색스라는 사립탐정이 이 열쇠를 당신이 주었다고 주장할 것 같소만……."

"거짓말이에요! 색스라니, 나는 그런 사나이를 몰라요. 나는……."

메이슨이 주의를 주었다.

"잠깐만, 그렇게 큰소리 내지 마십시오. 마음을 가라앉혀요. 색스라는 이름으로는 아마 모를 거요. 또 그 사나이가 탐정이라는 것도 몰랐을 테지요. 키 크고 어깨가 넓적한 사나이로 42, 3살쯤 되었으며 눈은 잿빛이고 얼굴은 보통, 아니, 전에는 괜찮았으리라고 여겨지는 생김새입니다."

메이슨은 싱긋 웃었다.

"지금은 괜찮을 것도 없지만."

줄리아는 손으로 입을 가리고 말했다.

"아뇨, 본 일이 없어요. 몰라요."

"입에서 손을 떼십시오. 그리고 거짓말하지 마십시오. 이것은 당신

방 열쇠입니까?"
"난 방이 없어요."
"내 말뜻을 알 텐데요. 당신이 스텔라 켄우드와 함께 쓰던 방……."
줄리아가 꺼져가는 목소리로 말했다.
"아뇨, 그 방 열쇠라고는 생각되지 않아요. 꾸며낸 말이에요."
메이슨이 말했다.
"왜 당신은 렌월드 브라운리에게 부두로 나오라는 편지를 보냈지요?"
"나는 그런 일 하지 않았어요."
메이슨은 화난 듯이 얼굴을 찌푸렸다.
"그런 수법은 집어치워요. 입증할 수 있으니까. 택시 운전기사도 있고 또……."
줄리아가 입술을 깨물며 잘라 말했다.
"나는 이제 아무 말 하지 않겠어요. 억지로 말을 시키면 약을 먹겠어요."
"줄리아, 나는 당신을 믿고 도우려는 겁니다. 그러나 당신은 내게 진심을 보여주지 않습니다. 나는 당신을 풀려나오게 할 수 있을지도 모르니까 아무래도 사정을 정확하게 알지 않으면 안 됩니다. 그렇지 못하면 눈을 가리고 링 위에서 싸우는 권투선수 같은 꼴이 되겠지요. 당신은 다른 사람에게는 아무 말 하지 말아야 하지만 나에게만은 모두 이야기해야 합니다."
줄리아는 고개를 가로저었다. 메이슨이 말했다.
"나는 당신을 성심껏 대해왔습니다. 그러나 지금 당신은 나를 멀리하려고 하는군요."
"당신은 내 사건을 맡을 필요가 없어요. 손을 떼세요. 그렇게 하는 게 아마 좋을 거예요."

메이슨이 장난스럽게 말했다.

"충고는 고맙소. 그러나 당신은 빠져나올 수 없을 만큼 깊숙이 나를 끌어넣었고, 또 그 사실을 잘 알고 있습니다. 나는 내가 들은 이야기의 어디까지가 진실인지 전혀 모르겠소. 사실 당신은 나를 이 사건에 끌어넣고 그 뒤치다꺼리를 시킬 마음은 아니었겠지만 결과적으로는 그렇게 되어 버렸소.

비록 내가 지금 손 뗀다 하더라도 당신은 유죄가 되고 나는 공범으로 체포되든가 자격을 잃게 될 테니, 나로서는 어느 쪽으로 구르든 큰 차이가 없습니다. 그리고 그거야말로 당신이 계획했던 일이라고 여겨지는군요. 당신은 나를 물러서지 못할 만큼 깊이 밀어 넣었습니다. 처음에 나는 주위를 더듬거렸는데 어느새 깊숙이 빠져들고 말았소. 이제 나는 나를 구하기 위해서라도 당신을 구하지 않으면 안 됩니다."

줄리아는 여전히 굳게 입을 다물고 눈길도 들지 않았다.

"내 이야기를 잘 들으십시오. 당신은 내게 사건을 꼭 맡겨야겠다고 계획하고 어떤 사나이에게 맬로리 주교 행세를 하게 했습니다. 그리고 당신은 재빨리 돈을 받아내 가지고 달아날 속셈이었지요. 그런데 어딘가에 진짜 맬로리 주교가 있습니다. 당신 역시 진짜 줄리아 블래너일지도 모르고 그렇지 않을지도 모릅니다. 또 렌월드 브라운리의 손녀딸도 진짜일지 모르고 그렇지 않을지도 모르오. 이 사건에는 좋아 보이지 않는 것, 향기롭지 못한 냄새가 너무 많은데다 한술 더 떠서 납득되지 않는 살인사건까지······."

줄리아는 비명에 가까운 소리를 지르며 그의 말을 가로막았다. 그리고 벌떡 일어나더니 여간수에게 소리쳤다.

"저 사람을 내보내요! 밖으로 내보내요! 내게 아무 말 못하도록 해줘요!"

여간수는 줄리아에게로 달려갔다. 경관 하나가 재빨리 권총을 꺼내들고 가로막대기가 달린 문고리를 벗기더니 페리 메이슨을 향해 맹렬히 뛰어왔다.

메이슨은 열쇠를 오른쪽 조끼 주머니에 집어넣고 일어났다.

"대체 어떻게 된 일이오?"

경관이 물었다.

메이슨은 어깨를 으쓱하며 순순히 말했다.

"나를 검사해도 좋아. 아마 히스테리일 겁니다."

여간수는 줄리아 블래너를 데리고 나갔다.

메이슨은 사무실 안을 서성거리고 있었다. 델라 스트리트는 걱정스러운 듯이 책상 위에 노트를 펼쳐놓고 앉아 있었다. 터키탕에서 돌아온 폴 드레이크는 가죽의자에 길게 드러누워 있었다. 감기는 가끔 코를 쿵쿵거릴 정도로 많이 나왔다.

메이슨이 탐정에게 말했다.

"자네가 알고 있는 이야기를 먼저 해보게. 그러면 내가 알고 있는 것을 자네에게 말해 주지."

드레이크가 말했다.

"페리, 이 사건은 아주 질이 나빠. 자네가 진작 손을 뗐어야 하는 건데. 줄리아 블래너는 떠돌이이고 그녀가 일을 저지른 것만은 틀림없는 사실일세. 다만 그 밖에도 여러 가지 일이 얽히고 섞여 버렸지. 나는 자네에게 유리한 점이 하나도 없다고 생각하네. 첫째……."

"그 밖의 여러 가지 일이란 뭔가?"

"재니스는 브라운리 노인이 나간 지 5분도 안 되어 차고에서 자동차를 끌어내어 몰고 나갔네. 그리고 필립이 그 뒤를 쫓았지. 빅터 스톡턴과 피트 색스라는 두 탐정이 재니스 브라운리의 일을 맡았는데, 아마 노인의 심부름도 해준 듯하네. 그래서 재니스는······.”
메이슨이 말을 가로막았다.
“잠깐, 우리는 잭슨 이브즈의 몫을 누가 이어받았는지 문제 삼고 있었네. 그런데 바로 그 두 탐정이 거기에 해당된다고 여겨지지 않는가? 자네는 이브즈가 그 아가씨를 찾아냄으로써 2만 5천 달러를 받았고 아가씨가 물려받는 유산 가운데서도 상당액을 받기로 계약되어 있었다고 말했었잖나?”
드레이크는 미안한 표정으로 머리를 가로저었다.
“그렇다 하더라도 자네에게 유리할 건 조금도 없어. 만일 이브즈가 가짜 손녀딸을 내세웠다고 하세. 또 만일 스톡턴과 색스가 그런 이브즈의 이권을 대신 맡았다고 하세. 그렇다 한들 자네에게는 이익이 하나도 없네. 왜냐하면 줄리아 블래너도 친딸을 찾아내지 못한 점에 있어서는 이브즈와 마찬가지니까. 그래서 줄리아는 자기도 가짜를 만들어 한밑천 잡을 속셈이었는데 그 방법이 나빴네. 어떤 사기꾼들과 손잡은 걸세.

　지방 검사──그는 누구에게선가 이 사건에 대한 정보를 얻고 있는 듯하네──는 줄리아가 맬로리 주교가 1년 휴가를 얻고 연락을 취할 수 없게 될 때까지 기다렸으며, 한 사나이를 맬로리 주교로 꾸며 지어낸 이야기 줄거리를 가지고 어떤 변호사를 찾아가도록 했다고 주장하고 있네. 그 선택받은 변호사가 바로 자네일세. 이야기를 들은 뒤 불 속의 밤톨을 줍는 역할이 바로 자네가 맡은 일이고.

　그런데 줄리아는 그것조차 기다리지 못했네. 자기가 꾸민 연극이 망가뜨려질까봐 브라운리를 해치워 버렸지.

그녀가 브라운리를 불구대천의 원수로 여기고 있었던 것을 잊어서는 안 되네. 나로서는 사실 그녀가 좀 돌지 않았나 생각하고 있다네. 너무 오랫동안 골똘히 생각하다가 그만 미쳐 버린 걸세. 게다가 어떤 형태로든 광기가 나타날 만한 나이니까.

  그런 뜻에서 그 두 탐정은 교활하게 움직여 유리한 입장에 섰네. 색스라는 녀석은 한낱 무법자지만 스톡턴은 무서운 악당일세. 머리가 좋아서 그를 우습게 보았다가는 큰코다치지.

  색스는 스톡턴의 지시를 받고 줄리아에게 접근했네. 그리고 결코 발각될 염려가 없는 수법으로 살인하는 어뢰 같은 녀석이라고 치켜세우는 바람에 줄리아는 홀딱 반해가지고 미끼를 물었지. 이것은 내가 신문 기자로부터 알아낸 이야기일세.

  그리고 나로서는 가짜를 만들어낼 때 잭슨 이브즈가 색스를 이용하여 줄리아로부터 비밀을 알아내려 했다고 생각하네. 그런데 이브즈가 죽자 색스는 스톡턴을 끌어들인 걸세."

"어째서 색스가 거짓말하고 있다고는 생각지 않지? 유산의 상당액을 받을 거라면 그처럼 모두 털어놓을 게 아니라 왜 줄리아만을 악당으로 몰 각본을 쓰지 않았을까?"

드레이크는 어깨를 으쓱했다.

"그렇게 생각할 수도 있겠지만 지방 검사는 색스가 진실을 말하고 있다고 믿네. 아마 자네는 그가 거짓말하고 있다고 배심원이 믿도록 할 수 있겠지. 그러나 자네가 색스를 법정에 끌어내기 전에 지방 검사가 자네를 어떻게 다루리라고 생각하나?"

메이슨 물었다.

"재니스 브라운리가 어디 갔었는지 좀더 알아낸 게 없나?"

"재니스의 알리바이는 물샐 틈 없어."

"그래! 분명 물 한 방울 안 새네. 그런데 안 새는 것처럼 보일 뿐이 아닐까?"
"나로서는 물샐 틈 없이 보이기도 하고 또한 실제로 물 한 방울 새지 않는 알리바이라고도 생각하네. 빅터 스톡턴이 지방 검사에게 보고한 바에 따르면, 재니스는 할아버지가 줄리아 블래너와 만나기 위해 나간 듯하니 자기와 좀 만나달라고 그에게 전화 걸었다고 하네. 그래서 스톡턴은 자기가 나가겠다고 말하자 재니스는 외출 준비가 다 되어 있으니 자기가 가는 편이 더 빠르지 않겠느냐고 하여 그는 그러면 빨리 오라고 말했다는 걸세. 그 사나이는 52번 블록에 살고 있는데, 아까도 말했듯이 여간 교활한 녀석이 아니라네. 재니스가 왔을 때 아내와 함께 있었던데다 복도 맞은편에 사는 공증인까지 깨워서 자기 방으로 오도록 했지."
"그래, 그 공증인은 끝까지 줄곧 같이 있었다고 하는가?"
"그렇네."
"재니스와 스톡턴과 같은 방에서 말인가?"
"그렇게 알고 있네."
메이슨은 머리를 가로저었다.
"폴, 그것이 마음에 안 드네."
"마음에 안 들겠지."
"만일 맬로리 주교가 진짜였다면 그때는······."
델라 스트리트가 메이슨의 말을 가로막으며 끼어들었다.
"소장님, 몬테리 호의 요한슨 선장이 다시 무전을 보내왔어요. '윌리엄 맬로리 211호 선실'이라고 적힌 쪽지를 붙인 슈트케이스가 두 개 발견되었다는군요. 그런데 211호 선실의 손님은 윌리엄 맬로리와 전혀 다른 사람으로 그런 이름은 들어본 적도 없다고 말했다는 거예요. 그 슈트케이스 속에는 붕대 몇 야드, 검은 모직 양복, 성직자용 칼라와 검은 구두가 들어 있었다고 합니다. 그 두 개의 짐은 211호 선실 손님의 짐과 함께 그 방으로 배달되었대요."
 메이슨은 자기 책상 앞에 앉아 손가락 끝으로 책상을 가볍게 두드리고 있었다. 그가 말했다.
 "그것만으로는 종잡을 수 없는걸. 만일 그 맬로리 주교가 가짜라면 진짜 주교는 어디 있지? 또 만일 그가 진짜 주교라면 왜 숨바꼭질 하듯 자취를 감췄을까?"
 드레이크는 다리를 포개었다.
 "맬로리 주교에 대해서 나는 한 가지 새로운 사실을 알았네. 리걸 호텔 탐정 제임스 팔리가 이야기해 준 걸세. 우리가 주교에게 감시를 붙이기 전에 한 사나이가 맬로리를 찾아왔네. 그 사나이의 이름은 에드거 캐시디. 팔리는 그 사나이를 알고 있었지. 캐시디는 주교의 방으로 올라가서 반시간쯤 있다가 돌아갔네."
 메이슨의 얼굴이 긴장되었다.
 "됐네, 폴. 그거야말로 우리가 찾는 정보일세. 주교를 아는 사람이 있다면 그 사람이……."
 "아직 그처럼 좋아할 것 없네. 그것이 아무 소용없었으니까. 나는 곧 사람을 시켜 캐시디를 만나보도록 했네. 그런데 그는 시드니에 있는 친구로부터 편지가 와서, 맬로리 주교는 유쾌한 사람으로 로스앤젤레스의 리걸 호텔에 머무를 예정이니 여러 가지로 편의를 봐달라는 부탁을 받았다는 걸세. 캐시디는 일류 요트맨이네. 아티나 호라는 꽤 쓸 만한 요트를 가지고 있는데, 그것으로 황새치 낚시도 하지. 주교도 낚시를 갈지 모른다고 여겨 인사할 겸 호텔로 찾아갔던 걸세. 그런데 그의 증언은 참으로 엉뚱했네. 친구의 편지에 맬로리 주교는 굉장히 낚시광이라고 적혀 있었는데 만나보니 낚시에 대해 전혀 모르더라는 걸세. 낚시광은커녕 제대로 대답조차 못했다고 하더군. 캐시디는 불쾌해져서 그냥 돌아왔다고 하네."

메이슨은 또다시 방 안을 왔다 갔다 하기 시작했다. 그는 갑자기 걸음을 멈추고 드레이크를 쏘아보았다.

"캐시디는 요트광일세. 캐시디가 빅슬러를 알고 있는지 어떤지 조사해 주게. 그러고 보니 새벽녘 그런 시간에 빗속을 걷고 있었다는 빅슬러의 말이 아무래도 좀 이상하군."

드레이크는 주머니에서 노트를 꺼내 적어 넣으며 못마땅한 목소리로 말했다.

"좋아, 조사해 보겠네."

페리 메이슨이 의미심장한 듯이 말을 이었다.

"그건 그렇고, 팔리가 지방 검사국 사람들에게 캐시디 이야기를 하지 않았다면 아주 좋은 안이 될지도 모르네. 나는 그들이 캐시디의 증언을 이용할 수 있으리라고 생각지 않아. 모두 전해들은 말인데다 추정에서 나온 결론이니까. 그리고 나는 신문도 그 이야기를 듣지 말아주었으면 싶네."

드레이크는 싱긋 웃었다.

"걱정 말게, 페리. 벌써 손써 두었으니까. 팔리는 나와 친한 사이이고, 그는 조금만 추켜올려 주면 말을 잘 듣지. 젊은 브라운리 쪽은 어떤가? 범행이 일어난 시간에 그가 어디 있었는지 아무도 모르네. 그리고 그의 자동차는 오늘 아침 차고에 없었어."

메이슨이 말했다.

"필립은 내가 만나서 이야기했네. 지방 검사도 만나보라고 말해 주었지. 그의 말은 재니스 브라운리에게 해를 끼칠 만한 것은 아니었지만 아무래도 그녀의 알리바이에 좀 미심쩍은 점이 있는 것 같네. 그리고 스톡턴은 절대 믿을 수 없을 걸세."

드레이크가 경고했다.

"아암, 스톡턴은 여간내기가 아니지. 될 수 있으면 그 사나이와 이러니저러니 하지 않는 편이 좋아, 페리."

메이슨은 조끼 주머니를 더듬어 열쇠 하나를 꺼내 탐정에게 던져주었다.

"나는 잠자코 입 다물고 있을 수가 없네. 아니, 이미 우리는 엉겨 붙었네. 나는 이제 이 사건에 목까지 쑥 빠져 버렸네, 폴. 그 열쇠는 줄리아 블래너가 살고 있는 아파트 방문에 맞을지도 모르네. 웨스트 비치우드 214번지일세. 그 열쇠가 맞는지 어떤지 조사해 주게. 되도록 빨리 조사하여 급히 전화로 알릴 수 있도록 어서 자네 사무실로 돌아가 주게."

드레이크는 음울한 얼굴로 열쇠를 바라보았다.

"페리, 줄리아 블래너의 방 열쇠를 어떻게 손에 넣었지?"

델라 스트리트가 갑자기 비명에 가까운 소리로 외쳤다.

"어머나, 소장님! 그 열쇠는……."

그녀는 문득 입을 다물었다. 메이슨이 날카로운 눈으로 그녀를 보며 말했다.

"지금부터 나는 지방 검사국 사무실로 가겠어. 그 약아빠진 탐정들이 나를 잡아먹지 못해서 야단들이니 영 재미없구만."

드레이크가 경고했다.

"페리, 지금 지방 검사국에 가서는 안 되네. 큰일 날걸."

"하긴 그래."

메이슨은 말을 마치자 문을 쾅 닫았다.

13

지방 검사 해밀턴 버거는 커다란 곰 같은 몸집을 하고 있었다. 어깨가 넓고 가슴이 두껍고 허리둘레가 굵은 태산이라도 떠밀 듯한 다부진 체격으로, 탄탄한 근육의 짧은 팔을 부지런히 휘두르며 떠드는 버릇이 있었다.
 그는 책상 너머로 페리 메이슨을 보며 물었다.
 "웬일이오, 이렇게 여기까지?"
 그 목소리에 놀라는 빛이 깃들었으나 반가워하는 기색은 없었다.
 메이슨이 말했다.
 "줄리아 블래너 사건으로 할 이야기가 있어서 찾아왔소."
 "무슨 이야기요?"
 "내 입장이 어떻게 되어 있는지 알아보고 싶소."
 "글쎄, 나는 모르겠는데……."
 "어떤 사람에게서 들었는데, 나에게 체포영장이 나올 거라고 하더군요."
 버거는 메이슨의 눈을 똑바로 보며 대답했다.
 "으음! 그렇소, 페리."
 "언제?"
 "내가 수사를 완전히 끝낼 때까지는 발부하지 않을 거요."
 "무슨 혐의죠?"
 "폭행, 절도 및 공동모의."
 "내 설명을 듣겠소?"
 "굳이 당신 설명을 들을 필요는 없겠지요. 진상은 잘 알고 있소. 당신은 재니스 시튼의 방을 감시하고 있었고, 그녀를 몹시 원하고 있었소. 그 밖에 또 두서너 명의 사립 탐정이 그녀를 노리고 있었는데 마침내 시튼이 모습을 나타냈고 다른 아파트로 옮겨갔소.
 그런데 적이 먼저 그녀를 찾아갔소. 그것이 당신 마음에 들지 않았지요. 당신은 밀고 들어가 재빨리 일을 끝내려고 하다가 결국 싸움이 붙었소. 당신은 한 사나이의 콧잔등을 짓부수고 그가 가지고 있던 줄리아 블래너에게 불리한 증거물을 빼앗았으며, 다른 한 사람에게는 총을 겨누고 시튼의 딸을 유괴하여 숨겨 두었소. 당신으로서야 소송에 이기기 위한 방법이겠지만 내 입장에서 보면 체포당하기 위한 방법에 지나지 않소."
"사실을 들어볼 마음이 있소?"
버거는 잠시 메이슨을 물끄러미 바라보았다.
"페리, 내가 이제까지 당신을 크게 존경하는 마음으로 대했다는 것은 당신도 알겠지만, 당신이 하는 식으로는 언젠가 시끄러운 일이 일어나리라고 늘 생각하고 있었소. 억지가 그처럼 언제까지나 통하리라고 여기오? 이제까지는 아주 운이 좋았지만 언젠가 두 손 들 때가 오리라고 짐작했었소. 아무래도 이번이 그렇게 될 것 같구려. 나는 당신을 박해할 생각은 조금도 없으며 확실한 사정을 알 때까지는 신문에도 아무 정보를 주지 않을 작정이지만, 지금으로서는 당신의 직업적 경력도 끝장나는 게 아닐까 여겨지도록 일이 벌어져 있어요. 정말 지저분한 일이오.

당신도 알다시피 나는 죄 없는 사람을 추궁하는 일을 늘 두려워해왔소. 누구든 유죄를 확인한 뒤에 법정에 끌어내고 싶은 마음이오. 당신은 비상한 머리를 가지고 있소. 당신이 아니었더라면 죄 있는 자를 놓치고 죄 없는 자를 옭아 넣을 뻔한 어려운 사건을 당신이 올바르게 해결해 준 적도 여러 번 있었소. 그러나 당신은 윤리적 제한범위에 머물려고 하지 않으니 정말 난처하구료. 당신은 사무실에 앉아 법률 사무를 다루려고 하지 않고 늘 밖으로 나가 직접 증거를 잡아내려고 하오. 그러면서 증인들과 재치를 겨루기도 하고 감히 생각지도 못할 너무 지나친 연극을 꾸미기도 하지요."
메이슨이 물었다.
"그쯤이면 됐소?"
"아니, 아직 서론이오."

"그럼, 잠깐 숨을 돌리고 이번에는 내 말을 좀 들어주시오."
버거가 말했다.
"페리, 나는 법정에서 당신과 싸워왔소. 두서너 번 당신 덕분에 몹시 얼빠진 몰골이 되어 버린 적도 있소. 만일 그런 사건에서 당신이 손에 넣은 증거물을 내게 가지고 왔더라면 우리는 서로 협력했을 거요. 그런데 당신은 법정에서 갈채 받을 방법을 택했어. 물론 그건 당신의 특권이오.

지금 나는 당신을 기소하지 않을 수 없는 처지이고, 내 의무를 다할 생각이오. 당신에 대한 악의는 조금도 없소. 사실 개인적으로는 당신을 좋아하지만, 어차피 당신이 당해야 할 운명인 셈이오.

당신은 이제까지 지나치게 운이 좋았소. 그러므로 당신이 지금 여기서 하는 말이 모두 당신에게 불리한 증거로 쓰일 수 있고, 또 그렇게 될 것이 틀림없다고 내가 말하더라도 당신은 내 입장을 이해해 주어야 하오. 이 회견에는 전혀 비밀이 없도록 할 테니까."
"아아, 알겠소. 약삭빠른 두 탐정이 당신 사무실에 살금살금 찾아들어 나에 대해 온갖 이야기를 늘어놓았군. 그런데 당신은 나에게 설명할 기회조차 전혀 주지 않고 그들에게 쏙 빠져 버린 거고."
"우연한 일이지만, 당신이 말하는 그 약삭빠른 탐정 가운데 하나가 줄리아 블래너에 대해 아주 구체적인 증거를 가지고 있었소. 그 사나이는 그것에 대해 나에게 연락했고, 내 지시를 받아 움직이고 있었던 거요."
"그랬군! 그럼, 사실대로 말하지요. 나는 당신 말대로 재니스 시튼을 찾고 있었지만 아직 찾아내지 못했소. 나는 시튼을 찾아내고 싶었으며, 또한 그녀가 나타나기를 기다리며 주위를 서성거리고 있는 두 사나이도 누군지 알아봐야겠다고 생각했소. 그 두 사람은 당신 부하도 아니고 내가 고용한 사람들도 아니오.

나는 그들이 재니스 시튼을 잘 모르며, 다만 특징만 알 뿐임을 알아차렸소. 그녀의 가장 두드러진 특징은 빨강머리이므로 나는 비서 델라 스트리트를 시켜 머리를 물들인 다음 시튼 양의 아파트로 들어가 계산을 끝내고 다른 아파트로 옮겨가도록 했소. 나는 미리 옮겨간 방의 맞은편 방을 얻어 망보고 있었소. 델라에게는 누가 들어오면 고분고분 대답하면서 그들이 누구며 무슨 목적이 있는지 알아내라고 일러두었지요. 그리고 만일 난폭하게 나오면 휘파람을 불기로 약속했었소.

델라는 무사히 그 아파트로 옮겼소. 그러자 그 색스라는 사나이가 쳐들어왔소. 델라는 문을 열어두려고 했으나 그 자가 잠가버렸소. 나는 방 안에서 뭔가 미심쩍은 소리가 들려 문을 부수고 뛰어들어갔소. 그래서 색스가 델라 스트리트를 목 졸라 죽이려는 것을 가까스로 막을 수 있었지. 그는 델라를 질식시키려고 했소. 색스는 내게 권총을 들이댔고, 나는 권총을 낚아채 그의 콧잔등을 짓뭉개 놓은 거요."

버거의 얼굴에 놀라는 기색이 떠올랐다.

"그럼, 재니스 시튼이 아니었소?"

"그렇소. 그건 델라 스트리트였소."

"색스는 시튼 양에 대해 몇 가지 중죄 혐의로 기소하기에 충분한 증거를 잡았다고 말했다오. 색스 말로는 그가 경찰을 부르려고 하자 여자가 덤벼들어 뿌리치려는데 당신이 뛰어 들어왔다고 했소."

"색스는 델라를 질식시켰소. 내가 방으로 뛰어 들어갔을 때 그는 베개로 델라를 덮어씌워 누르고 있었지요. 이 이야기가 당신에게 어떤 의미를 주오?"

지방 검사는 고개를 끄덕였다.

"있소, 의미가 있고말고."

메이슨은 일어섰다.

"알겠소. 나는 다만 그 이야기를 하고 싶었을 뿐이오."

"하지만 그것만으로는 그 밖의 일을 설명할 수 없소."

"이를테면?"

"나는 블래너라는 여자에 대한 기소를 취소하고 싶지 않소. 색스는 그 여자를 만나 갱이라고 속였고, 그녀는 브라운리를 죽이기 위해 막대한 보수를 내겠다고 했소. 그리고 그에게 아파트 열쇠를 주었고, 그 열쇠는 증거품이오. 그리고 색스가 내게 말한 것과 들어맞기도 하지. 색스를 습격했을 때 당신은 그의 주머니 속에 든 물건을 모두 빼앗아 버렸어. 페리, 어떤 상황에서든 당신에게는 그런 짓을 할 권리가 없소. 당신은 다른 물건 몇 가지와 함께 그 열쇠를 빼앗았소. 그 물건들을 내게 주어야 하오."

"나는 가지고 있지 않소."

"어디 있소?"

"한참 뒤라면 내놓을 수 있소. 당신은 그 사나이의 말 말고도 그것이 정말로 줄리아 블래너의 방 열쇠라고 믿을 만한 이유가 달리 있소?"

"으음, 있소. 그런데 만일 당신이 다른 것을 그 열쇠라고 하며 내놓는다 하더라도 그것이 색스로부터 빼앗은 열쇠라고 주장하는 당신 주장 말고는 믿을 만한 것이 아무것도 없지만 어쨌든 이것으로 당신은 꽤 난처한 입장에 몰리게 될 거요. 왜냐하면 색스는 새벽 3시쯤 줄리아 블래너를 찾아가 그 열쇠를 썼다고 진술하고 있기 때문이오. 더욱이 빅터 스톡턴도 함께 갔으므로 색스의 진술을 모두 뒷받침해 주고 있소."

"왜 색스가 그곳에 갔을까요?"

"그건 내 주장의 일부여서 이 자리에서는 밝히고 싶지 않소. 그보다도 페리, 내가 어떻게 나갈 것인지 당신에게 말해 주겠소. 나는 곧 블래너 사건의 예비신문을 할 것이오. 만일 당신이 이 사건의 완전한 수사를 하기 위해 나와 협력할 생각이라면 내일 오전 10시까지 재판소로 와주시오. 거기서 증인신문을 할 수 있을 거요. 당신이 그렇게 해주면 나는 당신에 대한 체포영장을 내지 않을 거고, 증거가 충분히 갖춰져 우리의 입장이 명백하게 될 때까지 체포영장을 떼느니 어쩌니 하는 말도 전혀 하지 않기로 하겠소."
"이거야말로 초특별 대우로군!"
버거는 어깨를 으쓱했다.
"나는 좀더 시간을 요구할 수 있다고 생각하오만?"
그러나 버거는 아무 말 없이 담뱃불만 붙였다.
"만일 내일 아침 출두하지 않으면 당신은 나를 체포하라고 명령할 것이라고 해석하면 되는 거요?"
"아니, 그렇게 나와서는 난처하오. 나는 당신을 억압하고 싶지 않소. 다만 체포영장을 내기 전에 상황을 철저히 검토하고 싶을 뿐이오. 그리고 당신에게 그 일을 도와달라고 부탁하는 거요. 만일 이 제안을 받아들이지 않는다면 나도 독자적으로 수사할 수밖에 없소."
"그런 다음 기소를 받아들여 체포영장을 내겠다는 거요?"
"그거야 수사 결과를 봐야겠지요."
메이슨은 물끄러미 지방 검사를 보더니 이윽고 싸늘하게 말했다.
"당신은 나를 너무 부당하게 다루고 있소! 당신은 제대로 잘 알지도 못하는 두 사립 탐정이 가져온 엉터리 같은 이야기를 고스란히 받아들여 그들에게 쏙 빠져 버렸소. 잘 들어 보시오. 그들은 악당이오. 한 사람은 델라 스트리트를 시튼 양으로 잘못 알고 죽이려 했던 녀석이오. 그런데도 당신은 '수사하겠다'고 약속했소. 내가 그의 콧잔등을 짓뭉갠 일을 델라 스트리트가 그의 손에 죽을 뻔한 일 보다 더 무겁게 다루고 있다니, 원!"
버거는 머리를 가로저으며 참을성있게 대꾸했다.
"그렇게 말하니 좀 듣기 거북하군. 하지만 그건 공정한 견해가 아니오, 페리."
"어째서?"
"왜냐하면 그 사나이에게 덤벼들었을 때 당신은 블래너 사건의 유죄 결정에 도움을 주리라고 내가 기대하는 증거물을 빼앗았기 때문이오. 물론 그것은 단순한 우연의 일치일지도 모르지만, 그 두 사나이가 당신 손님에게 불리한 증거를 가지고 있었다는 사실은 여전히 남지요. 그리고 당신은 그들을 만나 한 사나이의 콧잔등을 짓뭉개고 그 증거물을 가져갔소. 그것을 단순한 우연의 일치로 보아달라는 건 아무래도 무리한 일이오."
메이슨이 항변했다.
"그런 증거에 당신은 얼마만한 가치를 두는 거요? 그들로서는 아파트 열쇠를 빼앗는 일쯤 누워서 떡 먹기요. 나에게 24시간의 여유를 준다면 시내 어떤 아파트의 열쇠라도 갖다 줄 수 있소."
버거는 집요하게 말했다.
"그건 이야기가 맞지 않으며, 당신도 그 점을 잘 알고 있소. 그 열쇠는 그 자체만으로는 아무것도 아닐지 모르지만, 문제는 그것만이 독립되어 있는 게 아니라는 점이오. 그것은 당신의 의뢰자에게 불리한 여러 증거물 가운데 하나요. 당신이 만일 그것은 대수롭지 않은 증거물이라고 주장해도 상관없소. 하지만 그것만으로는 어째서 당신이 그 증인에게 폭행을 가하고 작은 증거물을 빼앗아갔는지 설명할 수 없을 거요. 언뜻 보기에 당신은 그것이 가장 중요한 증거물임을 알고서 한 짓으로밖에 여겨지지 않소.

나는 두 사람의 말을 곧이곧대로 받아들여 그들에게 빠져 버린 게 아니라, 이제부터 솔직하게 수사하여 결론이 나올 때까지는 결코 아무 짓도 않겠다고 당신에게 말하고 있는 거요. 그런데 그들은 체포영장을 청구하고 있소. 또한 당신이 그 가운데 한 사람을 때려눕히고 다른 한 사람에게 권총을 들이댄 일이며, 배심원이 꽤 중요하게 인정할 가능성 있는 증거물 하나를 훔쳐낸 일들이 언론으로 새어나갈 기색이 보여요.

내가 그저 잠자코 앉아서 그 고소를 받아들였다고 여기는 건 잘못이오. 나는 내가 무엇을 어떻게 할 것인지 말했소. 이것이 절대적으로 확실한 최종적인 내 의견이오. 당신이 내 제안을 받아들이지 않아도 좋으니 당신 마음대로 하구려."

메이슨은 의자를 뒤로 밀면서 일어났다.

"조금 뒤 당신에게 전화를 걸어도 되겠소?"

"지금 결정할 수 있는 문제라고 생각하오만?"

"10분 안으로 전화하겠소."

"알겠소."

메이슨은 악수하기 위해 손을 내밀지 않았다. 사무실을 나와 복도의 공중전화 부스로 들어가 폴 드레이크를 불러냈다.

"폴, 열쇠를 시험해 보았나?"

"으음, 들어맞네."

"확실한가?"

"확실하네. 나는 바깥문과 방 안의 문을 모두 열어 보았네. 이제 어떻게 되는 거지, 페리?"

"나도 모르네, 폴. 그 탐정 녀석들이 버거를 완전히 움켜잡았네. 그 열쇠가 줄리아에게 불리한 증거였어. 내가 그 열쇠를 가지기 전에는 약한 증거였지만 내가 거기에 손을 댔기 때문에 어엿한 존재로 부각된 거야. 큰 실수였어. 나중에 만나세."

메이슨은 전화를 끊고 지방 검사 사무실로 돌아가 접수처 여직원에게 말했다.

"버거 씨에게 전해 줘요. 페리 메이슨은 내일 아침 10시 줄리아 블래너를 예비신문하는 일에 동의하고, 서로 번거로운 수속은 모두 빼자고 해주시오."

14

녹스 판사는, 지방 검사국 공판정 검사보 가운데 손꼽히는 민완가로 정평 있는 조지 슈메이커를 향해 고개를 끄덕였다.

그리고 판사는 말했다.

"그럼, 줄리아 블래너 사건의 증언을 진행시켜 주십시오. 이 재판은 지금 원고와 피고의 동의에 의해 증인신문을 행하는 것이며, 아울러 변호인 측은 신문을 개시하는 시기에 대해서 전혀 관여하지 않는다는 합의에 따라 행해지는 바입니다."

메이슨이 말했다.

"네, 그런 약속입니다."

슈메이커가 말했다.

"그럼, 칼 스미스 씨를 부르겠습니다."

택시 운전기사 제복을 입은 우람한 사나이가 앞으로 나와 손을 들고 나직한 목소리로 선서한 다음 증언대에 섰다.

"당신 이름은 칼 스미스, 지금도 지난 5일에도 택시 운전기사였습니다. 틀림없습니까?"

"네."

"피고 줄리아 블래너를 알고 있습니까?"

운전기사는 페리 메이슨의 뒷좌석에 입술을 굳게 다문 채 딱딱한 모습으로 앉아 있는 줄리아 블래너를 보았다.

"알고 있습니다."

"처음 본 것이 언제였지요?"

"5일 오전 1시쯤입니다. 저분이 손을 들어서 나는 차를 세웠습니다. 그리고 내게 렌월드 C. 브라운리 씨에게 보내는 편지를 주면서 브라운리 저택에 전해달라고 말했습니다.

　내가 그런 일을 하기에 너무 늦지 않았느냐고 말하자 저분이 브라운리 씨는 기꺼이 이 편지를 받아들일 테니 걱정하지 말라고 했습니다."

"그 밖에 다른 말은?"

"그 말뿐이었습니다. 나는 편지를 가져갔습니다. 브라운리 저택의 벨을 누르자 젊은 남자가 현관문을 열었습니다. 그 젊은이는 자기가 편지를 전하겠다고 말했습니다. 내가 그 사람의 이름을 묻자 그는……."

"잠깐만."

메이슨이 손을 들었다.

"나는 두 사람의 대화가 단순한 전문(傳聞)에 지나지 않을뿐더러 사건과는 아무런 관계가 없으므로 이의를 신청합니다."

녹스 판사가 결정하였다.

"인정합니다."

그러자 슈메이커가 보란 듯이 미소 지으며 일반석 쪽을 향해 말했다.

"필립 브라운리 씨가 이 자리에 계시면 일어서 주시겠습니까?"

짙은 감색 양복에 마르고 창백한 필립이 일어났다.

슈메이커가 택시 운전기사에게 물었다.

"당신은 저 사람을 전에 본 일이 있습니까?"

"네, 바로 내가 편지를 건네준 사람입니다."
슈메이커가 물었다.
"이의 있습니까?"
메이슨은 손을 흔들며 말했다.
"없습니다."
슈메이커가 말했다.
"필립 브라운리 씨, 증언대에 서 주십시오."
젊은이는 앞으로 나와 선서했다.
"당신은 지금 증언한 증인 칼 스미스 씨를 알고 있습니까?"
"네."
"5일 아침에 그를 만났습니까?"
"네."
"그는 당신에게 무언가 건네주었습니까?"
"네."
"그것이 무엇이었는지요?"
"나의 할아버지 렌월드 C. 브라운리에게 전하는 편지였습니다."
"당신은 그 편지를 어떻게 했습니까?"
"나는 곧 할아버지에게로 가져갔습니다."
"할아버지는 주무시고 계셨나요?"
"아뇨, 침대에서 책을 읽고 계셨습니다. 할아버지는 밤늦게까지 책을 읽는 습관이 있었어요."
"당신 앞에서 그 편지를 뜯었습니까?"
"네."
"당신은 그 편지를 보았습니까?"
"읽지는 않았지만 뭐라고 씌어 있는지 할아버지가 말씀해 주셨습니다."

메이슨이 나섰다.

"재판장님, 최선의 증거가 아니라는 이유로 이의를 신청합니다. 단지 전해 들은 말일뿐, 적당하지 못하고 아무 관련이 없으며 무의미합니다."

녹스 판사가 말했다.

"이의를 인정합니다."

슈메이커는 이맛살을 찌푸리며 신문을 계속했다.

"당신의 할아버지는 편지를 받은 뒤 바로 무슨 일을 하거나 또는 어떤 말을 했습니까?"

메이슨이 말했다.

"마찬가지 이유로 이의를 신청합니다."

녹스 판사가 말했다.

"편지 내용이 어떤 것인지, 누구에게서 왔는지에 대해 어떤 진술도 인정하지 않습니다. 그러나 브라운리 씨가 한 말 가운데 그가 무슨 일을 할 의향이었으며, 어디로 갈 작정이었는지에 대해서는 사실의 일부로 허락합니다."

필립은 나직이 말했다.

"할아버지는 줄리아 블래너를 만나기 위해 곧 로스앤젤레스 항구로 가야 한다고 했습니다. 나는 그 말씀을 할아버지가 자신의 요트 위에서 그녀와 만나겠다고 말씀하신 것으로 받아들였습니다."

메이슨이 이의를 제기했다.

"줄리아 블래너와 만나는 부분은 뺄 것을 신청합니다. 질문에 대한 대답이 못 될 뿐 아니라 적당치 못하고 아무 관련이 없으며 무의미하고 또한 전해 들은 이야기일 따름입니다."

녹스 판사가 말했다.

"결정을 보류합니다. 만약 앞으로 있을 증언에 의해 본 판사가 사건과 관계있다고 판단되면 지금의 증언은 남기기로 합니다."
메이슨이 반대했다.
"사건의 일부라고 하기에는 너무 간접적입니다."
"나는 그렇게 생각지 않습니다, 메이슨 씨. 그러나 아무튼 그것은 증언에 의해 결정될 일입니다. 나중에 증언이 모두 나온 뒤 만일 지금의 증언이 지나치게 간접적이라고 여겨지면 그때 다시 말씀하십시오."
슈메이커가 물었다.
"할아버지는 달리 무슨 말씀을 했습니까?"
"그 악독한 계집이 내 아들의 시계를 몇 년 동안이나 움켜쥐고 있다가 이제야 겨우 내놓으려나 보다고 하셨습니다."
메이슨이 말했다.
"이 진술은 뺄 것을 신청합니다. 사건과 관계없으며 또 어떤 편지 내용을 말로 하려는 의도이기 때문에 적당치 않을뿐더러 무의미한데다 전해 들은 말이기 때문입니다."
녹스 판사가 결정했다.
"신청을 인정합니다. 빼시오. 사건과는 관계가 없습니다."
슈메이커가 질문했다.
"할아버지는 어떻게 했습니까?"
"옷을 갈아입고 차고로 가서 2시쯤 자동차로 떠나셨습니다."
"당신은 피고 측 변호사인 페리 메이슨 씨를 알고 있습니까?"
"네."
"당신은 같은 날 밤, 아니 4일 밤 메이슨 씨를 만났습니까?"
"네, 11시쯤부터 12시 사이였습니다."
"당신은 메이슨 씨와 이야기했습니까?"
"네."

"당신은 할아버지의 유언에 대한 이야기를 주고받았습니까?"
"네."
"메이슨 씨는 할아버지와 만나 이야기한 내용에 대해서도 말했습니까?"
"어떤 의미에서는 그렇습니다."
메이슨이 가로막았다.
"재판장님, 죄상에 대해 완전히 입증될 때까지는 그와 같은 대화를 입증하려고 하는 기도에 대해 이의를 신청합니다."
슈메이커가 말했다.
"재판장님, 지금으로서는 그와 같은 대화에 깊이 들어가지 않겠습니다. 그러나 나중에 나는 다음과 같은 사실을 입증하리라 기대하고 있습니다. 즉 페리 메이슨 씨는 4일 밤 렌월드 브라운리가 5일 아침 그의 재산의 대부분을 손녀딸 재니스 브라운리에게 물려주는 문서를 만들어 서명할 의향이었다는 것을 알았다는 사실입니다. 그리하여 메이슨 씨는 그 정보를 의뢰자에게 알렸고 그것이 살인의 동기를 구성했습니다. 그러나 지금은 그 점을 덮어두겠습니다. 메이슨 씨, 반대신문을 하십시오."
메이슨이 말했다.
"내가 당신 할아버지 댁을 나왔을 때 당신은 나를 기다리고 있었지요?"
"네."
"얼마 동안 기다리고 있었습니까?"
"몇 분 되지 않습니다."
"내가 당신 할아버지 서재에서 나와 내 자동차로 갔을 때가 몇 시였는지 당신은 알고 있습니까?"
"네, 나는 당신이 서재에서 나오는 소리를 들었습니다."

"그래서 당신은 밖으로 나가 찻길에서 나를 기다리고 있었습니다. 틀림없습니까?"
"틀림없습니다."
"그런데 당신 옷은 비에 흠씬 젖어 있었습니다. 그때 비가 세차게 내리기는 했지만, 내가 서재에서 나와 찻길에서 당신과 만날 때까지 불과 몇 초 사이에 그토록 젖을 만큼 쏟아지지는 않았습니다. 당신은 그 점을 어떻게 설명하겠습니까?"
필립은 눈을 내리깔고 아무 말도 하지 않았다.
"신문에 대답하시오."
재판장이 명령했다.
"모르겠습니다."
메이슨이 말했다.
"실제로 그러했지 않습니까? 당신은 내가 서재에서 물러나오기 전부터 빗속에 서 있었습니다. 당신은 나와 할아버지의 이야기 내용을 모두는 아니더라도 거의 들을 수 있었던 겁니다. 창 밖에서 엿듣고 있었던 게 아닙니까? 어떻습니까?"
필립은 머뭇거렸다.
그러자 메이슨이 무서운 기세로 다그쳤다.
"질문에 대답하시오. 진실을 말하시오."
"그 말씀이 맞습니다."
필립은 잠시 사이를 두었다.
"나는 창 밖에 서서 무슨 이야기를 하는지 들으려고 했습니다. 모두 듣지는 못했지만 일부분은 들었습니다."
"그러므로 그때 당신은 할아버지가 이튿날 아침 말한 그 서류에 서명할 생각임을 알고 있었습니다. 다시 말해서 재산의 대부분을 그 저택 안에서 재니스 브라운리로 행세하는 젊은 여자의 손에 넘겨준다는 서류에 말이오."
필립이 꺼져가는 목소리로 대답했다.
"네."
메이슨이 말했다.
"그러므로 당신 역시 할아버지를 죽일 만한 동기를 가지고 있었소. 다시 말해 할아버지가 사망함으로써 당신은 이익을 얻는 입장이란 말이오. 만약 그가 서류의 효력이 발생하기 전에 죽어 버리면, 재니스 브라운리가 진짜 손녀였을 경우 당신이 물려받는 유산은 전 재산의 2분의 1이 되고 그녀가 친손녀가 아님이 입증되면 당신은 유산을 모두 받을 수 있게 됩니다. 틀림없지요?"
슈메이커가 분연히 일어나 외쳤다.
"재판장님, 이의를 신청합니다! 지금 질문은 토론적이고 아무 관련이 없으며 적당치 못할 뿐 아니라 무의미합니다. 적절한 반대신문이 아닙니다. 지금 우리는 법률문제에 대해 증인의 판단을 구하고 있는 것입니다."
메이슨이 말했다.
"나는 단순히 증인 측의 선입관을 끌어내기 위해 질문하는 데 지나지 않습니다."
녹스 판사가 결정했다.
"지금 질문은 토론적이고 판단을 구하는 것이라고 생각합니다. 만일 그것을 입증하고 싶으면 대화를 어느 정도 엿들었으며 무슨 말을 했는지 증인에게 물어 보아야 할 것이며, 그 법적 효과는 법정의 결정에 맡기지 않으면 안 됩니다."
메이슨은 어깨를 으쓱했다.
"이 증인에게 더 이상 물을 것이 없습니다."
녹스 판사는 다시 직접신문을 하는 것이 도움될지 어떨지 생각하는 듯 잠시 망설이더니 이윽고 머리를 가로저으며 말했다.
"증인은 물러가도 좋습니다. 다음은 고든 빅슬러 씨."
고든 빅슬러는 잿빛 양복차림의 뼈마디가 불거진 얼굴을 한 45살쯤 된 사나이로, 증언대에 서자 다음과 같이 증언했다.

이름은 고든 빅슬러. 요트맨으로 레졸트 호의 선주이다. 살인이 일어난 날 밤은 자기 요트로 캐틀리나를 여행하고 왔다. 폭풍우 속에 돌아와서 클럽하우스의 전화로 자기 집 필리핀인 사환을 불러내어 자동차를 가지고 마중 나오도록 명령했다. 그런 다음 요트를 비끄러매고 다음 항해를 위한 준비 등으로 얼마쯤 시간을 보냈다. 그런데 사환은 좀처럼 모습을 나타내지 않았다.

1시간 넘도록 기다렸을 무렵 클럽하우스 근처 길에서 자동차 소리가 들려왔다. 사환은 이 클럽하우스에 한 번밖에 온 일이 없었으므로 길을 못 찾는 게 아닐까 싶어 밖으로 나왔다. 엔진 소리를 낸 자동차 헤드라이트가 보였으므로 그쪽으로 걸어가니 그 자동차가 아주 천천히 달리고 있었다.

그 자동차를 보고 있는 동안 흰 레인코트 차림의 여자가 하나 큰길 끝에서 튀어나왔다. 자동차가 멈춰 섰고, 젊은 여자는 발판을 밟고 몇 초 동안 그 안의 운전자와 이야기했다. 그리고 여자는 땅으로 내려서고 자동차는 다시 천천히 달려 자기 옆에서 옆길로 구부러져 들어갔다. 그리고 다음 길로 나와 속력을 조금 올려서 아까 온 길을 빙 돌아왔다. 거의 똑같은 위치에 이르렀을 때 흰 레인코트의 젊은 여자가 어둠 속에서 나타나 자동차 발판에 뛰어오르는 것이 보였다.

이 무렵 자기는 필리핀인 사환에게 어떤 급한 사정이 생겼나 보다 싶어 그 자동차의 사나이에게 부탁하면 태워줄지도 모른다고 생각했다. 그래서 자동차를 향해 걷기 시작했다. 한순간 뜻밖에도 섬광의 번뜩임을 보았고, 이어서 연속적인 총소리를 들었다.

모두 다섯 발이었다고 믿지만 어쩌면 여섯 발이었는지도 모르겠다. 흰 레인코트의 여자가 자동차 발판에서 내려 어둠 속으로 뛰어가는 것을 보았다. 그리고 어느 교차로 그늘에 멈춰서 있던 시보레가 한 대 엔진 소리를 내며 움직이기 시작하더니 빠른 속도로 멀어져갔다.

처음에는 자동차가 멈춰 서 있는 곳으로 뛰어갔다. 한 사나이가 왼팔과 어깨와 머리를 왼쪽 문 밖으로 내밀고 드러누워 있었다. 상처에서 흐르는 피가 차 밖으로 흘러 떨어지고 왼쪽 발판에는 피가 고여 있었다. 렌월드 C. 브라운리였고, 죽어 있었다. 브라운리는 몇 번 만난 일이 있으므로 결코 잘못 보았을 리 없다.

그 뒤 자기는 몹시 당황하고 있었다. 빗속을 정신없이 달리고 있다가 누군지 한 사나이가 운전하는 자동차와 마주쳤는데, 그가 사립 탐정 해리 카울터임을 나중에 알게 되었다. 그 탐정과 함께 브라운리의 자동차를 찾아보았으나 끝내 찾지 못했다. 두 사람은 경찰에 전화를 걸어 결국 경관이 달려와 수사를 맡았다. 총격이 이루어진 시간은 아마 오전 2시 45분쯤이었을 것이고 경찰에 전화한 것은 3시 10분에서 15분 즈음이다.

슈메이커는 증인을 메이슨의 반대신문에 넘겼다.
메이슨이 물었다.
"당신은 몹시 당황하고 있었다고 했지요?"
"네, 그렇습니다. 너무나 갑작스럽고 뜻밖이어서 몹시 당황했습니다."
"어째서 당신은 브라운리 씨의 자동차에 올라타 가까운 병원으로 부상자를 옮기지 않았습니까?"
"그런 생각이 떠오르지 않았습니다. 그뿐입니다. 머리와 어깨를 창 밖으로 떨어뜨리고 있는 시체를 보고 렌월드 브라운리 씨임을 알았을 때 나는 그만 당황해 버렸습니다."

"당신은 그것이 브라운리 씨라고 인정하기 전부터 몹시 당황해 있었던 게 아닙니까? 그 흰 레인코트의 여자가 가까운 거리에서 몇 번이나 총을 쏜 것을 보았으니 그것만으로도 당연히 당황했겠지요?"

"네, 그렇습니다."

메이슨은 두 손의 손가락 끝을 마주잡고 증인으로부터 눈길을 돌려 자기 손 끝을 노려보았다. 그리고 물었다.

"비가 왔었나요?"

"네."

"세차게 쏟아졌습니까?"

"글쎄요, 그다지 세차게 내리지는 않았습니다. 그 바로 조금 전에 멎었는데 그때 다시 쏟아져 내렸지요."

"그곳은 당신이 회원으로 있는 요트 클럽 언저리였습니까?"

"그렇습니다."

"그 요트 클럽은 담장으로 둘러싸여 있지요?"

"네."

"가로등은 없습니까?"

"없습니다."

"달이 떴습니까?"

"뜨지 않았습니다."

"별도 보이지 않았습니까?"

"네. 당신이 생각하는 바를 알겠습니다, 메이슨 씨. 그러나 그때 내가 지금까지 증언한 사실을 충분히 볼 수 있을 만큼은 밝았습니다."

"무엇으로 그만큼 밝았습니까?"

"요트 클럽하우스 정면에 돛대가 하나 있는데, 그 돛대에 계류 중인 요트며 회원이 놓아두는 자동차 주차장 등을 비추기 위한 풋라이트가 있습니다."

"그 풋라이트는 범행 현장에서 얼마나 떨어져 있습니까?"

"3, 4백 피트쯤 떨어져 있습니다."

"그렇다면 길이 아주 밝았습니까?"

"아뇨, 그렇지 않습니다. 나는 그렇게 말하지는 않았습니다."

"하지만 밝았었지요?"

"다소 밝은 편입니다."

"그곳에 있는 사물을 뚜렷이 볼 수 있을 만큼 밝았습니까?"

고든 빅슬러는 어떤 함정을 피하도록 미리 지도받은 듯 호전적인 태도로 말했다.

"이해해 주셔야겠는데요, 메이슨 씨. 그 여자는 흰 레인코트를 입었으므로 어둠 속에서 똑똑히 보였던 겁니다. 길은 어두웠고, 컴컴한 데도 있었습니다. 그건 인정합니다. 하지만 여자가 자동차 발판에 발을 올려놓았을 때 내가 그 모습을 똑똑히 볼 수 있을 만큼은 밝았습니다. 나는 여자의 얼굴을 볼 수 없었으므로 그녀가 누구인지 확언하려고 하지는 않겠습니다."

"당신의 확인은 그녀가 흰 레인코트를 입었다는 사실에 바탕을 두고 있습니다. 틀림없습니까?"

"네."

"그것이 흰빛임을 어떻게 알았습니까?"

"희게 보였기 때문입니다."

"혹시 엷은 핑크빛은 아니었을까요?"

"그럴 리 없습니다."

"그럼, 엷은 초록빛?"

"있을 수 없습니다."

메이슨은 갑자기 자기의 손가락 끝을 내려다보던 눈길을 들어 무섭게 증인을 쏘아보았다.

"그것이 엷은 노란빛도 결코 아니었다고 확언할 셈입니까?"

증인은 잠시 망설이더니 이윽고 대답했다.

"네, 엷은 노란빛은 아니었습니다."

메이슨은 물었다.

"노란빛은 조금도 들어 있지 않았습니까?"

"네, 들어 있지 않았습니다."

메이슨이 느릿느릿 물었다.

"알고 계시겠지요, 흰빛과 엷은 노란빛 또는 크림빛은 서로 다르다는 것을?"

"네, 물론 압니다."

"하지만 때로는 한낮이라도 그런 빛깔들을 알아보기 난처한 경우가 있지요?"

"그다지 난처하지 않습니다. 흰빛을 보면 희다고 압니다. 그것은 흰 레인코트였습니다."

그러자 메이슨이 주머니에서 장방형 종이를 한 장 불쑥 꺼냈다.

"이를테면 이 판지는 흰색입니까, 노란색입니까?"

"흰색입니다."

메이슨은 다시 한 장 새하얀 판지를 주머니에서 꺼내 먼저 것과 나란히 쳐들어보였다. 방청석 여기저기서 웃음소리가 일었다.

빅슬러는 허둥지둥 말했다.

"처음 것은 틀렸습니다, 메이슨 씨. 처음 판지에는 노란빛이 조금 섞였습니다. 그것을 당신이 자신의 검은 양복을 배경으로 하여 들고 있었으므로 희게 보였던 겁니다. 그런데 나중의 흰 보드지를 나란히 놓고 보니 빛깔이 다름을 알겠습니다."

메이슨은 자못 증인의 증언을 명료하게 해두어야 한다는 생각밖에 없는 듯이 무심하게 말했다.

"그러니까 만일 범행이 일어난 날 밤 당신이 본 레인코트 옆에 새하얀 헝겊 같은 것을 놓았더라면 엷은 노란빛 레인코트의 색조를 구별하는 데 도움 되었을지도 모르겠군요. 마치 이 흰 판지가 노란색과는 좀 다름을 당신에게 알려준 것처럼 말입니다. 그렇지 않습니까?"

증인은 눈길을 떨어뜨리며 말했다.

"그렇습니다. 아니, 다릅니다. 그…… 저어…… 나는 그것이 흰 레인코트였다고 생각합니다."

메이슨은 증인의 눈길을 그쪽으로 이끌듯 두 장의 판지를 손으로 가리키며 물었다.

"하지만 그것은 엷은 노란색이었을지도 모르지 않습니까?"

빅슬러는 난처한 듯이 지방 검사보 쪽을, 이어서 일반석 방청인들의 동정심 없는 얼굴을 곁눈질했다. 갑자기 자신을 완전히 잃은 듯 그는 몸을 감싸고 있는 옷 속에서 위축되어 버린 것처럼 보였다. 이윽고 그가 말했다.

"네, 어쩌면 엷은 노란빛 레인코트였는지도 모릅니다."

메이슨은 천천히 모두의 눈길을 한 몸에 모으면서 일어섰다. 그는 혼란에 빠진 증인을 엄격하게 쏘아보며 물었다.

"당신은 브라운리가 죽었다는 것을 어떻게 알 수 있었습니까?"

"그 모습을 보고 알았습니다."

"적극적으로 그렇게 말할 수 있습니까?"

"네, 말할 수 있습니다."

"하지만 그때 당신은 몹시 당황하고 있었지요?"
"네, 그렇습니다."
"그래서 당신은 맥을 짚어보지 않았지요?"
"네, 짚어보지 않았습니다."
"당신은 자동차의 계기판 불빛만으로 보았을 뿐이지요?"
"그렇습니다."
"의학을 배운 적이 있습니까?"
"없습니다."
"이제까지 죽은 사람을 몇 명이나 보았습니까? 즉, 방부 처리되어 관에 들어가기 전의 시체를?"
증인은 조금 망설이며 대답했다.
"네 사람입니다."
"그 가운데 폭력에 의해 죽은 사람도 포함되어 있습니까?"
"아니, 없습니다."
"그렇다면 당신은 총에 맞은 사람을 처음으로 본 셈이로군요. 틀림없습니까?"
"네."
"그런데 당신은 제대로 살펴보지도 않고서 그 사람이 죽어 있었다고 단호하게 말할 작정입니까?"
"글쎄요, 죽어 있지 않았더라도 확실히 죽어가고 있었습니다. 상처에서 피가 뿜어져 나오고 있었습니다."
"아아, 죽어가고 있었을지 모르지만 죽지는 않았다는 말이로군요?"
"네, 아마 그럴 겁니다."
"그리고 그 죽어가고 있었다는 말도, 이렇다할 의학적 지식과 경험도 없고 총에 맞아 죽어가는 사람을 한 번도 본 적이 없으면서 하신 말씀이지요?"
"네, 그렇습니다."
"그리고 총에 맞아 죽은 사람을 본 일도 없지요?"
"네, 없습니다."
"하지만 당신은 일반적으로 총에 맞고, 때로는 중상을 입었다 하더라도 결국 되살아난 사람이 있음을 알고 있겠지요?"
"글쎄요…… 그렇군요, 그런 경우가 있다는 것을 들은 적이 있습니다."
"그런데 지금 당신은 피해자가 죽어가고 있었다고 단언하려고 합니까?"
"저어…… 나는 죽어가고 있다고 생각했던 겁니다."
"당신은 의학적 상식이 있는 사람이 어두컴컴한 자동차 계기판 불빛으로 어떤 사람을 잠깐 보고 곧 이 사나이는 죽었다든가 또는 죽어가고 있으므로 손쓸 도리가 없다고 말하리라고는 설마 생각지 않겠지요?"
"네, 그렇습니다."
"의사가 청진기로 심장의 박동을 들어볼 것이라고 기대하겠지요?"
"네, 그렇습니다."
"그런데도 당신은 처음으로 총 맞은 사람을 보고 몇백 명도 더 되는 비슷한 부상자를 다루어온 경험 있는 의사보다 더 정확하게, 더욱이 의사조차도 하나의 판단을 내리기 위해서는 꼭 하지 않으면 안 되는 진찰도 하지 않고 대답할 수 있으리라고 기대합니까?"
"아니, 아닙니다. 그렇게 말하리라고는 생각지 않습니다."
"그럼 당신은 피해자가 거의 죽어가고 있는 상태였을 수도 있다는 사실을 몰랐을 수도 있다는 말이군요."

"네, 나는 다만 총에 맞았다는 것을 알고 있었습니다."
"바로 그렇습니다. 그리고 그것이 당신이 알고 있는 모두입니다."
"네, 아무튼 그는 총에 맞은 게 확실했고, 완전히 축 늘어져 있었습니다. 그리고 머리며 옷이 피투성이였습니다."
"바로 그렇소. 당신이 대답할 수 있는 것은 그게 모두입니다. 당신은 총소리를 듣고 자동차로 뛰어가 한 사나이가 쓰러진 채 피를 흘리고 있는 것을 보았어요. 그것이 당신이 알고 있는 전부입니다. 그렇지요?"
"네, 그렇다고 생각합니다."
"그 사람이 죽었는지 어떤지 모르는 거지요?"
"네."
"죽어가고 있었는지 어떤지도 모르는 거지요?"
"네."
"그리고 또 그 총격이 단순히 살갗에만 그치는 상처 이상이었는지 아닌지도 모르는 거지요?"
"네…… 저어, 그렇습니다. 나는 조사해 보지 않았으니까요."
"이상입니다."
슈메이커가 한순간 망설이더니 말했다.
"재신문은 없습니다."
녹스 판사가 명령했다.
"다음 증인을 부르시오."
슈메이커는 신고를 받고 항구로 갔던 경관들을 불러냈다.

그들은 자동차를 수색하다 길바닥 위에서 핏자국을 발견한 일, 빗물에 괸 붉은 핏자국을 뒤쫓아 마침내 부두에 이르렀으며 자동차 한 대를 갈고리로 물 속에서 끌어올린 일, 그것은 렌월드 C. 브라운리의 자동차였고 저속으로 달려 바닷속에 빠졌으며 끌어올렸을 때도 여전히 저속기어였으며 핸드 브레이크가 풀려 있었던 사실, 자동차를 끌어올린 뒤 테스트해 본 결과 핸드 브레이크의 위치가 끌어올렸을 때와 마찬가지였다면 정확하게 시속 12.8마일의 속력으로 달리게 되어 있었던 것, 그 자동차 바닥에서 32구경 콜트 자동 권총과 탄피를 몇 개 찾아냈고 좌석 시트에서 총알을 두 개 꺼냈는데 그 중 하나는 분명 자동차를 운전하던 사람에게 맞지 않았고 다른 하나는 몸을 꿰뚫은 흔적을 남기고 있다는 것 등을 증언했다.

여기서 녹스 판사는 어느덧 12시 30분이 되었으므로 휴정하고 오후 2시에 계속하겠다고 선고했다.

메이슨과 델라 스트리트와 폴 드레이크 세 사람은 노스 브로드웨이의 작은 레스토랑에 들어가 자리에 앉았다.

"폴, 자네는 어떻게 생각하나?"

"자네는 죄 자체를 문제 삼아 싸울 생각이지?"

"그렇네. 실은 그렇게 해나가면 되리라 죽 생각하고 있었네. 하지만 빅슬러가 어떤 증언을 할지 자신이 없었어. 적극적으로 피해자가 죽어 있었다고 단언하며 고집하지 않을까 걱정했지만 지금 형편이라면 사건을 법정에서 내던져 버릴 수 있으리라고 생각하네."

드레이크는 고개를 끄덕였다.

"반대신문은 정말 훌륭했네, 페리. 빅슬러가 너무 갈팡질팡해서 슈메이커는 재신문을 집어치웠지."

델라 스트리트가 말했다.

"썩 훌륭하고 기술적인 변호가 될 것 같아요."

메이슨은 냉엄하게 말했다.

"으음, 기술적인 변호가 될 것은 틀림없어. 하지만 동시에 그것이 법률이야. 희생자로 여겨졌던 사람이 나중에 죽지 않고 살아서 돌아다닌다는 것을 알았는데도 상황 증거로 사형된 사람이 많이 있어. 그렇기 때문에 법률이 오늘날처럼 된 것이야. 죄체(罪體, 이미 저질러진 범죄의 외부 흔적에 의미를 두는 소송법적인 개념)라는 말은 범죄의 실체라는 뜻이지. 살인 혐의로 그것을 제시하려면 검찰 측은 '결과'로서의 죽음과 '수법'으로서의 피고의 범죄 행위를 제시하지 않으면 안 돼.

 지금 검찰 측은 이 죄체의 문제로 커다란 암초에 부딪칠 위기에 놓여 있어. 그들은 죽음이라는 사실을 제시할 수 없으니 자칫하면 내가 파놓은 함정에 빠져 헤어나지 못하게 될지도 몰라."
델라 스트리트가 물었다.
"그게 무슨 말이지요?"
메이슨은 말했다.
"이건 멍청한 범죄야. 한 여자가——그것이 누구든——자동 권총을 휘두르고 자취를 감췄어. 지금으로서의 증거는 여자가 자기 자동차를 타고 재빨리 달아났음을 나타내고 있어. 그리고 누군가가 브라운리의 자동차를 몰아 바닷물에 처넣었어. 이 '누군가'가 총을 쏜 사람일 수는 없어. 왜냐하면 그녀는 검찰 측 증인에 따르면 범죄 현장에서 미친 듯이 달아나는 것이 목격되었기 때문이지. 그녀가 총을 쏘는 동안 공모자가 그늘에 숨어서 지켜보고 있다가 죽은 뒤에 나와 자동차를 몰아서 바다에 던졌다고는 생각하기 힘든 일이야.

 그 밖의 설명이 있다면 다음과 같아. 브라운리는 빅슬러가 자동차 안을 들여다보았을 때는 의식을 잃고 있었지만 그가 가 버린 다음에는 구원을 청하러 가기 위해 자동차를 몰 만큼 의식을 되찾았어. 그리하여 자동차를 출발시킬 수는 있었으나 억수같이 쏟아지는 빗속에서 아무렇게나 운전하여 길을 잘못 들어 스스로 바다 속으로 떨어져 버렸다는 것이지."
드레이크는 의심스러운 표정으로 고개를 끄덕였다.

메이슨은 말을 이었다.
"그러므로 만일 브라운리의 시체를 끌어올렸을 경우 그것이 익사였다고 밝혀지면 어떻게 될까? 그 경우는 브라운리가 총 맞은 상처 때문에 30분 뒤에 죽었든 30초 뒤에 죽었든 아무 상관없이 줄리아 브래너를 살인범으로 단정할 수 없음을 뜻하네. 왜냐하면 총에 맞은 상처는 진짜 죽은 원인이 아니기 때문일세. 이것은 기술적인 초점이기도 하지만 엄연히 그런 판례가 있네."
델라 스트리트는 이맛살을 찌푸린 채 커피잔을 내려다보고 있었다.
"그런데 소장님, 이제까지의 사건에서 당신이 맡은 피고는 모두 무죄였어요. 어떻게든 검찰 측이 잘못 추정했음을 늘 증명했고, 누구나 깜짝 놀랄 만한 결론으로 사건을 이끌어갔었지요. 그래서 세상 사람들이 소장님에게 박수를 보내고 있는 거예요. 소장님은 오늘날 변호사로서, 탐정으로서 이름을 떨치고 있어요. 하지만 만일 소장님이 여느 형사 변호사가 하듯 평범한 전술에만 의지한다면 그 순간부터 사람들은 소장님을 적으로 생각할 거예요. 전문적인 이론만으로 죄 있는 여자를 석방시키는 일에 소장님의 재능을 활용한다면 세상 사람들은 소장님을 살인자와 손잡은 악덕 변호사라고 여기게 될 거예요. 소장님을 존경하지 않게 될 거예요."
메이슨은 생각에 잠긴 얼굴로 대답했다.
"델라, 다른 여러 사건에서 나는 다소 안전한 입장이었어. 그러나 이 사건에서는 목까지 쑥 빠져 버렸어. 상대는 피트 색스를 증언대에 내세우려고 해. 그렇게 되면 큰일이지. 줄리아 블래너가 그에게 브라운리를 죽여 달라고 부탁하며 자기 방 열쇠를 건네주었고, 내가 또 그를 함정에 빠뜨려 열쇠를 훔쳐냈다고 증언하면 다 끝장이야.

　내가 빼앗지만 않았더라면 그 열쇠는 중요한 증거물이 되지 않았을 테지만, 내가 그것을 손에 넣은 순간 이 사건에서 가장 중요한 증거물이 되어 버렸어. 지방 검사가 비록 그것을 모르고 지나친다 하더라도 변호사회에서는 놓치지 않을 거야."
드레이크가 물었다.
"자네가 죄체 문제로 그들을 굴복시키면 색스를 증언대에 세우지 못할 게 아닌가?"
"바로 그 점이 문제일세. 그렇기 때문에 이런 변호 방법을 쓰는 거라네. 만일 죄체에 대해 적의 주장을 깨뜨리면 줄리아 블래너를 일시적으로 석방시킬 수 있어. 이 사건은 법정에서 기각되어 모든 것이 브라운리의 시체를 끌어낸 뒤로 미루어질 걸세. 색스는 그 이야기를 할 기회를 잃게 되어서 열쇠가 그다지 중요하다고 생각지 않겠지. 마침내 시체가 발견된다 하더라도 브라운리가 익사했음을 증명할 만한 기회는 얼마든지 있어. 그렇게 되면 지방 검사가 나를 괴롭히는 수속을 취한다 해도 심술부리는 것으로밖에 보이지 않을 테지. 나는 어떻게든 이 죄체라는 각도에서 그들을 치지 않으면 안 되네. 그런 다음 이쪽 주장에 힘이 될 만한 사실을 좀더 모아야 할 걸세."
드레이크가 말했다.
"페리, 나는 여러 모로 부하 직원을 동원하고 있지만 소용될 만한 사실은 하나도 알아내지 못하는군. 나는 맬로리가 샌프란시스코에 상륙했을 때부터 로스앤젤레스에 오기까지 죽 알아보았네. 샌프란시스코에서는 배에서 내려 곧장 펠리스 호텔로 가서 그곳에 묵었지. 그리고 샌프란시스코의 호텔 급사들 말에 따르면 호텔을 떠날 때의 주교는 호텔에 묵으러 들어왔던 주교와 같은 사람이었네."
메이슨은 테이블 가장자리를 손가락으로 가볍게 두드리며 말했다.
"그 주교는 어떤 의미에서 이 사건 전체의 열쇠일세. 왜 그는 나를 찾아왔는가? 왜 홀연히 사라졌는가? 만약 그가 진짜라면 왜 그런 연막을 치고 도망쳤는가? 만일 가짜라면 왜 좀더 근사한 방법으로 꼬리를 감추지 못했는가? 비밀스러운 일이 생겨 자리를 뜨게 되었으니 뒷일을 잘 부탁한다고 내게 전화라도 걸면 되지 않느냐는 말일세. 위장을 의심받지 않고 얼마든지 자연스럽게 자취를 감출 수 있었을 텐데. 까닭 없이 몰리고 있는 건 발붙일 데가 전혀 없기 때문이네. 마치 미끈미끈한 벽을 기어오르는 형편인 셈이지.

또 줄리아 블래너도 마찬가지야. 왜 그런 태도를 취하는 걸까? 왜 나와 이야기하지 않는 걸까? 자기 스스로 목을 죄는 것 같은 짓을 하고서도 꼼짝할 수 없는 입장에 놓여 있다는 사실을 모르는 것일까?"

델라 스트리트가 말했다.

"어쩌면 유죄니까 말을 하지 않는 것인지도 모르지요."

메이슨이 말했다.

"나는 그녀가 꼭 유죄이리라고는 생각지 않아. 검찰 측이 만들어내어 상정한 범죄는 도무지 논리에 들어맞지 않아. 줄리아는 누군가를 감싸고 있을 뿐으로 자신은 죄가 없을지도 몰라."

드레이크가 말했다.

"그건 억지일세, 페리. 이 범죄에 있어 누가 어떤 방법으로 줄리아에게 올가미를 씌울 계획을 꾸미겠나? 그녀는 브라운리에게 편지를 보냈네. 시체가 발견되면 주머니 속에 든 편지도 나오겠지. 그것은 틀림없이 줄리아의 필적일 걸세. 그렇게 되면 꼼짝 못해. 피해자를 바닷가 가까운 곳으로 끌어낸 것은 줄리아네. 그 점은 의심할 여지가 없지. 첫째는 딸을 위해, 둘째는 자기 증오심으로 그녀는 브라운리를 죽이려고 마음먹었네.

누가 어떻게 그녀의 권총을 살짝 몰래 훔쳐가지고 그녀가 브라운리를 오게 한 곳에 똑같은 옷을 입고, 같은 종류의 자동차를 몰고 가는 교묘한 짓을 할 수 있겠나? 알겠는가? 줄리아 블래너는 자네가 전화를 걸어서 대체적인 상황을 알렸을 때만 해도 편지를 쓰지 않았어. 그러므로 브라운리를 바닷가로 불러내려는 계략도 그 뒤에 꾸며낸 걸세. 따라서 그녀에게 죄를 뒤집어 씌우려고 생각한 사람은 그 편지가 쓰인 뒤부터 뛰기 시작한 게 아니면 안 되네. 나로서는 그런 일은 불가능하다고 잘라 말하고 싶군."
메이슨은 시계를 보았다.
"자아, 그럼, 어쨌든 법정에 가서 어떻게 될 것인지 봐야 되지 않겠나? 우리는 아직 솟아날 구멍이 없는 게 아니니까."
드레이크가 말했다.
"만일 피트 색스가 증언대에 나와, 자네가 그를 속여 열쇠를 훔쳤다고 증언하면 그 다음 일은 어떻게 되든 그다지 차이가 없네. 사람들의 감정은 틀림없이 자네에게 불리한 쪽으로 흐를 걸세. 아무튼 죄체의 문제로든 그 밖의 다른 어떤 것으로든 그가 입을 열지 못하도록 하지 않으면 안 되네."
메이슨은 어깨를 으쓱했다. 델라 스트리트가 다정하게 말했다.
"저어, 소장님, 저를 증언대에 세워 말하게 해주세요. 색스가 말한 다음이 가장 좋겠어요. 내가 그 사나이에게 면박을 주겠어요. 나에게 어떤 짓을 하려고 했는지 말해 줄 거예요. 그럼, 모두들 그를 두들겨 패주고 싶다고 생각할 테지요. 만일 슈메이커가 반대신문으로 나를 골려주려고 하면 그때는 거꾸로 내가 해주겠어요."
메이슨은 그녀의 손을 꼭 잡았다.
"고마워, 델라. 나는 늘 당신을 믿음직스럽게 생각하고 있어."
레스토랑을 나오면서 드레이크가 메이슨에게 나직이 말했다.
"델라에게 그런 일을 시켜서는 안 되네. 그렇게 하면 자네 두 사람이 색스를 함정에 빠뜨렸다고 여길 게 틀림없어. 더욱이 델라가 색스를 아파트로 불러들였다고 하면 그녀의 평판도 매우 나빠질 걸세."
메이슨도 음울한 목소리로 나직이 말했다.
"자네에게 그런 충고를 받을 내가 아닐세. 하지만 델라에게는 아무 말 하지 말게. 아무려면 내가 델라를 증언대에 세울 것 같은가?"
델라 스트리트가 말했다.
"두 분이 그렇게 머리를 맞대고 뭘 하는 거예요? 무슨 좋지 않은 일을 꾸미는 사람들 같군요. 자아, 어서 가요. 늦겠어요."

15

슈메이커는 그로기 상태에 빠진 적에 대해 어디까지나 우세를 지키려고 온 힘을 다해 공격을 계속하는 권투선수처럼 계속 증인을 불러냈다.

탄도학 전문가는 차에서 발견된 총알이 자동차 바닥에서 찾아낸 32구경 자동 권총에서 나온 것이라고 증언했다. 솔트레이크의 철물점은 줄리아 블래너가 그 자동 권총을 사갔음을 증명하는 서류를 제출했다. 솔트레이크의 한 경관은 줄리아 블래너의 무기 휴대허가증에 적혀 있는 것과 같은 특징의 권총이며 권총에 새겨진 번호도 같음을 증언했다. 지문 전문가는 물속에서 자동차를 끌어올린 뒤 말라서 보이지 않게 된 왼쪽 유리창 윗부분에서 피고의 왼쪽 가운뎃손가락과 들어맞는 지문이 발견되었음을 증언했다.

슈메이커는 일어나서 연극투로 말했다.
"피트 색스 씨, 나오십시오."

코와 뺨을 완전히 붕대와 반창고로 감싼 피트 색스가 걸어 나와 선서했다.

색스가 이름과 나이와 주소를 말하고 나자 슈메이커는 물었다.
"당신은 피고 줄리아 블래너를 알고 있습니까?"
색스는 코먹은 목소리로 대답했다.
"네."
"피고가 당신과 이야기를 주고받을 때 렌월드 브라운리의 이름을 말한 적이 있습니까?"
"있습니다."
"피고 측 변호인 페리 메이슨 씨를 알고 있습니까?"
"네."
"줄리아 블래너와 만날 때 누구와 함께 자리했습니까?"
"빅터 스톡턴."
"그 밖에는?"
"없었습니다."
"그 대화는 어디서 나누었습니까?"
"버뱅크의 유나이티드 공항입니다."
"당신의 직업은?"
"사립 탐정입니다."
"당신은 이 일로 전에 피고와 서로 연락을 주고받은 적이 있습니까?"
"있습니다."
"그 이야기가 진행되는 동안 당신은 어떤 사람으로 위장했습니까?"
"네, 나는 갱으로 가장하고 돈 때문에 몇 번이나 살인했다고 자랑스럽게 늘어놓았습니다."
"아까 당신이 말했듯이 스톡턴 씨와 함께 이야기했던 날짜는 언제입니까?"

"이달 4일입니다."
"시간은?"
"오전 10시쯤이었습니다."
"그럼, 그때 어떤 이야기를 했고 또 이야기한 사람은 누구입니까?"
메이슨이 일어나서 말했다.
"재판장님, 검찰 측은 지금 피고를 살인죄로 몰고 가려 하지만 검찰 측은 아직 어떤 살인도 증명하지 못하고 있습니다. 따라서 지금 이 질문은 적당치 못하고 아무 관련도 없으며 무의미할 뿐 아니라, 아무런 적절한 기초가 주어져 있지 않기 때문에 사건과도 상관이 없고 또 죄체의 일부조차도 되지 않습니다. 검찰 측은 지금까지 죄체를 입증하는 데 명백하게 실패하고 있는 것으로 보고 이의를 신청합니다."
슈메이커가 반대했다.
"우리는 제1심 재판에서와 달리 그것을 입증할 필요가 없습니다. 이것은 예비신문에 지나지 않습니다. 단지 우리는 범죄가 이루어졌으며, 피고가 그것을 행했다고 믿을 만한 이유가 있음을 입증할 필요가 있을 뿐입니다."
"그렇기는 하지만 어떤 법정에서건 죄체를 입증하지 못하면서 살인을 입증할 수는 없는 법입니다. 그런데 검찰 측 논리에 따르면, 피고가 아닌 다른 누군가가 렌월드 C. 브라운리의 자동차를 총이 쏘아진 곳에서 부두까지 운전했다고 하지 않으면 안 됩니다.

그러나 빅슬러 씨의 증언을 믿는다면, 피고는 이미 현장에서 사라져 버리고 없었습니다. 그러니 브라운리 씨가 겨우 의식을 되찾아 자동차를 몰기 시작했는데 심한 비바람 속에서 혼란에 빠져 부두에서 떨어졌다고 상상하는 편이 어떠한 가정보다도 가장 도리에 합당하지 않겠습니까?"

 그럴 경우 브라운리 씨는 익사했을 것이며 권총에 의한 상처 때문에 죽었다고는 할 수 없을 것입니다. 살인을 입증하기 위해서는 검찰 측이 피고가 저지른 행위로 말미암은 직접적인 결과로서의 죽음을 입증하지 않으면 안 됩니다."
슈메이커가 분연히 응수했다.
"천만의 말씀입니다, 재판장님! 만일 변호사의 논거가 옳고 브라운리 씨가 익사한 것이라 하더라도 결국 피고의 불법적인 행위에 의해 일어난 게 아니겠습니까? 즉, 브라운리 씨의 능숙한 운전 능력을 빼앗은 것은 총격인 셈입니다."
메이슨이 말했다.
"당신은 아직 총격이 브라운리 씨의 운전 능력을 잃게 했다는 점을 입증하지 못하고 있습니다. 그가 몇 발 맞았으며, 그 가운데 어느 한 발이 치명상을 입혔는지, 아니면 단순히 근육에 상처만 생기게 만들었는지에 대해 당신은 아무것도 입증하고 있지 못합니다. 더욱이 그 권총은 구경이 작아서, 총알이 생명과 직결되는 어떠한 장기도 꿰뚫지 못하고 피부 속에 머물러 있으리라는 것도 크게 가능성 있는 일입니다. 뿐만 아니라 브라운리 씨가 익사한 것이 사실이라면 피고는 분명 익사에 대해 책임은 없다고 하겠습니다.

 브라운리 씨가 의식을 되찾아 자동차를 바닷가로 몰고나갈 가능성조차 있다고 인정한 순간, 당신은 내가 진술할 수 있는 어떤 변론보다도 강력한 논점으로 스스로의 주장을 반증한 셈이 됩니다. 당신은 자신이 제출한 증거에 확신을 가지고 있지 못했음을 스스로 은연중에 인정하지 않았습니까?"
슈메이커의 얼굴이 벌겋게 상기되었다. 그는 화난 목소리로 말했다.

"이것은 법률론의 온당치 못한 수단과 방법으로 정의를 방해하려는 기도입니다. 이것은……."
녹스 판사가 말을 가로막았다.
"잠깐만 기다려 주십시오. 본 재판장은 지금까지 빅슬러 증인에 대한 교묘한 반대신문을 들은 뒤 이 사건에 대해 고려를 해왔습니다. 죽은 원인에 대해서는 얼마쯤 의문이 있습니다. 또한 죽음 그 자체가 과연 입증되었는지 하는 의문도 있습니다. 자동차가 부두에서 바다로 떨어졌을 즈음 렌월드 브라운리가 그 안에 있었다고 상상하는 것이 도리에 합당하기는 하지만 그렇다는 것을 말해 주는 증거는 없습니다.

피고를 구속하기에 필요한 증거의 정도가 제1심 재판소에서 본안의 논점에 대해 심리할 즈음에 요구되는 증거의 정도와 같지 않음을 본 재판장은 잘 알고 있습니다. 그러나 한편으로는 내가 지금 이 사건을 기각한다 하더라도 피고가 유죄의 위험에 직면해 있었던 것은 아니므로 렌월드 브라운리의 시체가 발견되었을 때 다시 구속할 수 있습니다.

슈메이커 검사보, 당신은 시체가 발견될 때까지는 이 피고를 살인혐의로 제1심 재판소에 기소할 생각은 아마 없으리라 생각합니다."
슈메이커는 억지로 화를 누르는 듯한 표정을 뚜렷이 드러내 보이며 말했다.
"이것은 예비신문에 지나지 않습니다. 검찰은 피고를 구속해 두길 원합니다. 저희들로서는 지금 우리가 어떠한 입장에 놓여 있는지 확인할 수 있는 형태로 증거를 굳히고 싶은 겁니다. 또한 지금 여러 사람들 앞에서, 아니, 재판장 앞에서 이들 증인으로부터 열심히 증거를 얻어내고자 하는 데에는 다른 이유도 있습니다."

메이슨이 어깨를 으쓱하며 나섰다.

"검찰관은 말씀이 빗나갔습니다. 정말은 여러 사람들 앞이라고 하고 싶었던 것이겠지요."

녹스는 얼굴을 찌푸렸다.

"안 됩니다, 메이슨 변호사. 그런 비평을 삼가고 지금 논의 중인 문제에만 발언을 한정시키십시오."

그는 잠시 메이슨을 노려보았으나 이윽고 재빨리 얼굴을 돌리고 겨우 웃음을 참았다.

덕분에 화가 난 나머지 제대로 말도 못하고 있던 슈메이커는 효과적인 토의를 펼치는 데 필요한 말이 떠오르지 않아 한동안 잠자코 서 있었다.

녹스 판사가 말했다.

"이 사건의 신문을 내일 아침 10시에 계속하겠습니다. 그때 다시 이 문제를 논의해 주시기 바랍니다. 그러나 나로서는 지금 죄체가 아직 제시되지 않았다는 의견에 크게 기울고 있습니다. 아마 기술적으로는 범죄가 이루어졌는지 어떤지 하는 문제에만 국한시켜야 하겠지만, 역시 나는 당면한 상황에 대해 좀더 여유 있는 견해 내지는 해석이 바람직하다고 생각합니다. 왜냐하면 지금 이 사건을 기각한다고 하더라도 이 때문에 특별히 앞으로 기소하는 데에는 방해가 되지 않으리라고 생각하기 때문입니다."

슈메이커가 항변했다.

"재판장님, 검찰이 흉기를 쓴 폭행사건이라는 주장을 충분히 정립하지 못했다고 말씀하시는 겁니까?"

녹스 판사가 미소 지었다.

"그렇다면 지방 검사국에서는 살인할 의도를 가지고 흉기를 쓴 폭행 혐의만 법정에서 피고를 구속시키게 하고, 살인 혐의는 문제시

삼지 않을 생각입니까?"
슈메이커가 외쳤다.
"아닙니다. 우리는 피고를 살인죄로 기소하는 것입니다. 피고는 그 죄가……."
자기 말이 어떤 효과를 가져왔는지 알아차리고 그는 목소리를 낮추며 조금 망설이더니 자신 없는 태도로 자리에 앉았다.
녹스 판사의 미소가 쓴웃음이 되었다.
"슈메이커 검사보, 실례지만 당신의 논조야말로 명확하게 당신이 지금 한 주장의 오류를 설명하는 것이라고 생각합니다. 법정은 내일 아침 10시까지 휴정합니다. 피고는 물론 미결 감옥으로 송환됩니다."
페리 메이슨은 어깨 너머로 폴 드레이크 쪽을 흘끗 보았다. 탐정은 주머니에서 손수건을 꺼내 이마의 땀을 닦고 있었다.
메이슨도 녹스 판사가 의자에서 몸을 일으켜 세우는 것을 보고 후유 안도의 숨을 내쉬었다. 그리고 그는 줄리아 블래너를 보고 말했다.
"줄리아, 제발 좀 가르쳐 주어야겠는데……."
줄리아의 입술은 일자로 굳게 다물어졌다. 그녀는 고개를 가로저으며 의자에서 일어나 미결 감옥으로 데려가기 위해 기다리고 있는 간수에게 눈짓했다.

16

델라 스트리트는 자동차 핸들을 잡은 페리 메이슨의 오른손에 자기 손가락을 감았다.
"소장님, 뭔가 제가 도울 일은 없나요? 제가 지방 검사를 만나보면 안 될까요?"

메이슨은 눈 앞 보도에 눈길을 못 박은 채 고개를 가로저었다.
"제가 뒤집어쓰면 어떨까요? 내가 열쇠를 훔쳤다고 하면 안 되겠어요?"
"안 돼. 버거는 나를 노리고 있어. 입으로는 조금도 악의가 없다고 하지만 진작부터 내가 크게 망신당할 것이라고 예언하고 있었어. 따라서 자기 예언이 들어맞았으면 하는 편견에 사로잡히는 것도 있을 법한 일이지."
델라는 더욱 다가들었다.
"소장님, 저는 무슨 짓이라도 하겠어요. 어떤 일이라도."
메이슨은 왼손을 핸들에 얹은 채 오른손으로 그녀의 어깨로 돌려 꼭 껴안았다.
"고마워, 델라. 하지만 당신이 할 만한 일은 아무것도 없어. 다소 곳이 운명을 받아들일 수밖에 도리가 없어."
"그런데 소장님, 그 범죄는 어떻게, 어떤 식으로 이루어진 것일까요? 지방 검사의 주장이 아무래도 납득되지 않아요."
"줄리아가 흥분하여 앞뒤 헤아리지 못하고 쏘았을지도 몰라."
메이슨은 거기까지 양보했다.
"하지만 그렇다면 얼마쯤 입씨름이 있었을 거야. 그녀는 브라운리를 죽이기 위해 그곳에 불러낸 게 아니야. 그건 틀림없어. 더욱이 그처럼 마구 증거를 남겨놓을 까닭이 없어."
"그럼 왜 끌어냈을까요?"
"그게 바로 내가 설명할 수 없는 점이야. 나로서는 그저 친애하는 우리 친구 말더듬이 주교나 자취를 감춰 버린 재니스 시튼이나 그 밖의 몇몇 사람과 관계있는 일이라고 생각할 따름이지."
"그러니까 줄리아는 아파트에서 나올 때 죽일 마음이 없었다는 거지요?"

"절대로 없었어."

"하지만 소장님이 새벽에 아파트로 가보니, 스텔라 켄우드가 밤새도록 자지 않고 줄리아 블래너가 뭔가 잡히면 큰일 나는 짓을 하러 갔음을 알고 있는 듯한 태도를 보였다고 했잖아요?"

메이슨이 갑자기 브레이크를 걸고 자동차를 보도 옆으로 밀고가 기어레버를 누르고 동그란 눈으로 델라 스트리트를 쏘아보았다.

"자아, 어서 이야기해봐."

"무슨 이야기를? 어머나, 소장님, 그럼!"

"잠깐 생각 좀 해야겠어."

메이슨은 엔진을 걸어 놓은 채 꼼짝하지 않았다. 옆으로 자동차들이 스쳐지나갔다. 한 번, 두 번 고개를 끄덕였다. 그리고 한참 뒤 입을 열었다.

"델라, 이것은 너무 엉터리여서 이치에 맞지 않지만, 이 사건의 여러 가지 사실을 설명하려면 절대로 이것 하나밖에 없어. 이렇게 생각하고 보니 아주 명백한 일이야. 왜 이제까지 여기에 관심이 미치지 못했는지 이상할 정도야. 속기 노트를 가지고 있겠지, 델라?"

델라는 핸드백을 열어보고 고개를 끄덕였다. 메이슨은 기어 시프트를 돌리고 클러치를 넣었다.

"자아, 갑시다."

그는 보도 옆에서 자동차를 돌려 단숨에 비치우드의 목조 아파트로 달려가 스텔라 켄우드의 방 벨을 누르자 저쪽 벨이 울리면서 문고리쇠가 벗겨졌다.

"자아, 델라, 올라가자구. 방으로 들어가면 노트를 꺼내놓고 대화를 모두 받아적어. 어떤 일이 있어도 절대 겁내서는 안 돼."

두 사람은 층계를 올라가 스텔라 켄우드의 방까지 복도를 걸어갔다. 메이슨은 문을 두드렸다. 스텔라 켄우드가 문을 열고 창백한 얼굴로 불안스러운 듯이 그를 보더니 물기 머금은 눈을 깜박이며 꺼질 듯 가냘프고 무감동한 목소리로 말했다.

"어머나, 오셨군요."

메이슨은 고개를 끄덕였다.

그녀가 말했다.

"어서 오세요."

"내 비서 델라 스트리트 양입니다."

"네. 오늘 법정에서 봤어요. 어떻게 된 일이지요, 메이슨 씨? 줄리아의 죄의 증거는 채택되지 않게 되나요?"

"앉읍시다. 좀 물어볼 것이 있습니다."

스텔라는 억양 없는 목소리로 말했다.

"그러세요. 뭐지요?"

"당신 따님이 자동차 사고를 만났습니다. 자, 당신이 충격을 받으면 안 되니 단단히 마음을 먹으십시오."

스텔라는 멍하니 입을 벌렸다. 눈이 커다랗게 변하면서 초점을 잃었다.

"내 딸이라고요?"

"네."

"하지만 난 딸이 없어요! 죽은걸요. 2년 전에 죽었어요."

메이슨은 고개를 가로저었다.

"안됐지만, 이제 모두 밝혀졌습니다. 마지막으로 어머니를 한 번 보았으면 하더군요. 따님은 모두 고백했습니다."

스텔라는 굳어진 채 꼼짝하지 않았다. 지친 눈길로 메이슨을 바라볼 뿐 창백한 얼굴에는 아무런 감정도 희망도 떠오르지 않았다. 그녀는 마침내 지친 목소리로 말했다.

"그래요, 이런 일이 일어날 줄 알았어요. 딸아이는 어디 있지요?"

메이슨이 말했다.

"모자를 쓰십시오. 같이 갑시다. 당신은 언제부터 이 계획을 짰었지요, 스텔라?"

스텔라는 여전히 생기 없는 목소리로 말했다.

"잘 모르겠어요. 아마 줄리아가 자기 딸 이야기를 했을 때부터였을 거예요. 비슷한 또래의 딸아이를 가진 나는 곧 이처럼 좋은 기회는 다시없다고 생각했지요."

"그래서 당신은 피트 색스에게 접근했군요?"

"네, 그는 솔트레이크에서 탐정 일을 했어요."

"그래서 그 사나이가 잭슨 이브즈를 통해 일을 꾸미기로 했던 겁니까?"

"네. 그런데 사고는 어느 정도지요?"

메이슨이 말했다.

"교차로에서 충돌했습니다. 갑시다. 서둘러야 시간이 없습니다."

스텔라는 여윈 몸에 팔꿈치가 닳아빠진 빛바랜 파란 외투를 걸쳤다.

메이슨이 델라 스트리트에게 말했다.

"지방 검사 버거를 전화로 불러내어 굿 새맬리턴 병원 응접실에서 내가 만나고 싶어한다고 전해줘. 전화로 이 대화를 읽어주고, 되도록 빨리 그곳으로 와달라고 해."

스텔라 켄우드가 물었다.

"이렇게 되었으니 검사님도 딸아이를 혼내지는 않겠지요? 죽어가는 마당에 신문을 하여 딸아이를 괴롭히지는 않겠지요?"

"그런 일은 하지 않을 겁니다. 자아, 어서 갑시다."

메이슨은 델라 스트리트를 아파트에 남겨놓고 스텔라 켄우드와 함께 층계를 내려와 자동차에 올랐다.

그는 속력을 내며 스텔라 켄우드에게 말했다.
"따님의 임종에 당신이 간호할 수 있도록 허가를 얻으려면 아마 당신은 자세한 진술을 지방 검사에게 해야 할 겁니다."
"이제 가망 없겠지요?"
"도저히."
"가엾은 것. 나는 이렇게 하는 것이 가장 좋다는 생각을 하면서도 어쩐지 모두 어그러져 버릴 듯한 느낌이 들었어요. 그런데 결국 모두 드러나게 되어서……."
메이슨은 굉장히 속력을 냈다. 그는 여자의 말을 받아 물었다.
"그래, 드러나게 되어서 어떻게 했지요?"
스텔라는 핸드백에서 손수건을 꺼내 조용히 얼굴을 가리고 울었다. 그리고 무슨 말을 물어도 대답하지 않았다.
메이슨은 자주 시계를 보며 미친 듯이 자동차 사이를 누비며 달려갔다. 굿 새맬리턴 병원 앞에서 자동차를 세우고 스텔라 켄우드를 부축하여 내려주었다. 입구의 층계를 올라가 응접실로 들어갔다. 해밀턴 버거가 어리둥절한 표정으로 두 사람을 맞았다. 한 사나이가 속기 노트를 앞에 펼쳐 놓고 테이블에 앉아 있었다. 두 사람이 들어가도 사나이는 거들떠보지 않았다.
페리 메이슨이 물었다.
"스텔라, 지방 검사님은 알고 있겠지요?"
"네, 줄리아를 데려간 날 나를 신문했었습니다."
메이슨은 지방 검사를 향해 말했다.
"버거, 이제 모두 끝났소. 스텔라 켄우드의 딸은 죽어가고 있으니 따님을 만날 수 있도록 서둘러 필요한 수속을 끝내고 싶소. 아마 따님이 말한 이야기 줄거리는 내가 대신 말하는 편이 시간이 절약될 거요. 그런 다음 스텔라가 그것을 확인하면 당신이 허락하여 병실에 들어갈 수 있잖겠소?

 스텔라 켄우드에게는 줄리아 블래너의 딸과 같은 나이의 딸이 있었어요. 줄리아 블래너는 솔트레이크에서 스텔라와 한 아파트에 살면서 자기 이야기를 해주었다오. 스텔라는 만일 자기가 브라운리에게 자기 딸을 친손녀라고 믿게 할 수만 있다면, 자기 딸은 백만장자의 집에서 호사를 누릴 수 있는 하늘이 내린 기회라고 생각하게 되었소.

 그래서 이 부인은 솔트레이크에서 사립 탐정일을 하는 피트 색스에게 의논했소. 색스는 잭슨 이브즈에게 접근했지요. 어떤 방법으로 일을 진행시켰는지도 되도록 간단하게 설명하는 게 좋을 거요. 아무튼 스텔라는 모든 사실을 알고 있었고, 자질구레한 하찮은 일화까지 줄리아에게서 듣고 있었으므로 아무 탈 없이 브라운리를 완전히 속여 넘길 수 있었던 것이오. 그리하여 스텔라 켄우드의 딸은 재니스 브라운리가 되었는데, 줄리아는 거기에 대해 아무것도 알지 못했소.

 켄우드의 딸은 재니스 브라운리로 둔갑하여 브라운리의 신용을 잔뜩 얻고 귀여움을 독차지하면서 막대한 유산을 상속받게 되었소.

 그런데 그녀가 오스트레일리아의 시드니로 갔다가 몬테리 호로 돌아왔어요. 물론 렌월드 C. 브라운리의 손녀 재니스 브라운리로 행세하면서. 마침 윌리엄 맬로리 주교가 그 배에 타고 있었는데, 주교는 그 일을 잊어 버리지 않았기에 여러 가지로 꼬치꼬치 캐물었소. 아가씨는 몹시 놀라 자기의 대답이 잘 들어맞지 않기 때문에 맬로리가 진상을 짐작했다는 것을 알아차렸소. 그래서 어머니에게 무전 쳤고, 어머니는 색스에게 알렸소. 색스는 자기 '이익'을 지키려고 로스앤젤레스에 살고 있었다오.

 스텔라는 어떻게 해서든 일의 진상을 줄리아에게 알리지 않으려

안간힘을 썼소. 당신도 알고 있듯이, 아가씨가 브라운리 집안에 들어갔을 때 소문이 퍼지면 재미없다고 교묘하게 노인을 납득시켜 모든 일이 아주 은밀하게 진행되었기에. 물론 색스는 주교가 직접 브라운리를 찾아갈 줄 알고 아연실색했소.

그런데 주교는 어떤 곳으로 전보를 쳐 배 위에서 만난 아가씨가 가짜라는 것을 단단히 확인한 다음, 줄리아 블래너에게 로스앤젤레스에서 만나자고 전보를 쳤소.

한편 맬로리 주교는 로스앤젤레스에서 진짜 손녀인 재니스 시튼을 찾아냈고, 재니스의 양부모가 남긴 유산을 관리하고 있던 변호사의 편지를 받고 맬로리 주교는 재니스가 양녀로 들어갈 때 서약한 비밀을 지킬 필요가 이미 없어졌다는 것을 알았소. 뿐만 아니라 양아버지 시튼이 임종할 때 자기 경제상태가 절망적으로 나빠져 있었기 때문에 딸에게 넉넉한 유산을 남겨주지 못한다는 것을 깨닫고 딸의 비밀을 밝혀주기 바란다는 말을 맬로리 주교에게 전하려고 했다는 것까지 알게 되었소. 시튼은 이미 쇠약하여 듣는 사람에게 그 말뜻을 또렷이 전달할 수 없었지만, 주교는 시튼이 무엇을 바라고 있었는지 잘 알았으므로 그 말에 따라 행동하려고 결심했소.

줄리아가 모습을 나타냈기 때문에 스텔라는 거의 미치광이가 되어 색스와 연락을 했소. 색스는 될 수만 있다면 진짜 손녀를 없애 버려야겠다고 생각했소.

여기까지는 틀림이 없지요, 켄우드 부인?"
그녀는 고개를 끄덕이고 낮은 목소리로 말했다.
"네, 내가 아는 한에서는 그렇습니다. 주교님에 대해서는 당신이 나보다 더 잘 알고 계세요. 그리고 그 밖의 다른 점도 모두 맞습니다. 어서 다음 이야기를 계속하세요. 빨리 끝장을 내야지요."
메이슨은 말했다.

"색스는 죽을힘을 다해 덤볐소. 색스는 무슨 짓이라도, 살인조차도 해치울 각오였소. 그런데 줄리아가 브라운리에게 편지를 보내 항구에서 만나 진짜 손녀를 보여주기로 했노라고 말하자 스텔라는 그만 눈이 뒤집혔소.

그렇소. 재니스 시튼은 아버지 오스카를 쪽 빼닮은 아가씨였던 것이오. 줄리아는 그날 오후에 만약 브라운리가 자기 딸을 만나보면 아들을 꼭 닮은 얼굴 모습에 놀라리라고 생각했소.

브라운리를 끌어내어 자기와 만날 것을 승낙하게 할 물건을 줄리아는 갖고 있었소. 그것은 렌월드가 오스카 브라운리에게 준 시계였소. 렌월드는 무엇보다도 그 시계를 손에 넣고 싶어했었으니까.

스텔라는 아무 도리 없다는 것을 알았소. 음모는 모두 세상에 드러나게 되었소. 자기는 상관없지만, 딸이 감옥에 끌려가게 되었던 거요. 그래서 마침내 줄리아의 핸드백에서 권총을 훔쳐냈소. 줄리아에게 자기의 시보레를 타고 가도록 하고, 자기는 다른 시보레를 빌렸소. 줄리아는 흰 레인코트를 입고 있었고 스텔라도 흰 레인코트를 입었소. 죽을힘을 다해 바닷가로 달려가 줄리아보다 먼저 그곳에 닿았으나 그때는 이미 줄리아가 브라운리 앞에 모습을 나타냈기 때문에 계략은 완전히 허사가 되고 말았소.

실제로 브라운리의 자동차 발판에 먼저 올라선 것은 줄리아였어요. 그래서 줄리아의 지문이 쿠페 유리창에 찍혔던 거요. 그러나 스텔라는 단념하지 않았소. 줄리아는 브라운리가 미행당하고 있는지 어떤지 확인하기 위해 천천히 그 언저리를 한 바퀴 돌게 했소. 그것을 알고 스텔라는 모험을 하기로 결심했지요. 브라운리가 천천히 도는 동안 내내 숨어 있다가 어둠 속에서 달려 나와 브라운리에게 손짓했다오. 브라운리는 물론 자동차를 세웠소. 스텔라는 자동차 발판으로 뛰어올라가 줄리아의 자동 권총으로 다섯 발 쏘고, 권총은 자동차 안에 떨어뜨려놓은 다음 자기 시보레로 달려가 도망쳤소.
 그러는 동안 줄리아도 총성이 들리자마자 자기가 타고 온 자동차로 달려갔으나 출발하기까지 몇 분 걸렸어요. 스텔라는 줄리아보다 먼저 아파트로 돌아가 옷도 벗지 않고 그냥 기다리고 있었소. 줄리아는 극도로 흥분해서 바로 아파트로 돌아가지 않고 마음을 진정시키기 위해 그 언저리를 잠시 드라이브했다오."
메이슨은 스텔라 켄우드에게 물었다.
"그대로지요, 부인?"
"네, 그대로예요."
메이슨이 다시 말을 이었다.
"그리고 색스가 갖고 있던 그 열쇠는 아파트 열쇠임에 틀림없지만 그것을 색스에게 건네준 사람은 줄리아가 아니라 스텔라였소. 맞지요, 부인?"
"네, 그렇지만 딸아이는 내가 브라운리를 쏜 일에 대해서는 아무것도 모릅니다. 정말 그일은 아무도 몰라요. 피트 색스에게만은 내 생각을 이야기하고 싶었지만 전화가 되지 않았어요. 줄리아가 무엇을 할 생각인가 알았을 때, 나는 딸아이가 감옥에 갇히는 것만은 차마 볼 수 없다는 마음뿐이었습니다. 줄리아에게 죄를 뒤집어 씌우려는 의도는 전혀 없었어요. 처음에는 다만 총이 필요해서, 내게는 없었기 때문에 줄리아의 핸드백에서 꺼냈던 겁니다. 그런데 메이슨 씨, 딸아이는 어떻게 알고 이런 이야기를 당신에게 모조리 털어놓았을까요? 아무것도 모르고 있을 딸아이가요?"
"미안합니다, 부인. 당신을 자백시키기 위해 그렇게 하지 않을 수 없었습니다. 함정이었지요."
"어디까지가 그 아이의 이야기인가요?"

"아무것도 말하지 않았습니다."
"그럼, 딸아이는, 우리 아이는 저어……?"
메이슨이 고개를 끄덕이면서 말했다.
"그렇습니다, 부인. 따님은 무사합니다. 잘못을 바로잡기 위해서 나는 이렇게밖에 할 수 없었습니다. 다른 방법은 생각해 낼 수 없었습니다."
스텔라 켄우드는 어깨를 축 늘어뜨리고 지친 듯이 의자에 깊숙이 앉았다. 이윽고 그녀는 울기 시작했다.
"심판이에요. 어차피 이대로 지나쳐 버릴 일은 아니었지요. 당신들에게 바라고 싶은 건 이 사건을 내 편에 서서 봐 주십사 하는 거예요. 길고 힘든 나날이었어요. 이런 기회를 어찌 놓칠까 보냐고 생각했던 거지요. 오직 자식을 위해서였어요. 나야 어떻게 되든 아무 상관없습니다.

 줄리아는 브라운리에게 딸을 줄 마음이 없고, 브라운리는 손녀를 원하고 있으니 내가 그에게 손녀를 주자는 생각이었지요. 그런데 거기에 주교님이 나타나셨습니다. 피트 색스는 우리 모두가 감옥살이하게 됐다고 말했지요. 나는 어떻게 되든 상관없어요. 다만 딸아이 때문이었어요. 나는 기꺼이 죽겠습니다. 바라건대 법률대로 죽여 주세요. 그러나 부디 딸아이만은 사정을 좀 봐주세요. 이렇게 빕니다. 딸아이는 이 어미가 시키는 대로 했을 뿐이니까요."
간호사가 들어와 해밀턴 버거에게 말했다.
"버거 선생님, 검찰청에서 전화가 왔습니다."
해밀턴은 스텔라 켄우드에게서 눈을 떼지 않고 말했다.
"전화 받을 겨를이 없다고 말해 줘. 두어 가지 확인할 일이 있으니까……."
"굉장히 중요한 일이라고 하던데요? 브라운리 사건이 새로운 국면으로 전개되고 있다고……."

버거는 얼굴을 찌푸리고 생각에 잠겼다. 간호사가 말했다.

"전화를 이리로 돌려 드릴까요?"

버거는 간호사에게 고개를 끄덕여 보이고 스텔라 켄우드에게 말했다.

"부인, 구술서를 작성하고 싶습니다만……."

그녀는 대답했다.

"네, 좋습니다. 모두 털어 놓았더니 기분이 좀 가라앉았어요. 나는 나쁜 여자예요. 하지만 딸아이만은 고생시키고 싶지 않아요."

간호사가 탁상 전화를 들고 들어와 선을 연결시키고 버거에게 넘겨 주었다. 버거는 말했다.

"여보세요……."

그리고 눈썹을 모은 채 생각에 잠긴 얼굴로 줄곧 듣고만 있었다. 그는 의미심장한 눈길로 페리 메이슨을 흘끗 보더니 송화구에 대고 말했다.

"모두 그대로 둬, 절대로 손대서는 안 돼. 필립 브라운리와 재니스 브라운리를 데리고 가서 확인시켜야겠지만 내가 갈 때까지는 아직 보이지 말도록. 속기사를 배치해 줘요. 나는 아직 10분이나 15분 쯤 여기서 움직일 수 없으니 그냥 좀 적당히 둘러대 주고. 난 지금 구술서를 작성하고 있소."

그는 전화를 끊고 메이슨이 눈을 쳐들어 보인 의미를 알았차렸다는 듯이 고개를 끄덕였다.

"그렇소! 방금 찾았소."

스텔라 켄우드는 턱을 가슴에 파묻고 그 대화에는 주의를 기울이지 않는 듯했다.

17

　메이슨의 자동차 속도계는 시속 70마일 언저리에서 떨고 있었다. 운전석 옆에 앉은 델라 스트리트가 전기 라이터로 담뱃불을 붙여 메이슨에게 내밀었다.
　메이슨은 말했다.
　"아니, 괜찮아, 델라. 지금은 운전만 하겠어. 담배는 나중에 피우지."
　뒷좌석에 있는 폴 드레이크가 소리 질렀다.
　"속도를 늦춰, 페리. 커브야."
　메이슨은 빈정대는 투로 말했다.
　"자네가 운전했을 때는 이 커브에서 공중곡예를 했지. 지금은 내가 운전하고 있으니 어떤 꼴이 되는지 좀 보게."
　자동차는 비명을 지르며 커브 길로 들어서더니 기우뚱 미끄러졌다. 그러나 메이슨이 스로틀(throttle)을 플로어보드에 밀어붙이자 커브를 벗어나 곧장 달렸다. 드레이크는 후유 안도의 숨을 내쉬고 잡고 있던 손잡이를 놓았다.
　델라 스트리트가 담배연기를 내뿜으며 물었다.
　"익사인지 총상으로 죽었는지 이제 알겠지요, 소장님?"
　메이슨은 대답했다.
　"알아도 말 안 할걸. 그것을 알려면 꽤 완전한 시체 해부가 필요하겠지."
　"그러니까 무엇을 조사해야 하는지 소장님이 분명하게 지적하셨잖아요. 만약 익사라면 스텔라 켄우드에게 살인죄를 선고할 수 없다고요. 그렇게 되면 죄명이 뭐지요?"
　"살의를 지니고 저지른 흉기에 의한 폭행죄로 기소되는 거지. 그렇지만 맨 처음에 결정내렸을 때 범인을 잘못 짚었으니까 배심원 앞에서 유죄 판결을 내리기는 좀 쉽지 않을걸. 버거도 그것을 알 테니 이번에야말로 빈틈없이 하려고 맹활약할 거야."
"그런데 총상으로 죽은 거라면요?"
"그러면 사살사건이 되지. 다만 그때는 검찰이 자동차가 어떤 방법으로 부두에서 바다로 뛰어들었는지 입증해야 하는데, 그것이 또 쉽지 않겠지. 왜냐하면 해부한 의사들의 결론은 별도로 치더라도 렌월드 브라운리가 직접 운전해서 바다에 뛰어들 수 있었을 정도라면 배심원들은 피해자가 죽어 있었다고는 생각지 않을 테니 말이야. 그렇게 되면 스텔라 켄우드에게 눈길이 쏠리겠지.

그러나 만약 브라운리가 총알에 맞아 죽은 거라면 누군가가 그 자동차를 운전하여 빠뜨렸다는 게 돼. 그 누군가는 공범자이고."
"하지만 브라운리는 의식을 되찾아 자동차를 몰았을지도 모르잖아요. 저속기어로 해두고 반쯤 무의식 상태로 부두에서 큰길인 줄 알고 달렸을지도. 그런 뒤 자동차에 기어를 넣은 채 죽어 몸의 무게로 스로틀을 눌러서……."
메이슨은 웃으며 델라의 말을 가로막았다.
"그것은 어디까지나 가정일 뿐이고 지방 검사가 배심원들에게 입증해야 하는 것은 의혹의 여지가 없는 실제로 틀림없이 일어난 상황이지."
드레이크가 아우성치듯 말했다.
"델라, 제발 부탁이니 그만 좀 떠들고 운전하게 가만히 내버려 두오. 지금도 트럭이 옆구리를 긁을 뻔했어! 자동차를 부두에서 떨어지게 한 건 스로틀 레버 때문이오.

델라는 우수한 비서이긴 하지만 탐정은 안 되는 게 좋겠어. 여자들에게는 탐정에게 필요한 머리가 발달하는 건 무리한 일이니까 말이오……. 그러니 너무 떠들어서 메이슨의 정신을 산란하게 만들지 말아요. 셋 다 송장이 되면 어쩌려고!"

델라가 대답했다.

"그런 잔소리를 늘어놓는 건 아마 감기 탓일 거예요, 폴. 하느님이 당신에게 탐정 능력을 조금 나눠주신 건 당신이 남자이기 때문이 아니에요."

드레이크가 설명했다.

"아니, 그런 의미가 아니오. 그 토론은 차차 하기로 하고, 탐정이 되려면 우선 수없이 많은 세세한 사실을 기억하고 있다가 그 사실에 자동적으로 어떤 가정을 끼워 맞추는 일이 필요하오. 그런데 델라가 지금 설명한 줄거리에는 그 수동 스로틀이 빠져있다는 거요."

메이슨이 싱글거리면서 말했다.

"폴과 토론해 봐야 소용없어, 델라. 감기가 들어서 사건 해석과 열과 고집이 뒤얽혀 머릿속이 쓰레기통처럼 되어 있으니까."

델라는 입을 다물고 심각한 표정으로 생각에 잠겼다. 드레이크는 눈을 감았다. 자동차 운전에 온 신경을 모으고 있는 메이슨은 다시 속도계의 바늘을 떨게 하면서 속력을 냈다.

한참 뒤에 델라가 물었다.

"버거 씨는 제니스 브라운리와 필립 브라운리 두 사람을 다 시체 확인에 불러내도록 명령했나요?"

메이슨은 고개를 끄덕였다. 델라가 다시 물었다.

"왜 그랬을까요?"

메이슨이 말했다.

"저쪽에 도착하면 좀더 자세한 것을 알게 되겠지. 그건 그렇고, 폴, 나는 이 사건에 대해 어떤 가설을 세우는 중일세. 그 말더듬이 주교의 일이 밝혀질 때까지는 사건이 완전히 해결되었다고 할 수 없네. 해리 카울터도 그리로 오기로 했나?"

"그렇네. 바로 알렸으니까 우리보다 먼저 와 있을걸. 와 있지 않더라도 금방 오겠지."
"나는 해리에게 그 재니스 브라운리의 자동차를 보여 주려고 하네. 노란 캐딜락이지. 그것을 보고 해리가 무슨 생각을 할지 그것이 알고 싶네."

드레이크는 고개를 끄덕였다. 메이슨은 부두 안의 번잡한 장소에 이르러서 속도를 늦추었다.

어느 주차장에서 메이슨이 자동차를 세웠을 때 드레이크가 말하였다.

"그 아가씨의 알리바이는 빈틈이 없어. 폴 몬틀로즈는 어느 부동산 등기소에 소속된 공증인인데 여간 평판 좋은 게 아니야. 그런 인물이 스톡턴이 깨워서 재니스와 함께 맞은편 방에 있었다고 증언하고 있단 말일세."

메이슨은 기어를 2단으로 돌리고 스로틀을 밟으면서 물었다.
"왜 그런 짓을 했을까?"
"스톡턴이 자기 증언을 확실하게 하기 위해서 이해관계가 없는 증인을 택한 거겠지."

델라가 끼어들었다.
"스톡턴의 방에는 부인도 있었잖아요?"

드레이크는 무심히 대답했다.
"으음, 하지만 그는 가족이 아닌 다른 사람이 필요했던 거겠지."

메이슨이 얼굴을 찡그리고 물었다.
"그리고 재니스가 오기 전이었고?"
"그래, 몬틀로즈의 진술에 의하면 5분 전쯤이었지."
"흐음, 때가 되면 알겠지."

메이슨은 자동차를 오른쪽으로 꺾었다.

"여어, 자동차들이 굉장히 몰려와 있군!"

드레이크가 말했다.

"거의 신문사 카메라맨일세. 잠깐만, 저 순경 나리가 우리를 막을 모양인데."

제복 경관이 도로로 나와서 손을 들고 말했다.

"부두로 못 나갑니다."

메이슨이 머뭇거리며 아무 말도 못하고 있는데, 이제까지 갖가지 임기응변으로 약삭빠르게 비상선을 돌파해 온 드레이크가 델라 스트리트를 가리키면서 또 둘러댔다.

"우리는 가야 하오. 이 아가씨는 재니스 브라운이요. 버거 지방 검사께서 될 수 있는 대로 빨리 와서 할아버님의 시체를 확인해 달라고 해서 왔소."

경관이 말했다.

"그렇다면 이야기가 다르지요. 그 일에 대해 지시를 받았는데, 나는 벌써 와 있는 줄 알았지요."

드레이크는 턱을 쳐들며 말했다.

"가세, 페리. 재니스, 기운을 내요. 금방 끝날 테니."

델라 스트리트가 손수건으로 눈을 가볍게 누르는 것을 보고 경관은 옆으로 비켜섰다.

메이슨이 물었다.

"해리 카울터도 잘 통과하려나?"

"문제없네. 자동차를 몰고 들어오기야 힘들겠지만, 해리라면 얼간이 순경쯤 속여 넘길 구실이야 쉽게 만들어내겠지."

메이슨은 손을 들어 앞을 가리켜 보였다.

"폴, 저기 노란 캐딜락 쿠페가 있군. 어떻게든 저 가까이 자동차를 세워 재니스의 자동차인지 아닌지 대강 좀 살펴보세."

메이슨은 자동차를 돌려 그 크고 노란 쿠페로 다가갔다. 드레이크는 뒷좌석에서 뛰어내려 대담하게 그 쿠페로 다가가더니 도어를 활짝 열고 등록증을 보면서 말했다.
 "맞네, 페리. 이 자동차일세."
 "어딘가에 두드러진 특징이 있어서 해리가 기억하고 있을지도 몰라. 이를테면 흙받이가 찌그러졌다든가……. 으음, 이건?"
 앞바퀴 왼쪽 흙받이가 찌그러진 것을 보고 메이슨은 멈춰 섰다.
 "이건 오래된 게 아닐세."
 드레이크도 그 흙받이를 보러 와서 말했다.
 "그런 정도로 찌그러지는 일은 흔히 있어. 주차장 같은 데서도."
 델라 스트리트가 자동차 안 가죽 좌석을 살펴보고 있다가 갑자기 흥분하며 외쳤다.
 "소장님, 이것 좀 보세요!"
 두 사람이 다가가니 그녀는 운전석 뒤편 가죽 선반 깊은 곳에 찍혀 있는 적갈색 얼룩을 가리켰다.
 한순간 세 사람은 그 얼룩을 지켜보며 꼼짝도 하지 않았다.
 드레이크가 말했다.
 "델라는 정말 좋은 눈을 가졌는걸. 이런 흑갈색 가죽에 찍힌 저런 흔적을 다 찾아내다니!"
 그녀는 웃음 지었다.
 "여자의 관찰력이에요. 남자분은 결코 할 수 없지요."
 메이슨이 말했다.
 "으음, 그래서 이제까지 아무도 보지 못한 거야."
 "그렇다면 재니스가 부두로 가서 브라운리의 시체를 이 자동차에 옮겼다?"
 메이슨이 말했다.

"그건 힘들걸. 그만, 여기서 나가지. 이 혈흔은 증거물이야. 경찰은 못 보고 지나쳤어. 우리가 이것을 발견한 줄 알면 누군가가 지워 버릴 테니, 그렇게 되면 이 피의 의미를 입증할 수 없게 돼."
드레이크가 물었다.
"이것이 무슨 증거가 되는데?"
메이슨은 대답했다.
"그건 나중에 생각하기로 하세."
세 사람은 부두를 20야드쯤 걸어 병원차가 서 있는 곳으로 갔다. 카메라와 플래시 밸브를 든 한 무리의 사나이들이 필립 브라운리와 재니스 브라운리를 클로즈업하여 찍고 있었다.
해밀턴 버거가 페리 메이슨에게 인사했다.
메이슨이 물었다.
"시체는 틀림없었소?"
"그렇소, 틀림없는 렌월드 C. 브라운리요. 시체가 자동차에서 흘러 나왔다가 파도에 밀려 잔교 밑으로 돌아온 듯하오."
"익사요, 아니면 총상으로 죽은 거요?"
버거는 머리를 내저었다. 메이슨이 물었다.
"말 안하는 거요, 아니면 말하고 싶지 않은 거요?"
버거는 선언했다.
"지금 당장은 아무것도 발표하지 않기로 했소."
메이슨은 병원차 쪽으로 눈길을 주었다.
"시체를 볼 수 있소?"
"안 될 거요, 페리. 줄리아 블래너는 관계없소. 당신은 스텔라 켄우드의 변호를 맡을 셈이오?"
"아니오, 의뢰자는 한 사건에 한 사람이면 돼요."
드레이크가 메이슨의 귀에 대고 말했다.

"해리 카울터가 저기 있네. 이리 오게 해서 저 노란 캐딜락을 보라고 하세."

버거가 옆으로 돌아서자 메이슨이 말했다.

"폴, 해리에게는 멀리서 보라고 하게. 우리가 저 자동차에 관심을 가졌다는 것을 알아차리면 재미없으니. 앞으로 어떻게 되든지 간에, 아무튼 맨 먼저 저 핏자국부터 해결해야지."

드레이크가 가 버리자 이번에는 필립 브라운리가 메이슨에게 다가왔다.

"아아, 속상합니다."

메이슨은 젊은이를 물끄러미 쏘아보았다.

"속상하다고? 그래도 전보다야 낫겠지요?"

필립은 몸을 떨었다.

"이런 모양으로 할아버지 시체가 발견되고 보니 한결 더 처참한 심정입니다."

"유해를 보았소?"

"네, 물론이지요. 내가 확인해야 한다더군요."

"의복은 어떤 상태였소?"

"집에서 나가실 때 그대로였습니다."

"윗옷 주머니에 무슨 서류가 있었소?"

"네, 몇 통 있었지요. 물에 불어 모두 형편없더군요. 경찰이 가져가던데요."

"당신에게는 안 보여 주었소?"

"네, 그런 점에 있어서 경찰은 여간 비밀주의가 아닙니다. 메이슨씨, 부디 가르쳐 주십시오. 선생님은 나를 반대 신문했을 때, 만약 할아버지가 유서를 남기지 않고 또 재니스가 친손녀가 아니면 내가 유산을 모두 상속하게 된다는 말씀을 비추셨지요? 법률상 정말 그렇게 됩니까?"

메이슨은 젊은이의 얼굴에 눈길을 꽂았다.

"당신은 재니스를 쫓아내고 싶은 마음이지요?"

"나는 다만 법률이 어떻게 되어 있는지 물어보았을 뿐입니다. 내가 그 아가씨를 어떻게 생각하고 있는지 당신은 아시지요? 그녀는 사기꾼입니다."

"그 문제는 당신 변호사와 직접 의논하는 게 좋겠지요. 나는 당신 의뢰는 받고 싶지 않소."

"왜요?"

메이슨은 어깨를 으쓱하고 말했다.

"어쩌면 차라리 반대 입장에 서고 싶은 건지도 모르오."

"그러면 재니스의 대리인이 되시나요?"

"꼭 그렇다는 건 아니오."

"그러면 어떻게 하신다는 뜻입니까?"

그러자 메이슨은 젊은이에게 암시적으로 말을 던졌다.

"혼자 잘 생각해 봐요."

병원차의 경적이 길을 비키라고 요란하게 울렸다. 처음에는 천천히 움직이더니 길이 트이자 차츰 속도를 올리기 시작했다.

드레이크는 페리 메이슨에게 대여섯 걸음 다가가 뜻있게 고개를 끄덕여 보였다. 메이슨이 다가왔다.

"해리가 비슷하다고 말했네. 하지만 법정에서 증언할 수 있을 만큼 뚜렷한 특징은 기억에 남아 있지 않다고 하네. 만약 자기가 본 게 저 자동차가 아니라고 한다면 거의 똑같이 생긴 자동차일 거라고 했네."

"그리고 렌월드 브라운리의 요트 클럽 가까이 있던 자동차였고?"

"그렇네."

메이슨은 드레이크의 팔을 툭 치고 요트 몇 척이 멎어 있는 쪽을 가리켰다.

"저기 좀 보게, 폴. 저 요트에 적혀 있는 이름이 '아티나' 아닌가?"

드레이크는 곁눈질을 하며 말했다.

"내게도 그렇게 보이네, 페리."

델라 스트리트는 한결 단호하게 말했다.

"그래요, 아티나예요."

"호텔로 맬로리 주교를 찾아갔던 캐시디라는 사나이의 요트지?"

드레이크는 고개를 끄덕였다. 메이슨이 다시 말했다.

"델라와 나는 가겠네. 한 가지 생각나는 일이 있어. 자네는 해리와 둘이서 저 요트 안을 좀 살펴봐 주지 않겠나?"

"무엇 때문에?"

메이슨은 여유 있는 어조로 대답했다.

"무엇이든 자네가 찾아낼 것 같기 때문일세."

"저걸 타려면 좀 힘들겠는데. 경비가 있을 테고, 또 개인 소유 요트니까."

메이슨이 화를 내며 말했다.

"아니, 대체 자네는 사립 탐정이 뛰는 방식을 나더러 가르쳐 달라는 건가?"

드레이크는 흐리멍덩한 목소리로 말했다.

"아니, 그런 게 아닐세. 내가 알고 싶은 건 어느 정도의 힘을 들일 건가 하는 걸세. 즉, 저 요트에 올라가는 일이 얼마큼이나 중요한 건가 하는 점이네."

메이슨은 수면에서 반사되는 빛을 곁눈으로 바라보았다.

"폴, 굉장히 중요한 일이네, 자네와 해리가 저 요트를 조사해 주는 일은."
"그걸 알고 싶었을 뿐일세."
드레이크는 해리를 돌아보았다.
"가세, 해리."
메이슨은 델라 스트리트에게 눈짓했다.
"델라, 우리도 가야지. 일이 생겼어."
"무슨 일인데요?"
"구급 병원으로 가서 기록을 조사해야겠어. 어서 가자구."

델라 스트리트는 인명표를 들고 전화부스에서 나왔다.
"소장님이 알고 싶어 하시는 응급환자는 이게 다예요. 그 결과도 알았어요. 3호, 4호, 10호는 죽었어요. 신원은 모두 밝혀졌답니다. 그런데 2호는 아직 의식불명이고 신원도 모르고 있어요."
메이슨은 그 표를 받아들었다.
"그럼, 가볼까."
그는 시동 스위치를 누르고 기어를 넣자 아주 빠른 속도로 로스앤젤레스를 향해 달렸다.
델라 스트리트가 물었다.
"폴 드레이크는 아티나 호에서 뭘 발견하게 되는 거지요?"
"나도 몰라, 솔직히 말해서."
"왜 남아서 알려고 하지 않으셨지요?"
"왜냐하면 나는 이 사건의 타당성 있는 가설을 구성해 냈기 때문이지."
"어떻게 된 건데요?"
"그것이 사실과 들어맞게 되면 이야기하지. 범죄를 풀려면 여러 가지 가설을 생각해 내지 않으면 안 돼. 그 가운데 어떤 것은 이치에 닿지만, 또 어떤 것은 터무니없지. 자기 명성을 아끼는 사나이는 자기 생각이 사실과 들어맞는다는 걸 알게 될 때까지 떠벌려서는 안 되는 거야."

그런 그의 옆모습을 델라는 따뜻한 눈길로 지켜보았다. 그녀는 다정하게 말했다.

"소장님은 자신의 명성을 무척 아끼시는군요."

"당연하지."

두 사람은 침묵을 지켰다. 이윽고 메이슨은 어떤 병원 앞에 자동차를 세웠다.

그 안으로 들어가서 메이슨이 말했다.

"닷새 전 아침에 두개골 부상으로 실려 온 남자 환자를 보러 왔습니다."

"아직 면회가 안 되는데요."

"우리가 그 사람의 신원을 알 수 있을 거라고 생각합니다만?"

"좋습니다. 사무실에 가서 말하면 입실을 허가해 줄 거예요. 그 환자는 아직 의식이 없어요. 절대로 소리 내지 않는다고 약속하셔야 될 겁니다."

메이슨은 고개를 끄덕였다. 간호사는 벨을 누르고 나서 나타난 흰 가운을 입은 직원에게 말했다.

"이분들을 236호실로 안내해 주세요. 신원을 알 수 있을지도 모른다고 하니까. 말소리를 내지 않는다고 약속하셨어요."

두 사람은 그를 따라 복도를 걸어 침대가 몇 줄이나 늘어서 있는 병실 한구석의 칸막이를 두른 침대로 안내되었다. 직원은 칸막이 하나를 옆으로 밀었다. 델라 스트리트는 흠칫 놀라며 입으로 손을 가져갔다.

메이슨은 의식이 없는 그 사람의 모습을 물끄러미 바라보다가 이윽고 직원에게 고개를 끄덕여 보였다. 직원은 칸막이를 도로 닫았다.
메이슨은 주머니에서 지폐 다발을 꺼냈다.
"저 환자에게 돈으로 할 수 있는 최상의 치료를 해주십시오. 개인 병실로 옮기고, 밤낮으로 간호사를 붙여 간호해 주십시오."
직원이 호기심에 찬 어조로 물었다.
"아시는 분입니까?"
메이슨은 고개를 끄덕였다.
"저분은 오스트레일리아 시드니의 윌리엄 맬로리 주교님입니다."

18

메이슨은 자기 사무실 회전의자에 앉아 등을 기대고 다리를 책상 가장자리에 올려 발목을 포개고 있었다. 담배를 태우면서 입가에 만족한 미소를 흘리고 있었다.
얌전하지 못하게 책상에 걸터앉은 델라 스트리트는 그의 얼굴을 쳐다보면서 생긋 웃었다.
"자아, 이제 됐잖아요, 척척박사 소장님? 어떤 가설이지요? 줄거리가 꼭 들어맞았으니 어서 내게 말씀해 주세요. 아이, 인색한 사람 같으니! 맬로리 주교님이 그런 곳에 계실 줄 대체 어떻게 아셨지요? 그리고 아테나 호에서 드레이크 씨가 뭘 발견하리라고 생각하시는 거예요?"
메이슨은 몇 초 동안 담배연기의 방향을 쫓고 있다가 나지막하게 명상적인 목소리로 이야기하기 시작했다.
"줄리아는 브라운리를 죽일 마음은 없이 그냥 부두로 나오게 하려고 생각했어. 따라서 브라운리가 부두에 있을 때 줄리아는 그에게 어떤 일을 시키려고 했었지. 그건 다른 사람들이 그것을 막기 위해 브라운리를 죽이려고 했을 정도로 중요한 일이었어.

그런데 그게 무엇이냐는 물음에 대해서는 한 가지 대답밖에 없어. 논리적인 해답 말이지. 재니스 시튼은 죽은 오스카 브라운리를 너무나 닮아서 렌월드가 보기만 하면 당장 오스카의 딸이라고 믿게 될 것이고, 오스카에게는 딸이 하나밖에 없으니 가짜 재니스 브라운리로서는 망하는 날이었던 거지.

따라서 줄리아 블래너에게 렌월드 브라운리를 부둣가로 불러내기에 충분한 어떤 방법이 있다는 걸 알고, 또 그 부둣가에서 렌월드가 어김없는 자기의 친손녀임을 그 용모로 증명할 수 있는 진짜 손녀 앞에 서게 되리라는 걸 스텔라 캔우드가 알았을 때는 당연히 꼼짝할 수 없는 파국에 맞닥뜨리게 되지. 자기 한 몸쯤 아무래도 좋았어. 그녀는 모성애로 말미암아 일그러진 사고방식 때문에 그런 일을 저질렀고, 몇몇 악당은 교묘한 꾀를 내어 그녀를 그런 처지로 몰아넣었던 거야.

남의 눈에 띌 생각은 아니었을 테고 스텔라가 줄리아 블래너가 입고 있는 것과 아주 비슷한 레인코트를 갖고 있었던 것은 단순한 우연이었을 거야. 그러나 그녀는 줄리아의 권총으로 렌월드 브라운리를 죽일 생각이었기 때문에 줄리아에게 자기 자동차를 빌려주고 자기는 다른 자동차를 한 대 빌렸어.

그러면, 여기서 반대방향에 서서 이 사건을 바라보자구. 줄리아가 장성한 재니스 시튼이 오스카 브라운리와 아주 닮았다는 사실을 알고 있었다는 건 명백하지. 이것은 우리들 가운데 아무도 고려하지 않았던 엄연한 증거야. 그런데 줄리아는 어떻게 그것을 알았을까? 그녀가 그것을 알 수 있었던 유일한 길은 그녀가 솔트레이크 시에서 여기로 와서 재니스를 만난 적이 있었던 게 아니면 안 돼. 그런데 진짜 재니스의 거처를 알고 있던 사람은 맬로리 주교뿐이었으므로, 줄리아 블래너가 내 사무실로 오기 전이나 드레이크의 부하가 리걸 호텔에서 맬로리를 감시하기 전에 주교는 이미 줄리아를 만났고 모녀를 서로 대면시켰다는 말이 되지.

자아, 거기서 줄리아는 렌월드를 부둣가로 불러낼 생각을 하게 되었어. 그를 만나려고 했던 거야. 그녀는 그를 재니스 시튼과 만나게 하여 서로 혈연관계에 있다는 움직일 수 없는 증거를 보여주려고 생각했어. 그러므로 첫째로는 브라운리에게 아버지를 꼭 닮은 재니스의 모습을 똑똑히 보여주고, 둘째로는 맬로리 주교와 만나게 하려는 이 두 가지가 줄리아의 바람이었음에 틀림없어.

그렇다면 맬로리 주교는 바닷가 어딘가에 있어야 했어. 그러나 맬로리 주교는 자기가 미행당하고 있으며 자기 생명에 위해를 주려는 음모가 있다는 걸 알고 있었어. 또 자기를 적대시하고 있는 무리들이 재니스 시튼의 거처를 알아내기만 하면 가차 없이 죽여 버릴 생각이라는 것도 틀림없이 알고 있었어. 그래서 맬로리 주교는 부두로 가서 몸을 숨겼던 거야. 그는 자기가 숨을 곳으로 몬테리 호를 택했어. 물론 그밖에도 몸을 숨길 곳은 얼마든지 있었을지도 몰라. 그러나 그가 몬테리 호를 택한 것은 장소가 알맞았기 때문이야. 따라서 주교는 은신처로 바닷가 가까운 장소를 미리 준비하였으며, 그날 오전 동안 아티나 호 선주 캐시디의 방문을 받았던 거야.

맬로리 주교와 재니스가 아티나 호에서 줄리아와 렌월드를 기다리고 있었다고 생각하는 것만큼 이치에 들어맞는 이야기가 달리 또 있을까? 주교는 머리 좋은 사람이므로, 기회만 있다면 상대방이 재니스를 죽일 생각이라는 걸 알고 있었지.

그래서 줄리아는 렌월드 브라운리에게 절대로 혼자서 오지 않으면 안 된다고 강력하게 말했던 거야. 줄리아는 그를 만나면 곧 아티나 호로 데리고 갈 수 있을 만큼 가까운 곳에서, 그리고 만일 브라운리가 행선지를 입 밖에 내어 말한다 하더라도 적이 재니스의 은신처를 알아낼 수 없을 정도로 떨어진 지점에서 브라운리와 만날 예정이었어.

자아, 여기서 주의해야 할 것은 그 일련의 사건들이 묘하게 얼기설기 일어났기 때문에 마치 그 사건들이 진정한 해답을 비웃고 있는 것 같은 양상을 띠게 된 일이지.

스텔라 켄우드는 브라운리를 죽일 결심을 굳히고 자기 혼자 행동을 개시했어. 그러나 그녀는 살인사건에 자기 딸을 끌어넣고 싶지 않아 딸에게는 아무것도 알리지 않았노라고 주장했어. 어머니답게 희생을 감수하겠다는 거지.

필립 브라운리는 할아버지가 부두에 나가기 전에 잠깐 이야기했어. 렌월드 브라운리는 필립에게 편지 내용을 대강 알려주고 줄리아 블래너와 '요트'에서 만나기로 했다고 말했어. 필립 브라운리는 그 말을 유심히 듣지는 않았어. 왜냐하면 '부두'와 '요트'라는 말을 듣자 곧 부두에 매어놓은 할아버지의 요트를 생각해 버렸기 때문이야.

그리고 필립은 가짜 손녀에게 렌월드는 줄리아를 만나기 위해 자기 요트로 갔다고 보고했어. 그러자 가짜 재니스는 전화로 빅터 스톡턴에게 보고했어. 그리고 스톡턴은 곧바로 브라운리를 죽일 것과, 논리적으로 혐의자 가운데 하나가 될 성싶은 재니스를 위해 철통 같은 알리바이를 만들 연구를 했을 게 틀림없어.

그런데 미리 알리바이를 만들어 놓는 인간들은 어떤 종류일까?"

메이슨은 숨을 돌리고 델라의 얼굴을 살펴보았다. 델라는 긴장하면서 말했다.

"분명 알리바이가 필요하게 되리라는 걸 알고 있으니까 그랬겠지요."

"맞아. 바꾸어 말하면 빅터 스톡턴이 재니스 브라운리에게 알리바이를 만들어주기 위해 그토록 복잡하고 어려운 일을 꾸민 것은, 그 순간에 그는 이미 재니스에게는 알리바이가 필요하게 되리라는 걸 알았기 때문이야. 따라서 스톡턴은 렌월드 브라운리가 살해당할 것을 알고 있었던 셈이지. 그러나 스텔라 켄우드가 이미 살인계획을 세우고 있다는 건 몰랐어. 왜냐하면 스텔라는 자기 딸에게 그 일에 대해 아무것도 알리지 않을 작정이었으니까.

따라서 스톡턴이 살인이라는 굉장한 계략을 생각해 냈다는 말이 돼. 그는 재니스를 자기 집으로 부르기로 했어. 그러나 자동차는 그의 집에서 네 블록이나 떨어진 곳에 주차시켜 두도록 하는 거야. 재니스는 아마도 스톡턴이 꾸미고 있는 일을 전혀 몰랐겠지.

그렇게 해놓고서 스톡턴의 공범자가 재니스의 자동차를 타고 부두로 가 숨어서 렌월드를 기다리고 있으면 렌월드가 재니스의 자동차를 알아보고, 재니스를 무조건 믿고 있었기에 아무 생각 없이 재니스의 자동차로 다가올 테니 그 찰나 권총을 쏘아 줄리아와 렌월드 브라운리를 함께 죽여 버리려고 했던 거야.

그래서 피트 색스는 재니스가 자동차에서 내리자 곧 그것을 타고 브라운리의 요트까지 갔어. 렌월드 브라운리를 죽이고 또 줄리아 블래너도 죽일 생각으로 말이야. 여기서 덧붙여 말할 것은 색스는 스톡턴에게서 정보를 받았고 스톡턴은 재니스에게서 받았다는 거야. 그런데 정작 재니스는 렌월드가 다른 요트로 가는 게 아니라 자기 소유 요트로 간다고만 생각했단 말이지.

따라서 범행시각에 부두에는 줄리아 블래너가 있었어. 그녀는 렌월드가 미행당하지 않고 혼자서 오는지 어떤지 망을 보았어. 그리고 스텔라가 있었어. 이 여자는 브라운리를 죽일 결심으로 맨 먼저 무대에 와 있었어. 또 피트 색스가 있었고, 그는 재니스 브라운리의 자동차를 렌월드 브라운리의 요트 앞에 세워놓고 그 안에서 기다리고 있었어. 또 맬로리 주교와 재니스 시튼도 있었지. 이 두 사람은 같은 곳에 정박중인 아티나 호에서 기다리고 있었어.

스텔라가 자동 권총의 방아쇠를 당겼을 때 총소리는 색스에게도 주교에게도 또렷이 들렸어. 두 사람 다 그 총소리의 의미를 알아차렸을 게 틀림없어. 해리 카울터는 자동차를 운전하고 있어서 자기 자동차의 엔진 소리와 자동차 지붕을 때리는 빗소리 때문에 총소리를 듣지 못했어. 맬로리 주교는 자동차를 갖고 있지 않았으므로 걸어서 범행 현장을 향해 걷기 시작했어.

색스는 재니스 브라운리의 자동차를 타고 달려갔으므로 맨 먼저 현장에 닿았어. 그는 무슨 일이 일어났는지 알았지. 아마 빅슬러보다 더 자세히 관찰하고 브라운리가 죽지 않았다는 걸 알았을 거야. 그는 브라운리의 자동차에 기어들어가 기어를 넣고 가장 가까운 부두로 달려 방향을 바다 쪽으로 해놓고 저속기어인 채 핸드 스로틀을 열었어.

그런 다음 재니스의 자동차로 돌아와 달아나려고 했어. 그때 마주친 것이 현장으로 뛰어온 맬로리 주교였지. 색스는 주교를 보고 그를 향해 돌진하여 깔아뭉갰어. 머리가 박살났으니 틀림없이 죽었다고 여겼을 거야. 그러나 색스는 맬로리 주교의 시체를 거기에 그냥 두면 재미없겠다고 생각하여 자동차에 싣고 로스앤젤레스 변두리까지 와서 신원을 밝힐 만한 증거물을 모두 빼앗은 다음 길바닥에 내동댕이쳐 버렸어······."

문 쪽에서 폴 드레이크의 노크 소리가 들려와서 메이슨은 도중에 이야기를 멈췄다.

"자아, 델라, 이제는 드레이크 탐정께서 뭘 발견했는지 들어보자구."

델라는 문으로 가다가 문득 멈춰 섰다.

"그런데 줄리아 블래너는 왜 잠자코 있었을까요? 그리고 재니스 시튼도 왜?"

"그건 줄리아 블래너가 맬로리 주교와 딸이 무언가 굉장히 중요한 이유가 있어서 나타나지 않는 모양이라고 생각했기 때문이야. 이 두 사람의 입장이 어떻게 되어 있는지 그것을 알기까지는 한마디도 하지 않겠다는 각오였겠지.

그리고 재니스 시튼은 맬로리 주교가 자기를 요트에 두고 가면서 다시 연락이 있을 때까지 결코 움직이지 말라고 이른 말을 곧이곧대로 지키고 있었던 거야. 아마 그녀는 렌월드 브라운리를 요트로 데려오는 일이 어떻게 잘못되어 못 오는 모양이라고 생각하고 있었을 거야. 내 추리가 그다지 빗나간 게 아니라면 그녀는 지금도 살인에 대해 아무것도 모르고 있을걸."

델라 스트리트는 고개를 끄덕이고 문을 열었다. 드레이크가 안으로 뛰어 들어오면서 소리쳤다.

"페리, 자네는 우리가 요트에서 뭘 발견했는지 도저히 상상도 못할걸세. 백년 동안 생각해도 모를걸! 잘 듣게, 우리는……."

델라 스트리트가 그 말을 가로막았다.

"맬로리 주교가 돌아오기를 기다리는 재니스 시튼을 발견했으며, 그녀는 렌월드가 살해된 것조차 모르고 있다는 말이겠지요, 뭐."

드레이크는 입을 크게 벌리고 그녀를 쳐다보았다.

"어떻게 알았지?"

델라 스트리트는 오른쪽 눈을 찡긋 감아 페리 메이슨에게 윙크를 보냈다.

"이건 초보예요, 왓슨 씨. 아주 초보라고요. 아이, 폴, 여자인 내

머리로도 사실을 분석해서 생각해낼 만했는데요, 뭘."
드레이크는 비틀비틀 가까운 의자에 주저앉았다.
"어이쿠, 당했군! 난 이제 틀렸어."

19

이튿날 오후였다. 수화기를 내려놓은 메이슨이 델라 스트리트에게 고개를 끄덕여 보이며 말했다.
"해부 결과, 익사였다는군."
"그러면 모두들 어떻게 되는 거지요?"
"스텔라 켄우드는 흉기에 의한 폭행죄, 피트 색스와 빅터 스톡턴은 제1급 살인죄지. 해부 결과 탄환 하나가 대동맥을 절단하고 있어서 출혈 때문에 죽었을 거라고 추정되었어. 그와 동시에 죽은 원인이 실제로 물에 빠진 데 있다는 것도 여지없었고."
"지방 검사가 색스와 스톡턴의 공동 모의를 입증할 수 있을까요?"
메이슨은 쓴웃음을 지었다.
"그거야 버거의 영역이지. 나야 지방 검사국 나리가 아니니까 잘 몰라. 하지만 충분히 해낼 거야. 스톡턴은 브라운리가 살해되리라고 믿을 만한 아무 이유도 없는데 미리부터 서둘러 재니스를 위해 그토록 교묘한 알리바이를 준비했으니 완전히 발목을 잡히고 만 거지."
"버거 씨도 이제는 아마 너무 성급하게 소장님의 체포 영장을 떼지는 않을 거예요!"
메이슨은 다시 쓴웃음을 지었다.
"버거가 오늘 밤 함께 저녁 식사를 하자고 하더군. 이 문제에 대해 이야기를 나누려고 한다나. 맬로리 주교도 의식을 되찾아 살아나게 됐다는 걸 알았으니, 버거에게는 엄청나게 좋은 사건이 하나 생긴 셈이지.

나는 아침에 병원으로 가서 주교를 문병하고 왔어. 맬로리 주교는 노란 쿠페를 본 기억이 있다더군. 그것이 방향을 돌려서 자기를 받았다는 것도 기억하고 있었어. 물론 그것이 마지막 기억이지만. 흙받이가 찌그러진 것과 좌석 뒤의 핏자국은 버거로서는 더할 나위 없는 증거야.

그리고 잊어서 안 될 점은 그들이 비열하기 짝이 없는 스파이라는 것이야. 그들은 막판으로 몰리면 사정없이 서로 죄를 뒤집어 씌우려고 할 거야. 스톡턴 녀석이 자기 혼자 안전한 자리에 있으면서 색스만 교수대의 열세 층계를 밟게 하려고 면밀한 계교를 꾸며낸 거라고 색스로 하여금 믿게 할 만한 솜씨가 만일 지방 검사에게 있다면 말이지."

델라가 생각에 잠긴 얼굴로 말했다.

"이제는 완전히 스토리를 알았어요. 그런데 꼭 하나, 아직도 납득되지 않는 일이 있어요, 소장님. 맬로리 주교가 진짜 주교이고 가짜가 아니라면, 그 더듬거리는 말은 어떻게 된 거지요?"

메이슨은 싱긋 웃었다.

"나도 그 생각을 했었지. 그래서 오늘 아침에 맬로리 주교에게 물었어. 그랬더니 모두 이야기해 주더군. 그분은 어려서 말더듬이였던 모양이야. 자기 힘으로 그 버릇을 고치기는 했는데, 어떤 큰 감정적인 충격을 받으면 꼭 그 버릇이 다시 생겨난다더군.

배 안에서 가짜 재니스 브라운리를 만나 가짜라는 것을 알고도 찰스 시튼과의 약속이 있었기 때문에 이 중대 범죄를 폭로할 수 없음을 알았을 때 너무나 화가 나서 다시 말을 더듬기 시작했던 거야. 우리 사무소에 왔을 때도 여전히 그 충격으로 고심하고 있었다고 해."

메이슨의 조수인 잭슨이 바깥방과 통하는 사잇문을 열었다. 델라 스트리트는 얼굴을 쳐들고 웃음을 터뜨렸다.

"어머나, 저 구슬픈 얼굴 좀 봐! 왜 그러지요, 잭슨?"

잭슨이 대답했다.

"손님입니다."

몹시 상기된 젊은 여자가 카나리아 새장을 들고 성큼성큼 사무실 안으로 들어오는 것을 페리 메이슨은 호기심에 찬 눈을 빛내면서 관찰하였다.

델라 스트리트가 깍듯하게 말했다.

"실례지만 나가 주시지 않겠어요? 문에 '개인 사무실'이라고 써 붙여 놓았습니다. 안내실은 저쪽 모퉁이를 돌아간 곳에 있습니다만……"

젊은 여자는 크고 검은 눈동자를 들고 여비서를 보았다. 까칠한 입술이 요염하게 벌어지며 미소가 흘렀다. 그리고 풍요롭고 여유 있는 목소리로 말했다.

"그건 알고 있어요. 나는 그리로 들어오려고 했어요. 그랬더니 약속하지 않은 사람은 메이슨 선생님을 만나뵐 수 없다잖아요. 그래서 나는 메이슨 선생님에게 사무실 규칙을 바꾸시도록 말씀드리기로 했어요."

그녀는 의젓하게 말하더니 책상 옆의 불룩한 가죽의자에 멋대로 걸터앉아 카나리아 새장을 무릎에 올려놓고 변호사를 쳐다보면서 생긋 웃었다. 창문으로 들이비치는 광선이 그녀의 생기 넘치는 젊은 얼굴 윤곽을 비춰 상큼하게 치켜든 도전적인 턱선을 또렷이 드러냈다.

델라 스트리트는 수화기를 집어 들고 페리 메이슨을 흘끗 보며 말없이 물음을 던졌다. 그러나 변호사는 그녀 쪽을 보고 있지 않았다. 세밀한 관찰에 익숙한 그의 눈은 조심스럽게 그 카나리아를 열심히 들여다보고 있었다.

 메이슨의 얼굴에 나타난 빨려들 듯한 호기심의 표정을 읽은 델라 스트리트는 체념한 듯이 한숨짓고 수화기를 내려놓았다.

 새로이 열중할 만한 문제에 덤벼드는 학생처럼 눈을 빛내며 메이슨은 한쪽 무릎을 마룻바닥에 떨어뜨리고 가까이에서 그 카나리아를 살펴보았다.

 그는 외쳤다.

 "이 새는 발을 다쳤군!"

DANGER OUT OF THE PAST
위험한 과거
얼 스탠리 가드너

위험한 과거

그 길가 레스토랑은 순조롭게 번창해 나가는 듯한 분위기가 흘러 넘쳤다. 레스토랑은 두 주요 도로가 만나는 삼각형 모양의 지대에 서 있는 녹색 건물로 주위는 흰 자갈들이 둘러싸듯 깔려 있었다.

약 8천 미터 너머에 보이는 뿌연 스모그 장막은 그곳에 도시가 있다는 것을 말해 주고 있었다. 그러나 이곳 레스토랑 부근의 공기는 상쾌하기만 했고 수정처럼 맑았다.

조지 올리는 계산대 뒤 등받이 없는 의자에서 일어나 창밖을 내다보려고 걸어갔다. 그의 얼굴 표정에는 육체적인 안락함과 정신적인 만족이 역력했다.

레스토랑에서 주방장 일을 시작한 지 7년이란 짧은 세월 만에 그는 혼자 힘으로 큰 행운을 잡았다. 물론 이 근처 사람들은 그의 과거를 모르고 있었지만, 두 번이나 좌절한 기억이 있는 사람으로서는 정말이지 대단한 행운이었다. 조지 일당이 이성을 잃고 방아쇠를 당겨 버렸던 그 마지막 사건에 대해서는 어느 누구도 모르고 있었다.

그러나 그 모든 것은 과거의 일이었다. 고급 식당 주인이며 상업

회의소 회원이기도 한 조지 올리는, 죄수 번호 56289였던 그 조지 올리와는 마치 아무런 관련도 없는 것처럼 보였다.

그러나 어떤 면에서 현재의 번영은 그 범죄 덕분이라고도 할 수 있었다. 그가 처음 레스토랑에서 일을 하게 되었을 때는 '일급 사건'으로 취급되던 그 은행 사건 때문에 사실상 숨어사는 입장이었다.

3년이나 그는 수배에서 벗어나려고 안간힘을 썼다. 따라서 밤에도 방을 나가지 않았으며 본의 아니게 버는 돈 모두를 저금할 수밖에 없었다.

덕분에 원소유자의 심장이 약해져서 가게를 빨리 팔아치울 수밖에 없게 되자 조지는 현금을 주고 싼값에 가게를 인수할 수 있었다. 그 후로 열심히 일하고 조심스럽게 경영을 한데다가, 우연히 주요 도로의 위치가 재조정된 덕분에 이 전직 범죄자는 번영을 누리게 된 것이다.

조지는 창문에서 고개를 돌려 탁자들 너머로 보이는 스텔라의 균형 잡힌 몸매를 바라보았다. 여종업원들 가운데 우두머리인 스텔라는 허리를 굽힌 채 방금 들어온 가족의 식사 주문을 받고 있었다.

잘 꾸며진 레스토랑, 자갈이 깔린 주차장, 도로 위로 끊임없이 오가는 차량의 물결, 그로 인해 계속 늘어만 가는 손님들을 보면서 조지는 자부심으로 흐뭇했다. 마찬가지로 스텔라의 부드럽게 굴곡진 몸매를 볼 때마다 이 여자를 소유하고 있다는 자부심에 가슴이 떨렸다.

스텔라는 옷을 잘 입을 줄 아는 여자였다. 조지는 스텔라의 과거 어디쯤에는 화려한 시절——남들 눈에 확 띄는 최신 파리 모드를 입고 다닌——이 있을 것이라고 생각했다. 지금은 풀을 먹인 하얀 커프스에 하얀 칼라가 달린 옅은 파란색 제복을 입고 있지만 남의 눈에 띄기는 마찬가지였다. 스텔라는 그 제복의 품위를 높여줄 뿐만 아니라 이 레스토랑의 품위도 높여 주고 있었다.

스텔라가 걸어가자 옷 밑에서 아름다운 윤곽이 부드럽게 출렁거렸다. 스텔라를 한번 본 손님은 반드시 또 한 번 눈길을 주었다. 그러나 스텔라는 늘 단정했고 손님한테 필요 이상으로 접근하는 법이 없었다. 스텔라는 정확한 순간에 정확한 태도로 웃음을 지었다. 혹시 어떤 손님이 집적댄다 싶으면 스텔라는 뭔가 급한 볼 일이 있는 듯한 분위기를 만들어 냈다. 그렇기 때문에 잠재적으로는 남자의 유혹에도 기꺼이 응할 수 있겠지만 지금은 친해지기에는 너무 바쁜 사랑스러운 여자라는 인상을 손님들에게 심어 줄 수 있었다.

조지는 스텔라가 탁자에 음식을 내려놓고 웃음을 지으며 마치 중요한 일이라도 있는 것처럼 부엌으로 돌아가는 모습을 보면서, 탁자에 앉은 사람들이 무슨 얘기를 했는지 정확히 짐작할 수 있었다. 능숙한 서비스에 대한 고마움의 말이거나 선량한 농담, 혹은 음흉스런 데이트 신청 가운데 하나일 것이 뻔했다.

조지는 결코 스텔라의 과거에 대해 묻지 않았다. 자기 과거가 화려했기 때문에, 누가 다른 사람의 과거를 물어 보려는 기미만 보여도 먼저 질색을 했던 것이다. 중요한 건 오직 현재였다.

스텔라도 시내로 들어가는 것을 기피하고 있었다. 한 달에 한두 번 쇼핑을 하러 가거나 가끔 영화를 보러 갈 뿐이었다. 그리고 나머지 시간은 언제나 한 183미터쯤 떨어진 조그만 모텔 자기 방에서 조용히 지내고 있었다.

뭔가 탁탁 두드리는 소리 때문에 조지는 생각에서 깨어났다. 카운터에 선 남자가 마호가니 위를 동전으로 탁탁 두드리고 있었다. 그는 동쪽 문으로 들어온 것 같았는데, 조지는 생각을 하느라 그가 들어오는 것을 보지 못했다. 한가한 이런 오후 시간대에는 여종업원 가운데 스텔라 혼자만 일을 했다. 그런데 오늘은 평소와는 다르게 여섯 탁자나 손님이 들어차는 바람에 스텔라가 무척 바빴다.

조지는 관례적으로 그의 자리로 되어 있는 계산대를 떠나 남자한테 다가갔다. 그리고는 차림표를 주고 물을 따라 주었다. 냅킨, 수저, 칼, 포크 등을 손님 앞에 늘어 놓고 조지는 서서 기다렸다.

모자를 이마까지 눌러 쓴 남자는 경멸스럽다는 태도로 차림표를 한쪽으로 던져 버렸다.

"커리드 슈림프(카레를 넣은 새우요리)."

"죄송합니다만, 커리드 슈림프는 오늘 차림표에는 들어 있지 않은데요."

조지가 상냥한 태도로 말했다.

"커리드 슈림프."

남자가 같은 말을 되풀이했다.

아마 이 손님은 귀가 어두운 모양이라고 생각하면서 조지는 목소리를 높였다.

"그 요리는 안 됩니다, 손님. 오늘 차림표에는……."

"내 말 안들려? 커리드 슈림프 어서 가져 와."

그 위압적인 목소리, 건장한 어깨, 오만한 태도가 조지의 기억 한 끝을 잡아 당기고 있었다. 돌이켜 생각해 보니 차림표를 읽지도 않고 내던지던 그 빈정대는 몸짓도 왠지 익숙한 느낌이었다.

조지는 몸을 좀더 가깝게 기울였다.

"래리!"

조지가 두려움에 찬 소리를 질렀다.

래리 지픈은 고개를 들어 올리며 싱긋 웃었다.

"조지!"

조지의 이름을 부르는 그 말투에는 경멸과 냉소가 뒤섞여 있었다.

"언제…… 언제 자네가…… 어떻게 나왔지?"

"걱정 마, 조지. 난 정문으로 나왔으니까. 어서 커리드 슈림프나 갖다 주지."

"이봐, 래리."

조지는 이 사내를 보면서 예전부터 언제나 느껴야 했던 그 위축감을 겨우 견디며 말을 이었다.

"주방장은 성미가 까다로워. 난 일손도 부족하고 말이야……."

래리가 말을 끊었다.

"내 말 안 들려? 커리드 슈림프!"

조지의 눈이 래리의 눈과 마주쳤다. 조지는 머뭇거리다 몸을 돌려 부엌으로 향했다.

특별 카레 소스를 만들고 있는 레인지 옆에 스텔라가 걸음을 멈추어 섰다.

"뭐 하시는 거예요?"

"특별 요리야."

스텔라의 눈이 조지의 얼굴을 살폈다.

"얼마나 특별한데요?"

"아주 특별해."

스텔라가 나갔다.

래리 지쁜은 커리드 슈림프를 먹었다. 래리는 마치 주인이나 되는 듯한 태도로 레스토랑을 둘러보았다.

"자네와 함께 사업을 하는 문제를 생각해 봐야겠군, 조지?"

조지 올리는 입이 마르고 무릎이 꺾이는 느낌이었다. 항상 마음속으로 예상해 오던 일이 지금 벌어지고 있었다.

래리가 스텔라 쪽으로 고개를 홱 돌렸다.

"이곳과 어울리는 여자로군!"

조지는 갑자기 화가 치솟아 호전적인 태도로 한 발 앞으로 나섰다.

"저 여잔 아무 관계 없어."

래리는 웃음을 터뜨리며 자리에서 일어섰다. 그리고는 문을 향해 걸어가다 몸을 휙 돌리며 말했다.

"오늘 밤 문 닫은 후에 보자구."

그 말을 남기고 래리는 밖으로 나갔다.

한참 후 레스토랑의 손님이 다 나갔을 때 스텔라가 조지한테 다가왔다.

"나한테 말해주겠어요?"

조지는 짐짓 놀란 표정을 지어 보였다.

"뭘?"

"뭐든지요."

"미안해, 스텔라. 말할 수 없어."

"왜요?"

"그놈은 위험해."

"누구한테요?"

"스텔라한테, 아니 우리 둘 다한테."

스텔라는 어깨를 으쓱했다.

"피한다고 문제가 해결되는 건 아니에요."

조지는 스텔라한테 간청했다.

"이 일에 끼어들지 마, 스텔라. 어젯밤에 경찰들이 미친 듯이 돌아다니다 우리 집으로 커피와 도너츠를 먹으러 온 것 기억나지? 경찰들이 돌아다니는 건 두 가지 큰 사건 때문이야. 하나는 은행 금고 사건이고, 또 하나는 극장 금고 사건이야."

스텔라는 고개를 끄덕였다.

"그때 벌써 알아챘어야 하는 건데! 그건 래리의 솜씨야. 래리는 절대 단서를 남기지 않지. 고무장갑을 끼기 때문에 지문도 안 남

아. 비상벨은 미리 다 선을 끊어놓고. 정말 시계처럼 정확하게 일을 한다고. 경찰들이 미친 듯이 구는 것도 당연하지. 래리 지픈은 절대 단서를 남겨 놓지 않으니까."

스텔라는 조지의 표정을 살폈다.

"그런데 그 사람이 왜 온 거예요?"

조지는 고개를 돌려 다시 스텔라를 바라보았다. 말을 하려 했으나 입이 떨어지지 않았다.

"알았어요. 그만 물어볼게요."

손님이 둘 들어왔다. 스텔라는 그들을 탁자로 안내하면서 다시 일상으로 돌아갔다. 스텔라는 차분하고 자신만만한 태도로 일했다. 걱정하는 기색을 전혀 볼 수 없었다. 반면 조지 올리는 도무지 생각을 정리할 수가 없었다. 자신의 세계가 무너져 버린 것 같았다. 고무장갑 래리는 그 은행 일에 대해 알아낸 것이 틀림없었다. 그렇지 않다면 이렇게 들르지도 않았을 테니까.

범죄 세계에서는 소식이 빨리 돈다. 조심스럽게 용모를 바꾸었음에도 불구하고, 과거에 같이 일하던 똑똑한 놈이 레스토랑에서 식사를 하다가 조지 올리를 알아 본 것이 틀림없었다. 그놈은 조지를 못 본 척하고 있다가 래리 지픈한테만 살짝 알려준 것이다. 감옥 안 범죄 세계에서는 마치 농부가 소를 이용하듯이 빅 래리가 조지를 이용할 것이라고 생각하고 있을 것이다.

그래서 마침내 래리가 '방문한' 것이다.

다른 손님들이 들어왔다. 레스토랑은 다시 손님들로 가득 찼다. 손님이 붐비는 시간에만 와서 일하는 여종업원이 출근했다. 2시간 반 동안 조지는 일이 너무 바빠 생각할 여유가 없었다. 이윽고 다시 테이블이 하나둘씩 비기 시작했다. 밤 11시가 되자 한두 테이블에만 손님이 남았다. 자정에 조지는 가게 문을 닫았다.

"오실 거예요?"

"오늘 밤엔 안 돼. 구매 목록을 좀 작성해야 하거든."

스텔라는 더 이상 아무 말 하지 않고 퇴근했다.

조지는 문들을 잠그고 묵직한 이중 자물쇠를 채웠다. 그러나 불을 다 끄고 자물쇠를 채웠음에도 불구하고 조지는 그런 대비가 지금 다가오고 있는 위험으로부터 자신을 보호해 줄 수 없다는 것을 알고 있었다.

12시 반에 래리 지픈이 문을 걷어찼다.

조지는 어둠 속에 몸을 숨긴 채 못 들은 척했다. 만일 조지가 그의 협박을 무시하고 레스토랑을 자물쇠와 법의 힘으로 보호해 놓고 달아나 버린다면 래리는 어떻게 나올까?

그러나 래리 지픈은 바보가 아니었다. 래리는 격렬하게 문을 차댔다. 잠시 후에는 아예 두 발로 문을 차대기 시작했다. 너무 세게 차는 바람에 유리가 흔들흔들하면서 금방이라도 깨질 것 같았다.

조지는 어둠 속으로 나가 문을 열었다.

"무슨 속셈으로 날 기다리게 만든 거지, 조지?"

래리가 염탐하는 듯한 말투로 물었다. 그러나 그것도 냉소에 가까웠다. 래리가 말을 이었다.

"옛 친구와 놀고 싶지 않다는 건가?"

"래리, 난 손을 씻었어. 합법적으로, 그렇게 살고 있단 말이야."

래리는 고개를 뒤로 젖히며 웃었다.

"너 같은 쥐새끼들이 어떤 일을 당하는지 너도 잘 알 텐데, 조지?"

"난 쥐새끼가 아니야, 래리. 난 똑바로 살고자 할 뿐이야. 난 법에 진 빚도 갚았고 자네한테 진 빚도 갚았어."

래리는 커다랗게 보이는 누런 이빨을 드러내며 싱긋 웃었.

"멋진 말이야, 조지. 빚을 다 갚았다! 출납계원이 돈을 빨리 안 갖다주는 바람에 스키니가 겁을 집어 먹었던 은행 일은 다 어떻게 된 거지?"
"난 그 일과는 관련없어, 래리."
래리는 다시 의기양양하게 웃었다.
"이놈 말하는 것 좀 보게! 넌 그때 도망친 차를 운전하고 있었잖아? 경찰은 백미러에서 단 하나의 지문을 찾아냈어. 하지만 FBI는 그게 누구 지문인지 알아내지 못했지. 그들이 이제라도 그 지문을 네 기록과 비교해 보기만 한다면, 조지, 네 엉덩이는 그 계산대 뒤의 푹신푹신한 의자에서 튕겨 나가 전기의자에 앉게 될 거야. 좀 뜨거운 의자지, 조지……. 참, 자넨 뜨거운 의자를 좋아하지 않았던가?"
조지 올리는 메마른 입술을 핥았다. 이마에 땀이 번지고 있었다. 무슨 말이든 하고 싶었으나 아무 말도 할 수 없었다.
래리가 말을 이었다.
"난 여기서 두어 가지 일을 했어. 그리고 한 가지만 더 할 작정이야. 그리고 나서 너와 함께 일을 할 거야, 조지. 난 네 새로운 동업자야. 너도 보호가 좀 필요하겠지? 걱정마, 내가 보호해 줄 테니."
래리는 으쓱거리며 금전 등록기 쪽으로 걸어갔다. 그리고는 금전 등록기의 단추를 눌러 서랍을 열었다. 뚜껑을 들추고 그날 판 금액을 살펴보기 위해 영수증들을 뒤적거렸다.
"이봐, 조지."
래리는 텅빈 현금 서랍을 보며 말을 이었다.
"돈들을 몽땅 치워 버리다니, 이럴 수 있어? 돈 어디 있어?"
조지 올리는 남아 있는 자존심을 끌어 모았다.

"꺼져. 난 이미 손을 씻었어. 그리고 지금까지 바르게 살아 왔고 앞으로도 그렇게 살 거야"

래리는 조지 쪽으로 뚜벅뚜벅 걸어오더니 왼손으로 조지의 따귀를 갈겼다. 조지는 비틀거렸다.

"너, 대단한데?"

래리가 말했다. 그의 오른손은 다시 조지의 다른 쪽 뺨을 갈기고 있었다.

"대단한 놈이야, 조지!"

그 말과 함께 래리의 왼손이 엉덩이 쪽에서 올라오고 있었다.

조지는 방어를 하려 했으나, 고양이처럼 빠르고 곰처럼 힘이 센 래리 지픈은 그럴 여유를 주지 않았다.

"대단해! 찰싹!"

"……대단해! 찰싹!"

"……대단해, 조지?"

한참 지난 후에야 래리는 뒤로 물러섰다.

"난 이익의 반을 가져 갈 생각이야. 내가 여기 없더라도 날 위해 경영을 잘해 줘. 그리고 장부 정확히 적어 놓고, 일은 네가 다 하는 거야. 그리고 이익의 반은 내 거야. 가끔 들러 일이 어떻게 돼 가나 보도록 하지. 날 속일 생각은 하지 않는 게 좋아, 조지. 너도 뜨거운 데 쭈그리고 앉는 건 싫어하겠지? 살 많이 쪘어, 조지. 잘 먹은 모양이군. 그 엉덩이 흔드는 아가씨랑도 재미있게 놀았나 보군. 네 눈만 봐도 알 수 있어. 굉장한 여자던데? 여기와도 잘 어울려. 조지, 잘 기억해. 여기 이익의 반은 내 거라는 걸. 너한테 맡겨 놓고 떠날 테니 가게 잘 운영해야 돼."

조지 올리는 머리 속이 빙글빙글 도는 것 같았다. 래리의 그 두툼한 손에 두들겨 맞아서 얼굴도 따끔거렸다. 어떤 중압감 때문에 영혼

이 부서지고 있는 것 같았다. 래리 지픈한테는 힘이 바로 법이다. 가학적인 욕망을 충족시킨 래리 지픈이 다시 그 조그맣고 악의에 찬 눈을 반짝거리면서 몸을 움직여 조지한테 다가오고 있었다. 더 두드려 팰 기회를 찾고 있는 것 같았다.

조지는 언제 스텔라가 들어왔는지 몰랐다. 아마 소리도 없이 문을 따고 들어온 모양이었다.

"저 사람 왜 이러는 거예요, 조지?"

래리 지픈은 스텔라의 목소리에 몸을 휙 돌렸다.

"아이고, 누구라고! 엉덩이 흔드는 아가씨가 오셨군. 이리와 봐, 엉덩이 흔드는 아가씨. 난 이제 이 레스토랑의 반을 가진 사람이야. 새로운 사장한테도 인사를 해야지?"

스텔라는 래리와 조지를 번갈아 보며 가만히 서 있었다. 래리가 조지 쪽을 향했다.

"조지, 금고는 어디 있지? 금고 번호를 알려줘. 네 새로운 동업자로서 나도 그 정도는 알고 있어야 하니까. 오늘 번 건 내가 가져가지. 앞으로 자네는 장부만 기록하면 돼. 하지만 지금 당장은 내가 돈이 좀 필요해. 오늘 밤 굉장한 데이트 약속이 있단 말이야."

조지 올리는 잠시 망설이다가 부엌으로 향했다.

"금고 번호를 알려달라고 했잖아!"

래리 지픈의 목소리가 채찍처럼 조지의 온 몸을 휘갈겼다. 스텔라는 래리를 바라보았다. 조지는 알려줄 수밖에 없었다.

"돈은 저 뒤에 있어."

조지는 커다란 정육점용 칼들이 걸려 있는 찬장으로 다가갔다.

래리 지픈은 조지의 마음을 간파했다. 래리는 마치 책을 읽듯이 언제나 그의 마음을 읽어 낼 수 있었다.

래리의 손은 빨리 움직였다. 어느 틈에 코가 뭉툭한 총이 래리의 커다란 손에 쥐어져 있었다. 래리의 눈은 살기로 빛나고 있었다. 그러나 목소리는 여전히 비단결 같았고 조롱하는 투였다.

"자, 조지, 착하게 굴어야지. 거칠게 행동하지 마. 기억해, 조지? 난 방금 형을 살고 나왔어. 이제 아무도 빅 래리를 산 채로 잡을 순 없어. 어서 금고 번호를 알려줘. 네가 더 이상 장난치는 건 보고 싶지 않아!"

조지는 결정을 내렸다. 전기 의자에 묶이느니 싸우다 죽는 편이 훨씬 낫겠다고 생각했다. 조지는 총을 무시한 채 칼이 있는 쪽을 향해 계속 뒷걸음질로 물러났다.

빅 래리 지픈은 잠시 당황했다. 래리가 명령을 내리면 조지는 늘 펑크난 타이어처럼 주저앉았었다. 그런데 이건 새로운 조지 올리였다. 총을 쏠 수가 없었다. 소리가 나는 것도 성가셨으며 또 죽이고 싶지도 않았기 때문이다.

"거기 서, 조지! 거칠게 굴 필요는 없잖아."

래리는 총을 치우며 말을 이었다.

"그 은행에선 대단했더군, 조지. 내가 널 뜨거운 의자에 앉힐 수 있다는 걸 기억해. 난 그 말밖에 할 게 없어. 칼을 집으러 갈 필요는 없어. 그냥 나한테 나가라고 하면 난 떠날 거야. 빅 래리는 환영받지 못하는 곳에서는 머무르지 않거든. 하지만 날 환영하는 게 좋을 걸, 조지. 나한테 금고 번호를 알려주는 게 좋을 거야. 나를 새로운 동업자로 받아들이는 게 좋을 거란 말이야. 번호가 뭐지, 조지?"

그 질문에 대답을 한 것은 스텔라였다. 스텔라의 목소리는 차분하고 분명했다.

"그이를 해치지 말아요. 돈은 줄 테니까."

빅 래리는 스텔라를 바라보았다. 눈의 표정이 바뀌었다.

"이게 바로 내가 좋아하는 부류의 여자야. 어서 새 사장한테 금고가 어디 있는지 말해 줘. 어서 말을 해, 아가씨. 그리고 아가씨가 이곳에 잘 어울린다는 것도 기억하고."
"금고 같은 건 없어. 난 돈을 은행에 맡겨."
조지가 성급하게 말했다.
빅 래리가 싱긋 웃었다.
"거짓말 하고 있네. 넌 이곳을 떠난 적이 없어. 난 이곳을 쭉 살펴보고 있었단 말이야. 자, 아가씨, 어서 금고가 어디 있는지 말해. 그리고 조지는 새 동업자한테 금고 번호를 알려주고."
"파이 선반 뒤에 숨겨져 있어요."
스텔라가 말했다.
"그래, 그래, 그래, 그거 재미있군."
래리 지픈이 말했다.
"제발 그이를 해치지 말아요. 선반을 들어 올리면······."
스텔라가 애원하는 투로 말했다.
"스텔라! 입 다물어!"
조지 올리가 날카로운 목소리로 말했다.
"이미 손해는 났어."
래리는 파이를 넣는 찬장 유리문으로 뒷걸음질쳤다. 래리는 선반들을 들어내 카운터 위에 올려 놓고, 금고 문을 감추고 있는 판자를 뒤로 밀었다.
"영리하군, 조지. 정말 영리해! 다 경험에서 나온 거로군, 그렇지 않아? 자, 이제 번호를 말해, 조지."
"넌 그걸 가져갈 수 없을 거야, 래리. 난 절대······."
"자, 조지, 그런 식으로 말하지 마. 난 네 동업자야. 난 오십 대 오십으로 이 사업에 참여한 거야. 네가 일을 하고 이곳을 운영하면,

난 때때로 내 몫인 반을 가지러 오는 거야. 그런데 지금까지는 나한테 당연히 줄 몫을 한동안 보류해 두고 있었잖아? 그러니 저 금고의 반은 내 거라고 할 수 있지. 어서 번호를 말해. 물론 내가 이 금고에 막대기 작업을 해서 문을 여는 것도 쉬운 일이야. 하지만 난 이곳의 반을 소유한 사람이니까 이곳 재산에 조금이라도 피해를 주고 싶지는 않거든. 내가 손을 보면 금고를 다시 사야 할 테니까 말이야. 그리고 그 비용은 자네 몫에서 부담해야 할 거고. 설마 내가 새 금고 비용을 대주리라고 기대하진 말아."

고무장갑 래리는 자기가 한 농담이 그럴 듯했다고 생각했는지 웃음을 터뜨렸다.

"어서 꺼지라고 말했잖아."

조지 올리가 말했다.

래리 지픈은 주먹을 꽉 쥐었다.

"손 좀 봐야겠군, 조지. 날 우습게 보면 안 돼……."

스텔라의 목소리가 끼어들었다.

"그이를 그냥 내버려 둬요. 돈은 줄 거라고 했잖아요! 조지는 전기 의자를 원치 않아요."

래리가 스텔라 쪽으로 고개를 돌렸다.

"나는 분별력 있는 사람을 좋아하지. 왜 그런지는 나중에 따로 설명해 주지. 지금 당장은 사업이 먼저니까. 즐거움보다 사업이 앞서는 법이잖아? 자, 불러봐."

"오른쪽으로 네 번 돌려서 97."

스텔라가 말했다.

"이런, 이런, 이런, 이 아가씨가 번호도 아는군. 그게 뭘 의미하는지는 우리는 다 알지. 안 그래, 조지?"

조지는 따귀를 맞은 자국이 시뻘겋게 부풀어오른 채로 무력하게 서 있었다.
"그건 이 아가씨가 정말로 이곳의 일부라는 뜻이야. 이젠 아가씨한 테도 반은 관심을 가져야겠군. 그렇게 될 날을 기대하고 있겠어. 자, 나머지 번호는 뭐지?"
래리는 금고 쪽으로 몸을 숙였다. 그러다 갑자기 무슨 생각이 난 듯 몸을 다시 펴더니 권총을 왼손으로 옮겨 쥐었다.
"딴 생각 하지 마, 조지. 물론 이상한 짓은 안 하겠지만. 너도 뜨거운 의자는 싫어할 테니까."
스텔라는 긴장으로 하얗게 질린 얼굴로 번호를 불러 주었다. 래리 지픈은 금고 다이얼을 돌려 문을 활짝 열고 현금 상자를 꺼냈다.
"오오!"
래리가 돈을 호주머니에 쑤셔 넣으며 말을 이었다.
"오늘은 참 좋은 날이야, 그렇지 않아?"
"칸막이 뒤에 백 달러짜리 지폐도 하나 있어요."
스텔라가 말했다. 빅 래리는 칸막이를 젖혔다.
"과연 그렇군! 정말이야."
래리는 귀퉁이가 약간 찢어진 백 달러짜리 지폐를 살피며 말을 이었다.
"아가씨, 정말 큰 도움이 되었어. 아가씨가 이 장소에 어울린다는 게 기뻐. 앞으로 우리 둘은 잘 지낼 수 있을 것 같은데, 그렇지 않아?"
래리는 허리를 펴더니 금고에 등을 대고 서서 조지 올리를 바라보았다.
"그렇게 보지 마, 조지. 그리 썩 나쁜 건 아냐. 사업을 운영해 나가면 네가 일에 관심을 가지는 데 필요한 만큼의 돈은 남겨 줄 거야. 난 그저 크림만 핥아 먹는 정도일 뿐이야. 때때로 널 보러 들를 거야. 물론 날 봤단 애기는 누구한테도 하지 말아야겠지? 설사 그런다 해도 별 소용 없겠지만. 난 정문으로 나왔으니까! 난 똑똑해. 너랑은 다르지. 난 누가 내 발밑 바닥 깔개를 휙 뽑아내버릴 수 있는 곳에는 얼쩡거리지 않거든. 자, 조지, 난 또 가봐야 돼. 저기 보이는 슈퍼마켓에 볼 일이 좀 있거든. 그놈들은 자기들 금고에 너무 자신감을 가지고 있단 말이야. 이제 내가 투자한 돈은 어느 정도 수금했지만 나머지도 마저 해야지. 날 기다려줘, 아가씨. 넌 가서 눈 좀 붙이지 그래, 조지."

빅 래리는 스텔라를 바라보더니, 문 쪽으로 걸어갔다. 래리는 문간에 서서 잠시 밖의 어둠을 살피더니 이윽고 어둠 속으로 사라져 버렸다.

"너……!"

조지가 스텔라를 향해 말했다. 조지의 목소리는 스텔라의 배신에 대한 아픈 심정을 그대로 드러내고 있었다.

"왜요?"

"그놈한테 금고가 있는 곳을 말해 주고, 그 백 달러짜리에 대해 말해 주고, 번호를 알려 주다니……!"

"난 그놈이 당신을 해치는 걸 보고 있을 수가 없었어요."

"보고 있을 수가 없었다고? 넌 고무장갑 래리를 몰라. 넌 네가 지금 어떤 일에 끼어들었는지도 모른단 말이야. 넌……."

"그만 해요. 계속 그렇게 남들더러 자기 생각이나 해달라고 한다면, 앞으로 일은 내가 맡을 거예요."

조지는 놀란 표정으로 스텔라를 바라보았다.

스텔라는 옷장으로 가서 부러진 몽둥이를 하나 들고 나왔다. 무슨 짓을 하려는지 짐작도 하기 전에, 스텔라는 금전 등록기로 다가갔다. 그리고는 몽둥이를 머리 위로 들어 올리더니 등록기 앞쪽을 강하게 내리쳤다. 그런 뒤 몽둥이 끝을 밀어 넣고 크롬 철을 뒤틀어 강제로 서랍을 열었다. 이어 스텔라는 뒷문으로 가 자물쇠를 열더니 문 밖으로 나갔다. 스텔라는 다시 몽둥이 끝을 밀어넣고 문을 뒤튼 다음 자물쇠를 다 망가뜨려 버렸다.

조지 올리는 꼼짝 않고 멍청하게 서서 스텔라를 지켜보기만 했다.
"도대체 뭐하는 거야? 정말 모르겠어……!"
"입 다물어요. 이게 당신이 언젠가 나한테 말해준 막대기 작업이죠, 안 그래요? 이렇게 문고리를 떼어 내고 막대기를 밀어 넣어서……"

스텔라는 금고 쪽으로 걸어가더니 다이얼 손잡이를 막대기로 내리쳤다. 다이얼이 떨어져 나가 바닥을 따라 미친 듯이 굴러갔다. 마지막으로 스텔라는 부엌에 가서 수건을 가져다가 막대기의 지문을 깨끗이 닦았다.

"이제 가요."
스텔라가 말했다.
"어디를?"
"유마로요. 우린 1시간 반 전에 눈이 맞아 유마로 떠난 거예요. 무슨 말인지 모르겠어요? 우린 결혼하는 거예요. 애리조나 주에서는 서류가 없어도 그런 일쯤 금방 해결해 줘요. 우린 주 경계를 넘자마자 자유롭게 결혼하는 거예요. 당신은 지금 당신을 대신해서 생각해 줄 사람이 필요해요. 내가 그 일을 떠맡고 있는 거예요."
조지 올리는 멍청히 서 있었다. 스텔라가 말을 이었다.
"그리고 이 주의 법률에는 남편은 아내한테 불이익을 가져오는 증언을 할 수 없고 아내도 남편한테 불이익을 가져오는 증언을 할 수 없어요. 내가 아는 한 이제 모든 게 다 잘 될 거예요."
조지는 멍청히 서서 스텔라를 바라보고 있었다. 전에는 한번도 보지 못한 새로운 모습이었다. 격렬하면서도 뭔가에 사로잡힌 듯한 모습이었다. 그것은 그를 안심시키는 동시에 겁나게 했다. 스텔라는 마치 새끼를 돌보는 어미 곰 같았다.

"하지만 아직도 모르겠는걸. 왜 이것들을 다 부수는 거야, 스텔라?"

"신문을 보면 다 나와 있을 거예요."

"아직도 모르겠는걸."

"알게 될 거예요."

조지는 잠시 더 멍청히 서 있었다. 이윽고 조지는 스텔라한테 다가갔다. 이상하게도 조지의 머릿속에서 두려운 함정이 뒤로 밀려나면서 연한 파란색 제복 밑에 있는 부드러운 몸매가 떠올랐다. 조지는 유마에 대해, 결혼과 평화에 대해, 그리고 가정에 대해 생각했다.

이틀 뒤에야 비로소 그들은 유마에서 고향 신문을 구해 볼 수 있었다. 2면의 헤드라인은 다음과 같았다.

주인이 신혼여행 간 사이 레스토랑에 강도가 침입하다. 빅 래리 지픈은 경찰과의 총격전에서 사망.

신문 기사에는 또 조지 올리 부인이 유마에서 사회면 편집자한테 전화를 걸어, 조지 올리와 자신이 주 경계를 넘어 그레트나 그린에서 결혼했다는 사실을 알려왔다고 나와 있었다.

사회면 편집자는 부인한테 전화를 끊지 말라고 하고 경찰에 연결시켜 주었다. 경찰은 알려줄 소식이 있다고 하면서 조지 올리를 바꿔 달라고 했다. 그들이 알려준 것은 다음과 같았다.

상인으로 구성된 순찰대가 야간 순찰을 하던 중 1시경에 올리의 레스토랑을 순찰했다. 순찰대는 레스토랑에 강도가 침입한 것을 발견했다. 경찰은 금전 등록기와 금고에서 완벽한 지문들을 채취했다. 경찰은 빠른 작업 끝에 그 지문들이 빅 래리 지픈의 지문이라는 것을 확인했다. 빅 래리 지픈은 범죄 세계에서는 고무장갑 래리라고 알려져 왔는데, 그 이유는 늘 고무장갑을 끼고 범죄를 저질러 지문을 남기지 않기 때문이있다. 이번 경우는 빅 래리가 실수를 한 사건이었다. 분명 그는 장갑 끼는 것을 잊은 것이다.

경찰은 빅 래리의 사진을 가지고 있었기 때문에 즉시 비상 경계령을 내렸다. 강도를 당하던 바로 그날 오후, 조지 올리의 여종업원과 시간제로 교대 근무를 하는 사무원이 경찰서 절도반을 찾아 왔다.

"저희는 강도를 당할 경우에 대비해서, 나중에 그 일을 저지른 사람을 확인할 수 있도록 이것을 보관해 놓았지요. 금고에는 백 달러짜리 지폐를 넣어 놓았습니다. 지폐 귀퉁이를 찢어 놓았지요. 여기 찢어낸 귀퉁이가 있습니다. 경찰에서 이걸 가지고 계셨으면 합니다. 그러면 도둑이 누구인지 금방 확인할 수 있을 겁니다."

경찰은 좋은 아이디어라고 생각했다. 너무 좋은 아이디어라 래리 지픈을 범인으로 확인하는 데 그 지폐를 사용하지 못한 것을 아쉬워할 정도였다. 왜냐하면 래리는 그를 체포하려는 경찰관들한테 총질을 하는 쪽을 택했기 때문이다. 이미 경찰들은 래리의 기록을 알고 있는 터라 만약의 사태에 만반의 대비를 했었다. 개머리판을 잘라낸 산탄총들이 빅 래리의 목숨을 앗아간 다음, 경찰이 부검을 위해 래리의 옷을 벗기자 호주머니에서 피묻은 백 달러짜리 지폐가 발견되었다.

그 외에도 경찰은 래리가 그 지역의 다른 세 군데에서 턴 돈도 찾아냈다. 현금의 액수는 모두 7천 달러에 달했다.

경찰은 범죄 세계에서는 아직도 최고의 기술자로 통하는 래리 지픈이 그 레스토랑에서는 왜 그렇게 아마추어처럼 일을 했는지 의아해하고 있다. 왜냐하면 지픈은 절대 지문이나 단서를 남기지 않는 걸로 명성을 쌓아 왔기 때문이다.

자신의 가게에 강도가 침입했다는 소식을 듣고, 이제 유명해진 레스토랑 주인 조지 올리는 막 결혼한 남자답게 경찰한테 이렇게 대꾸했다.

"사업 얘기는 그만둡시다. 난 지금 신혼여행 중이오."

THE FEVER TREE
열병나무
루스 렌들

열병나무

말라리아가 있는 곳에는 열병나무가 자란다.

열병나무는 다른 열대 지방의 나무들처럼, 양치류 모양의 잎을 깃털처럼 늘어뜨리고 있다. 이 잎은 신선한 녹색이며 촉감이 부드럽다. 나무 모양은 품위가 있고, 뭔가 젊은 분위기, 덜 성숙된 분위기를 풍긴다. 마치 모든 열병나무들은 아직도 더 자라기를 원하는 것처럼. 그러나 열병나무의 가장 독특한 점은 그 나무 껍질 색깔이다. 그 색깔은 설익은 레몬 같은 노란빛이다. 이 노랗고 늘씬한 나무줄기 때문에 열병나무는 다른 나무들과 섞여 있어도 금방 눈에 띈다.

포드는 열병나무라는 이름도 알고 있었고, 열병나무를 알아볼 수도 있었다. 하지만 열병나무의 학명은 모르고 있었다. 그는 또한 왜 열병나무라는 이름이 붙었는지도 몰랐다. 원주민들이 그 잎이나 껍질, 열매를 갖고서 말라리아를 치료하는 약재로 쓰기 때문인지, 아니면 말라리아를 옮기는 모기가 있는 곳에는 늘 그 나무가 있어서 경고의 의미로 그런 이름을 붙인 것인지…… 어쨌든 츠쿤야에서 열병나무를 보자 포드는 피가 끓어오르는 것 같았다.

카키색 짧은 바지와 셔츠를 입은 한 아프리카 인이 긴 막대기를 들어올렸다. 그래서 그들이 탄 차는 철망 담장에 뚫린 입구로 들어갈 수 있었다. 담장 안도 담장 바깥과 다를 것이 없었다. 바람에도 흔들리지 않고 조용하게 서 있는 똑같은 덤불들이 길 양편을 따라 뻗어 있었다.

포드는 이곳 관광객용 오두막촌을 향해 타르와 자갈을 섞어 포장한 도로를 3킬로미터가량 달려오면서 생각에 잠기곤 했다. 만일 내가 고개를 돌려 옆쪽을 보았을 때, 옆자리에 앉아 있는 사람이 마그리트라면? 그러나 그것은 그가 감히 마음놓고 가슴에 품어볼 수도 없는 환상이었다. 다만 아주 잠깐씩 머릿속에 담아둘 수 있을 뿐이었다. 그러나 그나마도 트리시아에 의해서 산산이 흩어져 버리곤 하였다. 트리시아는 밝고 쨍쨍한 목소리로 마치 수학 여행 온 여학교 학생 같은 질문을 던져대면서 포드를 피곤하게 만들고 있었다.

접수대의 아프리카 인은 입구의 아프리카 인보다 훨씬 장식이 요란한 제복을 입고 있었다. 그는 두 사람의 예약 영수증을 받아, 자기가 가지고 있는 명부와 비교해 보았다.

'여기서 머무르시려면 몇 주 전에 숙박료를 다 지불하고 예약하셔야 합니다.'

포드는 이곳을 예약할 때 그런 이야기를 들었었다. 포드는 마그리트와 헤어지고 다시 트리시아에게로 영원히 돌아온 바로 다음 날, 이곳을 예약했었다.

"내 아내가 이곳 츠쿤얀이 얼마나 넓은지 알고 싶어하는데요."
"4백만 에이커입니다."

포드는 놀랍다는 듯이 휘파람을 불었다.

"표범을 구경할 수도 있나요?"

아프리카 인은 어깨를 으쓱하며 미소 지었다.

"글쎄요. 손님은 운이 좋을 수도 있겠죠. 손님이 여기 1주일 내내 머무르시면, 사자, 코끼리, 하마, 치타를 볼 수 있을 겁니다. 하지만 표범은 밤에만 활동을 하거든요. 손님은 오후 6시까지는 숙소로 돌아오셔야만 하구요."
그는 시계를 보고 나서 다시 말을 이었다.
"손님이 문을 닫기 전에 타부에 가시려면, 지금 출발하셔야 합니다."
포드는 차로 다시 돌아갔다. 거의 4시가 다 되어 있었다. 살아 있는 인격적 신과도 같은 아프리카 태양이 아지랑이 그물 사이로 타오르고 있었다. 바람은 전혀 불어오지 않았다. 주름 장식이 달린 엷은 노란색 드레스를 입은 트리시아는 한쪽 팔을 열린 차창에 걸치고 있었다. 솜털이 난 흰 살결이 붉게 타오르고 있었다. 포드는 트리시아에게 아프리카 인이 해준 이야기를 반복해서 말해 주었다. 그리고 접수대에 붙어 있던 경고문에 대해서도 이야기했다.
"총기를 소지하고 자연동물원에 들어가는 행위, 동물에게 먹이를 주는 행위, 과속으로 차를 모는 행위, 쓰레기를 버리는 행위는 엄금이래. 그리고 가장 중요한 것이 또 하나 있어. 자연동물원에서는 차 밖으로 나가서는 안 된대."
"네? 조금이라도요?"
트리시아가 엷은 푸른빛이 감도는 순진한 눈을 공깃돌처럼 동그랗게 뜨고 물었다.
"거기에 그렇게 써 있어."
트리시아가 얼굴을 찌푸렸다.
"멍청하고 낡은 규칙들이에요."
"나름대로 규칙은 있어야 하지."
여기도 다른 바깥 세계와 마찬가지다. 사랑에 빠지는 것, 조강지처를 버리는 것, 새 출발을 하는 것은 엄금되어 있다. 포드는 트리시아도 같은 생각을 하는지 확인하려는 듯, 그녀 쪽을 흘끔 쳐다보았다. 트리시아의 얼굴에는 짓궂은 표정이 떠올라 있었다. 매력적이었다.
"동물을 처음 본 사람한테 상을 주기로 해요."
"좋지."
포드는 어차피 트리시아와 화해하기로 합의했다. 그 결과 휴가를 얻어 이곳으로 두 번째 신혼 여행을 오게 된 것이다. 따라서 합의한 대로 하려고 노력해야만 했다. 마그리트와의 사이에서는 굳이 노력하고 애쓰지 않아도 사랑이 샘솟아 올랐다. 그러나 트리시아와는 그렇지 못하기 때문에 두 사람의 관계가 잘되어 나가도록 노력이 필요했다.
"상으로 뭘 주기로 할까?"
"당신이 보면 내가 주는 거고, 내가 보면 당신이 주는 거예요. 내가 먼저 동물을 보면, 난 캠프의 가게에서 맘에 드는 선물을 하나 갖고 싶어요, 아주 멋지고 비싼 선물을요"
그러나 포드가 이겼다. 오른편 가시나무들 사이에서 얼룩말 한 마리가 튀어나오는 것을 본 것이다. 이어 여러 마리가 그 뒤를 따라나왔다.
"나도 가게에서 내가 받을 상품을 하나 고를까?"
포드는 트리시아가 계산된 수줍은 표정으로 고개를 젓는 것을 보지 않고도 느낄 수 있었다.
"아니, 당신은 키스예요."
트리시아는 말하는 것과 동시에 마른 입술을 그의 뺨에 눌렀다. 포드는 몸을 약간 떨었다. 포드는 얼룩말들이 길을 건너도록 차의 속도를 늦추었다. 가시덤불에는 5센티미터 길이의 가시가 달려 있었다. 길가에는 야생 백일초가 산호처럼 작고 붉은 꽃을 피우고 있었다. 그

꽃잎들이 바닥에 듬성듬성 떨어져 있고, 옅은 잔디 위에도 흩어져 있었다. 덤불 속에는 빨간 개미탑이 있었다. 개미탑 꼭대기가 동화 속에 나오는 성의 탑처럼 뾰족하게 솟아 있었다. 타부까지는 48킬로미터 거리였다.

포드는 제한 최고 속도에 맞추어 차를 몰았다. 트리시아가 속도를 늦추라고 할 때마다 그는 그녀의 말을 무시했다.

"우리는 커다란 육식 동물은 보지 못할 거야, 적어도 오늘 오후에는."

포드는 이 점을 확신하고 있었다. 기껏해야 아프리카 영양이나 얼룩말, 잘해 봤자 기린 정도일 거라고 생각했다. 전에 출장을 나왔을 때 포드는 시간을 내어 세렌게티와 크루거에 가본 적이 있었기 때문에 그 사실을 알고 있었다.

포드는 망원경을 꺼내 초점을 맞춘 다음, 트리시아의 목에 걸어 주었다. 과거에 트리시아에게 망원경이나 카메라를 주면서 목에 걸어 주지 않았다가, 트리시아가 그것을 떨어뜨려 부수고 나서 울곤 하던 것을 생생하게 기억하고 있었기 때문이다. 차에는 냉방 장치가 되어 있지 않았다. 더위가 두 사람 사이에 무겁고도 조용히 내려앉아 있었다. 그들이 서쪽으로 차를 몰자, 그들 앞쪽으로 해가 탁한 노란빛을 내며 지고 있는 것이 보였다. 땀이 포드의 겨드랑이와 어깨뼈에서 흘러나와 이미 젖은 셔츠를 더욱 축축하게 만들면서 그의 피부 위에 끈적끈적한 얇은 막을 형성하고 있었다.

갈림길 중앙의 돌을 쌓아 놓은 곳에 화살표들이 얹혀 있었다. 그 화살표들은 각각 타부, 와카수수의 중앙 캠프, 수수 강 건너의 하마 다리 등을 가리키고 있었다. 화살표 위에는 비비 한 마리가 무릎 위에 털북숭이 새끼를 올려 놓고 앉아 있었다. 트리시아는 그것을 보자 귀여워 못 견디겠다는 눈빛으로 비비를 향해 손을 뻗었다. 트리시아는 아기를 낳아본 적이 없었다. 비비는 새끼의 머리에서 벼룩을 잡고 있었다. 트리시아는 약간 신경질적인 비명을 질렀다. 혐오스러우면서도, 한편으론 즐겁다는 듯 포드는 차를 몰아 타부 쪽으로 갔다. 차가 입구를 통과하여 캠프에 닿았을 때는 문을 닫기 10분 전이었다.

아프리카에서는 어둠이 빨리 밀려온다. 어스름은 잠깐뿐이다. 저녁 어스름을 보는가 싶으면 어느 틈에 그것은 사라지고 밤이 깔려온다. 잠깐 동안의 어스름 속에서 모든 것들이 희미하게 빛을 발하고 새들이 시끄럽게 지저귄다.

타부의 캠프에는 식당 하나와 가게 하나, 그리고 초가 지붕의 둥그런 오두막집들과 현관이 있는 나무 오두막집이 있었다. 포드와 트리시아는 북쪽 언덕받이에 있는 나무 오두막을 하나 배정받았다. 그 오두막의 현관에서는 넓은 잔디밭을 지나 높다란 철망 담장 너머로 키 큰 갈대들이 자라는 둑 사이로 수수 강이 소리없이 천천히 흐르는 것이 보였다.

포드와 트리시아가 현관의 나무 계단을 올라갈 때, 막 어스름이 깔려오고 있었다. 포드 혼자 가방을 몽땅 들고 있었는데 바로 그때 그는 열병나무 두 그루를 보았다. 어스름 속에 고사리 같은 그 잎들은 잿빛으로 바래 있었다. 그러나 나무줄기는 오히려 낮보다 더 선명하고 더 진한 노랑빛이었다.

"말라리아 약을 먹어 두는 게 좋겠소."

포드가 문을 밀고 들어가며 말했다. 불을 켜자 맞은편 벽에 두 마리의 모기가 앉아 있는 것이 눈에 띄었다.

"아노펠레스는 말라리아를 옮기는 모기지. 그러나 불행하게도 모기들은 자기가 아노펠레스인지 아닌지 말해 주질 않는단 말이야."

트윈 베드, 탁자, 전등, 냉방기, 냉장고, 그리고 열린 문 하나……. 그 문 안으로 화장실과 샤워 시설이 들여다보였다. 트리시아는 어디를 갈 때나 꼭 들고 다니는 화장품 가방을 침대맡의 창문가에 올려 놓았다. 불빛은 그리 밝지 않았다. 캠프의 모든 불빛들이 다 그랬다. 자가 발전기로 전기를 만들어 내기 때문이었다. 이곳은 동물들 세계에 인간이 개척해 놓은 작은 식민지였다. 그래서 모든 순서가 다 거꾸로였다. 창문을 통해 다른 오두막들과 거기서 나오는 다른 희미한 불빛들, 그리고 주차한 다른 자동차들이 보였다.

트리시아는 두 모기에게 말을 붙였다.

"네 이름이 안나 필리스(아노펠레스를 사람 이름처럼 성과 이름으로 나누어 부른 말)니? 아니라고? 그럼, 넌, 안전하겠구나. 저 모기가 그러는데 자기는 메리 제인이고 자기 남편은 존 헨리래요."

포드는 억지로 웃으려고 하였다. 포드도 한때는 트리시아의 익살을 수용하고 또 그것에 익숙해진 적이 있었다. 그러나 그것은 마그리트의 재치를 맛보기 전까지의 일이었다. 포드는 짐을 풀지도 않고 찬장 위에 던져 놓은 다음에 샤워를 하러 갔다.

트리시아는 현관에 서서 매미들이 우는 소리를 들었다. 수천 마리가 울고 있는 듯했다. 그녀가 가방에서 옷을 꺼내 걸어 놓는 동안에 주위는 칠흑 같은 어둠으로 변하고, 하늘은 온통 밝은 별들로 곰보가 되어 있었다.

트리시아는 포드를 그 여자로부터 떼어냈다. 이제 그녀가 포드를 지켜야만 했다. 그녀는 살을 뺐고, 새 옷을 장만했으며, 헤어스타일을 바꾸었다. 남자들은 늘 그녀를 겁에 질리게 했다. 그녀가 어렸을 때 그녀의 아버지부터가 그랬다. 그렇기에 그녀는 짐짓 어리광을 피워서 의식적으로 아이 노릇을 해야 했다. 그녀는 자기 아버지가 어머니보다는 어린 소녀들한테 더 친절하고 더 관대하다는 것을 알아차렸던 것이다. 포드도 그러한 응석받이에다 익살맞은 어린 소녀와 결혼했다. 그리고 그것을 아주 좋아했다. 포드가 성숙한 여자를 만나기 전까지는…….

 트리시아도 이 모든 것을 알고 있었다. 하지만 그녀도 과거의 그러한 방법들 말고 다른 어떤 방법으로 포드를 붙잡아 두어야 하는지는 알 수가 없었다. 그 낡은 방법들은 자기가 보기에도 따분하고 케케묵은 것들이었다. 하물며 포드에게는…….

 '내가 혼자였으면, 남편이라는 것을 가질 필요가 없었으면……. 관습과 자존심 때문에, 그리고 나를 부양할 사람에 대한 필요와 교제 때문에, 포드에게 이렇게 달라붙지 않을 수 있었으면…….'

 트리시아는 현관에 선 채, 자기 마음속에도 그런 희망이 얼마 정도는 있다는 것을 확인하고 있었다.

 트리시아는 혹시 담장 너머 숲 속에서 사자의 포효가 들려오지 않을까 싶어 가만히 귀를 기울여 보았다. 그러나 매미 소리밖에는 들리는 것이 없었다.

 포드는 수건으로 몸을 감싸고 밖으로 나왔다.

 "그 모기들 어떻게 했어? 모기약 어딨어?"

 트리시아는 금방 겁을 집어먹고 말했다.

 "모르겠어요."

 "모르겠다니, 그게 무슨 소리야? 당연히 알아야지. 내가 호텔에서 당신한테 모기약을 주면서 화장품 가방에 넣으라고 했잖아."

 트리시아는 모기약이 없다는 것을 뻔히 알면서 화장품 가방을 열었다. 물론 거기에는 모기약이 없었다. 그녀는 호텔 욕실 선반에서 모기약을 보았지만, 너무 커서 그냥 놓아두고 왔던 것이다. 그녀는 입술을 깨물고 옆눈으로 포드를 보았다.

 "가게에서 또 사면 되잖아요."

 "트리시아, 가게는 7시에 닫아. 지금은 10시가 넘었어."

 "아침에 사면 되잖아요."

"불행하게도 모기는 밤에 제일 극성을 부린단 말이야."
포드는 자기 손으로 직접 화장품 가방 안의 병들을 뒤적거렸다.
"이 쓸모없는 쓰레기들 좀 봐. 스킨 클렌징, 진주 파운데이션, 모이스처라이저……. 당신이 뭐 젊은 모델이야? 당신은, 진주 파운데이션보다는 모기약을 가져가야겠다는 생각은 들지도 않았겠지."
그녀의 입술이 떨렸다. 그녀는 자기 의지와는 상관없이 자기 눈이 동그래지고, 입 모양이 저절로 만들어지는 것을 느꼈다.
"그래도 말라리아 약은 가져왔잖아요."
"그 약이 모기가 무는 것을 막아주나?"
포드는 다시 욕실로 들어가며 쾅 하고 문을 닫았다.
'마그리트 같으면 모기약 가져오는 것을 잊었을 리 없어.'
트리시아도 그가 마그리트를 다시 생각하고 있다는 것을, 그의 머리에 마그리트만이 꽉 차 있다는 것을, 타부로 오는 동안에도 마그리트가 강력하고도 고집스럽게 그의 머릿속을 비집고 들어오고 있었다는 것을 알고 있었다. 트리시아는 울기 시작했다. 눈에서 흘러넘치는 눈물은 그칠 줄을 몰랐다. 그녀가 옷을 갈아입는 동안에도, 얼굴에 파우더를 바르는 동안에도 그렇게 눈물은 흘러내렸다.

그들은 식당에서 저녁을 먹었다. 트리시아는 꽃무늬가 있는 핑크빛 크레프드레스를 입고 있었는데, 식당에서 성장을 하고 있는 유일한 여자였다. 그전 같으면 다른 사람들이 자기를 바라보는 눈길을 그녀는 찬탄의 눈길이라고 생각했겠지만, 지금 그녀는 그것을 조롱의 눈길이라고 생각하고 있었다. 트리시아는 너무 구워진 대구를 조금 먹고, 역시 너무 구워진 빵가루를 바른 송아지 고기를 많이 먹었다. 그녀는 포드의 팔에 모기가 문 자리가 부풀어 오른 것을 바라보았다.
본건물과 오두막들에서 나오는 빛 말고는 캠프에 다른 빛이라곤 없었다. 점차로 그 빛들도 하나씩 사라지고, 아주 깜깜해지기 시작했다. 모기 때문에 투덜거렸음에도 불구하고 포드는 곧 잠이 들었다. 하지만 트리시아는 냉방기 소리 때문에 잠이 오지 않았다. 11시에 트리시아는 냉방기를 끄고 창문을 열었다. 그러고 나서야 잠이 들었지만 4시에 다시 잠이 깼다. 트리시아는 30분 동안 그냥 누워 있다가 일어나서 옷을 입고 밖으로 나갔다.

여전히 깜깜했다. 그러나 어둠의 가장 두꺼운 베일은 걷힌 듯, 깜깜함은 서서히 옅어지고 있었다. 풀 위에는 이슬이 많이 맺혀 있었다. 녹색의 작은 원추형 열매들이 달린 머루라 나무 밑을 지나갈 때, 나뭇가지에서 박쥐떼가 날아올라 그녀의 머리 위를 맴돌았다. 만일 포드가 곁에 있었더라면 그녀는 비명을 지르고 그에게 달라붙었을 것이다. 그러나 혼자였기 때문에 트리시아는 입을 다물고 가만히 있었다. 캠프 주위와 담장 너머의 수풀에는 소리가 가득했다. 그 소리들 속에서 트리시아의 마음에는 히에로니무스 보슈(플랑드르 대표적 화가. 생기 있는 자연 감정을 그려낸 풍경 화가)의 그림들이 떠올랐다. 그 그림들에 있는 꼬마 도깨비, 악마, 무서운 난쟁이들이 아마 저런 소리들을 내리라. 툴툴거리는 소리, 작은 휘파람 소리, 바스락거리는 소리, 작고 가늘게 빽빽대는 소리…….

트리시아는 어슬렁거리며 새벽이 오기를 기다렸다. 새벽이 극적으로 찾아오기를 기대하며……. 그러나 새벽은 그저 하늘 속에서 잿빛 창백한 얼굴로 찾아왔을 뿐이다. 검은 구름들이 열리는 사이로 내비치는 창백함. 그 실망스러운 새벽은 다가올 아침보다 더 중요한 그녀 인생의 무언가에 대한 하나의 상징, 마치 불길한 징조처럼 그녀를 겁에 질리게 하였다.

포드는 잠에서 깼다. 그러나 처음에는 눈에 모기가 문 자리가 부풀어 올라 제대로 눈을 뜰 수 없었다. 사방 벽에는 온통 엉겅퀴 갓털 같은 모기들이 다닥다닥 달라붙어 있었다. 포드는 일어나서도 비틀거렸다. 반은 장님이나 다름없었다. 가까스로 욕실로 들어가 눈에 물을 뿌렸다. 트리시아는 들어와서 포드의 얼굴을 보고 신경질적으로 깔깔거리며 입술을 깨물었다.

캠프의 문이 5시 반에 열리자 차들이 대이동을 시작하였다. 트리시아는 면허 시험에 합격해 본 적이 없었다. 그리고 포드는 눈이 제대로 안 보였기 때문에, 그들은 차를 타고 나가는 대신 식당에서 아침을 먹었다. 가게가 문을 열자 포드는 모기약 두 종류를 샀다. 그리고 할 수 없이 상아 목걸이와 기린이 그려진 치마를 샀다. 더 이상 트리시아의 미안하다는 소리와 애원하는 듯한 눈빛을 견딜 수가 없었기 때문이다. 9시에 포드의 눈이 좀 가라앉자 그들은 차를 타고 하마 다리 쪽으로 길을 잡아 나갔다.

날은 무더웠다. 포드는 모기한테 물린 자국을 세어 보았다. 모두 스물네 군데였다. 작은 키니네 두 알이 과연 이 스물네 군데의 물린 자국에 다 대처할 수 있을까? 그중 몇 군데는 틀림없이 말라리아 모기가 문 것일 텐데. 만일 내가 어제 도착했을 때 열병나무를 보지 못해서 키니네를 먹지 않았더라면 어찌 되었을까? 포드는 갑자기 고집스러운 표정이 되어 천천히 차를 몰았다. 그의 부풀어오른 눈은 선글라스에 가려져 있었다.

수수 강을 지나 물웅덩이에 이르자 포드는 차를 멈추고 지켜보았다. 그러나 물가로 기어나오는 동물은 아무것도 볼 수 없었다. 통나무 비슷한 게 하나 있었는데 그것은 한참 뒤에 사라졌다. 그제서야 그들은 그것이 악어였음을 깨달았다. 너무 늦은 시간이었기 때문에 한 발로 서서 몸을 구부리고 있는 황새를 제외하고는 아무것도 보이지 않았다. 황새는 공터에도 있었고, 비쩍 마른 나뭇가지 위에도 있었다. 포드는 망원경을 통해 수풀을 보았다. 아무것도 보이지 않는 수풀은 끊임없이 똑같은 모양으로 이어져 멀리 지평선 위에 솟은 푸른 산맥에까지 이르고 있었다.

 모기가 물었다고 열이 날 리는 없었다. 설사 말라리아에 걸렸다 해도 아직 증상이 나타날 때는 아니었다. 그러나 차 안의 트리시아 옆에 앉아 있는 포드는 열병의 환각 상태 같은 것을 느끼고 있었다. 아마 몸 전체가 몹시 가려웠고, 피부가 서서히 햇빛에 타기 시작해서 힘을 들이지 않고는 꼼짝도 할 수 없었기 때문에 그런 느낌이 왔을 것이다. 그러나 그 느낌은 마음에도 영향을 미쳐, 포드는 트리시아를 볼 때마다 마음속에서 일종의 공포가 솟아나는 것을 느꼈다.

 '내가 왜 그랬을까? 내가 왜 이 여자한테로 돌아왔을까? 내가 미친 건가?'

 마치 몸의 온도가 올라가듯이 그의 눈과 머리에서 피가 뛰는 것이 느껴졌다. 트리시아의 핑크빛 바지는 몸에 너무 꼭 꼈으며, 흰색 보일 블라우스의 장식은 우스꽝스러웠다. 망원경의 도움을 얻어 트리시아는 천축 보리수 가지 사이에 있는 작은 잿빛 원숭이 가족을 발견했다. 그녀는 창문으로 머리를 내밀고 원숭이들을 향해 이리 오라는 듯이 혀를 찼다. 이어 그녀는 차문을 열고 앉은 채로 포드를 바라보았다. 아버지가 금지하는 것을 알면서도 어떤 것을 하고 싶어하는 어린 아이 같은 표정이었다.

 그들은 아직 표범이나 코끼리, 심지어는 자칼도 보지 못했기에 안전하다고 할 수도 있었다. 포드는 어깨를 으쓱했다.

 "좋아. 하지만 감시원이 돌아다니다 당신을 발견하면 우린 골치 아프게 될 거야."

 트리시아는 차문을 열어놓은 채로 밖으로 나갔다. 길가에서 시작하여 덤불 밑에 깔려 있는 풀밭은 듬성듬성하긴 했지만 눈이 미치는 데까지 길게 깔려 있었다. 풀은 트리시아의 무릎 위까지 올라왔다. 사자나 치타가 숨어 있어도 알아챌 수가 없었다. 포드는 망원경을 들고 트리시아의 반대편을 바라보았다. 또 카메라를 목에 거는 것을 잊은 트리시아를 보고 싶지가 않았던 것이다. 트리시아는 원숭이들을 향해 몸짓을 하고 있었다. 그러나 원숭이들은 움츠러들었다.

원숭이들은 서로 껴안고 서로의 어깨에 머리를 묻었다. 마치 감상적인 그림에 가끔 등장하는 협박받는 피난민들 같았다.

포드는 망원경을 천천히 움직였다. 숫사슴 몇 마리가 불안한 표정으로 풀을 뜯고 있는 곳에서 한 백 미터쯤 떨어진 곳에는 고양이 종류 두 마리가 서로 얼굴을 맞대고 있었다. 몸도 함께 웅크리고 있었는데 등에는 점이 있었다. 치타였다. 문득 그의 머리 속에 치타가 육지에서 제일 빠른 동물이라는 이야기를 들은 기억이 떠올랐다.

그는 트리시아를 불러 빨리 차에 태워야만 했다. 그러나 포드는 트리시아를 부르지 않았다. 포드는 망원경으로 그 치타들이 우아한 자태로 앉아 있는 것을 지켜보고만 있었다. 배가 부른 듯 휴식하고 있었지만, 눈은 뜬 채였다. 마그리트는 저 치타들을 좋아했을 것이다. 그녀는 고양이들을 좋아했으니까. 마그리트는 미얀마산 고양이 한 마리가 있었는데, 그것도 저 야생의 치타처럼 재빠르고 날씬하고 우아한 자태를 가지고 있었다.

트리시아는 차로 돌아오면서 원숭이들이 너무 귀엽다고 감탄을 했다. 포드는 차를 출발시켰다. 치타에 대해서는 트리시아한테 한 마디도 하지 않았다.

오후 5시경에 트리시아는 또 차에서 내리고 싶다고 하였다. 포드는 그녀를 막지 않았다. 그녀는 몽구스에게 말을 걸면서 길을 왔다갔다 하였다. 1시간 정도만 있으면 어두워질 것이었다. 포드는 그녀를 놓아둔 채 차를 몰아 캠프로 돌아가는 상상을 해보았다. 표범은 야행성 동물이라서 어두워질 때까지 어딘가에서 기다리고 있을 것이다.

부풀어오른 눈은 이제 거의 가라앉았다. 하지만 목과 팔과 손은 모기가 문 자리들이 아물면서 여전히 아팠다. 트리시아가 말을 하면서 손을 뻗고 다가가자 몽구스들은 풀밭 속으로 달아났다. 4명의 남자가 탄 차가 하마 다리 쪽에서 오고 있었다. 차가 속력을 늦추더니 운전자가 고개를 내밀었다. 그의 얼굴은 벽돌빛의 붉은색이었으며 선이 굵었다. 머리는 파도가 치는 듯한 금발이었다. 그는 아프리카 태생의 백인들 특유의 모음을 억누르는 발음으로 말을 했다.

"부인이 저렇게 길가에 나가 계시면 안 됩니다."

"나도 압니다. 마누라한테 이미 말을 했지요."

"실례합니다만, 부인, 차에서 나가 있다는 게 얼마나 위험한 일인지 알고 계십니까?"

그의 목소리가 위협적으로 울렸다. 트리시아는 얼굴을 붉혔다. 그녀는 자기를 경멸하듯 바라보는 그 사람이 사실은 매우 무서웠지만, 마치 혐오스럽다는 듯이 코웃음을 치며 미소를 띠고는 입술을 깨물었다.

'저 남자가 캠프에 돌아가서 나를 신고할까?'

"나를 고자질하지 않겠다고 약속하세요."

트리시아는 고개를 한쪽으로 기울인 채 더듬거렸다. 그러자 그 사내는 화난 듯 소리를 지르며 차 안으로 고개를 넣었다. 이어 그 사내의 차가 앞으로 나갔다. 트리시아는 폴짝 뛰어서 포드의 옆자리에 앉았다. 타부로 돌아갈 시간이 1시간도 남지 않았다. 포드는 앞서가는 차 뒤를 따랐다.

저녁 식사 때 그 네 사람은 옆자리에 앉아 있었다. 트리시아는 그 사람들이 도대체 몇 명한테나 자기 이야기를 했을까 궁금했다. 왠지 식당에 앉아 있는 몇 사람이 호기심이나 적대감이 섞인 눈초리로 자기를 보는 것 같았기 때문이다. 멋진 곱슬머리를 가진 사내가 그날 자기와 자기 동료들이 본 것을 큰소리로 자랑하고 있었다. 사자떼,

코뿔소 두 마리, 하이에나, 그리고 진귀한 검은 영양……. 그들끼리 하는 이야기를 들으니 그의 이름은 에릭이었다.

에릭이 포드에게 말했다.

"아까 그 하마 다리 근처에서는 별로 볼 것이 없어요. 동물들은 모두 소팅게에 있죠. 내일 아침에는 우선 소팅게부터 가보세요. 내가 장담하는데, 사자도 볼 수 있을 겁니다."

에릭은 트리시아에게는 말을 걸지 않았다. 심지어 그녀를 쳐다보지도 않았다. 10년 전만 하더라도 식당에서는 남자들이 그녀를 보려고 고개를 돌렸다. 그녀는 그 남자들이 무섭긴 했지만, 그래도 그들의 눈길 속에서 행복을 느끼며 몸을 떨었다. 풀밭을 가로질러 오두막으로 돌아오면서, 그녀는 손을 내밀어 포드의 팔을 잡았다.

"제발, 모기한테 물린 자린 건드리지 마."

포드가 말했다. 포드는 트리시아의 침대에서 한 발자국 정도 떨어진 곳에 놓인 자기 침대에 누워 잠을 이루지 못했다. 밤이 되면 사냥을 다니는 표범, 담장 너머에 있을 표범에 대한 생각이 사라지지 않았다. 표범은 나뭇가지를 타고 움직이다가 쏜살같이 먹이를 향해 뛰어내릴 것이다. 암사자는 이른 아침에 사냥을 하여 자기의 포획물을 남편과 새끼들에게 가져간다. 포드는 그러한 것들을 텔레비전에서 보았다. 치타가 매우 빠르다는 것은 알지만, 그들이 어떻게 먹이 사냥을 하는지는 몰랐다. 화난 코끼리는 자동차에 몸을 기대어 자동차를 찌부러뜨리거나, 아니면 발을 한번 휘둘러 유리창을 깨버릴 것이었다.

너무 어두워서 트리시아의 모습이 보이지 않았다. 하지만 그녀가 깨어 있다는 것은 알 수 있었다. 트리시아는 이따금 숨소리를 죽이며 가만히 누워 있었다. 포드는 그녀가 갑자기 숨을 내쉬는 소리를 들을 수 있었다. 그 한숨 소리는 냉방기의 시끄러운 소리에도 불구하고 똑똑히 들렸다.
　포드는 예전부터 트리시아한테 운전을 가르치려 했었다. 사람들은 남편이 아내한테 운전을 가르치려 해서는 절대 안 된다고들 말했다. 남편은 아내를 보고 참지 못하며, 아내가 운전을 전혀 못하는 상태라는 것을 참작해 주지 못한다는 것이다. 맞는 말이었다. 트리시아의 운전 실력은 전혀 나아지지 않았다. 그녀는 곧잘 얼토당토않은 행동을 하였으며 그럴 때마다 포드는 그녀에게 소리를 쳤다. 트리시아는 운전 면허 시험을 보았으나 떨어졌다. 그녀는 시험관이 자기를 골탕 먹이려고 일부러 떨어뜨린 것이라고 말했다. 당시 트리시아는 누구도 감히 그녀에게 목소리를 높일 수 없다고 생각하는 것 같았으며, 그녀가 눈길만 한번 주면 모든 남자들이 발밑에 엎드려 노예가 되어야 한다고 생각하는 것 같았다.
　포드는 트리시아가 자기와 교대로 운전을 할 수 있기를 바랐다. 차를 몰고 가다 보면 길에 정신을 집중하느라 많은 것들을 보지 못한다는 것은 맞는 말이었다. 하지만 트리시아한테 말해 봤자 소용없었다. 그들의 차는 아침 5시 반에 문을 빠져나가는 차들 대열에 끼어 있었다. 차는 문을 빠져나가 잿빛 새벽 속으로, 고요한 수풀 속으로 향했다. 비비 가족이 앉아 있는 돌무더기 이정표에서 포드는 소팅게 쪽으로 길을 잡았다.
　한 3킬로미터가량 올라가다가 그들은 사자를 만났다. 에릭과 그의 친구들은 이미 거기 와 있었다. 그들은 차창 밖으로 몸을 내밀고 사진을 찍고 있었다. 두 마리의 큰 암사자, 암사자 새끼 두 마리, 그리고 이제 막 갈기가 돋아나기 시작한 숫사자 새끼 한 마리가 길가에 누워 있었다. 포드는 차를 에릭의 차 맞은편에 세웠다.
　에릭이 트리시아에게 말했다.
　"여기 오면 운이 좋을 거라고 내가 말했죠? 여기서는 차 밖으로 나와서 조사를 하지 않기를 부탁합니다."

트리시아는 그에게 대답도 하지 않았고, 아예 그쪽을 바라보지도 않았다. 그녀는 사자들을 보고 있었다. 태양이 떠오르면서 하늘은 붉은색이 감도는 오렌지빛을 띠고 있었다. 산들바람이 불어와 옅은 초록색의 고사리 같은 잎들을 가볍게 흔들었다. 큰 암사자 한 놈은 에릭의 복잡한 카메라 때문에 놀랐다기보다는 짜증스러운 표정으로 자리에서 천천히 일어나더니 풀과 백일초가 뒤엉킨 수풀 속으로 들어가 버렸다. 새끼들도 그 뒤를 따르고, 다른 큰 암사자도 그 뒤를 따랐다. 포드는 망원경을 통해 그들이 당당하게 고개를 들고 걸어가는 것을 지켜보았다. 심지어는 새끼들도 아주 우아하고 규칙적이고 통제된 걸음걸이로 걸었다. 근처에는 영양도 기린도 보이지 않았다. 이곳은 오로지 사자들의 세계였다.

소팅게의 물웅덩이 근처에는 모든 동물들이 모여 있었다. 큰 부채 같은 귀를 가진 코끼리 한 마리가 코로 붉은 흙을 몸에 뿌려 바르고 있었다. 트리시아는 차 밖으로 나가 코끼리의 사진을 찍으려고 하였다. 포드는 그녀를 막지 않았다. 포드는 이제 아픈 단계를 지나 가려운 단계로 접어든, 모기가 문 자국을 긁었다.

여전히 트리시아는 카메라를 목에 거는 것을 잊고 있었다. 그녀는 물가로 내려가 안전한 거리를 두고 섰다.

'이 정도면 안전할까? 여기서 무슨 안전한 거리라는 것이 있을까?'

그녀는 악어를 바라보았다. 포드는 아무런 이유도 없이, 지금이 하루 가운데 가장 나쁜 시간이고 너무 이르다고 생각했다. 그들은 아침을 먹기 위해 타부로 돌아왔다.

아침 식사 때도 또 점심 식사 때도 에릭은 자기가 본 것을 자랑하며 떠벌렸다. 에릭은 소팅게에서 흙길을 따라 수수 다리까지 갔는데,

거기서 물가 나무 위에 있는 표범을 보았다고 했다. 사실 먼저 발견한 것은 말콤이라고 했다. 표범은 몸을 길게 뻗은 채 가지 위에서 잠들어 있었는데, 좀 멀긴 했지만 망원경으로는 똑똑히 볼 수 있었다고 했다.

"진짜 사각무늬 점이 찍힌 굉장한 가죽이더구만."

에릭이 담배 연기를 뿜으며 말했다.

물론 트리시아도 수수 다리에 가보고 싶었다. 그래서 포드는 낮잠을 잔 다음에 흙길로 차를 몰았다. 말콤은 자기가 표범을 본 정확한 장소를 말해주면서, 아마 아직도 거기서 잠을 자고 있을 것이라고 했다.

"다리에서 한 800미터쯤 올라가세요. 거기서 왼쪽을 보면 노란 줄기의 나무가 있는 공터가 보일 겁니다. 표범은 그 공터 오른쪽에 있는 나뭇가지 위에 있습니다."

흙길은 초록색 나뭇잎들 사이에 진홍색 띠처럼 보였다. 포드는 열병나무가 한 그루 서 있는 공터를 발견했으나, 표범은 이미 가 버리고 없었다. 포드는 천천히 차를 몰아 게으르게 흐르는 초록색 강물을 가로지르는 다리로 내려왔다. 엔진을 끄자 갑자기 사방이 조용해지면서 완전한 침묵 속으로 빠져들었다. 공기는 무더웠다. 아무것도 움직이는 것이 없었다. 다만 모기들만 날아다닐 뿐이었다. 모기들은 제멋대로 춤을 추는 것 같았지만, 사실 수면에서 일정한 높이를 유지하고 있었다.

트리시아는 이제 당연한 일을 하듯 차에서 내렸다. 그리고 이번에는 포드를 바라보고 허락을 요구하는 수줍은 표정을 지었을 뿐, 포드를 성가시게 하지 않았다. 그녀는 빨간색과 흰색 줄무늬 드레스를 입고 있었다. 허리띠는 너무 꽉 졸라매었고, 치마는 폭이 너무 좁았다. 트리시아는 물가로 달려 내려가더니 샌들을 벗었다. 그러고는 과감하게 발을 물에 담갔다. 그녀는 웃으면서 발을 휘저어 물방울로 주변에 있는 마른 자갈들을 적셨다. 포드는 처음 트리시아를 만났을 때, 그녀의 이런 행동을 얼마나 사랑했던가를 생각했다. 그러나 이제는 남은 생애 동안 저 모습을 억지로 견디어야만 하리라. 갑자기 몸의 온도가 올라가기라도 한 듯이 몸에서 땀이 흘렀다.

트리시아는 스커트 자락을 걷고 돌 위와 물 속을 깡충깡충 뛰어다니고 있었다. 주위에는 아무런 동물도 보이지 않았다. 오후 내내 그들은 영양밖에 보지 못했다. 이제 태양은 아래로 내려오면서 몽롱한 파스텔 빛 하늘을 자기 색깔로 물들이고 있었다. 맞은편 둑으로 건너간 트리시아는 데이지꽃을 꺾었다. 츠쿤얀의 규칙을 또 하나 어기는 순간이었다. 그녀는 꽃 두 송이를 하나씩 귀 뒤에 꽂고, 또 하나는 마치 플라멩코 댄서처럼 입에 물었다. 그리고 엉덩이를 살랑살랑 흔들며 미소를 지었다.

포드는 열쇠를 돌려 차를 출발시켰다. 1시간 정도만 더 있으면 어두워질 것이다. 그리고 오래지 않아 타부의 문은 잠길 것이다. 포드는 차를 전진시키다가 다시 후진시켰다. 트리시아가 이것을 보면 면허 시험 때 보는 T자 코스라는 것을 금방 알 수 있을 것이었다. 이제 타부 쪽을 향하게 된 포드는 기어를 넣었다. 발은 액셀러레이터 위에 있었다. 포드는 숨을 깊게 쉬었다. 어깨뼈에서 땀방울이 굴러떨어졌다. 열기가 도로 위에 아지랑이를 피워 올리고 있었다. 그 아지랑이 속에서 차가 한 대 다가오고 있었다. 포드는 차를 세우고 엔진을 껐다. 에릭의 차는 아니었다. 휴가를 나온 젊은 미국인 부부의 차였다. 남자는 손을 흔들어 포드에게 인사했다.

포드는 트리시아를 불렀다.

"어서 나와, 늦겠어."

트리시아는 차에 올라타서 꽃을 길가에 버렸다.

'포드는 나를 여기다 버려두고 가려고 했어. 포드가 나를 얼마나 없애고 싶어하는지를 보여준 거야.'

트리시아의 몸이 떨리기 시작했다. 그러나 그녀는 주먹을 꽉 쥐어 포드가 그것을 느끼지 못하도록 했다. 포드는 혼자 차를 몰고 떠나버리려 했다. 그리고 그녀를 어둠과 사자와 밤에만 나오는 표범 속에 홀로 남겨두려 했다. 만일 그 미국인들의 차가 오지만 않았다면, 포드는 그냥 떠나 버렸을 것이다.

트리시아는 입을 다문 채 생각에 잠겼다. 미국인은 곧 차를 돌려 그들 차 뒤를 따라 흙길을 달려왔다. 영양들이 그 외로운 열병나무 주위에 서 있었다. 아마 그 영양들은 사람들이 들을 수 없는 소리를 듣거나, 사람에게서는 느껴지지 않는 위험의 냄새를 맡고 있으리라. 해가 지는 하늘은 뿌연 노란빛이었다. 트리시아는 포드가 하려 했던 행동에 대해 생각하고 있었다.

'문을 닫기 직전에 차를 몰고 캠프에 들어가서 밀려오는 어둠을 바라본다. 버려둔 곳에 내가 홀로 있을 것을 알면서, 아무한테도 내가 없다는 이야기를 하지 않는다. 도대체 누가 내가 없어졌다는 것에 관심을 가질 것인가? 에릭? 말콤? 포드는 저녁에 식당에 가지 않을 것이다. 그리고 아침에 문을 열 때 차를 타고 다시 나올 것이다. 이미 1주일 치를 선불로 냈기 때문에 추쿤얀에 퇴거 신고를 할 필요도 없다.

완벽한 살인이다. 누가 나를 위해 수색하러 나서겠는가? 거기 없다고 해서 수색할 필요를 느낄까? 만일 내 뼈가 발견된다면? 뼈 한 무더기. 자칼과 독수리가 깨끗하게 처리해 놓은 뼈라면 사람의 뼈나 영양의 뼈나 다 비슷해 보일 것이다. 포드는 고향에 돌아가서 마그리트와 합치기 위해 나와 헤어졌다고 말하겠지……. '

그날 저녁 포드는 트리시아에게 평소와 다르게 상냥하게 대했다.

소팅게에서 그의 마음속에서 일어난 일을 그녀가 눈치 채는 것이 겁나서 그러는 것이 아닐까?

"하룻밤은 샴페인을 마시며 보내자고 말했지? 지금이 어때? 오늘 밤이 좋을 것 같은데?"

"당신이 좋으시다면."

트리시아는 계속 구토증을 느끼고 있었다. 전혀 식욕이 없었다. 포드는 샴페인 잔을 부딪히며 말했다.

"우리를 위하여."

포드는 메뉴판에 있는 것은 다 주문하는 것 같았다. 수프, 생선, 위니 슈니첼, 크림 브룰리……. 트리시아는 포드가 어떻게 그녀를 죽이려 했던가를 생각하면서 음식을 포크로 콕콕 찍었다.

'나는 지금도 안전하지가 못해. 포드는 한 번 실패했으니까 다시 시도하려고 할 거야. 아마 다른 방법으로 시도하겠지. 이미 시도하고 있는지도 몰라. 키니네 병에 아스피린을 넣어 놓는다든가, 아니면 몸바사의 호텔에 돌아가서 익사시킨다든가……. 포드를 떠나지 않고는 안전할 수가 없어.

내가 포드를 떠나는 것은 바로 포드가 바라는 바인데. 내가 죽는 것 다음으로 좋아할 일인데…….'

뜬눈으로 밤을 지새며 트리시아는 그녀가 포드를 떠난다는 것이 무엇을 의미하는가를 생각해 보았다. 포드는 마그리트한테로 가고 나는 어머니와 함께 살러 가는 것이다.

포드도 잠을 자지 않고 있었다. 트리시아는 잠들지 않은 사람의 불규칙한 숨소리를 들을 수 있었다. 그녀의 귀에는 포드가 초조하게 뒤척일 때마다 삐걱이는 침대 소리, 시끄럽게 돌아가는 냉방기 소리, 윙윙거리며 날아다니는 모기 소리가 들려왔다.

'만일 내가 지금 그곳에 버려져 있고, 아직 죽지 않았다면? 나는 그곳 깜깜한 수풀 속에서 공포에 젖어 해매고 있을 것이다. 한 발자국 내딛기도 무섭고, 그렇다고 가만히 있기도 무서운 그곳에서. 무슨 소리가 들려올 때마다 공포에 떨고, 그러면서도 어느 것이 가장 위험한 소리인지도 모르는 채……'

달이 없는 밤이었다. 잠자리에 들기 전에 그녀는 그날이 그믐이라는 것을 확인했다. 다이어리 달력에 내일부터 다시 초승달이 뜬다고 나와 있었던 것이다. 하늘은 이제 어둠에 완전히 먹혀 버려 칠흑 같은 어둠뿐이었다.

'그래도 표범은 볼 수 있을 것이다. 아마 별빛의 도움을 받거나, 아니면 눈보다 더 정확한 본능의 눈의 도움을 받겠지. 나뭇가지에 앉아 있다가 나의 드러난 목을 향하여 소리도 없이 뛰어내리겠지……'

윙윙거리던 모기들이 포드를 물어서 얼굴, 목, 왼발 등에 몇 군데 물린 자국이 났다. 포드는 지난 밤에 모기약을 사용하는 것을 잊었던 것이다. 그는 새벽에 일어나 옷을 입고 캠프 주위로 산책을 나갔다. 손님 차의 덮개를 벗기는 아프리카 인 일꾼을 제외하면 아무도 없었다. 담장 너머의 수풀에서 찍찍거리는 소리, 펄러덕거리는 소리들이 들려왔다.

'내가 트리시아를 사자밥으로 내던져 없애려 했던 건가? 잠시 미쳤던 거지. 피 속에 열이 올랐거나, 아니면 핏줄에 독이 흘렀기 때문일 것이다. 트리시아도 내 의도를 알고 있었어. 분명했어. 어떻게 보면 그녀가 안다는 게 모두에게 잘된 일인지도 몰라. 트리시아가 그렇게 애써 지키려 드는 우리의 결혼 생활이라는 것이 얼마나 절망적인가를 보여주는 것이니까.'

양말을 신었는데도 발이 모기에 물려 부풀어오른 데가 샌들과 부딪했다. 물린 부분이 묵직하게 타는 듯이 아팠다. 그는 자기도 모르게 다리를 약간 절고 있었다. 그는 열병나무에 몸을 기댔다. 싸늘하고 눅눅하고 노란 나무껍질이 피부에 닿았다. 그는 신발을 벗고 손톱으로 물린 데를 긁었다. 모기는 트리시아는 절대 건드리지 않았다. 그녀의 메마르고 창백한 피부와는 접촉을 꺼리는 모양이었다.

포드가 방으로 돌아갔을 때 트리시아는 일어나 있었다. 그녀는 침대에 앉아 손톱에 매니큐어를 칠하고 있었다. 어떻게 자연동물원에 와서 매니큐어를 칠하는 여자와 함께 살 수 있단 말인가?

그들은 9시가 되어서야 밖으로 나갔다. 와카수수로 가는 길에 마주오는 에릭의 차와 마주쳤다.

"그쪽으로는 몇 킬로미터 동안 볼 것이 아무것도 없어요. 계속 가면 시간만 낭비하게 될 겁니다."

"알았습니다. 고맙소."

"역시 소팅게가 제일이죠. 어제 표범을 봤습니까?"

포드는 고개를 저었다.

"아, 그래요? 하긴, 우리 모두가 운이 좋을 수는 없는 일이니까."

하마 다리 근처의 강에서 코끼리들이 놀고 있었다. 그들은 서로 물을 뿜어주고 묵직한 어깨로 상대방을 비비며 장난을 쳤다. 포드는 맹수가 사냥을 하는 장면을 보기 전까지는 이 코끼리들이 그날 아침의 최고의 장면이라고 생각하고 있었다. 그러나 사실 그들은 사냥 장면은 보지 못했다. 사냥은 몇 시간 전에 일어났고, 그들이 보았을 때는 암사자와 사자 새끼들이 시체를 뜯고 있었다. 그 시체는 피가 엉킨 시커먼 갈빗대였다.

그들은 차에 앉아 사자들이 먹이를 뜯는 모습을 지켜보았다. 한참 뒤, 사자들은 시체를 그대로 두고 풀밭 속으로 사라졌다. 그러나 이미 자그마한 자칼 한 무리가 나무 뒤에서 기다리고 있었다. 포드는 4

시에 그 자리에 다시 돌아와 보았다. 그때는 독수리들이 내려앉아 뼈를 쪼아먹고 있었다.

무자비한 태양이 사정없이 내리쬐는 더운 날이었다. 하늘은 구름 한 점 없이 푸르렀다. 포드의 발은 평소보다 두 배로 부어 있었다. 가만 생각해 보니, 그날 트리시아는 한 번도 차에서 나간 적이 없었고, 소녀처럼 말하거나 깔깔거리거나 짓궂은 키스를 한다거나 한 적도 없었다. 포드가 그녀를 죽이려 한다고 생각하는 것 같았다. 정말 터무니없는 생각이었다. 사실 트리시아에게 겁을 한번 주려고 했었을 뿐이었다. 규칙을 어기고 차 밖으로 나간다는 게 얼마나 어리석은 행동인가를 가르쳐 주려고 했을 뿐이다.

'내가 왜 트리시아를 죽인단 말인가? 트리시아를 떠나면 될 뿐. 사실 트리시아를 떠나려 하고 있지 않은가?'

포드는 몸바사에 돌아가면 트리시아에게 그 이야기를 할 작정이었다. 그 생각이 떠오르자 포드는 트리시아 쪽을 돌아보며 미소를 보냈다. 포드는 어제의 그 열병나무가 서 있던 공터에 차를 세웠다. 햇빛 속에서 노랗게 빛나는 나무껍질, 고사리 같은 섬세한 나뭇잎은 마치 그 나무가 봄을 만나 물이 오르고 있는 듯한 느낌을 주었다.

"왜 차 밖으로 안 나가보지?"

트리시아는 더듬거렸다.

"볼 게 없잖아요."

"없어?"

포드는 고슴도치를 한 마리 발견했다. 그는 트리시아에게 망원경을 건네주었다. 트리시아도 고슴도치를 발견하고는 즐거워서 웃음을 터뜨렸다. 이것이 트리시아가 젊었을 때 웃던 모습이었다. 남을 즐겁게 하려는 웃음이 아니라, 자기가 즐거워서 웃는 웃음. 포드는 눈을 감았다.

"참 예쁜 고슴도치네!"

트리시아는 뒷좌석으로 손을 뻗어 카메라를 잡으려 하였다. 그러나 순간 그녀는 멈칫했다. 포드는 그녀의 눈에서 두려움과 조심하는 빛이 떠오르는 것을 보았다. 포드는 말없이 자동차 열쇠를 빼서 손바닥 위에 올려 트리시아를 향해 내밀었다. 트리시아는 얼굴을 붉혔다. 포드는 트리시아를 노려보았다. 한편으로는 그녀가 허를 찔려 당황하는 표정을 즐기는 것이었고, 다른 한편으로는 그녀가 그를 그렇게 비열한 행동을 할 사람으로 의심했다는 데 대해 분노하는 것이었다.

트리시아는 머뭇거리다가 열쇠를 받았다. 그리고는 카메라를 들고 차 문을 열었다. 왼손으로는 열쇠 고리를 잡고 오른손으로는 카메라를 들었다. 그는 이번에도 그녀가 그의 보물인 펜탁스 카메라를 목에다 걸지 않는 것을 보았다. 아마 이제까지 천 번이라도 주의를 줄 수 있었겠지만, 그는 아예 말을 하고 싶지가 않았다. 부어오른 발이 욱신거렸다. 츠쿤얀에서 지내야 할 앞으로의 며칠이 너무나 길게 느껴졌다. 마그리트는 너무나 멀리 있는 것처럼 느껴졌다. 지금 그녀가 있는 지구의 반대편보다도 더 먼 곳에 있는 것처럼······.

포드는 트리시아가 카메라를 떨어뜨리기 15초 전쯤에 그것을 미리 알아차렸다. 다른 한 손에는 차 열쇠를 가지고 있었기 때문에 그렇지 않아도 불안했었다. 그러나 카메라 줄을 목에다 걸었으면 아무 문제도 없었을 것이다. 포드는 양손에 무슨 물건을 들고 있다가 갑자기 손을 놓거나 발을 삐끗하면 어떻게 되는지 잘 알고 있었다. 그 순간에는 손에 든 두 가지 가운데 어느 것이 더 가치가 있고 중요한 것인지 판단을 내릴 수가 없다. 트리시아는 열쇠를 잡았고 카메라는 떨어뜨렸다. 트리시아는 고슴도치를 더 잘 찍기 위해 꾸불꾸불한 나무뿌리를 넘어가려고 했던 것이다. 그 뿌리는 돌계단처럼 단단해 보였다.

트리시아는 작은 소리로 비명을 질렀다. 비명과 물건 부서지는 소리에 놀란 고슴도치는 털을 뾰족하게 세웠다. 포드는 차에서 뛰어내렸다. 그는 발을 땅에 디디며 주춤거리더니, 곧 풀을 헤치고 트리시아 쪽으로 걸어왔다. 트리시아는 포드에 대한 두려움 때문에 화석처럼 굳어 있었다. 박살이 난 카메라 조각은 돌처럼 단단한 뿌리들 사이에 흩어져 있었다. 포드는 무릎을 꿇고는 트리시아에게 소리를 지르고 욕설을 퍼부었다.

트리시아는 달리기 시작했다. 그녀는 차 안으로 뛰어들어 열쇠를 꽂았다. 차는 타부 쪽을 향해 서 있었다. 차에 있는 시계는 5시 35분을 가리키고 있었다. 포드가 절룩거리며 달려왔다. 트리시아를 향해 손을 흔들고 있었다. 손에는 부서진 카메라 조각들이 가득 쥐어져 있었다. 트리시아는 고개를 돌리고는 발로 액셀러레이터를 힘껏 밟았다.

석양이 지는 하늘은 오렌지빛이었다. 다가오는 밤의 검은 띠들이 지평선 위에 걸려 있었다. 트리시아는 비록 자기가 면허는 따지 못했지만, 운전을 해야 할 급박한 상황에서는 운전을 할 수 있다는 것을 알았다. 길을 따라 1500미터쯤 내려갔을 때 미국인 부부와 마주쳤다. 남자가 차창 밖으로 머리를 내밀었다.

"그쪽 아래로 내려가면 뭐 좀 볼 것이 있습니까?"

"아무것도 없어요. 시간 낭비일 뿐이에요."

미국인은 차를 돌려 트리시아 뒤를 따라왔다. 타부에 도착했을 때 시계는 6시 2분 전을 가리키고 있었다. 트리시아의 차와 미국인의 차가 제일 늦게 들어온 차였다. 두 차가 문을 통과하자 그들 뒤로 문이 닫혔다.

미국인들의 이상형 페리 메이슨

E.S. 가드너(Earl Stanley Gardner, 1889~1970)의 페리 메이슨 시리즈는 20세기 미국 미스터리 소설 가운데 최고의 인기를 누렸고 최대 발행 부수를 기록했다.

왜 그토록 인기가 있고, 또 그 인기가 쇠퇴하지 않는가?

이 물음에 대하여 세상의 비평가들은 뜻밖에도 입을 다물고 묘하게 웃음만 짓는다. 좀더 노골적으로 말한다면, 가드너의 소설이 그토록 잘 팔리는 것은 무슨 까닭인가? 그것은 전세계 미스터리 독자들이 유치하기 때문인가, 아니면 그만큼 압도적인 지지를 받을 만큼 페리 메이슨 이야기가 매력있고 재미있기 때문인가? 그 점에 대하여 오늘날까지 미국은 물론이고 다른 나라 미스터리 소설 비평가들까지도 묘하게 확실한 발언을 삼가고 있다.

우리나라에서도 《페르시아 고양이》《기묘한 신부》《비로드의 손톱》 등이 소개된 뒤로 독자들로부터 큰 반향을 일으켰다. 더욱이 AFKN 텔레비전에서 페리 메이슨 시리즈가 방영되어 즐겨 보는 이들이 꽤 많았던 것 같다.

그러면 가드너의 무엇이 어떻게 재미있는 것인가?

무엇보다도 페리 메이슨 시리즈의 가장 큰 매력은 주인공 메이슨의 퍼스낼리티, 즉 개성이다. 이 중년의 독신 형사 변호사는 불굴의 투사이고, 의뢰받은 일에 대해 밤낮을 가리지 않고 활동하는 힘차고 근면한 직업인이며, 위험을 무릅쓰고 자신의 확신에 명예와 지위를 거는 '끝없는' 도박사요, 모험가인 동시에 늘 대중을 깜짝 놀라게 하는 스탠드 플레이(grandstand play에서 나온 말, 자기 존재를 돋보이게 하려는 의도된 행위)의 명수이기도 하다.

초인적인 추리력을 지니고 있지는 못하지만 평범한 일반인들의 지력보다 한 걸음 앞선 자신의 능력을 빈틈없이 활용하는 연구 태도와, 인간의 약점을 꿰뚫어보는 사실주의의 눈을 갖추고 있다. 요컨대 각박한 현대 미국 사회에서 특권을 이용하지 않고, 돈의 힘에 기대지 않고, 나쁜 일은 피하며, 요행을 바라지 않고, 주어진 자신의 능력과 기회로 경쟁자를 압도하며 살아나가는 것이다. 이것은 미스터리 세계가 아닌 현실의 미국 사회에서, 사람들이 자각하고 있지는 못하지만 저마다 실생활을 해나가는 데 있어 그렇게 해야만 한다고 여기는 미국인들의 이상적인 전형이다.

이러한 인물이 미국 사회에서도 그대로 우상화될 만큼 인간은 센티멘털리즘으로부터 자유롭지 못하다. 그리고 우리나라에서는 더욱 더 그러하다. 한국 사회에서는 메이슨처럼 뻔뻔스럽고 심장 강한 성공자는 착실한 사람으로 보아 주지 않는 이가 많다.

위에 든 것과 같은 개성적인 특질이 한국 소설가에 의해 묘사되면 좋지 않은 사람의 전형처럼 그려질 수도 있으니 그것은 또 그것대로 색다르고 매력 있는 성격 창조가 되리라. 또한 가드너 자신도 메이슨을 반드시 우상적 영웅으로서가 아니라, 부자 상류사회의 혐오 따위에 눈도 깜짝하지 않고 한층 힘차게 세상에 대항해 가는 인간으로 그려내고 있다.

그러므로 이 인물에 독자가 매력을 느끼는 것은 배짱이라든가 용기라든가 슬기로움을 고루 갖춘 집합체로서 뿐만 아니라, 뭐라고 딱 잘라 표현할 수 없는 인간적인 매력까지 있기 때문으로 보아야 할 것이다. 그러나 그 매력을 설명하기란 몹시 어려우므로 작품을 직접 읽는 편이 더욱 이해하기 쉽겠지만, 여기서 간단히 말한다면 영국인이 셜록 홈즈를, 프랑스 인이 아르센 뤼뺑을 이야기의 영웅으로서 가지고 있듯이 20세기의 미국인이 얻은 가장 미국인다운 영웅이 바로 페리 메이슨이며, 페리 메이슨 시리즈가 인기를 얻는 본질은 바로 그 점에 있다고 할 수 있다. 따라서 미국 문화가 어떤지 알려면 여러 지식인들의 저술을 백 권 읽는 것보다 오히려 페리 메이슨 시리즈를 읽는 편이 더 나으리라고까지 여겨진다. 따라서 그러한 인물이 활약하는 소설 세계이니만큼 심각한 지성인을 주인공으로 하는 미스터리소설과는 다른 것도 당연하다.

메이슨은 행동인이며, 필연적으로 페리 메이슨 시리즈는 눈이 펑펑 도는 스피디한 행동문학이다. 추리보다도 액션을 중요시하는 미스터리 장르로 하드보일드가 탄생된 것은 독자 여러분들도 잘 알고 있으리라. 가드너의 작가 경력은 하드보일드파의 아성이었던 잡지 〈블랙 마스크〉지에 〈The Shrieking Skeleton〉이라는 단편을 발표하면서 시작된다. 그는 스피드와 액션에 중점을 둔다는 점에서는 그들과 같은 경향을 따르면서도 스토리 구성면에서 정통적인 미스터리소설 수법을 따르고 있어 본격 미스터리를 스피디하게 전개시키는 수법을 즐겨 쓰고 있다. 그러나 행동적인 그의 작품 속에서 추적과 피스톨의 난사가 아주 드물게밖에 나오지 않는 것은 조금 놀라운 사실이라고 하겠다. 그런 매너리즘에는 조금도 빠지지 않고 이 작가는 '미국 생활' 그 자체를, 그리고 지루하기 마련인 인생을 마구 휘젓고 들끓어오르게 하는 재주를 지니고 있다.

그 '재주'란 무엇인가? 바로 메이슨이 무기로 삼는 두뇌와 변론이다. 메이슨은 범인과 경찰을 모두 적으로 돌려 싸우는 지적 경기를 즐기고 있다. 그것이 추리만의 게임이 아닌 것도 그의 특징이며, 또한 가드너의 독창성도 크게 부각시키고 있다.

메이슨은 형사 변호사로서 사건에 관여하는데, 자기가 변호를 맡은 피고의 무죄를 증명하기 위해 직접 사건의 진상을 파헤쳐 진범을 찾아내므로 당연히 탐정으로서도 활약한다. 그런 면으로 보면 이야기에는 수수께끼가 있고, 트릭이 있고, 그것을 푸는 페리 메이슨의 추리가 있다. 그러나 페리 메이슨 시리즈의 내용은 그것뿐만이 아니고, 또한 그것만이 아닌 데 획기적인 특색이 있다.

그는 변호사로서 범인을 체포하는 게 본업이 아니다. 자기 의뢰인을 무죄로 하고 진범이 따로 있다는 걸 법정에서 입증하는 것이 그의 본래 역할이다. 따라서 페리 메이슨의 두뇌 활동은 결코 단순히 범죄 수수께끼의 해결에만 향하지 않고 사건 전개와 함께 맹렬하게 활약하며, 한편으로는 의뢰자의 입장을 유리하게 하고 다른 한편으로는 방어할 수 있는 입장에 적을 놓기 위해 고심한다. 액션의 스피디한 전개는 여기서 생겨난다.

S.S. 반 다인이 근대적인 검찰 조직의 정밀한 묘사로 미스터리 소설에 범죄 수사의 리얼리즘을 도입했듯이 가드너는 형사 법정과 변호사 업무의 실태를 미스터리 소설에 끌어들인 재판 소설 및 변호사 소설의 근대적 창시자이다.

《말더듬이 주교(The Case of the Stuttering Bishop)》는 1936년 작품으로, 페리 메이슨 시리즈 아홉 권째에 해당된다. 작가의 역량이 한껏 발휘되었던 시대에 쓰인 시리즈 대표작 가운데 하나로 꼭 읽어야 할 작품이라고 생각한다.

페리 메이슨 시리즈는 흔히 산문적인 것의 대표처럼 여겨지는 미국

부르주아 생활에 '동화적'이라고도 이름 붙일 수 있을 만한 분위기를 감돌게 하는 신비스러운 맛을 지니고 있다. 이 작품은 '주교는 말을 더듬지 않는다'는 통념과는 반대로 이야기 첫머리에 말더듬이 주교를 출현시킨 착상으로 그 분위기를 이끌고 있다.

그 말더듬이 주교의 출현이 곧 메이슨의 모험욕을 들끓게 해서 사건 속으로 스피디하게 그를 끌어들여 그가 조금만 무리를 하면 지독히 위험한 입장으로 쫓겨 들어가게 되는 지점에서, 비서 델라 스트리트며 그를 도와주는 사립탐정 폴 드레이크와 더불어 우리 독자들까지 조마조마하게 만든다. 그러나 가드너의 가장 큰 특징인 액션이 넘치는 스릴은 비가 억수같이 쏟아지는 밤의 로스앤젤레스 부두 장면에서 최고조에 이른다.

저마다 입장이 다른 인물들이 집중적으로 같은 시간 한 장소로 모여드는 설정은 실로 뛰어나며, 이 이야기를 걸작으로 만들어주고 있다. 그리고 이 이야기의 시대, 즉 이 작품이 쓰인 1930년대에는 승용차의 문 바깥쪽에 오르내리기 쉽도록 발판이 달려 있었다. 그것이 이 부두 장면의 사건에 깊은 관련을 갖고 있으므로, 그러한 발판이 달린 자동차를 알지 못하는 세대의 독자를 위하여 한마디 덧붙여 둔다.

또한 뒤에 이어지는 〈위험한 과거〉는 〈Danger out of the past〉라는 제목의 단편으로, 작가의 구성력과 속도감을 압축적으로 표현해주는 걸작이다.

〈열병나무(The Fever Tree)〉는 영국 기자 출신의 루스 렌들(Ruth Rendell)의 작품으로, 그녀는 미스터리 분야에서는 가장 뛰어난 문체를 구사하는 사람 가운데 하나이다. 이 작품에서처럼 인물을 그려내는 데 있어서 돋보이는 통찰력과, 감정 묘사에 있어서의 섬세함은 그녀 작품의 가장 큰 매력이라고 할 수 있다. 그녀의 작품으로는 이 작품 외에 〈살인인형〉과 같은 개별 작품들과 연작 장편이 다수 있다.